ANDE PLIEGO

MIT TÖDLICHEN GRÜSSEN

ANDE PLIEGO

MIT TÖDLICHEN GRÜSSEN

THRILLER

Deutsch von Alexandra Kranefeld

LIMES

Die Originalausgabe erschien 2025
unter dem Titel »You Are Fatally Invited«
bei Bantam, New York und London.

MIX
Papier | Fördert gute Waldnutzung
FSC® C014496

Penguin Random House Verlagsgruppe FSC® N001967

1. Auflage 2025

by Limes in der Penguin Random House Verlagsgruppe GmbH,
Neumarkter Straße 28, 81673 München
produktsicherheit@penguinrandomhouse.de
(Vorstehende Angaben sind zugleich
Pflichtinformationen nach GPSR.)

Redaktion: Eva Spundflasche
Umschlaggestaltung und -motive: © Johannes Wiebel | punchdesign,
unter Verwendung von Motiven von stock.adobe.com
(Topuria Design, Alex Photo, thomas) und shutterstock.com (arigato)
Karte: © Wolf Noir LLC 2025
BSt · Herstellung: KH
Satz: satz-bau Leingärtner, Nabburg
Druck und Bindung: GGP Media GmbH, Pößneck
Printed in Germany
ISBN 978-3-8090-2799-7
www.limes-verlag.de

Für dieses Buch kann es nur eine Widmung geben:
Für meine Superstaragentin und Partnerin
in (literarischem) Crime Hannah Schofield,
die fest daran glaubte,
dass es nur eine Frage der Zeit sei.

Und ganz allgemein:
Für alle, die das Gefühl kennen,
etwas so sehr zu wollen,
dass man den Geschmack von Kupfer und Salz
auf der Zunge spüren kann. (Also für dich.)

Wolf Harbor Estate

Geheimgang zu Ashtons Zimmer
Das Zimmer der Sandovals
Die Bibliothek
Geheimgang zum Zimmer der Sandovals
Ashtons Zimmer
Geheimgang zum Museumsraum
Geheimgang zum Kontrollraum
Das Foyer
Milas Büro

TINTE IN DEN ADERN: VOM SCHREIBEN ÜBER FURCHT

VON J. R. ALASTOR

EINLEITUNG

Packen Sie die Story vor sich auf den Tisch und setzen Sie ihr das Skalpell an die Brust – der zum Vorschein kommende Lebenssaft ist *das Sujet*. Es haucht den kalten Gebeinen der Geschichte Leben ein, greift durch die Blätter toter Materie und geht Ihnen unter die Haut, um sich mit langen, knorrigen Fingern in Ihr Herz zu krallen.

Ich möchte Ihnen folgende Frage stellen: Warum lieben wir den Nervenkitzel, was macht seinen Reiz aus? Wie lässt sich erklären, dass meine blutrünstigen Romane sich weltweit so überaus gut verkaufen? (An dieser Stelle immerwährender Dank.) Und warum gilt *Spuk in Hill House* noch immer als eine der besten Geschichten aller Zeiten?

Meine Theorie lautet, dass der Mörder im Dunkeln, das Ungeheuer im Haus ein Spiegel unserer selbst ist. Wenn wir davon lesen, wie das Haus im Laufe der Geschichte zu einem Zerrbild der Seele einer jungen Frau wird, haben wir das schaurige Gefühl, uns selbst ins Auge zu sehen. Wie schon die alten Griechen, denen Tragödien und Komödien dazu dienten, Gefühle erfahrbar zu machen, hungern wir insgeheim danach, mit unseren eigenen Abgründen konfrontiert zu werden.

Denn wer von uns hat keine Geheimnisse, keine dunkle Seite?

Aber wie im klassischen Drama wollen wir diese Gefühle in einer sicheren Umgebung erfahren. Wir wollen uns unseren Abgründen nicht wirklich stellen, wir wollen nur einen Blick auf das Böse erhaschen, diesen Kitzel der Schuld spüren, die Erleichterung der Katharsis – und dann weitermachen, als sei nichts geschehen.

Schreiben ist eine schöne Form von Wahnsinn. Man entblößt sich, ergießt seine Seele und sein Herzblut auf die Seite in jener paradoxen Mischung aus Verletzlichkeit und Maskerade, die vielleicht nur Schriftsteller beherrschen. Von der Furcht zu schreiben bedarf vielleicht der größten Verletzlichkeit von allen: Es braucht die Bereitschaft, sich seinen Dämonen zu stellen und sie freizulassen.

Aber woher, frage ich mich, kommen die Dämonen? Nähren sie sich von dunklen Geheimnissen, einer nicht zu sühnenden Schuld, wie es bei so vielen unserer Antihelden der Fall ist?

Ich nehme an, Sie wissen, worauf ich hinauswill. Und falls nicht – im Laufe dieses Buches werden wir reichlich Gelegenheit finden, uns besser kennenzulernen.

Also dann, ich kann es kaum erwarten.

TAG 1

DIE DINNERPARTY

Dinnerparty, die (f.): Ereignis, zu dem die Figuren auf ein abgeschiedenes, aber stets herrschaftliches Anwesen geladen werden, in aller Regel von einem geheimnisvollen Gastgeber, der selbst in Erscheinung treten kann oder auch nicht. Mord und Gemetzel folgen.

Tinte in den Adern:
Vom Schreiben über Furcht,
Verzeichnis der Motive

1

RODRIGO

Ich war bereit, meine Seele für ein One-Way-Ticket zurück nach Spanien zu verkaufen – und da war der Hinflug gerade mal drei Stunden her.

»Ro?« Olivias kalte Finger schoben sich in meine, und ich riss mich los vom Anblick des dunklen Wolkenbands über dem Yachthafen. »Was ist, Liebster?«

Ich zog meinen Schal vom Gesicht und berührte mit den Lippen leicht ihren Mundwinkel. »Nada, *mi vida.*«

Mein Blick schweifte über den Anleger, über die grauen vom Alter verzogenen Planken. Die Masten eines halben Dutzends verwitterter Segelboote ragten wie Zahnstocher in den Himmel über Maine. Dagegen wirkte das neben uns auf den Wellen dümpelnde Motorboot, das uns zur Insel bringen sollte, vertrauenserweckend modern. Nur die Sonne war eine schamlose Lüge. Sie hatte den Nebel über der See weggebrannt, Wolf Harbor Island konnte ich allerdings noch immer nicht am Horizont erkennen.

Olivia versuchte, meine Hand aus der Jackentasche zu ziehen. Der Wind peitschte ihre Haare, rötete ihre Wangen. »Du wirkst noch immer angespannt.«

»Mir friert gerade das Gesicht ab.«

»Es ist das Einzige, was ich überhaupt von dir erkennen kann.«

»Weshalb es auch gerade abfriert.«

Eine steile Falte trat zwischen ihre Augenbrauen, und ich wollte sie ihr am liebsten mit dem Daumen wegstreichen. »Hör zu«, sagte sie, »ich weiß, du bist …«

»Ein misstrauischer alter Macker?«

»Das auch, mein Lieber, aber eigentlich meinte ich, *nervös*. Vertrau mir, Alastor wird keinen teuflischen Plan schmieden, um uns alle vor Gericht zu zerren und unser Leben zu ruinieren.« Sie riss dramatisch die Augen auf, und wider Willen zuckte ein Lächeln um meine Mundwinkel. »Diese Geheimhaltungserklärung dürfte eine reine Formalität sein. Wie sollte ein nur unter Pseudonym bekannter Autor sonst sicherstellen, dass wir seine Identität wahren?«

Das schmale Lederband, das ich um den Hals trug, schnitt in meine Haut, als wollte es mir die Luft abschnüren. Die Verschwiegenheitsklausel war die geringste meiner Sorgen.

»Wahrscheinlich hast du recht«, log ich und legte meinen Arm um ihre Schultern. Ein Jahrzehnt im Gerichtssaal hatte mich gelehrt, dass jeder zu allem fähig war. Auch Prominente, auch Autoren. Auch ich. Was also tat ich hier? Wie konnte ich es jemals für eine gute Idee gehalten haben hierherzukommen?

»Na, ihr Hübschen, auch schon hier?« Der schneidende Wind trug uns Fletchers Worte zu, der britische Akzent, der vom Anleger zu uns heraufdrang, half, die Anspannung in meinem Nacken zu lösen. Fletch trug einen grauen Fischgrät-Tweed, der sich um seine breiten Schultern schmiegte, und sein Haar war akkurat gescheitelt. Im Prinzip sah er genauso aus wie das letzte Mal, als wir zusammen etwas trinken waren. Konnte das wirklich schon ein Jahr her sein?

Eine dunkle Ahnung mischte sich in die Erleichterung, die ich beim Anblick des Freundes empfand, der mir, glaubte man meiner Frau, gar nicht so freundlich gesonnen war. Aber von ihm würden wir sicher ein paar Antworten erhalten und *finalmente* erfahren, was es mit der Heimlichtuerei auf sich hatte.

Ich breitete jovial die Arme aus. »Fletch.«

»Lange nicht gesehen, Sportsfreund.« Wir umarmten uns, und Fletch schlug mir auf die Schulter. Dann verneigte er sich vor meiner Frau. »Olivia, meine Teuerste, reizend wie immer.«

»Fletcher.« Olivia schenkte ihm ein Lächeln, das ihre Augen nicht erreichte, und strich ihre helle Mähne zurück.

Fletcher ließ die Zähne blitzen. »Auch so gespannt, was uns in dieser Woche erwartet?«

»Hat Alastor dir irgendetwas verraten?«, wollte ich wissen. »Eine Geheimhaltungserklärung scheint mir für einen Schreibaufenthalt doch etwas übertrieben, oder nicht?«

Seine Miene nahm einen verschlagenen Ausdruck an. »Dazu darf ich leider nichts sagen.«

Ein genervtes Knurren stieg in mir auf. »Ja, ja, schon verstanden, dass du zu den Eingeweihten zählst. Wie wäre es, dich zur Abwechslung alten Freunden gegenüber loyal zu zeigen?«

»So ungewöhnlich finde ich das gar nicht«, sagte Olivia und fasste noch mal sämtliche unserer Hypothesen der letzten fünf Monate zusammen. »Es ist das erste Mal in seiner fast dreißigjährigen Karriere, dass Alastor persönlich in Erscheinung tritt. Da scheint es nur plausibel, dass er das Geheimnis um seine Person wahren möchte. Wobei ich mich allerdings frage, ob an den Gerüchten etwas dran ist, dass wir es längst nicht mehr mit dem Original zu tun haben, sondern bereits sein Sohn unter seinem Namen schreibt.«

»*Olivia.*« Ich sprach ihren Namen mit meinem schönsten spanischen Akzent und schüttelte lächelnd den Kopf. »Nur weil Alastor vor Jahren in einem einzigen Interview einen Sohn erwähnte …«

»Oder wir wurden zur Verschwiegenheit verpflichtet, weil wir eine Kostprobe seines nächsten Buches bekommen«, ging

Olivia über meinen Einwand hinweg. Ihre Augen glitzerten mit den Wellen um die Wette. »Vielleicht möchte er gemeinsam mit uns daran arbeiten.«

Fletcher schnaubte. »Ihr traut euch doch nicht im Ernst einen seiner Romane zu – und dann noch in Gruppenarbeit! Nur Ashton Carter wäre so naiv, es auf den Versuch ankommen zu lassen, und Alastor würde uns sofort rausschmeißen, wenn wir das zuließen.«

»Das habe ich gehört«, rief eine Stimme hinter uns. Ich zuckte zusammen und drehte mich um. Ein Mann Ende zwanzig, Anfang dreißig kam den Anleger herunter, die Hände in den Taschen seiner Lederjacke vergraben, seine Laptoptasche über der Schulter – Ashton Carter, amerikanisch-chinesischer Nachwuchsautor, dessen paranormaler Thriller in jeder der von Olivia abonnierten Buchboxen auftauchte. Mittlerweile müssten drei oder vier Exemplare seines gehypten Debüts bei uns rumliegen.

»Wenn man vom Teufel spricht.« Fletcher hob die Stimme und lächelte schmal. »Carter, das wird ein Workshop für *Schriftsteller*. Wie bist du überhaupt an eine Einladung gekommen?«

»Charmant wie immer, Fletch.« Carter hielt mir grinsend die Hand hin. »Ashton Carter, Schriftsteller.«

»Sehr erfreut. Rodrigo Sandoval.«

»Im Frühjahr hat Carter sich auf ein Autoren-Panel mit mir geschmuggelt«, ließ uns Fletcher wissen.

»Und wenn schon«, sagte Carter. »Nicht ich war es, den der Moderator bitten musste, sich zu mäßigen.«

»Darüber würde ich gern mehr hören« Olivia lächelte und streckte ihre Hand aus. »Olivia. Ich bin leider noch nicht dazu gekommen, Ihr Buch zu lesen, aber ich hebe es mir als Belohnung auf, wenn Ro und ich endlich mit unserem Manuskript durch sind.«

Eigentlich hatten wir uns vorgenommen, vor dem Retreat sämtliche Bücher der anderen Teilnehmer zu lesen, aber lieber würde ich mir die siebte Auflage des *Praktischen Handbuchs zu Urheberrecht und Vertragsfragen im Verlagswesen* zu Gemüte führen, als mir weitere dreißig Seiten von Ashton Carters Erstling anzutun. Zu paranormal für einen alten Realisten wie mich.

»Das würde mir sehr schmeicheln«, sagte Carter mit einer angedeuteten Verbeugung.

»Zeig mal deine Einladung.« Fletcher streckte die Hand aus. »Ich glaub das erst, wenn ich deinen Namen schwarz auf weiß sehe.«

Carter verdrehte die Augen, begann aber, in seiner Tasche zu suchen. »Ich hatte mir überlegt, ob wir nicht unsere Einladungen mal vergleichen sollten … Schauen, ob jeder dasselbe bekommen hat und ob Alastor bereits erste Hinweise darin versteckt hat.«

»Ooooh, versteckte Hinweise«, gab Fletcher sich schwer beeindruckt. »Wie alt bist du noch mal?« Er schnappte Carter den Umschlag aus der Hand, mattschwarzes Papier mit goldenem Siegel. Seine Nase wanderte langsam höher, während er die in geschwungenen goldenen Lettern verfasste Einladung las. »Sehr geehrter Mr. Carter …« Er wandte sich an Olivia und mich. »Entweder haben wir es hier mit einer exzellenten Fälschung zu tun, oder ich muss doch sehr an J. R.s kognitiven Fähigkeiten zweifeln.«

Olivia hatte schon ihre eigene Einladung hervorgeholt – wie ein Beweisstück in einer schmalen Aktenmappe verwahrt, den Umschlag säuberlich mit dem Brieföffner aufgeschlitzt, den sie mir letztes Jahr zum Geburtstag geschenkt hatte. Sie hielt das Papier zum Vergleich neben das von Carter. Ihr Blick suchte meinen, und in ihren Augen funkelte eine solche Begeisterung, dass ich ihn lächelnd erwidern musste.

Sehr geehrter Mr. Carter,

es wäre mir eine Ehre, Sie in der letzten Oktoberwoche zu einer Autorenresidenz mit Themenschwerpunkt bei mir auf Wolf Harbor Estate in Maine empfangen zu dürfen.

Ich habe es mir zur Aufgabe gemacht, mich weiterhin über die aktuellen Entwicklungen im Thriller-/Horror-Genre auf dem Laufenden zu halten, und VERSCHLUNGEN hat völlig zu Recht nicht nur meine Aufmerksamkeit erregt. Meines Erachtens haben Sie damit etwas Einzigartiges geschaffen, etwas, das mitten ins Herz trifft, und ich bin sehr gespannt auf Ihr nächstes Buch. Ich übertreibe nicht, wenn ich sage, dass es schon jetzt zu den von mir am meisten erwarteten Neuerscheinungen zählt.

Ich hoffe, Ihnen während dieser kleinen Auszeit reichlich Gelegenheit bieten zu können, zu schreiben, sich mit anderen aufstrebenden und etablierten Autoren Ihres Fachs auszutauschen und bei abendlichen Krimi-Dinnern die Muse ein bisschen zu kitzeln. Sie werden eine mörderisch gute Zeit haben, versprochen.

Bitte geben Sie unter der angegebenen Nummer Bescheid, ob Sie teilnehmen werden. Meine persönliche Assistentin Mila wird sich um alles Weitere kümmern und Ihnen auch noch eine Verschwiegenheitserklärung zukommen lassen – die allein der Wahrung meiner Anonymität dient, was Sie sicher verstehen.

Kann ich auf Sie zählen? Ich hoffe es sehr.

Mit tödlichen Grüßen
J. R. Alastor

»Es ist im Grunde dasselbe«, murmelte Olivia. »Bis auf die Namen und was er zu unseren Büchern schreibt.«

»Aber erklären tut es nichts.« Ich sah eine Welle über den Landungssteg schwappen und das salzige Wasser vom Leder meiner Schuhe abperlen. »Warum sollte Alastor, nachdem er dreißig Jahre in der Versenkung verschwunden ist, plötzlich wieder Kontakt zur Außenwelt aufnehmen?«

»Er war so hingerissen von Carters Erstling, dass er den jungen Autor unbedingt persönlich kennenlernen wollte«, bemerkte Fletcher trocken.

Carter seufzte. »Wenn nur jeder so an mich glauben würde wie Sie, Fletch.«

»Vielleicht ist er einsam«, vermutete Olivia. »Nach so vielen Jahren ohne Signierstunden …«

»Ich habe ein signiertes Buch von ihm«, sagte Carter und hob den Finger wie ein Musterschüler. »*Vergiss ihre Namen*. Erstausgabe.«

»Mit Originaleinband?«, fragte Fletcher zweifelnd. »Das war doch dieses schreckliche Memoir und ziemlich schnell vergriffen. Nicht mal *ich* habe die Erstausgabe. Als Nächstes willst du uns noch weismachen, dass du dir letztes Jahr bei Christie's das Grammofon aus *Unsere kalten Knochen* unter den Nagel gerissen hast.«

»Keine Ahnung, wer oder was Christie's ist, aber jetzt, wo Sie es sagen, hätte ich das Teil echt gern.« Carter strahlte ihn an und wandte sich dann an Olivia. »Sorry, ich wollte Sie nicht unterbrechen. Was meinten Sie mit den Signierstunden?«

»Also anscheinend gibt es signierte Ausgaben seiner neueren Werke«, sagte Olivia, »aber Alastor ist nie persönlich in Erscheinung getreten. Er macht keine Lesungen, kommt zu keinen Buchpartys, gibt keine Interviews, *nada*.«

Wie immer ging mir das Herz auf, und ich musste mir ein Lächeln verkneifen, wenn Olivia eine meiner spanischen Wendungen einflocht.

»Ich will damit nur sagen«, fuhr sie fort, »dass es auf Dauer vermutlich ganz schön einsam wird, wenn man an der Spitze der Bestenlisten steht und niemand weiß, wer man ist … Wir sind wahrscheinlich die wenigen Glücklichen, die er in letzter Zeit gelesen hat und mochte.«

Ich stupste sie leicht am Kinn. »Meine Sorge ist, dass es hier um mehr geht als die vermeintliche Einsamkeit eines großen Meisters, *mi reina.*«

Sie zog eine Augenbraue hoch und hob die Schultern. »Am besten, du fragst ihn selbst, wenn wir dort sind.«

»Apropos«, mischte Carter sich mit Blick auf das Boot und die unruhigen Wellen ein, die sich an den Bohlen brachen, »ist diese Nussschale nicht etwas klein für sechs Leute samt Gepäck?«

»Wir sind wohl kein Freund der Seefahrt?« Fletcher schien sich diebisch zu freuen.

»Kein Freund von Wasser im Allgemeinen. Ist das Alastor?«, fragte Carter, als er den grimmigen Kapitän entdeckte.

»Wohl kaum. Wer Alastor sieht, erkennt ihn.«

»Ah, dann seid ihr euch schon mal begegnet?«

»Ich verrate sicher nicht zu viel, wenn ich sage, dass Alastor mich persönlich eingeladen hat, bevor die Briefe an die anderen rausgingen.« Fletcher strich sich über den Ärmel seines Sakkos und lächelte selbstgefällig. »Aber um deine Frage zu beantworten: Ja, wir sind uns schon mal begegnet.«

»Oha.« Carter gab sich beeindruckt. »Ich wusste nicht, dass Alastor auch eine karitative Ader hat.«

»Dann überleg mal, warum du hier bist.«

»Wenn ich mich recht erinnere«, warf Olivia ein, »ist Ashton mit seinem Erstling sofort auf Platz eins der *New York Times*-Bestsellerliste eingestiegen.«

Ich verzog das Gesicht. Fletchers Roman hatte es nur auf Platz neun geschafft, es dürfte ihn wenig freuen, daran erinnert zu werden.

Rhythmische Erschütterungen versetzten die Planken unter mir erneut in Schwingung. Schritte nahten, von mehr als einer Person.

Ich spürte ein unangenehmes Kribbeln im Nacken, als mein

Blick über Olivias Schulter auf die beiden Frauen fiel, die über den Anleger auf uns zukamen. Eine der beiden erwiderte meinen Blick, und meine Kehle schnürte sich zu.

»Cassandra!«, rief Olivia und löste sich von mir. »Ich weiß nicht, ob Sie sich noch an mich erinnern, ich bin …«

»Aber natürlich!«, rief die Ältere der beiden und flatterte mit den Händen, dass ihre Armreifen leise klirrten. »Der Workshop in San Francisco, wie könnte ich das vergessen? Ihre Karriere ist ja praktisch mein Verdienst, und ich kann Ihnen gar nicht sagen, wie stolz ich auf Ihren Erfolg bin.«

Mit einem sorgsam arrangierten Lächeln streckte ich die Hand aus, als Olivia mich vorstellte.

Ich war im Begriff, eine Woche mit meiner Frau und einem alten Freund, die sich gegenseitig nicht ausstehen konnten, sowie einer Handvoll mir unbekannter Kollegen, die Zeugen der daraus resultierenden Spannungen würden, auf einer einsamen Insel zu verbringen. Ganz zu schweigen von unserem anonymen Gastgeber, dessen Bücher ich seit dem Studium gleichermaßen verschlang wie verehrte. Im Grunde ein Szenario, das anregende Tage versprach, wäre nicht noch jemand aus meiner Vergangenheit eingeladen worden. Einer der wenigen Menschen, die mich eigenhändig zu Fall bringen könnten.

Cielos. Vielleicht hätte ich Olivia die Wahrheit sagen sollen, als noch Gelegenheit dazu war.

2

MILA

Der salzige Wind zerrte an meinen Haaren, der Oktobernebel sickerte kalt durch meinen Mantel. Das Wasser klatschte an den Anleger, und ich wippte ungeduldig auf den Spitzen meiner hochhackigen Stiefel, um die Fähre im Blick zu behalten, die durch die Bucht schnitt wie ein Skalpell, direkt auf mich zu.

Die Gäste kamen aus der Kabine an Deck und sahen sich um, das bunte Herbstlaub an den Bäumen, die lichten Nebelschwaden, die noch über der zerklüfteten Küste der Insel hingen. Der Anblick dieser Menschen jagte mir Schauer über den Rücken.

Nachdem ich sie jahrelang nur von den Autorenfotos auf den Umschlagklappen ihrer Bücher kannte, waren sie endlich hier.

Bei mir.

Die Motoren verstummten, und der Kapitän warf mir die Bugleine zu.

»Willkommen auf Wolf Harbor Island«, rief ich und machte das Seil an der Klampe fest. Mein Atem schwebte für einen Augenblick in der kalten Luft wie ein Gespenst. »Ich bin Mila del Angél und werde mich während Ihres Aufenthaltes um Sie kümmern.«

Die Gäste murmelten ihren Dank, als ich ihnen an Land half, jeden von ihnen persönlich begrüßte, während sie sich die Hälse verrenkten, um einen Blick auf den Kiesstrand zu erhaschen und die steil über uns aufragenden Klippen.

»Wo steckt er denn, unser Gastgeber?«, wollte ein hoch aufgeschossener Brite in grauem Tweed wissen und sah an mir vorbei zu den in die Klippen gehauenen Steinstufen – es war kein Geringerer als der berühmte Thomas Fletcher, dessen literarische Krimis beide Seiten des Atlantiks im Sturm erobert hatten. »Es hieß, er wolle uns persönlich empfangen.«

Tatsächlich? »Leider muss ich Ihnen mitteilen, dass Mr. Alastor aufgehalten wurde. Aber in der Zwischenzeit bringen wir schon mal Ihr Gepäck ins Haus, wo bereits Erfrischungen warten.« Ich drehte mich auf dem Absatz um und spürte den schweren Rock meines schwarzen Kleides gegen meine Schenkel schlagen.

Mein Blick hob sich zum Himmel. Eben noch hatte mich die Sonne geblendet, jetzt zog es sich zu, und die Wolken senkten sich dunkel und schwer auf uns wie ein alter Bühnenvorhang.

»Er muss aufgehalten worden sein«, wiederholte Fletcher für die anderen, als hätte ich es nicht eben gesagt. »Ich habe hier draußen keinen Empfang, wahrscheinlich habe ich seinen Anruf verpasst.«

Mich fröstelte. Es war empfindlich kalt geworden, und das Begrüßungsdinner heute Abend sollte unten am Strand stattfinden.

Und das würde es auch. Denn dies war meine Bühne, mein Spiel. Alles in dieser Woche würde nach Plan laufen, dazu hatte ich viel zu viel Zeit und Gedanken investiert.

Nach all den Jahren hatte ich dich endlich in meiner Hand.

Krähen protestierten über uns, als wir die breiten Stufen glatten Felsgesteins erklommen und ich beiläufig über die Insel plauderte: die sechs Meilen langen Kiefern- und Eichenwälder, den Strand an der Südseite, das Bootshaus. Der anonyme Autor, der sich J. R. Alastor nannte, hatte Wolf Harbor Island vor einem Jahr einer Schauspielerin abgekauft, die das Eiland gründlich verwüstet hatte. Umfassende Renovierungsarbeiten waren nötig gewesen, um das Anwesen zu dem zu machen, was die Medien heute als »Gipfel des minimalistischen Luxus« bezeichneten.

Wobei nicht *ein* Journalist es mit eigenen Augen gesehen hatte.

Paradox, dachte ich, dass Alastor sein Vermögen dafür hergab, seine Anonymität zu wahren, während ich bereitwillig einen Pakt mit dem Teufel einging, damit mein Name euch in Erinnerung bliebe.

»Ein Paradies – bis zum ersten Herbststurm«, bemerkte Violet Blake und strich sich die Haare aus den großen, dunkel geschminkten Augen. Mit vierundzwanzig war sie die Jüngste unter den Gästen. Anfang des Jahres hatte sie ihre dunklen Haare weinrot gefärbt und sich selbst einen Pony geschnitten, wenn man den sozialen Medien glauben durfte.

Dramatische Frisurveränderungen hatten in aller Regel einen Auslöser, und ich fragte mich, was es bei ihr gewesen war.

»Es kann schon etwas windig werden«, sagte ich munter und versuchte, mich nicht von dem über uns dräuenden Himmel irritieren zu lassen, auch wenn die Wolken mittlerweile wie dunkle Rauchschwaden über dem flammenden Laub der Bäume hingen. »Aber wir haben hier einen Generator, ein Boot für Notfälle und einen Telefonanschluss, der uns direkt mit dem Festland verbindet.«

Während ich sprach, konnte ich nur schwer ausblenden, wer sich dicht hinter mir hielt: Ashton Carter, Autor eines paranormalen Young-Adult-Thrillers, der mich, als ich ihn letztes Jahr gelesen hatte, völlig vernichtet hatte. Es dürfte besser für ihn sein, für uns alle, wenn ich so tat, als sagte sein Name mir nichts.

Als das Blätterdach den Blick auf das Haus oben am Hang freigab, raubte es mir, wie jedes Mal, den Atem.

»Oh, wie prächtig«, rief Cassandra Hutchinson und schlug vor Begeisterung die Hände zusammen, ihre Armreifen klimperten dabei wie ein Windspiel. Mit Anfang siebzig und zum dritten Mal verheiratet, war sie die Älteste in der Gruppe, eine beeindruckende Erscheinung mit granatapfelrotem Haar, das sie nachts vermutlich auf Lockenwickler drehte.

Sollte an den Gerüchten über sie etwas dran sein, war es allerdings kein Wunder, dass Alastor sie auf dem Radar hatte.

Feiner Nebel lag wie ein Leichentuch über dem frisch gestutzten Rasen, und darüber erhob sich, auf dem Kamm der Anhöhe, das vierstöckige, im Terrassenstil erbaute Herrenhaus. Im satten Braun der Schindelfassade öffneten sich große weiß gerahmte Fenster auf die Bucht hinaus, und über die Steintreppe, die wir emporstiegen, gelangte man auf eine weite Veranda, die von Rundsäulen getragen wurde.

Ich führte die Autoren durch die Flügeltüren ins Haus, wo uns aus der Küche bereits der Duft von Curts mit Nelken und Muskat gewürztem Apfelwein empfing. Das große Foyer war von den Farben der Küste inspiriert, mit weißer Holztäfelung und rot schimmerndem Zedernholz, das dem bunten Herbstlaub hätte Konkurrenz machen können. Eine cremefarbene Couch lud unter einem Panoramafenster zum Verweilen ein, ein minimalistischer Kronleuchter schwebte golden glänzend über unseren Köpfen.

Cassandra stieß einen ungläubigen Schrei aus und eilte zu dem in die weiß getäfelte Wand eingelassenen Bücherregal. »Seht nur, unsere Bücher!«

Nicht nur die Hardcover standen dort versammelt, sondern auch die Taschenbuchausgaben sowie sämtliche Übersetzungen, so es sie gab, jedes einzelnen Titels, geordnet nach Autor, Sprache und letztlich Größe. Es hatte mich ganze zwei Monate und unzählige Online-Bestellungen gekostet, bis ich sie alle beisammenhatte. Anscheinend wurden Hardcoverausgaben nicht mehr nachgedruckt, sobald ein Titel als Taschenbuch erschien, was in der Regel ein Jahr nach der Erstveröffentlichung der Fall war – wer hätte gedacht, dass das Büchergeschäft ein so schnelllebiges war –, aber letzte Woche war dann gerade noch rechtzeitig auch der letzte Titel eingetrudelt. Ich hatte einen ganzen Nachmittag darauf verwandt, sie alle ins Regal einzusortieren, während aus der Küche Curts nerviger Emo-Pop durch das noch leere Haus schallte.

»Interessant«, fand Fletcher und kam herüber. »Und ein bisschen befremdlich. Um nicht zu sagen, verstörend. Aber es passt zu J. R.s Handschrift, meint ihr nicht auch?«

»Oh, Tim, Sie alter Zyniker! Ich finde es eine sehr nette Geste.« Cassandra gab ihm mit der Hardcover-Ausgabe von *Der Santorini-Skandal*, ihrer Version des Domestic Noir über einen aus dem Ruder gelaufenen Junggesellinnenabschied, einen Klaps auf den Arm.

»Ich heiße übrigens Tom, nicht Tim, aber für Sie, meine Teuerste, noch immer Fletcher. Oh, seht euch das an!«, sagte er spöttisch zu einem gar nicht amüsierten Ashton Carter und deutete auf einen schmalen blau-grünen Buchrücken. »J. R. hat sogar noch Platz für dein Pamphlet gefunden.«

»Oh, meine Tochter wäre hier völlig in ihrem Element«, murmelte Cassandra und blätterte durch das nächste Buch; ich musste schlucken, als ich den Titel erkannte. »Eine richtige Leseratte war sie, von klein auf. Mein Mann – Mr. Hutchinson, der Erste – hat immer versucht, sie an die frische Luft zu bringen. Er ist mit ihr in den Park gegangen, hat sie fürs Zeltlager angemeldet. Aber sie hatte die Nase immer in einem Buch und ist darin einfach abgetaucht.«

»Das kommt mir bekannt vor«, meinte Ashton und lächelte versonnen.

»Alastors Bücher dürften allein schon vier Regalmeter einnehmen«, bemerkte Rodrigo Sandoval zu seiner Frau Olivia.

Seine Augen waren von einem blassen Blau, das scharf aus seinem mediterranen Teint herausstach, seine dunklen Locken reichten bis zum Nacken, und in den völlig übertriebenen schwarz-weißen Daunenmänteln erinnerte das Paar mich an ein Tischset aus Salz- und Pfefferstreuer.

Es amüsierte mich, Rodrigo dabei zu beobachten, wie er mit gespieltem Desinteresse den anderen aus dem Weg zu gehen versuchte. Wahrscheinlich hielten sie ihn für arrogant oder egozentrisch.

Ihn zu handhaben dürfte die meisten Probleme bereiten.

Olivia stieß einen verzückten Schrei aus und zog ein schwarzes Buch heraus. »Ro, sieh nur – Alastors Werk übers Schreiben! Es soll erst nächste Woche erscheinen, und hier steht es bereits im Regal!«

»Oh, das habe ich bereits gelesen«, warf Fletcher ein. »Zumindest in Auszügen. Alastor bat mich um meinen Rat.«

Ich hätte einen Preis dafür verdient, keine Miene zu verziehen.

Cassandra kam angetrabt und griff mit ihren beringten Fingern durch die Luft. »Geben Sie es mir – dann wird niemandem ein Leid geschehen.«

»Nur über meine Leiche«, lachte Olivia und drückte sich das Exemplar an die Brust.

»Wir sollten sie besser nicht in Versuchung führen«, riet Fletcher. »Mord ist schließlich unser Geschäft.«

»Das wird nicht nötig sein«, unterbrach ich mit einem routinierten Lächeln. »Mr. Alastor war so freundlich, jedem von Ihnen auf den Zimmern ein Exemplar bereitzulegen – als kleines Begrüßungsgeschenk.«

Olivia, die Alastors Buch noch immer in den Armen hielt, sah lächelnd zu ihrem Mann auf. Die Wärme in seinem Blick ließ mich erschauern.

Ich hatte während der letzten Monate auf alle ein Auge gehabt, hatte mich über ihre Lesereisen und Veranstaltungen auf dem Laufenden gehalten und wusste über ihre Urlaubsziele Bescheid, wenn sie in den sozialen Medien darüber gepostet hatten. Aber jetzt diese kleinen intimen Momente zwischen ihnen zu beobachten, war ein bisschen so, als würde man in einen Roman oder eine Serie eintauchen und mit den Figuren interagieren. Es war aufregend, sie plötzlich ein Eigenleben entwickeln zu sehen als echte Menschen aus Fleisch und Blut.

»Sie haben Zugang zu allen Bereichen des Haupthauses und können jeden der Räume nutzen. Allerdings«, ich wies hinauf zu der Doppeltür am Ende der Treppe, in deren dunkles Holz ein Wolfsschädel von der Größe eines großen Serviertellers geschnitzt war, »… ist Ihnen das Betreten von Mr. Alastors Arbeitszimmer strengstens untersagt.« Ich ließ die Worte nachklingen, damit sie sich ihnen wie Kletten in die Köpfe gruben – an Tag vier würden sie sich dessen nämlich entsinnen müssen.

»Einige von Ihnen«, fuhr ich fort, »haben sicher schon gehört, dass Ikonen der Popkultur zu begehrten Sammelobjekten wurden, zuletzt hat die berühmt-berüchtigte Axt aus Stanley Kubricks *Shining* den Besitzer gewechselt. Und *ta-daa* …« Ich strahlte in die Runde. »Es ist mir eine Ehre, Ihnen mitteilen zu dürfen, dass Mr. Alastor seit geraumer Zeit solche Objekte der Kriminal- und Horrorgeschichte erwirbt. Er freut sich, Ihnen als Ersten Einblick in seine Sammlung im eigens dazu eingerichteten Ausstellungsraum im dritten Obergeschoss zu gewähren.«

»Fan-*tas*tisch«, flötete Cassandra über das andächtige Gemurmel hinweg. »Das muss ich mir unbedingt ansehen.«

»Nun, das dürfte auch erklären, wohin mein Grammofon verschwunden ist«, konnte Fletcher sich die kleine Spitze nicht verkneifen.

Die allgemeine Erheiterung war so ansteckend, dass sogar Violets finsterer Blick sich ein wenig aufhellte.

»Sie können die Sammlung jederzeit besuchen«, versicherte ich. »Unsere Dinner finden jeden Abend um Punkt achtzehn Uhr statt. Das heutige Begrüßungsbankett wird in einem förmlichen Rahmen unten am Strand ausgerichtet.«

Ashton Carter meldete sich zu Wort. »Wann genau, sagten Sie, wollte unser Gastgeber noch mal eintreffen?«

»Er hofft, bis zum Abendessen mit Ihnen hier zu sein«, antwortete ich und fügte nach einer wohlgesetzten Pause an, »sofern seine auswärtigen Geschäfte es zulassen.«

»Auswärtige Geschäfte«, wiederholte Cassandra sofort ganz hellhörig. »Dürften wir wohl erfahren, worum es sich dabei handelt?«

Seht sie euch an, dachte ich belustigt, wie verzweifelt sie nach jeder noch so kleinen Information über ihren mysteriösen Gastgeber gieren. Ich neigte lächelnd den Kopf. »Vorausgesetzt, er kann sich rechtzeitig frei machen, wird er Ihnen bei dem exzellenten Menü, das unser Koch für den Abend geplant hat, sicher selbst davon erzählen.«

Meine Absätze glitten über den gewebten Teppich im Flur des zweiten Obergeschosses, wo die Gäste untergebracht waren. Der Flur war gesäumt von hohen Türen und auf Leinwand gedruckten Fotografien der Insel.

»Danke, Mila«, sagte Ashton und fing meinen Blick auf, als er an mir vorbeiging. Mir stockte für einen Moment der Atem.

Er hat meinen Namen gesagt. Obwohl er bislang nur ein Buch veröffentlicht hatte, gingen mir die auf diesen Seiten geweckten Emotionen noch immer nach. Ich hatte mein aus der Bibliothek geliehenes Exemplar an zwei Abenden verschlungen, völlig gefangen von der Geschichte zweier Freunde, die von einem mit einem Fluch belegten See entzweit wurden, und als ich um drei Uhr morgens durch war, hatte ich mich mit brennenden Augen an den Laptop gesetzt und mich auf die Suche nach einer signierten Ausgabe gemacht.

Ich kaufte Bücher nie neu, wenn überhaupt. Als Eventorganisatorin verfügte ich zwar über ein ganz ordentliches Einkommen, aber der Großteil davon floss geradewegs in die Arztrechnungen meiner Mutter. Für *Verschlungen* hatte ich eine Ausnahme gemacht. Dass ich Ashton gegoogelt hatte und dabei feststellte, dass wir beide Ende zwanzig waren – nur ein paar Monate trennten uns voneinander – und er außerdem sehr charmante Grübchen hatte, mochte dazu beigetragen haben.

Aber ich würde jetzt keinen Rückzieher machen, nur weil mir das Buch eines Gastes gefallen hatte. Tatsächlich mochte ich fast alle ihre Bücher. Doch ich hatte mich unserem Plan verpflichtet: Mein Name auf jedem Arbeitsauftrag für die Renovierung von Wolf Harbor, Alastors Kreditkarte zu meiner freien Verfügung. Dazu sein Versprechen, dich zur Rechenschaft zu ziehen, was mir all meine Mühen versüßte.

Außerdem war Alastor nicht der Einzige, der Geheimnisse barg.

Am Ende des Flurs drehte Ashton Carter sich noch einmal um und suchte meinen Blick mit diesen von unglaublich langen Wimpern gerahmten dunklen Augen. Ich lächelte unverbindlich und sah beiseite, allerdings war es da schon zu spät, denn bevor er in seinem Zimmer verschwand, hatte ich wieder das Grübchen in seiner Wange aufblitzen sehen, und ich verfluchte mich dafür.

Du verdammte Idiotin.

Ich war nicht hier, um zu flirten; der ganze Plan stand und fiel damit, nicht aufzufallen. Für die Gäste musste ich so selbstverständlich sein wie die Lichtschalter neben der Tür – praktisch und verlässlich. Nicht weiter der Beachtung wert, solange alles funktionierte.

Nichts ahnend betraten sie ihre Zimmer, heiter gestimmt und selbstvergessen, freuten sich über den Ausblick und die offenen Kamine, das dekorative Herbstlaub auf dem Sims. Meine

Brust schwoll vor Stolz, das alles war mein Werk. Endlich war es so weit. Ihr wart nicht mehr bloße Namen auf Büchern in den Auslagen bei Barnes & Noble. Ihr wart hier, in diesem Haus, in meiner Hand. Als wärt ihr, Menschen aus Fleisch und Blut, den Seiten einer eurer Geschichten entstiegen.

Und dabei geradewegs in meine geraten.

TINTE IN DEN ADERN: VOM SCHREIBEN ÜBER FURCHT

VON J. R. ALASTOR

WELTEN ERSCHAFFEN

»Leider gibt es nichts Neues unter der Sonne – und das gilt auch und gerade für das Schreiben.«

So las sich die ungekürzte erste Fassung dieses Buches, die ich meiner Lektorin schickte.

Der Rest ist dann auf ihre Anregung hin entstanden, es verdankt sich also im Grunde ihr, aber vielleicht ergibt sich aus jenem ersten Wurf trotzdem eine neue Perspektive, die ich hier in aller Bescheidenheit anbieten möchte.

Seit ich denken kann, habe ich Bücher verschlungen, aber irgendwann reichte es mir nicht mehr, die Worte anderer zu lesen, ich wollte mit ihnen interagieren. Schreiben war das fehlende Glied in der Kette, die andere Seite des Gesprächs. Geschriebene Welten aus dem Nichts zu erschaffen, *ex nihilo*, näher können wir dem Göttlichen nicht kommen.

Vielleicht werden wir schreibend zu Göttern.

Aber dann frage ich mich: Was, wenn die geschriebene Seite nicht der einzige Ort ist, an dem wir das Schicksal beherrschen können?

3

RODRIGO

Ich musste ein Lächeln verbergen, als Olivia vom weiß gestrichenen Kamin zu unserem großen Doppelbett schlenderte und leicht mit den Fingern über die knorrigen Treibholzstücke strich, die überall als Deko herumstanden. Während ich meine Tage von Uhr und Kalender strukturieren ließ, begegnete Olivia dem Leben mit derselben frenetischen Energie, mit der ein Hund seinen Herrn begrüßt, diese unbändige Freude, als könnte sich hinter jeder Ecke die Möglichkeit neuer Abenteuer auftun.

Auf beiden Nachttischen stand ein Buch mit schwarzem Umschlag an die Lampen gelehnt: *Tinte in den Adern*, J. R. Alastors Buch übers Schreiben. Vielleicht brauchte es genau das, um mich wieder auf Ideen zu bringen.

»Hör zu«, sagte Olivia und drehte sich zu mir um. Der verträumte Zug um ihre roten Lippen war wie weggeblasen. »Ich weiß, dass du dir Schöneres vorstellen kannst, als eine Woche in einem Haus voller Fremder zu verbringen. Umso mehr weiß ich es zu schätzen, dass du mitgekommen bist.«

Ich ging über den hellen Webteppich auf sie zu. »Ich weiß. Tut mir leid, wenn ich vorhin etwas gereizt war. Ich bin einfach nur müde«, ich küsste ihre Hand, »und frustriert wegen des Manuskripts«, ich ließ mich auf die Bettkante sinken und zurückfallen, zog sie mit mir, »*und* völlig durchgefroren.«

»Dann sollten wir mal sehen, ob wir eine Tasse Tee für dich bekommen«, zog sie mich auf und kniff mir in die Wange. »Und morgen nehmen wir uns gleich als Erstes den Text vor und schauen, warum wir nicht weiterkommen. Und wenn wir ihn zehnmal umschreiben, einen Zeitstrahl machen müssen und den halben Tag improvisieren. Sowie wir den Knoten gelöst haben, läuft es wie von selbst, und wir dürften die Rohfassung Ende der Woche fertig haben.«

Die Begeisterung kehrte in ihre Stimme zurück, und ihre Augen funkelten. »Und denk dran, wir sind in J. R. Alastors Haus! Auf seiner Privatinsel!« Sie kreischte ins Kissen und sah mich dann mit großen Augen an. »Kannst du dir vorstellen, wie aufregend mein zwanzigjähriges Ich das gefunden hätte?«

»Das tust du noch immer.«

»Tu nicht so abgeklärt, du findest es genauso aufregend wie ich. Lass uns doch gleich mal diesen Ausstellungsraum suchen. Ich muss mir unbedingt …«

»*Cielos*, gönn einem alten Mann doch einen Augenblick Ruhe …« Ich rollte mit den Augen, meinte es aber nicht so, erst recht nicht, als ihr Haar wie Seide durch meine Finger floss und sie mir einen langen, innigen Kuss auf den Mund drückte. Und natürlich hatte sie recht: Ich hatte Alastors Bücher seit meinem Jurastudium regelrecht verschlungen.

Also fügte ich mich meinem Schicksal, stand auf und ging zur Tür. Noch während ich den obersten Knopf meines blauen Seidenhemds schloss, öffnete ich – und sah geradewegs in die Augen jener Person, der ich am allerwenigsten begegnen wollte.

Sie war wie angewurzelt an der Tür zu ihrem Zimmer stehen geblieben und sah mich an. Es war schon erstaunlich, dass unsere Wege sich ausgerechnet hier kreuzen mussten. Zufall, könnte man meinen. Aber wenn es kein Zufall war, welchen Schluss sollten wir daraus ziehen?

Keine der möglichen Antworten wollte mir gefallen.

Dann nahm ich aus den Augenwinkeln eine weitere Bewegung wahr – unsere Gastgeberin, J. R.s Assistentin, wollte gerade die Treppe hinuntergehen.

»Ah … Mila?«, rief ich in der Hoffnung, mich richtig an ihren Namen zu erinnern, und ging eilig den Flur hinunter. »Können wir uns schon die Sammlung ansehen?«

»Was dagegen, wenn ich mitkomme?«, fragte Fletcher und steckte den Kopf aus seinem Zimmer.

Olivias Lächeln entgleiste, und ich seufzte still. Klar freute ich mich, ihn zu sehen, aber den Vermittler zu spielen war nicht unbedingt meine Vorstellung einer erholsamen Woche.

Mila führte uns hinauf ins dritte Obergeschoss, das auf den ersten Blick nur eine Art Diele zu sein schien. Unter dem Oberlicht standen ein Bücherregal und ein weißer Ledersessel.

»Mr. Alastor ließ den Eingang im Zuge der Renovierungen nachträglich einbauen«, erklärte Mila lächelnd, während sie ihre Hand auf einen als Buchstütze dienenden Tierschädel legte und daran zog.

Das Bücherregal tat einen Ruck und schwang zur Seite, dahinter tat sich ein verborgener Gang auf. Fletcher, der neben mir stand, stieß einen leisen Pfiff aus.

Auf dem schwarz-weiß gefliesten Schachbrettboden reihten sich die Ausstellungsvitrinen. Durch das Oberlicht brach ein Sonnenstrahl in den dunklen Raum, das einzige Licht abgesehen von der sanften Beleuchtung für die Vitrinen. Fadenscheinige weiße Kleider waren auf Schaufensterpuppen drapiert, sorgfältig kuratierte Polaroidfotos hingen an den Wänden, ein ganzer Gang schien Messern in allen erdenklichen Größen und Formen vorbehalten, dazwischen eine Kettensäge und eine Sense.

Olivia beugte sich aufgeregt über eine der Vitrinen. »Ro, sieh dir das an! Das ist die Axt, von der sie gesprochen hat.«

»Sensationell«, fand Fletcher, der sich, die Hände in den Hosentaschen, die Masken ansah und vor einer besonders unheimlichen stehen blieb, einem schlichten weißen Ding mit dunklen, etwa erdnussgroßen Augenlöchern. Ich erkannte sie als Requisite aus jenem Film, nach dem ich dem Horror-Genre für etliche Jahre abgeschworen hatte. »Wie kommt Alastor an all das?«

Mila war an der Tür stehen geblieben, unter einem riesigen Hirschgeweih, das über ihr an der Wand hing. »Mr. Alastor hatte das Glück, seine Sammlung schon vor vielen Jahren zu beginnen, als die Nachfrage noch nicht so groß war. Er ist in Hollywood gut vernetzt und hatte schon immer ein Faible für popkulturelle Ikonen.«

Ich stutzte, als ich mich plötzlich einem mannsgroßen Kaninchenkostüm gegenübersah – aus welchem Film sollte *das* denn sein?

»Ziemlich beeindruckend für einen Mann, der nie persönlich in Erscheinung tritt«, merkte Fletcher an.

Mila nahm erst ihn ins Visier, dann mich. Sie sah uns an, ohne zu blinzeln, wie eine Schlange. Eventuell stimmte etwas mit ihren Augen nicht. »Keineswegs«, sagte sie. »Mr. Alastor überlässt öffentliche Auftritte seinen Mitarbeitern.«

»Stimmt, das sagten Sie bereits«, murmelte Fletcher und beugte sich über einen alten goldverzierten Plattenspieler – vermutlich jenes Grammofon, das er selbst gern gehabt hätte. Dann richtete er sich wieder auf und deutete mit dem Kinn in den hinteren Teil des Raums. »Was ist das?«

An der Wand stand etwas Großes, Unförmiges, über das ein weißes Laken gebreitet war. Drei spitze Enden ragten fast bis an die Decke empor.

»Das«, sagte Mila, »ist Mr. Alastors jüngster Neuzugang. Eine Requisite aus der Miniserien-Verfilmung von *Vergiss ihre Namen*. Der Beichtstuhl muss allerdings erst restauriert werden, weshalb wir ihn leider noch nicht in der Ausstellung zeigen können.«

Ein Beichtstuhl.

Mir wurde flau allein bei dem Gedanken.

»Die Serie haben wir gesehen«, sagte Olivia und wandte sich an mich. »Mir hat sie gefallen, aber du hast die ganze Zeit darüber gemeckert, dass die juristischen Details nicht stimmen.«

»Sehnen wir uns nach unserer Zeit als Anwalt zurück?«, stichelte Fletcher.

Ich tat es mit einem freudlosen Lachen ab und ließ ihn weiter in dem Glauben, dass ich damals wegen Olivia aus der Kanzlei ausgestiegen war.

Wäre es doch nur so gewesen.

Als Olivia mich unter dem Hirschgeweih hindurch aus dem Raum lotste, warf ich noch einmal einen Blick zurück auf das verhüllte Ungetüm und musste an die reich verzierten, dunklen Beichtstühle in den spanischen Kirchen meiner Jugend denken.

Ein kaltes Kribbeln kroch mir den Nacken hinauf.

»Einen Moment«, sagte Olivia, als wir wieder unten und in unserem Zimmer waren. »Ich muss Mila noch etwas fragen.«

Ich ließ mich aufs Bett fallen und rieb mir den Jetlag aus den Augen. Eigentlich hätte ich froh sein sollen, einen Moment für mich zu haben.

Doch ich fand keine Ruhe.

Ich hatte damals versucht zu vergessen, was ich getan hatte, um Partner in der Kanzlei zu werden. Aber nach nur einem Monat ertrug ich es nicht mehr, jedes Mal wenn ich aus dem Aufzug stieg, meinen Namen in fetten Buchstaben an der Wand stehen zu sehen, als stete Erinnerung. Ich kündigte und suchte Zuflucht im Schreiben, in meiner Ehe.

Meine Fehler ließen sich nicht wiedergutmachen, ohne dass

ich meine Zulassung als Anwalt verlieren und jeder von mir bearbeitete Fall überprüft werden würde. Und das waren nur die rechtlichen Konsequenzen. Es war nicht abzusehen, wie ein Geständnis sich auf meine Ehe auswirken würde. Ich hatte geglaubt, es würde schon gutgehen, ich könnte damit leben.

Ich hatte nicht ahnen können, dass ich fortan bei jedem Blick in den Spiegel diese Schuld in meinen Augen stehen sehen würde.

4

MILA

Du hast mir in die Augen geschaut und mich nicht erkannt.

Erstaunlich, wie du nach unten kamst, mich batest, den Kamin in deinem Zimmer anzumachen, wie du mich antworten hörtest, dass ich mich gleich darum kümmern würde, und doch nichts gemerkt hast.

Es zeigte mir, wie gut ich meinen Job machte. Nur dass Erfolg ganz schön kalt und schmerzhaft sein kann. Niemand weiß das besser als du.

Oder sollte es wissen.

Kühl und flüchtig – trocken wie Papier – berührte deine Hand meine, als ich dir bei eurer Ankunft von Bord half. Ich hatte mich auf den Moment vorbereitet, wenn dein Blick dem meinen begegnen und deine Pupillen sich weiten, dunkel werden würden vor Entsetzen. Der Schock des Wiedererkennens. Traurig, aber wahr, ich hatte diesen Moment herbeigesehnt, bis ich ihn wie Salz und Sand zwischen meinen Zähnen spüren konnte.

Doch dein Blick streifte mich nur. Natürlich, nach all den Jahren würdest du mich kaum erkennen. Zumal das Einzige, das du von mir kanntest, meine Worte waren.

Trotzdem nahm es mir den Atem, dir plötzlich so nah zu sein.

Mit demselben Hochgefühl folgte ich dir jetzt die Treppe hinauf. Der Teppich schluckte unsere Schritte. Wäre es ein Schock für dich, wenn du es herausfändest? Ich stellte mir die Angst in deinen Augen vor. Aber dachtest du wirklich, du würdest so einfach davonkommen?

Ich brauchte dich bloß anzusehen, und schon stieg die Erinnerung an jenen Tag in mir auf.

Jenen Tag vor drei Jahren – ich werde ihn nie vergessen –, als ich dein Buch im Schaufenster von Barnes & Noble sah.

Ich sah deinen Namen auf diesem furchtbaren Cover und stürzte in den Laden. Es sah so billig aus, und doch war es *dein* Buch, dein Name, der darauf stand. Ich kaufte es auf der Stelle und erzählte der Kassiererin, dass ich dich von früher kannte, dass wir befreundet waren.

Wie das wohl für dich war? Veröffentlicht zu werden. All deine Träume in Erfüllung gehen zu sehen.

Ich hoffte, es war ein schmerzhafter Prozess.

Ich hoffte, es tat weh wie ein Papierschnitt, der einem die Kehle durchtrennt.

Und dass deine Schuld sich dir eingeschrieben hatte bis ins Mark.

Denn ganz ehrlich, es wäre nichts gegen das, was du noch zu spüren bekämst.

Als Alastor die Insel kaufte, ließ er das Haus nicht bloß von Grund auf renovieren, sondern auch zusätzliche Gänge, Treppen und Türen einbauen, die nahtlos in den Wänden verschwanden. Die letzte Woche hatte ich unter anderem auch damit verbracht herauszufinden, wie ich auf kürzestem Wege von A nach B gelangen konnte.

In einer halben Stunde begann die Dinnerparty, und ich schlüpfte durch eine der Geheimtüren und flitzte die schmale Wendeltreppe hinunter, die direkt in mein Büro im zweiten Stock führte. Dort angekommen, schob ich das Bücherregal wieder vor den Durchgang und wandte mich um.

Dann erstarrte ich.

Die Haupttür zum Büro war zwar geschlossen, genau wie ich sie hinterlassen hatte, aber in dem Sessel am Kamin saß jemand. Ein Mann mit dunklem Haar – mehr konnte ich nicht erkennen, denn er wandte mir den Rücken zu.

Er saß vornübergebeugt und hielt den Kopf gesenkt. Dabei murmelte er leise vor sich hin, wiederholte langsam die immer gleichen Worte, variierte leicht die Betonungen, spielte mit dem Klang. Seine schlanken Finger strichen sich das schwarze Haar zurück, das ihm bis in den Nacken reichte.

Was machte er hier?

Und hatte ich wirklich vergessen, die Tür zu meinem Büro abzuschließen? Ein weiterer Fehler dieses Kalibers, und das Spiel wäre aus, bevor es überhaupt begonnen hatte.

Noch konnte ich den Rückzug antreten, konnte wieder über die geheime Treppe verschwinden. Auf jeden Fall konnte ich nicht ewig wie eine Salzsäule hier herumstehen, weil ich mich mit Taryn und Curt noch mal wegen des Ablaufs der Dinnerparty besprechen musste. Ging ich zur Tür, würde mein ungebetener Besucher mich bemerken, auch wenn er völlig in sich versunken schien. Er schien nicht einmal das leise Geräusch des sich öffnenden Bücherregals bemerkt zu haben. Hinter uns in der Ecke war ein kleiner Fenstersitz, vielleicht konnte ich ihn glauben machen, dass ich die ganze Zeit dort gesessen hatte …

Ein dumpfer Schlag ließ mich zusammenfahren. Ein Buch war aus dem sich schließenden Regal gefallen.

Mein Besucher sprang ebenfalls auf, einen Fluch auf den Lippen. »Oh verdammt. Ich wusste nicht, dass jemand hier ist. Ich … Verzeihen Sie, ich … Sie haben mich gerade zu Tode erschreckt.«

Verdammt.

Ashton Carter, *der* Ashton Carter war in meinem Büro, kaum eine Armeslänge von mir entfernt.

Seine Wikipedia-Seite war recht übersichtlich, aber ich wusste, dass er der Sohn eines chinesischen Kinderarztes und einer amerikanischen Software-Entwicklerin war und fast sein ganzes Leben in Seattle verbracht hatte. Auf Instagram postete er Fotos von seinem Schäferhund, von Bergtouren und den jeweils aktuellen Stapel seiner ungelesenen Bücher, der erstaunlich große Ähnlichkeit mit meinem eigenen hatte. Nächsten Monat wurde er dreißig.

Den Tag hatte ich mir nicht gemerkt – man sollte es mit seinen Obsessionen nie zu weit treiben.

»Keine Ursache, mir tut es leid«, sagte ich und verzog das Gesicht. »Ich … wollte Sie nicht stören.«

»Nein, nein, Sie stören nicht. Wenn überhaupt, bin ich es doch, der hier nichts verloren hat.« Eine feine Röte stieg ihm in die Wangen. Oh Mann, gab es etwas Attraktiveres als einen gut aussehenden Typen in dunklem Smoking mit schmaler Taille, breiten Schultern und verlegenem Grinsen? »Aber wie sind …«

Ich deutete mit dem Kinn zu dem Platz am Fenster. »Ich dachte, Sie hätten mich dort sitzen sehen, und ich wollte auch nicht stören, weil … nun ja, Sie schienen beschäftigt.«

»Klang vermutlich wie eine Teufelsbeschwörung.«

Ich wies an mir herab. »Und hier stehe ich leibhaftig.«

Er stutzte einen Moment, dann fiel die Schüchternheit von ihm ab. »Ash«, sagte er grinsend und streckte die Hand aus.

»Ich weiß.« Seine Hand lag angenehm warm in meiner, auf der Rückseite seines Handgelenks sah ich verwischtes Gekrakel von einem schwarzen Kugelschreiber, vermutlich derselbe, den er sich hinters Ohr geklemmt hatte. Es fiel mir schwer, ihm in die Augen zu sehen, es fühlte sich an, als würde ich eine Grenze überschreiten. »Mila del Angél.«

Heilige Mutter Gottes, aber diese Grübchen!

»Ich weiß«, sagte er und sah sich in dem kleinen Büro um.

»Danke, dass Sie sich hier um alles kümmern und uns diese Woche ermöglichen. Wahrscheinlich steckt mehr Aufwand dahinter, als es den Anschein hat.«

Ich schlug die Augen nieder und versuchte, wieder zu Atem zu kommen. »Oh ja, ich … Sicher.«

»Leben Sie das ganze Jahr hier?«

»Hier auf der Insel? Du lieber Himmel, nein. Ich arbeite auch nicht direkt für Mr. Alastor, sondern für eine Eventagentur. Mr. Alastor hat sich vor ein paar Monaten bei uns gemeldet, kurz bevor er Sie zu der Autorenresidenz einlud.«

Es stimmte immerhin zum Teil.

»Dann sind Sie also Profi und haben reichlich Erfahrung darin.« Er schüttelte den Kopf. »Mich überfordert es schon, meine Schlüssel zu finden, geschweige denn, dass ich so eine Veranstaltung organisieren könnte.«

»Es ist schon ziemlich stressig«, räumte ich ein. »Aber ich liebe meinen Job. Ein bisschen hat es auch was von einem Krimi, wenn man die verschiedenen Teile zusammensetzt und schließlich sieht, wie etwas Ganzes daraus wird. Am Ende kann ich mein Werk bewundern, und wenn die Gäste …«, ich lächelte, »… es auch genießen, war es jeden Aufwand wert.«

»Stimmt. Wenn man es richtig macht, sieht es am Ende ganz einfach aus. Genau wie beim Schreiben.«

Mein Lächeln verblasste. »Allerdings.« Ich spürte meinen Puls am Handgelenk flattern und schob meine Uhr darüber, warf einen flüchtigen Blick darauf und erschrak, wie spät es schon war. »Ja gut, ich sollte dann mal …«

»Oh ja, klar. Ich auch.« Er blickte auf das Notizbuch in seiner Hand. Der weiche Einband war zurückgeschlagen, und mein Herz schlug schneller. Fast jeder Schriftsteller führte ein solches Notizbuch, es war wie ein Friedhof flüchtiger Gedanken und Dialogfetzen, die dann irgendwann wieder ausgegraben und in einer Geschichte verwertet wurden. Oder auch nicht. Es juckte mir in den Fingern, einen Blick in seins zu werfen. »Dann sehen wir uns … später?«

Seine Stimme hob sich am Ende des Satzes, es war eine Frage. Tatsächlich versuchte er nicht zu lächeln, doch wie immer, wenn man mit jemandem sprach, den man attraktiv fand, den man vielleicht beeindrucken wollte, gelang es ihm nicht ganz. Es hätte mir nichts ausmachen, mir zumindest nicht das Blut in die Wangen treiben sollen.

»Bis später«, sagte ich und blieb an der Tür noch einmal stehen, wandte mich wider besseres Wissen um. »Und wenn Sie einen Platz brauchen, um in Ruhe zu arbeiten, geben Sie beim nächsten Mal einfach Bescheid.«

»Danke, Mila. Das werde ich.«

Und da waren sie wieder, die verdammten Grübchen.

5

RODRIGO

In der einsetzenden Dämmerung führte Alastors Assistentin uns durch die Bäume hindurch hinunter an den Strand. Im hinteren Teil unserer Gruppe war Cassandra Hutchinson ein sprudelnder Quell der Mutmaßungen über unseren Gastgeber. Ich kann mich ehrlich gesagt nicht erinnern, wann ich jemanden außerhalb eines Gerichtssaals je so viel habe reden hören.

»Allein die Vorstellung, sich eine Insel zu kaufen, um deinem ersten öffentlichen Auftritt die nötige Grandezza zu verleihen«, sagte sie. »Mit einem Schlag hast du sie alle in den Schatten gestellt.«

Fletcher ließ sich erwartungsgemäß nicht beeindrucken, und Olivia, die sich fröstelnd an mich schmiegte, weil ihr rotes Samtkleid mit dem verführerischen, aber unpraktisch hohen Schlitz wenig gegen die Kälte auszurichten vermochte, lachte trocken. Ich empfand einen Anflug von Verärgerung, dass unser Gastgeber uns Ende Oktober zu einer Dinnerparty im Freien verurteilte.

Am Ende der Treppenstufen tat sich der Kieselstrand vor uns auf, dahinter brachen sich die Wellen an den Felsen, die aus der Brandung ragten. Der Himmel hatte die warme Farbe der Pfirsiche in unserem Garten in Marbella, und irgendwo hinter dem dunklen Horizont lag, über eine Bootsstunde entfernt, die Küste von Maine. Weit und breit kein Land in Sicht. Trotz des fauligen

Geruchs von Seetang hatte diese Weltabgeschiedenheit durchaus ihren Reiz.

Hinter uns, oberhalb der Klippen, erhob sich das Haus am höchsten Punkt der Insel. Die hell erleuchteten Fenster waren gerade noch über dem flammenden Laub der Bäume zu erkennen.

Am Strand war ein weißer Pavillon aufgebaut, darunter, auf einem eigens ausgerollten marineblauen Teppich, erwartete uns die festlich gedeckte Tafel. Über den Stühlen waren warme Decken drapiert, ein Glück, die langstieligen Gläser waren von Kälte beschlagen, der Schampus stand in zwei Silberkübeln auf Eis. Hitze flutete mein Gesicht, und als ich den Blick hob, sah ich die Wärmelampen unter dem Zeltdach, dem Himmel sei Dank.

Diskret vertauschte ich meine und Olivias Tischkärtchen, sodass ich nun zwischen ihr und Fletcher saß. Nachdem alle Platz genommen hatten, blieb nur der Stuhl am Kopf der Tafel frei.

»Ich bitte um Entschuldigung, aber unser Gastgeber wurde leider doch noch länger aufgehalten«, sagte Mila, als sie uns Champagner in die schlanken Gläser schenkte. Auf der frostig schimmernden Flasche stand MOËT, wie Olivia mit anerkennendem Blick quittierte. »Aber er besteht darauf, dass Sie auch ohne ihn beginnen.« Sie deutete auf den Tisch, auf dem bislang nur eine einzige, länglich ovale abgedeckte Speiseplatte stand. »Für die Lösung des ersten Rätsels haben Sie dreißig Minuten Zeit.«

Nach den Ereignissen des Nachmittags – die Besichtigung der Ausstellung, die nur knappe Vermeidung einer unliebsamen Person – hatte ich die Krimi-Dinner fast vergessen. Es blieb zu hoffen, dass es nicht allzu enttäuschend würde.

Unsere Gastgeberin lächelte. »Sie sollten sich auf jeden Fall eine Antwort einfallen lassen, ganz gleich, ob Sie sie für richtig halten oder nicht. Mr. Alastor mag es nicht, wenn man es am nötigen Einsatz fehlen lässt.«

»Aufregend«, befand Carter mit einem Grinsen und schickte Milas sich entfernenden Schritten einen einsam verhallenden Applaus hinterher. *Amerikaner*, dachte ich genervt, *immer gleich so enthusiastisch.* »Sollen wir loslegen?«

»Meint ihr, sie hat uns gerade Konsequenzen angedroht?«, fragte Violet, ohne die Miene zu verziehen. »Müssen wir den mangelnden Einsatz mit einem Finger büßen, einer Hand?«

»Wäre es nicht schon genug der Strafe, unseren werten Gastgeber zu enttäuschen?«, warf Fletcher ein.

»Ich denke, es war motivierend gemeint, Violet, Liebes«, sagte Cassandra und schwenkte ihr Glas. »Wir sollten nicht immer gleich vom Schlimmsten ausgehen.«

»Ganz offensichtlich verbirgt sich das Rätsel hier drunter«, sagte ich und griff nach der Speiseglocke in der Mitte des Tisches. Auch sie war von feinem Frost überzogen, und der silberne Griff in Form eines Wolfskopfes fühlte sich eisig an. Die Kälte fuhr mir in den Arm wie ein elektrischer Schlag.

Ich hob den schweren Deckel ab, die anderen beugten sich gespannt vor.

Über uns schlug flatternd das Zeltdach im Wind und ließ die Lichter schwankende Schatten werfen.

Die feinen Härchen auf meinen Armen stellten sich unter meinem Jackett auf, und als ich den Silberdeckel auf dem Tisch absetzte, stieß er mit einem hellen Klirren an Alastors Teller. Was immer ich zu sehen erwartet hatte, war nicht annähernd so bizarr wie das, was sich nun unseren Blicken bot.

»Wie … barbarisch«, bemerkte Cassandra. »Vielleicht war ich doch etwas voreilig.«

Nebelschwaden stiegen auf wie Rauch, züngelten zwischen unseren Gläsern, leckten an unseren Tellern. Trockeneis. Ich tauchte mit der Hand hinein, und unter dem weißen Gewaber kam ein Fisch zum Vorschein, roh und so lang wie mein Arm. Seine Haut war trocken und stumpf, das schmale Maul stand offen und ließ zwei Reihen nadelscharfer Zähne erkennen.

Ein einsamer Rauchfaden kräuselte sich aus der uns anstarrenden Augenhöhle.

»Appetitlich.« Fletcher lächelte grimmig. »Wer will zuerst?«

»Ich denke nicht, dass wir ihn essen sollen«, sagte Carter.

»Und ich dachte an das Rätsel, Carter.«

»Sind zufällig Angler unter uns?«, fragte ich. »Oder jemand, der sich mit Fischen auskennt?«

Ein Windstoß fuhr in meine Jacke, und Olivia rümpfte die Nase, als der faulig-metallische Gestank des toten Tieres über uns hinwegwehte.

»Etwas stimmt nicht mit seiner Haut«, murmelte Violet.

Selbst im warmen Licht wirkte die Haut des Fisches grau und stumpf, erinnerte eher an einen Hai als an das glänzende Schuppenkleid seiner fideleren Artgenossen.

»Weil er keine Schuppen mehr hat«, stellte Carter fest, als er den Fischkopf vorsichtig mit dem Messer anhob. Er besah sich die Unterseite und verzog das Gesicht. »Beide Augen fehlen auch.«

»Gehäutet und geblendet«, sagte Cassandra triumphierend und trommelte mit den Fingernägeln aufs Tischtuch. »Ich denke *Auge um Auge*, oder was meinen die anderen?«

»Aber was ist mit den fehlenden Schuppen?« Carter strich sein Messer am Tellerrand ab, wo es eine schleimig-graue Spur hinterließ. »Und wozu das Eis, der Nebel?«

»Der sich gelichtet hat. Und der Fisch ist nackt. Nackt wie die Wahrheit«, nahm Olivia den Faden auf und stützte das Kinn in die Hand.

»Ahaaa«, sagte Cassandra und lächelte in ihr Glas. »Das ist gut.«

Die nackte Wahrheit, der blinde Fisch.

Es ging nicht um den Fisch, sondern …

Ein Schauer lief mir über den Rücken, als hätte jemand eine scharfe Klinge an meine Haut gelegt. Aber es war nur die Kälte, *claro*. Ich hob den Blick zu dem langen rechteckigen Heizstrahler, in dessen orangefarbenem Licht die Luft flirrte wie eine Fata Morgana.

»Okay, Fletch«, sagte Carter. »Wie wäre es mal mit einem konstruktiven Beitrag? Das ist jetzt Ihre Chance.«

»Ich weiß nicht, ob mir das zusteht. Bis unser Gastgeber eintrifft, werde ich mich in Schweigen hüllen.«

»Gut«, sagte Carter. »Wenn Fletcher nichts beitragen möchte, halte ich jetzt die drei wichtigsten Anhaltspunkte unseres Rätsels fest, die da wären: das Eis, die fehlenden Schuppen, die fehlenden Augen. Was ist nackt und kalt und kann schlecht sehen?«

»Schwiegermutter die Zweite«, sagte Cassandra trocken. »Schreckliche Person, genau wie ihr Sohn.«

Ashton Carter drehte sich zu ihr um und zog die Augenbrauen hoch.

Die nackte Wahrheit, der blinde Fisch.

Madre mía, das durfte nicht wahr sein.

»Eine Schlange?«, schlug Olivia vor.

»Schlangen blinzeln zwar nicht, aber sie sind nicht blind«, widersprach Carter. »Ich hatte auf dem College Herpetologie als Wahlpflichtfach.«

»Ihr seid alle auf dem Holzweg«, sagte Violet und hob ihr spitzes Kinn. »Es ist eine Allegorie der Gerechtigkeit, das arme Ding soll Justitia sein.«

Die Worte fuhren mir wie eine kalte Faust in den Magen. *Nein.* Das durfte nicht des Rätsels Lösung sein, und ich war *nicht* das Ziel einer perfide verschlüsselten Botschaft! Meine Schuld schmiedete die Worte und Taten anderer ganz unabhängig von deren Intention zu scharfen Klingen, die sich unter meine Haut gruben, mich eiskalt ausweideten. *Aber das war Unsinn, das bildete ich mir bloß ein.* Es war ein Rätsel und der Bezug reiner Zufall. Grausame Ironie des Schicksals.

»Justitia?«, wiederholte Cassandra und verzog den Mund. »Sie scheint mir in recht trauriger Verfassung.«

»Genau. Justitia ist blind und ... die Schuppen, *scales*, was auch die Waagschalen der Gerechtigkeit bedeuten kann ... das, was fehlt. Natürlich«, assoziierte Carter weiter und klickte dabei gedankenverloren auf seinem Kugelschreiber herum, was mich schier wahnsinnig machte. »Die Wahrheit kommt ans Licht, es fällt einem wie Schuppen von den Augen, Justitia urteilt ohne Anschauung der Person ... und in Konsequenz passt dann sogar Cassandras Auge-um-Auge-Theorie.«

Cassandra lächelte und stieß mit ihrem Glas an sein noch unberührtes. »Nenn mich Cassie, Darling.«

Eiswürfel fielen klackernd aufs Tischtuch, als ich mir die nächste Flasche aus dem Kühler schnappte und mir noch mal kräftig nachschenkte. »Das ist ein völlig überholtes Bild. Unsere moderne Rechtsprechung vergilt Gleiches nicht mehr mit Gleichem, diese Zeiten sind glücklicherweise vorbei. Das ist alttestamentarisch, das ist barbarisch. Und wozu das Eis, was soll das bedeuten?«

»Der kalte Fisch«, sinnierte Violet. »Eiskalt genossene Rache.«

»Oder kühle Gerechtigkeit«, fügte Carter versöhnlich an.

In meinem letzten mit Olivia verfassten Buch spielte eine geschändete Grabfigur eine tragende Rolle: Justitia, die ein blutiges Schwert in Händen hielt, das – einigen von uns wird es ein Begriff sein – neben den Waagschalen das zweite, weniger bekannte Attribut der antiken Göttin der Gerechtigkeit ist.

Die Ironie des Schicksals verdichtete sich, sie hing nicht mehr nur wie ein eisiger Nebel über der plötzlich gar nicht mehr festlichen Tafel, die ganze Insel schien davon durchtränkt.

»Gut gemacht.« Cassandra applaudierte und ließ ihre albernen Armreifen klimpern. »Damit hätten wir ja unsere Antwort.«

Ich schnaubte. »Gerechtigkeit ist *nicht* die Antwort.«

»Hast du eine bessere Idee?«, fragte Fletcher. »Oder ist unser werter J. R. dir bereits zu Kopf gestiegen? Ja, spuck es ruhig aus!«

»Es ist eben eine Berufskrankheit, mein Lieber«, sagte Cassandra und legte ihm die Hand auf die Schulter. »*Es gibt kein größeres Grauen als das in unseren Köpfen.* Ich glaube, Miranda French hat es gesagt, eine ganz großartige Autorin.«

Ein Windstoß ließ das Zelt erbeben und kühlte den Schweiß in meinem Nacken. Ich tastete nach dem Lederband an meinem Hals, bekam aber nur nackte Haut zu spüren. Mir fiel wieder ein, dass ich die Kette vorhin auf dem Nachttisch abgelegt hatte.

»Ro?«, fragte Olivia leise, und ihre Zunge rollte sich um das R in meinem Namen.

Ich schaute in ihre von langen Wimpern gerahmten Augen, ihre Pupillen groß und dunkel im Schein der Lichter. Ihr rotes Kleid schmiegte sich an ihre Figur, der Stoff ging fließend in den über den Strand gebreiteten Teppich über.

»Nada, mi reina.« Ich küsste ihre Hand, spürte, wie kalt ihre Haut an meinen Lippen war. Es war eine feuchte Kälte, die einem durch die Kleider bis ins Mark drang.

Aber in mir loderte es.

»Hm, nein.« Fletcher ließ seinen schmalen Blick über den grauen Fischleib schweifen, über die starren Augenhöhlen. »In aller Regel ist es auch nicht Gerechtigkeit, die eiskalt serviert wird.«

Ich spürte Olivias ruhigen Blick auf mir.

Fletcher trank sein Glas aus, ließ das blassgoldene Prickeln seine Kehle hinabrinnen. »Wir sollten eher an Rache denken«, sagte er, als hätte es seiner Wiederholung noch bedurft.

6

MILA

Ich hatte überlegt, dich zu vergiften, aber du schienst keine Allergien zu haben – oder zumindest keine, von denen ich wusste –, und dein Tod sollte wie ein Unfall aussehen. Du wärest vermutlich gar nicht auf den Gedanken gekommen, aber du konntest dein Essen unbesorgt genießen.

Die anderen jedoch …

Ein Lächeln spielte um meine Lippen, als ich dem Klang des Lachens in die Küche des Bootshauses folgte. Taryn saß auf der Arbeitsfläche – ausgesprochen unprofessionell, aber ich ließ es ihr durchgehen –, sie hatte den Kopf lachend zurückgeworfen, sodass ihre karamellbraune Lockenmähne den Fleischerblock streifte, was sie gar nicht zu bemerken schien. Als sie mich kommen sah, setzte sie sich auf und tupfte sich vorsichtig die Augen ab, um das Glitzer-Make-up nicht zu verschmieren. »Sorry, aber Curt hat mir gerade die Story erzählt, wie er mal Catering für das Familientreffen aus der Hölle gemacht hat. Das musst du dir anhören, Mila!«

Ich schenkte ihr ein mildes Lächeln, scheuchte sie mit einer leichten Bewegung von der Arbeitsplatte und schickte sie wieder ans Werk. »Später vielleicht. Wie weit sind wir mit dem ersten Gang?«

»Mila-mia ist im Bossmodus«, trällerte Curt hinter der Kochinsel und schwang ein Küchenmesser von der Länge meines

Unterarms, ehe er ein Bündel Koriander klein hackte. Seine Stirn glänzte, der Ansatz seiner gebleichten Haare schien auch feucht, sein weißes T-Shirt war eine Nummer zu klein. »Der Salat ist fertig, den Rest richte ich in zwei Minuten an, alles easy.«

Die beiden fungierten als Haushälterin und Koch, sie waren Anfang zwanzig und somit jünger als ich und für die Arbeit hinter den Kulissen zuständig. Ich war ihre Chefin und Bindeglied zwischen ihnen und den Gästen, zwischen ihnen und Alastor. Außerdem sollte ich sie, genau wie die Autoren, über die wahre Natur der Veranstaltung im Unklaren belassen. Also mich kühl und zurückhaltend geben und professionelle Distanz wahren, rein theoretisch.

Genau sechs Stunden hatte ich das durchgehalten.

Vor zehn Tagen, gleich am ersten Abend auf der Insel, war Taryn mit Liebeskummer zusammengebrochen, und Curt hatte ihr einen Zuckerschocker gezaubert, den er seinen »Frisch-abserviert-Kuchen« nannte. Zähneknirschend bot ich ihnen die Nutzung des Filmraums an und wollte mich danach zurückziehen, aber Curt bestand darauf, mich mit dem Werk von Jordan Peele bekannt zu machen. Am Ende schauten wir bis zum Morgengrauen Horrorfilme. Ich konnte mich nicht erinnern, wann ich zuletzt einen Film mit jemandem zusammen gesehen hatte.

Beim Blick auf meine Smartwatch, deren silbernes Armband schimmerte wie Schlangenhaut, sah ich, dass es kurz vor halb sieben war. »Zwei Minuten hast du gesagt?«

»Jawohl, Chef«, dröhnte Curt mit verstellter Stimme. Ich schnappte mir ein Küchenhandtuch und klatschte ihm damit ans Bein, worauf er einen spitzen Schrei ausstieß und sich wieder an die Arbeit machte.

»Und, wo ist er?«, fragte Taryn, als wir die Salatteller auf ein Silbertablett luden. »Hatte er überhaupt vor, zum Dinner hier zu sein, oder wählt er lieber den ganz großen Auftritt bei Nacht und Nebel und Donnergrollen?«

»Ja, sag schon, Mila«, versuchte Curt, mich mit dunklem Hundeblick zu bezirzen. »Plauder mal ein bisschen aus dem literarischen Nähkästchen.«

»Ihr scheint zu glauben, es gäbe etwas auszuplaudern.«

»Erzähl uns wenigstens, was alle wissen«, bettelte Taryn und hüpfte auf den Zehenspitzen. Seit Curt sie vor zwei Tagen davon überzeugen konnte, sich endgültig von ihrem Freund zu trennen, sprudelte sie nur so vor Energie, was natürlich sehr erfreulich, aber auch ein wenig anstrengend war. Allerdings fand ich die zwei unerwartet süß zusammen und gönnte es ihnen von Herzen. »Die Gäste wissen doch sicher, wer er ist – oder haben zumindest eine Vermutung? Verrat es uns, bitte!«

»Da gibt es nichts zu verraten«, sagte ich. »Ihr werdet es erfahren, wenn er hier ist.«

Taryn stöhnte. »Du hast leicht reden, du kennst ihn! Ich hatte schon ein bisschen Schiss herzukommen, ohne ihn vorher überhaupt mal gesprochen zu haben. Meine Mom ist nicht davon abzubringen, dass das hier ein Entführungskomplott ist.«

»So ungewöhnlich ist das nicht«, versicherte ich ihr, als hätte ich es ständig mit anonymen Auftraggebern zu tun. »Ich weiß nicht, ob es dich beruhigt, aber ich bin ihm auch noch nie begegnet.«

Curts Saucenlöffel verharrte in der Luft. »Nicht mal per Videocall?«

»Nein.« Dieser Frage war ich die ganze Woche erfolgreich ausgewichen, aber jetzt, wo die Gäste eingetroffen waren, musste meine Erzählung mit denen der anderen übereinstimmen. »Er schätzt seine Privatsphäre. Wahrscheinlich wollte er sich nicht in die Karten schauen lassen, bevor nicht alle …«

»Diese Geheimhaltungserklärung unterschrieben haben?« Taryn hob eine präzise gezupfte Augenbraue.

Ich warf ihr einen scharfen Blick zu. Sie machte einen guten Job, sie war witzig und nett, aber vor allem war sie *jung*. Sie war noch nicht enttäuscht vom Leben, von dem, was hätte sein können oder hätte sein sollen. Sie hatte Träume, sie war voller Neugier. Aber dafür war jetzt kein Platz. Es war Showtime, und die Show hatte zu funktionieren. Dass sie anfing, hier herumzuschnüffeln, war das Letzte, was ich gebrauchen konnte. Ohnehin war es mir ein Rätsel, warum Alastor sie vorgeschlagen hatte und nicht jemanden, der älter war und mehr Erfahrung hatte. Jemanden, der die Dinge hinnahm und keine Fragen stellte.

»Hey«, sagte Curt, dem mein Blick nicht entgangen war, »für das Geld und zwei Wochen Inselurlaub gratis könnte Alastor meinetwegen auch ein Fleischklops mit Sauce sein.«

»Das habe ich jetzt nicht gehört, okay?« Ich deutete auf zwei Teller, die er zur Seite gestellt hatte. »Spezielle Diätwünsche?«

»Rechts salzarm, links die Sauce separat.« Er streute Sesam über das mit frischem Koriander angerichtete Fleisch, und mein Magen begann zu knurren. Seine übertrieben entspannte Art mochte mich stressen, aber kochen konnte er, das musste man ihm lassen.

»Ich bringe die schon mal raus.« Sowie ich ihnen den Rücken zugekehrt hatte, fischte ich die beiden Tütchen aus meiner Tasche – eines mit weißem Pulver, das andere hellblau. Diskret schüttete ich das blaue Pulver in die Extraschale und füllte alles mit Sojasauce auf, die ich in einem kleinen Fläschchen bei mir trug.

Beim anderen Teller hob ich das Fleisch mit der Gabel an und streute das weiße Pulver darunter, damit der schimmernde Saucenspiegel unberührt blieb.

Ich ging im Geiste noch mal meine Liste durch: die zerstoßenen Pillen, die Sojasauce, die Seildeko, mit der ich Taryn Fletchers Zimmer würde schmücken lassen, sowie die Bilder, die ich eigenhändig bei Ashton an die Wände genagelt hatte. Jetzt musste ich im Haupthaus bloß noch das WLAN abschalten. Die Gäste hatten genügend Zeit gehabt, sich davon zu überzeugen, dass es vorhanden war und funktionierte, jetzt war der Zeitpunkt gekommen, diese Verbindung zur Außenwelt zu kappen.

Ich sah erneut auf die Uhr. Mittlerweile dürften die Gäste das Rätsel vermutlich gelöst haben – Alastor war es wichtig gewesen, mit etwas Leichtem zu beginnen, damit es auch alle verstanden. Die harten Nüsse kämen später.

Ich tippte meine Smartwatch an und rief den Feed der Überwachungskamera auf, die in einem der Stützpfeiler des Strandpavillons versteckt war und durch ein fingernagelgroßes Loch das Geschehen bei Tisch filmte. Das Display meiner Uhr war zu klein, als dass ich viel hätte erkennen können, aber alle saßen noch an ihren Plätzen, und die Platte mit dem Fisch war – wieder, so nahm ich an – abgedeckt.

Fertig, dachte ich mit feinem Lächeln, waren sie so oder so.

7

RODRIGO

Als ich aufsah, trafen sich unsere Blicke, und wahrscheinlich dachte sie dasselbe wie ich.

Dass man uns beide hierher eingeladen hatte, mochte noch als Zufall durchgehen, aber sollte die Antwort auf das Rätsel tatsächlich Justitia lauten, wusste jemand, was ich getan hatte. Oder vielmehr, was *wir* getan hatten. Denn wer über mich Bescheid wusste, wusste auch von ihr.

Bis das Essen serviert wurde, war ich überstimmt. Ashton Carter und Cassandra plädierten für Justitia, die blinde Göttin der Gerechtigkeit. Für eiskalte Rache konnte sich niemand mehr recht erwärmen. Alastors Assistentin schien zufrieden mit unserer Antwort.

»Was Rätsel angeht, hätte es schlimmer kommen können«, fand Fletcher und zerpflückte sein Grünzeug mit der Gabel. »Es wäre zu dumm gewesen, gleich an der ersten Aufgabe zu scheitern.«

»Er wollte uns am Anfang nicht gleich überfordern«, sagte Ashton.

Fletcher hob sein Glas und lächelte. »Ein überaus gütiger Gastgeber.«

Dass ich nicht lachte. Unser Gastgeber war vieles, aber das ganz sicher nicht. Ich musste herausfinden, was er wollte. Was sein Plan war.

Auf den Salat folgte gebratene Ente mit einer Beilage gedünsteter Frühlingszwiebeln. Die scharfen Aromen mischten sich mit dem allgegenwärtigen Geruch nach Seetang und dem noch immer in der Luft hängenden Odeur des gottlob abgetragenen Fisches. Ein Kloß saß mir im Hals. Zudem hatte ich auf Hummer gehofft – war Maine nicht dafür bekannt?

Cassandra kostete und seufzte verzückt. »Köstlich. Ganz köstlich.«

Also probierte ich auch und hätte mich fast verschluckt. Ingwer- und Sojanoten duellierten sich auf meiner Zunge. Es war von allem zu viel, vor allem zu salzig. Wenn dieser Mann mich vor aller Welt, einschließlich meiner Frau, bloßstellen wollte, konnte ich da nicht wenigstens noch eine anständige Mahlzeit erwarten?

Aber nein, das war lachhaft. Ich machte mich lächerlich. Woher sollte Alastor es denn überhaupt wissen? Es gab außer mir nur drei Personen, die davon wussten. Eine saß mir hier gegenüber, die andere war tot.

Und die dritte …

»Für unseren letzten Abend hat Alastor sicher einen richtigen Kracher geplant«, sagte Cassandra und klimperte mit den Wimpern. »Immerhin sind wir zur schönsten Zeit des Jahres beisammen, das sollte man gebührend feiern.«

»Ich dachte, das sei Weihnachten«, bemerkte Fletcher.

»Vielleicht schmeißt er eine Mottoparty, so ähnlich wie heute Abend«, ging Carter über Fletchs Einwand hinweg. »Wenn das heutige Motiv die Dinnerparty war, was könnte wohl an den anderen Tagen auf dem Programm stehen? Vielleicht sollten wir uns schon mal überlegen, was das nächste Rätsel sein könnte. Ihm einen Schritt voraus sein.«

Fletcher schnaubte. »Mit den Motiven meiner Bücher habe ich wohl wenig beizutragen, aber in deinem Werk reiht sich ja ein Horrorversatzstück ans andere. Wollen wir hoffen, dass es so schlimm nicht kommt. Ich fände es bedauerlich, wenn die Feingeistigeren unter uns wegen der Genrelastigkeit anderer leiden müssten.«

Mein Glas war schon wieder leer, und ich füllte es auf, auch wenn der Wein ein seltsam pelziges Gefühl in meinem Mund hinterließ. Vielleicht kam es auch von der versalzenen Sauce – die anderen logen doch, wenn sie das Essen in den höchsten Tönen lobten!

Oder das Rätsel hatte einen Nerv bei mir bloßgelegt und ließ mich jeden noch so kleinen Reiz hundertfach spüren?

»Violet, Liebes«, sagte Cassandra, »du hast doch auch einen eher, nun ja, *literarischen* Schauerroman geschrieben. Fast so wie Fletcher. Hast du denn die gängigen Tropen des Genres eingebaut, oder ist so etwas unter eurer Würde?«

Violet setzte sich auf. »Bei mir kommt ein Spiel vor, das die Menschen mit einem Fluch belegt, der ihre Seelen aus den Körpern saugt.«

Schweigen.

»Oh«, sagte Cassandra und nickte zu Fletcher hinüber. »Interessant. Und trotzdem gilt es als literarisch. Da sehen Sie es.«

Fletcher lächelte auf eine Weise, die ausdrücken sollte, dass er es keineswegs so sah. »Ganz offensichtlich wurde ich eingeladen, um eine Klasse in literarischem Schreiben zu geben. *Unterhaltungs*literatur dient eben genau diesem Zweck, der Unterhaltung, wohingegen Literatur den Geist anregen und Gefühle wecken soll, wahre, tiefe Gefühle, die über den schlichten Thrill hinausgehen. Nehmen Sie beispielsweise ein Meisterwerk wie *Der Name der Rose* …«

»Nicht das schon wieder«, murmelte Ashton.

Fletcher blieb kurz der Mund offen stehen. »Nicht *was* schon wieder?«

»Wenn Sie über *Der Name der Rose* schwärmen, denke ich mir jedes Mal – und die anderen können sich dem vermutlich anschließen –, dass Eco sich vom Tempo und der Beschränkung aufs Wesentliche ruhig ein paar Scheibchen bei Young-Adult-Thrillern hätte abschneiden können.« Ashton Carter nahm einen Schluck Wasser und schaute herausfordernd in die Runde. »So. Jetzt hab ich's gesagt.«

»Ich wüsste nicht«, Fletcher erhob die Stimme, »wann ich jemals etwas so Vermessenes, ja nachgerade *Absurdes* gehört hätte. Ich bin fast versucht, es persönlich zu nehmen! *Der Name der Rose* ist ein moderner Klassiker, ein Meisterwerk der Weltliteratur, der Wortkunst, des Realismus und …«

Cassandra prustete in ihr Glas. »Wenn ich Realismus möchte, nehme ich ein Sachbuch.«

»Aber wir vergleichen hier Äpfel mit Birnen! Keiner eurer billigen Schmöker kann einem modernen Meisterwerk wie diesem das Wasser reichen.«

»Nicht alles muss ein modernes Meisterwerk sein«, sagte Violet, die auf einmal munter wurde. »Manchmal liegt die Kunst nicht darin, zu intellektuellen Höhenflügen anzuregen, sondern darin, einen beim Lesen alles um sich herum vergessen zu lassen. Manchen Menschen *rettet es das Leben*, ab und an der Realität entfliehen zu können.«

Es folgte ein Schweigen, in dem ihre Worte umso lauter nachklangen. Ihr Blick wanderte zwischen uns hin und her, und sie räusperte sich. »War nur so ein Gedanke.«

Fletcher hob sein Glas. »Willkommen bei der Debatte, Violet. Ich hatte mich schon gefragt, ob hinter diesen dunklen Augen auch noch Leben ist. Und falls Sie sich fragen – es war J. R. persönlich, der mich anregte, in dieser Woche etwas von meiner Expertise weiterzugeben.«

Er ließ es scherzhaft klingen – im Zweifelsfall war alles immer ein Scherz bei ihm –, aber etwas in seinem Ton verriet mir seine Gereiztheit. Olivia war seit jeher der Ansicht, dass Fletcher und ich nur deshalb befreundet waren, weil ich Justizthriller schrieb und mich nie auf das Feld des gepflegten Kriminalromans gewagt hatte, das er mit solchem Erfolg bestellte. Mein Werk konnte sich zwar auch sehen lassen, aber ich stellte keine direkte Konkurrenz dar.

Bis ich dann Olivia kennenlernte und wir als Team zu schreiben begannen. Bis ich meine Karriere als Anwalt aufgab, wenn auch aus anderen Gründen.

Gründe, von denen Alastor zu wissen schien.

Ich meinte, noch immer den eisigen Hauch des Trockeneises an meiner Hand zu spüren, der von dem verstümmelten Kadaver des Fisches aufgestiegen war. Der faulige Gestank, der jetzt kaum noch zu unterscheiden war vom Geruch des Meeres, das uns auf allen Seiten umgab. Er hatte sich mir am Gaumen festgesetzt, klebte mir in der Kehle.

Rache und Gerechtigkeit, eiskalt serviert. Das konnte kein Zufall sein, oder?

»Da wir gerade von Expertise sprechen – Olivia, meine Liebe, ich frage mich immer, wie Sie – und Rodrigo natürlich – auf diese doch sehr *anschaulichen* Beschreibungen kommen.« Cassandra beugte sich interessiert vor. »Woher nehmen Sie die Inspiration dafür? Ich bin wirklich nicht zimperlich, aber bei manchen Schilderungen ist mir schon etwas flau geworden.«

Olivia ließ ein helles Lachen hören und setzte zu einer der üblichen Erwiderungen an, aber ich konnte mich nicht auf ihre Worte konzentrieren.

Sowie unser Gastgeber auf der Insel eintraf, musste ich mit ihm sprechen – und zwar allein. Ich würde ihm klarmachen, dass mir solche Spielchen nicht gefielen.

Auf der Umschlagklappe jedes seiner Bücher stand seine Kurzbiografie, natürlich ohne Bild. Er hatte zwei Dutzend Titel in bald drei Jahrzehnten veröffentlicht und diesseits des Atlantiks vermutlich in jeder Buchhandlung mindestens einen davon stehen.

Und irgendwie musste er es erfahren haben. Er wusste, was wir getan hatten.

Ich hingegen kannte nicht mal seinen richtigen Namen.

Mein Blick ging über den Tisch, über Carters Schulter, zu den Bäumen, die den Küstenstreifen säumten. Und auf dem Hang darüber, über dem dunklen, leicht im Wind sich wogenden Laub, sahen die hellen Lichter des Hauses wie Augen zu uns herab.

Ich ließ mich gegen die Tür unseres Zimmers sinken und hörte sie mit einem leisen Geräusch ins Schloss fallen. Mir schwirrte der Kopf. Wenn ich einen Gedanken zu fassen versuchte, entglitt er mir gleich wieder wie ein zappelnder Fisch.

Olivia stand mit dem Rücken zu mir und nahm sich die silbernen Ohrringe ab, legte sie auf die Kommode.

Unsere Spiegelbilder schwebten im Dunkel des Fensters, körperlose Gestalten, die unsere Bewegungen mit minimaler Zeitverzögerung nachzuahmen schienen.

Hitze strömte mir den Nacken hinab. Warum fiel es mir so schwer, mich zu konzentrieren? Vielleicht hätte ich doch mehr essen sollen, auch wenn es furchtbar schmeckte.

»Olivia.« Zumindest meine Stimme war klar. »Ich muss dir etwas sagen.«

Sie drehte sich um und zog die Brauen zusammen.

Ich würde hinter mich bringen, was ich längst hätte tun sollen. Wobei ich bis zuletzt gehofft hatte, es bliebe mir erspart. Wahrscheinlich hätte ich mehr beten sollen, damit das Schicksal ein Einsehen mit mir hatte. »Jemand aus meiner Zeit als Anwalt ist hier.«

Sie sah mich an, als wollte sie abschätzen, wie betrunken ich war. »Ich weiß.«

»Nein, tust du nicht.« Verdammt, warum war es so elendig heiß hier drin? »Es ist jemand anders.«

Überraschung breitete sich über ihr Gesicht.

»Es war ein sehr heikler Fall.« Ich fummelte mit dem Daumen an meinem Ehering. »Der Verlag wollte nicht, dass es an die Öffentlichkeit gelangt, es stand viel Geld auf dem Spiel.«

»Davon hast du nie erzählt«, sagte sie sanft und kam auf bloßen Füßen näher; ihre Schuhe hatte sie sofort abgestreift.

»Es ist fünf, sechs Jahre her. Wir hatten uns gerade verlobt. Es war natürlich vertraulich.« Mein Magen krampfte sich zusammen. »Ich habe meine Sache nicht gut gemacht und den Fall verloren. Es ist mir hochgradig unangenehm, eine Woche mit dieser Person auf so engem Raum zusammen sein zu müssen. Sie kennt sämtliche Details, verfügt über sensible Informationen und …«

»Aber was tut das denn jetzt noch zur Sache?«

»Ich habe damals die Gegenseite vertreten. Die Anklage.«

Jedes Mal, wenn ich blinzelte, sah ich die Schwielen an meinen Händen doppelt. Heilige Mutter Gottes, wie viel hatte ich getrunken?

Olivia schob ihre Hand in meine, die feinen weißen Linien auf ihrer Handfläche wie eine Landkarte und Zeugnis der vielen im Garten verbrachten Stunden. »Dann werden wir einfach versuchen, dieser Person aus dem Weg zu gehen. Und wenn sie dich doch in die Fänge bekommt, rufst du um Hilfe, und ich komme dich retten.«

»Du bist mein persönlicher Türsteher?«

»Ich bevorzuge den Begriff *Partner in Crime*.« Sie schob ihre sehnigen Arme unter meine Smokingjacke, und ich merkte, wie etwas von der Anspannung, die ich den ganzen Abend mit mir herumgetragen hatte, sich löste. »Wir haben bis hierher schon ganz schön viele Leichen zusammen vergraben.«

»Hm.« Ich drückte sie an mich, schloss die Augen gegen das Schwindelgefühl und atmete den blumigen Duft ihres Parfüms ein – Gardenien, wenn ich mich recht erinnerte –, der von ihrem seidigen Haar ausging. Ich hatte es ihr zu unserem letzten Hochzeitstag geschenkt.

»Ro?« Ihre Handfläche glitt über mein Hemd. »Ich bin mir sicher, du hast bei dem Fall dein Bestes gegeben.«

Mir wurde schlecht.

Denn auch wenn ich meiner Frau einen Teil der Wahrheit erzählt hatte, waren zu spitz formulierte Tatsachen kaum besser als Lügen.

Durch die dünnen Vorhänge fiel schwacher Mondschein auf die Schulter meiner Frau, die tief und fest schlief. Ich selbst fand keine Ruhe. Meine Gedanken kreisten immerzu um die Ereignisse des Abends und suchten sie aus jedem Blickwinkel zu beleuchten. Es war fast vier Uhr morgens, und der Wunsch, in meinem eigenen Bett den Schlaf der Gerechten zu finden, war übermächtig.

Außerdem hatte ich Durst.

So etwas konnte auch nur einem exzentrischen, unsozialen Autor einfallen, über dem Kamin einen dekorativen Kranz aus Weizen- oder Gerstenähren aufzuhängen, den Gästen aber keine einzige Wasserflasche aufs Zimmer zu stellen. Ich würde hier ganz sicher nicht anfangen, aus dem Hahn zu trinken wie ein Tier.

Mit trockener Kehle schlich ich zur Tür, öffnete sie lautlos und ging durch den schwach beleuchteten Flur zur Treppe, wobei mein Blick magisch angezogen wurde von der Doppeltür mit dem die Zähne bleckenden Wolfsschädel am Ende des Gangs. Alastors Arbeitszimmer.

Wo, wenn nicht hier, würde sich ein Hinweis auf die wahre Identität unseres Gastgebers finden? Und da er noch immer außer Haus weilte, dürfte das Zimmer verlassen sein. *Finalmente*, dachte ich. Ich würde die Antworten finden, nach denen ich gesucht hatte.

Auf leisen Sohlen trat ich an die Tür und inspizierte das schwere Messingschloss. Es war ein ziemlich simples Ding, das auf einen überraschenden Mangel an Vorsicht bei dem so sehr auf seine Privatsphäre bedachten Autor schließen ließ. Andererseits hatte es bis vor einer Woche vermutlich auch niemanden gegeben, der in seinem Refugium herumschnüffelte.

Tatsächlich war mir der Schließmechanismus an unseren Türen deutlich effizienter erschienen, als ich vorhin Schloss und Riegel ausprobiert hatte. Man konnte fast meinen, Alastor wollte es Einbrechern leicht machen.

Hinter meiner Schulter vernahm ich einen leisen Atemzug.

Mit einem spanischen Fluch auf den Lippen fuhr ich herum und hob abwehrend die Hand. Aber meine Sorge war unbegründet. »Sie haben mir vielleicht einen Schreck eingejagt! Können Sie auch nicht schlafen?«

In der Dunkelheit blitzte ein Lächeln auf. »Etwas in der Art.«

TINTE IN DEN ADERN: VOM SCHREIBEN ÜBER FURCHT

VON J. R. ALASTOR

BLUT SCHMECKEN

Autoren tappen immer wieder in dieselbe Falle. Wenn nicht schon auf den ersten fünf Seiten Blut vergossen werde, verliere man seine Leser, heißt es. Ich hingegen vertrete die Ansicht, dass gute Spannung sich Zeit lässt. Sie lässt einen mitfiebern. Macht einen zum stillen Beobachter, der sich kein Wort entgehen lässt, keine noch so kleine Regung. Vielleicht erhascht man durch einen Spalt im Vorhang einen kurzen Blick auf die Bühne. Oder sitzt im dunklen Zuschauerraum und sieht die Schatten tanzen.

Denn nur wer ganz und gar ins Geschehen eintaucht, spürt auch den kalten Hauch der Klinge an der Kehle.

TAG 2

VERFLUCHTE GEGENSTÄNDE

Verfluchter Gegenstand, der (m.):
weckt Erinnerungen an begangene Sünden;
in der Regel von jemandem, der auf Rache sinnt,
mit der Absicht platziert, Unruhe zu stiften
und in den Wahnsinn zu treiben.

Tinte in den Adern:
Vom Schreiben über Furcht,
Verzeichnis der Motive

8

MILA

Meine Turnschuhe raschelten durch das Unterholz, durch die toten, sich an den Rändern kräuselnden Blätter, und der Geruch von Fäulnis mischte sich mit dem feuchter Baumrinde, während ich an dich dachte, immerzu an dich. Zuerst wollte ich nur, dass du es zugibst. Es nicht nur mir gestehst, sondern der ganzen Welt. Dein Verbrechen war nun publik; warum sollte es dein Geständnis nicht auch sein?

Aber mit den Jahren war mir klar geworden, dass es mir weniger um dein Geständnis ging als um *dich*.

Alastor verstand als Einziger, dass ich es nicht einfach auf sich beruhen lassen konnte.

Die schlüpfrigen Finger des Farns griffen nach meinen Waden, und meine Oberschenkel brannten, als ich das letzte Stück den Hang hinauflief. Der frühe Morgennebel hing reglos in der Luft wie hauchfeine Spinnweben, die sich auf meine Haut legten.

Die Silhouette des Hauses tauchte auf der Anhöhe auf, und wie immer ließ seine stille Größe mich erschauern. Wolf Harbor war Welten entfernt von meinem Apartment, in dem das Wasser stotternd aus den Hähnen schoss wie Blut aus einer durchtrennten Arterie. Aber wenn ich diese Woche durchzog, wäre auch das Geschichte, und ich würde nie wieder so sehr unter meiner Würde leben müssen.

Im Schatten der hinteren Veranda sah ich eine einsame Gestalt in einem der Clubsessel sitzen. Mein Herz stockte.

Ashton Carter.

Ich verfluchte mich, die Kameraaufzeichnungen nicht kontrolliert zu haben, doch jetzt umzukehren, da ich den Schutz der Bäume bereits verlassen hatte, würde seltsam aussehen.

Also joggte ich zur Veranda hinauf und spürte meinen kurzen Pferdeschwanz wie eine Peitsche im Nacken.

»Vielleicht sind ja Sie meine Muse«, rief Ashton mir entgegen. Natürlich musste er unverschämt gut aussehen in dunkler Jeans und hellbrauner Lederjacke, während ich hier in meinen verschwitzten Sportklamotten und mit zerzausten Haaren aufschlug. »Eben wollte ich eine weitere Anrufung machen.«

»Tja, es heißt nicht umsonst, *Wenn man vom Teufel spricht*«, erwiderte ich. »Sie wissen, dass man von der Westseite einen herrlichen Blick über die Bucht hat?«

»Ich weiß.« Er deutete auf die Bäume hinter mir, und mein Blick folgte der Richtung, in die er zeigte. »Mir ist das nur lieber als endloses Wasser.«

Es war tatsächlich wunderschön anzusehen, wie der Morgen durch den Nebel heraufkroch und das blutrote Blätterdach in ein feuriges Kaleidoskop verwandelte. Aber meine Aufmerksamkeit blieb bei dem Moleskine-Notizbuch hängen, das aufgeschlagen neben ihm auf dem Tisch lag.

Die Notizen eines Schriftstellers geben viel preis über seinen Arbeitsprozess, seine Ideen- und Gedankenwelt, und zu gern hätte ich in seinen geblättert und ihm Tausende Fragen zu seinem Schreiben gestellt, vor allem natürlich zu *Verschlungen* – wie es ihm gelungen war, die Enthüllungen so perfekt zu timen, so unglaublich gut über Trauer, Selbsthass und Verlangen zu schreiben.

Aber die Frage, die mir gerade am meisten unten den Nägeln brannte, war folgende: Was um alles in der Welt hatte einer meiner

Lieblingsautoren getan, um Alastor so sehr gegen sich aufzubringen, dass er jetzt hier war?

Ich fasste mir ein Herz, denn eine Gelegenheit wie diese käme so schnell nicht wieder. »Mr. Carter …«

»Ash, bitte.«

Ich sollte es dabei belassen und einfach ins Haus gehen. Aber er sah mich an – freundlich, interessiert – und schien darauf zu warten, dass ich weitersprach. »Eigentlich sollte ich das jetzt nicht sagen, weil es mir nicht zusteht und furchtbar unprofessionell ist, aber ich … ich habe Ihr Buch gelesen …«

Er lächelte verlegen. »Das freut mich. Aber Sie müssen sich nicht verpflichtet fühlen …«

»Ich habe es geliebt.« Wärme kroch mir den Hals hinauf. »Es hat mich umgehauen. Ich habe jede Minute geliebt und es zugleich gehasst, wie Colton versucht, Jia zurückzuholen. Es hat mir das Herz zerrissen, wie ihre Freundschaft ihnen langsam entgleitet. Und dann das Ende, was er ihr am Schluss antut … Es war so schrecklich und so perfekt. Nein, wirklich. Ich habe bestimmt schon ein halbes Dutzend Leute dazu überredet, es unbedingt zu lesen, und es ist wirklich eine Leistung, uns alle so dermaßen zum Heulen zu bringen.«

Er lachte kurz auf und strich sich das dunkle Haar aus der Stirn. »Dann habe ich also einen guten Job gemacht.«

»Absolut.« Ich musste an die mysteriöse Widmung denken, die seinem Buch vorangestellt war. In sämtlichen Interviews, Pressemitteilungen und Buchbesprechungen, die ich online hatte finden können, war er der Frage ausgewichen, was genau damit gemeint war.

Die Situation auszunutzen und es ihn jetzt zu fragen wäre vermutlich ziemlich übergriffig, oder?

»Wie lange schreiben Sie schon?«, fragte ich stattdessen.

Der dunkle Spiegel auf seinem Kaffee kräuselte sich, als er die Tasse zum Mund führte. »Ganz ehrlich? Im Prinzip schon immer.

Ich war schon immer gut darin, Geschichten zu erfinden. Ich habe drei ältere Brüder – Lügen war eine Frage des Überlebens.«

»Weil sie sonst Ihnen die Schuld für ihre Missetaten in die Schuhe geschoben hätten?«

»Weil, wer hätte sonst die Schuld für meine übernommen?« Ich lachte überrascht, ihn schien es zu freuen, und er sprach weiter, ohne dass ich ihn dazu auffordern musste. »Also bin ich ein ziemlich guter Geschichtenerzähler geworden und habe einfach … immer damit weitergemacht.«

Ich wartete.

»*Verschlungen* beruht im Grunde auf einer Idee, die ich schon als Kind hatte und die mir einfach nicht aus dem Kopf wollte«, sagte er schließlich. »Allerdings brauchte es dann noch mal zehn Jahre, um mir über das Ende klar zu werden. Die Geschichte so zu erzählen, wie sie gedacht war. Und das war, *bevor* ich einen Agenten hatte.«

Er strich sich mit dem Daumen übers Kinn und enthüllte dabei einen Streifen schwarzer Tinte am Handgelenk – dunkel und scharf umrissen. Ein Tattoo. »Mir wird gerade klar, dass ich eigentlich immer dieselbe Geschichte geschrieben habe, und vielleicht komme ich auch deshalb nicht weiter. Ich fürchte, ich habe eine Schreibblockade«, schloss er und sah mich an. Ich nickte mitfühlend. »Ich will damit sagen, ich *spüre* die Geschichte einfach nicht. Klingt seltsam, oder?«

»Nein, überhaupt nicht. Ich verstehe, was Sie meinen. Wie soll man etwas, das man nicht fühlt, in Worte fassen?«

»Genau das.« Die ersten Strahlen Morgensonne krochen über die Veranda auf uns zu und ließen seine dunklen Augen in der Farbe frisch gemahlenen Kaffees schimmern. »Schreiben Sie auch?«

Ich erstarrte. Die Antwort steckte mir wie ein dünner Knochen in der Kehle fest. »Nicht mehr.«

»Darf ich fragen, was Sie geschrieben haben?«

»Spannungsliteratur«, sagte ich vage. *Und ich bin sogar veröffentlicht.* Das konnte ich ihm allerdings nicht sagen. Er sollte gar nicht erst auf den Gedanken kommen, ich könnte mehr sein als bezahltes Personal. »Einfach nur so ein paar Ideen. Das ist lange her.« Ich zupfte am Ärmel meines Hoodies. »Ich habe Ihnen gerade meine Gefühle geschildert beim Lesen Ihres Buches. Wie war das für Sie, es zu schreiben?«

Er neigte sein Gesicht zur Sonne und ließ den Blick über die Baumkronen schweifen. »Kathartisch«, sagte er dann. »Als hätte ich endlich losgelassen.«

Katharsis.

So oft hatte ich mir vorzustellen versucht, wie sich das anfühlen mochte, welche Erleichterung es wäre, aber es schien mir unerreichbar. Vielleicht ähnelte es jenem kindlichen Masochismus, mit dem man durchs Schaufenster auf all die Süßigkeiten und Verlockungen starrt, die einem verwehrt sind. Wahrscheinlich war das der Grund, weshalb ich *Verschlungen* in den beiden Jahren seit seinem Erscheinen bereits dreimal gelesen hatte.

Aber ich war süchtig nach diesem Schmerz. Dieses Buch – *mein* Buch – zu Hause im Regal stehen zu sehen, war wie eine Nadel, an der ich mich immer wieder verletzen musste, die ich mir jedes Mal tiefer in den Finger stach, weil der Schmerz nie genügte.

»Warum haben Sie aufgehört?«, fragte Ashton. »Mit dem Schreiben, meine ich.«

Weil es albern war, hätte ich fast gesagt. Aber hier hatte ich nun endlich Gelegenheit, mit einem echten, einem bekannten Autor zu sprechen – noch dazu mit ihm! Und jeder, der sich schon mal am Schreiben versucht hat, weiß, dass nichts daran albern ist – oder aber alles. Denn sich Figuren und ganze Welten auszudenken, eine Geschichte zu spinnen, ist vielleicht das Dümmste und Schönste, wozu wir Menschen fähig sind.

»Irgendwann habe ich gemerkt, dass ich lieber lese«, sagte ich mit einem feinen Lächeln. »Ich habe Bücher nur so *verschlungen*, unter anderem Ihres. Und deshalb lasse ich Sie jetzt auch in Ruhe weiterarbeiten, damit ich bald Nachschub bekomme.«

Er deutete einen Salut an. »Aye, Aye, Captain. Ach und noch was.« Sein Blick glitt an mir vorbei in die Ferne. »Das soll jetzt nicht belehrend klingen oder so, denn vielleicht ist Schreiben ja tatsächlich nicht Ihr Ding, aber wenn doch, also wenn es etwas ist, das sich als Teil Ihrer selbst anfühlt, als würden sie durchs Schreiben erst lebendig, dann hilft es vielleicht zu wissen, dass Sie auch dann eine Schriftstellerin sind, wenn Sie gerade nicht schreiben.« Er verdrehte die Augen. »Oje, was rede ich da. Aber Sie wissen, was ich meine.«

Meine Finger schlossen sich fester um den Türrahmen. »Wieso sagen Sie mir das?«

Er grinste schief. »Der Ausdruck in Ihrem Gesicht. Als ich gefragt habe, ob Sie schreiben.«

Ich rannte die Treppe hinunter und schnappte nach Luft, als sei mir die Brust aufgerissen und das Herz bloßgelegt worden.

War ich wirklich so durchschaubar gewesen für ihn, dass er all das über mich erraten hatte? Dinge, die niemand sonst in meiner Familie, niemand von meinen Freunden je verstanden hatte? Es war erschreckend.

Aber auch berauschend, wie eine Droge, die durch meine Adern strömte, denn er hatte mich *gesehen*. Mich gesehen und erkannt als die, die ich wirklich war.

In meinem Zimmer ließ ich mich mit dem Rücken an die Tür fallen und spürte ein vertrautes Gefühl in mir aufsteigen: Mangel. Und dieser Hunger nach *mehr*, der sich aus dem Gefühl speiste, zu kurz gekommen zu sein. Warum konnte ich mich nicht immer so fühlen? So wach und lebendig. Das sollte *mein* Leben sein, Erfolg haben, mich austauschen mit Autorenkollegen,

Freud und Leid des einsamen Schreibprozesses teilen, Ideen sammeln, Worte und Emotionen sezieren, bis wir zum Kern einer Geschichte vordringen. Ich sollte an Schreibseminaren wie diesem teilnehmen, statt sie für andere zu organisieren.

Aber ich würde immer die Person im Hintergrund sein, die im lichtlosen Souterrain eines prächtigen Anwesens Quartier bezog und dafür sorgte, dass es den wahren Kunstschaffenden an nichts fehlte, dass sie satt und zufrieden waren und neue Inspiration schöpften, wo mein Platz doch eigentlich dort oben hätte sein sollen als eine von ihnen.

Jeder Atemzug stach mir in der Brust. Das alles hast du mir genommen. Du hast mich um all das gebracht, sogar um das Schreiben selbst. Als hättest du mich aufgeschlitzt und mir den kreativen Funken geraubt, der in mir brannte, und mich kalt und leer zurückgelassen. Du hast mir jedes Wort gestohlen, das ich jemals zu Papier hatte bringen können, und der Schmerz war unaussprechlich.

Und ich war mit diesem Wissen allein. Niemand wusste, dass ich schrieb, bis dann alle wussten, dass *du* schriebst – oder dich als Schreibende ausgabst. Nicht mal mein damaliger Freund glaubte mir, als ich ihm erzählte, was du getan hast. Alle dachten, ich sei endgültig verrückt geworden.

Und so verlor ich mit den Jahren alle Menschen, die mir mal etwas bedeutet hatten.

Dann tauchte Alastor auf.

Ich stieß mich von der Tür ab, ging ins Bad und ließ das heiße Wasser laufen. Dabei musste ich an Alastors erste E-Mail denken.

Ich weiß, wer Sie sind, schrieb er. *Und ich weiß, was passiert ist. Es tut mir aufrichtig leid.*

Nach all den Jahren, in denen ich eine Lügnerin genannt worden war, wahnhaft und verblendet, von krankhafter Eifersucht, glaubte endlich jemand meine Geschichte. Glaubte *mir*.

Vor acht Monaten, als Alastor mich fand, saß ich völlig verschuldet in diesem schäbigen Apartment in Sedona mit Blick auf den überquellenden Müllcontainer der Bar nebenan.

J. R. Alastor wusste, wer ich war, er kannte meinen Namen. Dieser mit Preisen ausgezeichnete Bestsellerautor, über dessen Identität in den letzten neunundzwanzig Jahren wild spekuliert worden war, wandte sich an mich, scheinbar zufällig, eine Unbekannte. Fragte mich, ob ich Lust hätte, Gerechtigkeit walten zu lassen für einige Verbrechen, die vom Gesetz nicht gesühnt werden konnten. Es gab Gerüchte, dass er Anwalt oder Polizist gewesen sei, auf jeden Fall jemand, der über reichlich Insiderwissen verfügte und sich auskannte mit Ermittlungsarbeit und Strafverfahren. Andere tippten auf einen medizinischen Hintergrund oder dass er gar selbst ein Mörder sei, was die präzise Schilderung verstümmelter Körper in seinen Büchern erklären mochte.

Er dementierte alles.

Was blindes Vertrauen in Internetbekanntschaften anging, war ich ein gebranntes Kind. Ich sagte also nicht sofort zu. Aber als ich mich dann entschieden hatte, war ich ohne jeden Vorbehalt dabei. Wahrscheinlich hätte ich es für einen Trick gehalten, eine Betrugsmasche, hätte er nicht so viel über mich gewusst.

Und über dich.

Alastor war der anonyme Wohltäter, der meinen kleinen Ausflug, meinen persönlichen Rachefeldzug finanzierte. Er gab mir die Gästeliste und übersah alles aus der Ferne. Ich war die Frontfrau, die dafür sorgte, dass alles nach Plan lief.

Auf meine Anregung hin hatte der größte Geschichtenerzähler der Gegenwart ein bisschen mit mir gebrainstormt, bis wir genügend Ideen für die Horrorspiele hatten, die unsere Gäste erwarten sollten.

Ich hatte nicht vorgehabt, ihn hinter die Wut sehen zu lassen, mit der ich meine verletzte Seele schützte, aber ein tränenreiches

Nachtgespräch später war es passiert – zum ersten Mal seit Jahren hörte mir jemand zu. Und verstand mich.

Die frisch gewaschenen Haare lagen noch nass auf meinen Schultern, als ich in der rot getäfelten, gleich neben dem Ausstellungsraum im dritten Stock gelegenen Kommandozentrale die Monitorwand mit den gut zwei Dutzend Kameraeinstellungen hochfuhr. Mit einem zufriedenen Lächeln ließ ich mich in den Bürostuhl sinken, dessen Leder leise seufzend unter mir nachgab. Ich hatte Konferenzen, Workshops und unzählige Hochzeiten organisiert, aber das hier bedeutete mir mehr als alles, was ich je zuvor getan hatte. Der Stress saß mir seit Wochen im Nacken, ich hatte meine Checklisten sogar schon im Schlaf heruntergebetet, doch vor den sechs Bildschirmen, die Live-Aufnahmen aus jedem Zimmer des Hauses zeigten, fiel alle Anspannung von mir ab.

Meine Uhr vibrierte: eine SMS von Alastor. *Schon von der eigenen Macht berauscht?*

Grinsend diktierte ich meine Antwort: »Unwiderruflich.«

Es brauchte nur ein paar Klicks, und ich könnte das Haus, die ganze Insel in einen Albtraum verwandeln. Das Ausmaß an Macht – meiner Allmacht – war tatsächlich berauschend.

Vielleicht hatte Alastor ja recht, wenn er Schreiben und das Erschaffen von Geschichten dem Göttlichen gleichsetzte.

Ich klickte mich durch die Feeds. Während der letzten Woche hatte ich auf den luxuriösen Betten, auf Sesseln und gepolsterten Stühlen balanciert, in jedem Zimmer kleine Löcher für die Kameras gebohrt und dafür gesorgt, dass die Überwachung den Gästen verborgen blieb. Von der Höhe eines der frei liegenden Deckenbalken fing das Auge der Kamera eine Bewegung ein, fokussierte auf den Nachttisch aus Treibholz.

Ich spulte zurück und zoomte heran, sah die Hand, die eine Pistole in die Schublade legte und sie wieder schloss.

Hmm.

Ich schob meinen Stuhl zurück, drehte mich ein wenig hin und her und dachte nach, während ich gedankenverloren mit den Fingern trommelte. Natürlich war es sehr schlau von dir, in weiser Voraussicht für deine eigene Sicherheit zu sorgen.

Allerdings könnte eine Schusswaffe meinen Plan gründlich durchkreuzen.

Ich rief auf meiner Uhr den Messenger auf, hielt den Knopf gedrückt und begann zu sprechen. »Jemand von den Gästen hat eine Pistole mitgebracht. Wie soll ich das handhaben?«

Manchmal kam sofort eine Antwort, als hätte Alastor bloß auf meine Nachricht gewartet oder die Videoaufzeichnungen zeitgleich mit mir verfolgt. Dann wieder konnten mehrere Stunden vergehen, bis er sich meldete, und ich fragte mich zwangsläufig, was er gerade machte, wo er wohl war. Die Gäste gierten nach Informationen über ihren illustren Gastgeber, aber niemand war so begierig darauf wie ich.

Alastors Antwort ließ nicht lange auf sich warten. Er wollte wissen, wem die Waffe gehörte, und schrieb dann sofort zurück: *Entferne die Munition, aber lass die Pistole an ihrem Ort.*

Zum Glück war die betreffende Person bereits auf dem Weg nach unten. Ich sollte jetzt gleich handeln, solange alle sechs sich zum Frühstück einfanden.

Moment – ich sah bloß fünf?

Ohne mich wieder hinzusetzen, beugte ich mich über die Tastatur und ging noch mal alle Einstellungen durch. Zählte die Gäste.

Wo zum Teufel steckte Rodrigo?

Ich klickte mich durch die Aufzeichnungen der letzten Nacht, sah die Gäste auf ihre Zimmer gehen und nahm Rodrigo ins Visier. Spulte vor … Halt, da war es. Eben noch sah man ihn sich im Bett wälzen, dann war bloß noch Olivia da, die dank des von mir verabreichten Schlafmittels tief und fest schlummerte.

Aber wo war Rodrigo abgeblieben?

Ich spulte vor und zurück, suchte nach Systemfehlern und machte sogar einen Neustart. Nichts.

Dann stellte ich mit wachsendem Entsetzen fest, dass es nicht nur diese eine Kamera betraf. *Alle* waren zwischen 4:00 und 5:00 Uhr ausgefallen.

Ich schob meinen Stuhl zurück, fuhr mir durch die Haare und versuchte, tief durchzuatmen. Kunden hatten mich schon zur Schnecke gemacht, weil die Servietten bei einem Firmenevent den falschen Farbton gehabt oder weil der Blumenschmuck bei einer Hochzeit unter der sengenden Sonne Arizonas vorzeitig schlappgemacht hatte.

Und obwohl Alastor und ich im selben Boot saßen, wagte ich mir kaum auszumalen, was los wäre, wenn einer der Gäste unter meiner Obhut verschwand. So was durfte nicht passieren. Wir hatten zu hart dafür gearbeitet, hatten zu viel riskiert.

Nein, Katharsis würde mir nie vergönnt sein. Aber Rache tat es auch.

9

CASSANDRA

Selten hatte Schlaf sich so trügerisch angefühlt.

Meine Augen öffneten sich einen schmalen Spaltbreit, unangenehm trocken, die Lider geschwollen, während meine Hand nach dem auf dem Nachttisch surrenden Telefon tastete. Die plötzliche Stille, als es verstummte, war nicht dazu angetan, das Pochen meiner Schläfen zu besänftigen.

»Oooh«, stöhnte ich und fuhr mir mit der Hand über die Stirn. Was hatte ich mir dabei gedacht, so lange aufzubleiben? Ich brauchte Wasser und davon reichlich, gefolgt von einem hart gekochten Ei mit einer kleinen Prise Salz, einer dick mit Himbeermarmelade bestrichenen Scheibe Toast und Kaffee. Viel Kaffee.

Oder ich könnte mich einfach umdrehen und abermals dem Schlaf erliegen. Frühstück gab es ab acht, aber es bestand keine Anwesenheitspflicht. Wenn doch bloß das Geschepper in meinen Ohren aufhören wollte! Oh nein … Hatte ich die anderen nicht dazu ermuntert, nach dem Frühstück an einer Kritikrunde teilzunehmen?

Ich schälte mich aus dem warmen Kokon meiner Bettdecke und ging hinüber ins luxuriöse Bad mit seiner schicken Holzvertäfelung. Das Rotholz war so frisch, dass man am liebsten *hineinbeißen* wollte. Die Wanne mit Klauenfüßen war ein Traum, aber ohne Trittschemel würde ich in das Ding niemals hineinkommen, geschweige denn wieder heraus- – nicht mit meinen eingerosteten Hüften, auch wenn ich sklavisch die Übungen meines Physiotherapeuten befolgte.

Ich ließ meinen müden Blick zum Fenster gleiten, wo die Morgensonne hinter einem Wolkenschleier verschwunden war. Von hier oben schien das Haus so nah an der Klippe, dass man in luftigen Höhen zu schweben glaubte. Wenn bloß meine Tochter jetzt hier wäre. Sie würde diesen Ort lieben, das Haus, die vielen Bücher. Wobei sie Wasser noch nie mochte. Wahrscheinlich könnte nichts auf der Welt sie dazu bewegen, jemals den Fuß auf eine Insel zu setzen.

Ich trat näher und sah hinab. Nur ein schmaler Streifen Gras trennte das Haus von dem steilen Abgrund, der direkt ins Meer führte.

Eine kleine schwarz gekleidete Gestalt balancierte auf dem Felsvorsprung.

Violets rubinrotes Haar schimmerte im fahlen Licht, der Wind zerrte daran, während sie einfach nur dastand und auf den Horizont hinausblickte wie eine Witwe aus Viktorianischer Zeit, die ewig auf die Rückkehr des Geliebten wartet.

Vielleicht hätte ich hinunterrufen und sie zur Vorsicht ermahnen sollen, sich vor dem Wind zu hüten, der sie leicht über den Rand der Klippe tragen und im felsigen Schlund des Meeres zerschmettern könnte, aber ich bezweifelte, dass sie meinen mütterlichen Rat zu schätzen wüsste.

Widerstrebend löste ich mich vom Fenster und kramte in meiner Kulturtasche mit dem hübschen Paisleymuster nach den drei Pillenfläschchen aus halbtransparentem orangefarbenem Plastik. In jedem klackerten genau sechs Tabletten, ich hatte mir vor der Abreise keinen Nachschub mehr besorgt. Doch das sollte reichen.

Mein Blick richtete sich auf das zerknitterte Gesicht im Spiegel, die roten Äderchen, die sich durch das Weiß meiner Augäpfel und um die schlammgrüne Iris rankten, die faltig erschlaffte Haut mit den Altersflecken, die sich mit jedem Tag mehr von meinem Schädel zu lösen schien. Ich legte die Hände an meine Wangen und schob die Haut zurück. Straffte sie.

Als ich noch auf der Bühne stand, war ich ein echter Hingucker gewesen, aber mir gefiel mein reiferes Aussehen, wenn auch auf andere Weise.

Mit einem Viertelpfund Make-up im Gesicht und die kupferfarbenen Locken ansprechend hochfrisiert, fühlte ich mich wie eine halbe Million falscher Fuffziger, will sagen, *glänzend*, bis auf die Kopfschmerzen.

Bis zum Frühstück tat sich noch ein magisches Zeitfenster von ein paar Minuten auf, weshalb ich mich in den dritten Stock hinaufbegab, der so schmal wie enttäuschend gewesen wäre, hätte nicht schon jemand das Bücherregal zur Seite geschoben, um den Gang dahinter frei zu machen.

»Guten Morgen, meine Lieben«, rief ich und rauschte in den bezaubernden kleinen Museumsraum mit dem schwarz-weißen Schachbrettboden und den beleuchteten Vitrinen. Die schiere Fülle kulturhistorischer Artefakte hätte einen erschlagen können, aber den Genuss, alles eingehend zu betrachten, würde ich mir für später aufheben, denn nun fiel mein Blick auf Olivia, die am Ende des Ganges stand wie ein Ritter vor dem feuerspeienden Drachen und zu einem dunklen Ungetüm hinaufstarrte, das die ganze Schmalseite des Raumes ausfüllte.

Ein Beichtstuhl, wie man ihn auch in jeder katholischen Kirche fand. Mit seinem spitzgiebeligen Dach reichte er fast an die Decke, das alte Holz war von einem stumpfen Braun, fast Schwarz, ein dunkles Mal in einem Haus, das ansonsten ganz auf warmes Kastanienrot zu setzen schien. Ein altes, unansehnliches Ding inmitten so viel frisch modernisiertem Luxus.

»Guten Morgen, Ms. Hutchinson«, sagte Ashton Carter, der gerade ein in die Jahre gekommenes, aber ziemlich raffiniert aussehendes Fernsprechgerät unter die Lupe genommen hatte und sich nun höflich aufrichtete. »Wir suchen Rodrigo. Sie haben ihn nicht zufällig gesehen?«

»Leider nein«, erwiderte ich. »Und nenn mich doch bitte Cassie oder wenigstens Cassandra. Ich weiß, ich könnte deine Mutter sein, aber jetzt fühle ich mich *richtig* alt.« Ich wandte mich an Olivia und wies auf den Beichtstuhl. »Vielleicht lauert Ihr Schatz Ihnen ja da drin auf – für ein kleines Rendezvous.«

»Dort habe ich schon nachgesehen«, erwiderte Olivia sanft, fast schon ein wenig nachsichtig. Sie sah wie immer ganz hinreißend aus. Die weißblonden Locken apart zerzaust, dunkle Jeans zu weißer Bluse, die silbernen Ohrringe und Silberkette geschmackvoll minimalistisch. »Der war gestern noch abgedeckt, weil er erst restauriert werden sollte, bevor er in der Ausstellung gezeigt wird.«

»Der muss nur mal gründlich abgestaubt werden«, befand ich. Die kleinen Rosettenfenster der beiden seitlichen Beichtkammern wirkten wie Augen. »Vielleicht ist er spazieren gegangen? Ihr Mann, meine ich.«

»Vielleicht.« Sie riss sich von dem düsteren Möbel los und drehte sich so jäh um, dass mich ein leichter Windhauch streifte. »Ich sehe noch mal unten nach.«

Bühnenabgang, dachte ich. Sehr dramatisch.

»Haben Sie Alastor schon mal getroffen?«, fragte Ashton, als wir Olivias Schritte sich nach unten entfernen hörten.

Ich sah mir gerade eine kleine Sammlung Videokassetten an. Die Filmtitel stammten alle aus meiner Jugend. »Weshalb fragst du mich das?«

Er zuckte mit den Schultern und steckte die Hände in die Hosentaschen. »Ich habe überlegt, warum Alastor ausgerechnet uns eingeladen hat.«

Ich lächelte bescheiden. »Ich kann natürlich nur für mich sprechen, aber in meiner Einladung hob Alastor meine *Vielstimmigkeit* hervor. Er schrieb, und ich zitiere, dass es nur wenigen Autoren vor mir gelungen sei, ihre Figuren so unverkennbar mit einer eigenen Persönlichkeit auszustatten.«

Ashton nickte langsam. »Das klingt plausibel. Von uns allen gebührt Ihnen das Privileg, hier zu sein, am meisten. Ganz unbestritten sind Sie die Erfolgreichste von uns. Ich hatte mich nur gefragt, ob Ihre Wege sich schon mal gekreuzt haben. Erinnern Sie sich noch an Ihre Anfangszeit? Oder ob Alastor da bereits auf der literarischen Bühne stand?«

Meine Güte, er konnte es einfach nicht lassen, dachte ich und seufzte still. »Ich habe schon Bücher veröffentlicht, bevor Alastor einem breiteren Publikum überhaupt ein Begriff war. Meine Karriere entwickelte sich langsam, aber stetig. Mit jedem Buch hatte ich etwas mehr Erfolg. Alastor hingegen landete praktisch über Nacht einen Bestseller.« Mein Lächeln fiel vermutlich etwas schmal aus. »Er fand viel schneller große Anerkennung, und das, obwohl er sich nie persönlich zeigte.«

»Dann sind Sie also Konkurrenten.«

»So würde ich das nicht ausdrücken, mein Lieber.« Ich beugte mich vor, um den Inhalt einer Vitrine zu inspizieren: ein langer Baseballschläger, der schon bessere Tage gesehen hatte und dessen Schlagseite mit Stacheldraht umwickelt war. LUCILLE stand auf dem kleinen roten Schild. »Ich sehe uns lieber als Erzrivalen.«

»Mir war nicht klar, dass Autoren solche Animositäten pflegen.«

»Du wärest überrascht, wie weit manche von uns gehen, um ihre Karrieren voranzubringen.«

Schließlich machte der Junge sich unter dem Vorwand, Rodrigo suchen zu wollen, davon, und mein Lächeln schwand mit seinen Schritten, während ich in einen der Glaskästen starrte und in den aufgewühlten Gewässern meiner Gedanken versank.

Denn alles, was ich zu Ashton gesagt hatte, war wahr. Alles bis auf eines.

J. R. Alastor hatte mich nicht wegen meiner ausgeprägten Schreibkünste herzitiert.

Seit ich denken konnte, besaß ich diese zweifelhafte Gabe, an anderen Menschen das wahrzunehmen, was sie lieber vor sich oder der Welt verbergen wollten. Es hat mir immer Freude bereitet – und ich habe daraus viel Material für meine Geschichten gewonnen –, aber den Großteil meines Lebens habe ich mit der Befürchtung verbracht, andere könnten mich ebenso durchschauen. Dass jemand sah, was *ich* zu verbergen hatte.

Einige Boulevardblätter glaubten, sie wüssten Bescheid. Mich verfolgte noch immer dieses Bild, auf dem ich in die Polizeiwache geführt wurde. Die Schlagzeile zu dem Artikel lautete »Die Schwarze Witwe schlägt wieder zu« oder etwas ähnlich Melodramatisches. Es stimmt, dass ich nach dem Tod meines zweiten Manns von der Polizei befragt wurde – eine Frau, die erfolgreich Thriller schrieb und schon zwei Ehemänner unter die Erde gebracht hatte, war allem Anschein nach sehr suspekt –, aber ich wurde nie angeklagt. Wie auch, wenn ich zum Zeitpunkt seines Todes am anderen Ende des Kontinents gewesen war?

Lange Zeit hatte ich das Gerede als Witz abgetan – zumal es dafür sorgte, dass meine Bücher reißenden Absatz fanden. Aber nach all den Jahren war ich es doch langsam leid. Ich war die Geheimnisse leid und die Lügen, meine eigenen und die der anderen. Weshalb es nur gut war, wenn jetzt endlich alles herauskam. Ich brauchte es nur laufen zu lassen, als hätte ich den Korken aus einer Flasche gezogen und sähe den Wein der Wahrheit dunkel herausströmen. Es war befreiend. Ja, ich wusste nicht, wann ich mich zuletzt *so frei* gefühlt hatte. Vielleicht war es das, was die Leute mit Karma meinten. Ich war fertig mit dieser Welt, am liebsten wäre ich für immer auf dieser Insel geblieben und hätte meinen Frieden gefunden.

Welche Erleichterung das wäre.

Die Vitrine, welche meine Aufmerksamkeit so sehr gebannt hielt, wurde ebenfalls von einem kleinen Licht beleuchtet. Der Unterschied zu den anderen Exponaten war nur, dass unter dem Glas nichts mehr zu bewundern war.

Die Vitrine war leer.

Lediglich die Messingplakette schimmerte noch im Licht.

KÜCHENMESSER

AUS ALFRED HITCHCOCKS *PSYCHO*, 1960

10
MILA

Während sie alle unten beim Frühstück saßen, hatte ich das ganze Haus durchsucht, einschließlich der Zimmer der Gäste, aber Rodrigo schien wie vom Erdboden verschwunden. Als ich sämtliche Kameras erneut überprüfte, pulsierte das Adrenalin in mir wie nach der dritten Tasse Kaffee. Wenn er bis mittags nicht wieder auftauchte, würde ich die Insel absuchen müssen.

Um die anderen Gäste nichts von meiner Panik merken zu lassen, servierte ich die Erfrischungen in der Bibliothek mit routinierter Freundlichkeit.

Ich schob die Tür mit der Hüfte zu, das silberne Tablett in den Händen, darauf die Karaffe, Keramikbecher und ein Teller frisch gebackener Ahornkekse. Die Autoren hatten sich auf der Ledersitzgruppe vor dem Kamin eingerichtet, Fletcher ging gerade eines der Bücherregale durch, die drei Wände des Raumes einnahmen, die vierte war eine Glasfront und bot einen spektakulären Blick über die Bucht.

Ashton beobachtete mich vom anderen Ende des Raumes, und als unsere Blicke sich trafen, deutete er ein Lächeln an. Ich hoffte, er konnte nicht sehen, wie mir das Blut in die Wangen stieg. Immerhin sah ich diesmal vorzeigbar, um nicht zu sagen verdammt gut aus: Die dunkelblaue Seidenbluse steckte in einem schwarzen Wildlederrock, eins meiner Lieblingsstücke, die schulterlangen Haare trug ich gewellt, der Lippenstift war frisch aufgetragen.

Ich musste professionell wirken, den Anschein wahren. Um mehr ging es nicht.

»Das Grauen durchschnitt ihre Stimmbänder«, las Violet, vorn auf der Kante ihres Sessels kauernd, laut vom Blatt. »Blut spritzte ein dunkles Muster auf den hellen Marmor und sog das zum Fenster hereinfallende Sternenlicht auf wie ein schwarzes Loch.«

Meine Absätze sanken in den dicken Teppich in Creme und Marineblau, der alle Geräusche dämpfte, auch das Ticken der alten Standuhr, die neben dem Schreibtisch – ebenfalls eine Antiquität – ihren Dienst versah.

»Man könnte versucht sein, Ihnen zu einer Therapie zu raten«, bemerkte Fletcher, ohne den Blick vom Bücherregal zu wenden.

»Er will damit nur sagen, Liebes, dass es sehr gelungen ist«, versicherte Cassandra. »Und Alastor hat irgendwann einmal gesagt, dass Schreiben für introvertierte Menschen Therapie *ist*. Und wer wüsste das besser als Sie, Fletcher.«

»Warum sollte ausgerechnet *ich* das wissen«, erwiderte er blasiert.

»Das soll die Leseprobe für meine Agentin werden«, sagte Violet und strich sich den Pony aus den dunkel umrandeten Augen. »Die ersten Kapitel müssen perfekt sein.«

Ich stellte die in der Mitte wie eine Sanduhr schmaler zulaufenden Becher auf den Couchtisch aus Baumwurzelholz, und der aus der Karaffe aufsteigende Duft des gewürzten Apfelweins ließ mir das Wasser im Munde zusammenlaufen, als ich den Gästen einschenkte. Das Buch, das ich in den frühen Morgenstunden auf dem Tisch bereitgelegt hatte, schien noch unberührt. Ich ordnete die Tassen so darum an, dass es nicht verdeckt wurde. Früher oder später würde es schon jemandem ins Auge fallen.

»Ich fände es ehrlich gesagt besser, das erste Kapitel ganz zu streichen«, sagte Ashton. »Steig gleich in die Geschichte ein, ohne uns so viel Hintergrund zu liefern. Und dieses Rohe, Ungefilterte ist einfach deine Art zu schreiben. Es ist dein Markenzeichen – nicht jedermanns Geschmack, aber das braucht es auch nicht zu sein.«

»Denn selbst an den süßesten Früchten wird jemand etwas zu mäkeln finden«, bemerkte Cassandra weise.

Fletcher rümpfte die Nase. »Lass mich raten: Alexandre Dumas?«

Sie lächelte. »Pinterest.«

Ich stellte die Kekse bereit, die Teller und Servietten. Ich ließ mir viel Zeit dabei, aber sie schenkten mir ohnehin keine Beachtung. Mein ganzes Leben lang hatte ich mich danach gesehnt: übers Schreiben zu reden, eine Geschichte auseinanderzunehmen, in ihre Figuren einzudringen, die verschiedenen Stilmittel und Stimmen zu analysieren.

Näher als jetzt würde ich dem vielleicht nie kommen.

Olivia saß am Fenster und ließ ihren Blick über das Mosaik der Baumkronen schweifen. Ich fragte mich, ob sie bereits etwas ahnte. Ob das Vermissen ihres Mannes für sie schon eine ganz neue Dimension angenommen hatte.

»Ich sehe vielversprechende Ansätze in Ihrem Schreiben«, gab Fletcher sich gönnerhaft und schritt, die Hände in den Hosentaschen, ans Fenster. »Ihre Verwendung der Sprache geht über die reine Inhaltsvermittlung hinaus.«

Ashtons Blick huschte zu mir. Sein Lächeln mit den jungenhaften Grübchen vertiefte sich, und seine Augen weiteten sich so dramatisch, dass ich mir auf die Lippen beißen musste, um nicht laut loszuprusten.

»Manchen mag Ihre Stimme die Augen öffnen«, dozierte Fletcher weiter. »An andere, wie unseren Freund Carter, wird Ihre stilistische Brillanz verschwendet sein. Was Sie tun müssen,

Violet, ist, deren Stimmen zu überschreiben. Solange man sie noch heraushört …«

»Reden wir über mich, Fletch?«

»… geraten Sie auf Abwege und in die armselige Welt der Schundliteratur.«

»Gnadenlos argumentiert wie immer«, sagte Ashton und formte ein stummes *Danke* mit den Lippen, als er mir seine Tasse hinhielt.

»Nichts, was ich schreibe, kommt an *Das Geflecht* heran«, seufzte Violet, und ihr Blick brannte sich wie ein Laser durch die Manuskriptseite. »Als hätte ich vergessen, wie es *geht*. Wie man etwas Neues schreibt, das dem Vorgänger ähnlich genug ist, um seine Fans nicht zu vergraulen, sich aber dennoch nicht wiederholt. Diese Gratwanderung blockiert mich.«

Nachdem alles serviert war und ich mich unmöglich noch länger hier aufhalten konnte, trat ich den Rückzug an, doch etwas ließ mich, ich war schon fast an der Tür, noch einmal innehalten.

»*Das Geflecht unserer Sünden* war in dem Jahr die einzige Neuerscheinung, die mich richtig zu fesseln vermochte«, hörte ich Ashton zu Violet sagen und sah, wie er sich, die Ellbogen auf die Knie gestützt, zu ihr vorbeugte. »Schreibblockaden und akutes Hochstaplersyndrom sind nach einem solchen Erfolg ganz normal. Eine andere Autorin meinte kürzlich – und ich zitiere –, wie solle man etwas, das man nicht fühlt, in Worte fassen? Zuerst muss man selbst wissen, welches Gefühl man vermitteln will, was man die Leser spüren lassen möchte.«

Meine Kehle wurde trocken, meine Augen feucht.

Das waren *meine* Worte.

Ich zog die Tür hinter mir zu und blieb, das leere Tablett in der Hand, noch einen Moment im sepiafarbenen Zwielicht stehen und spürte den scharfen, berauschenden Geschmack von Ambition und Verlangen auf meiner Zunge. Ich sollte nicht eifersüchtig sein – Ashton und ich hatten uns zweimal unterhalten, und auch das mehr nebenbei. Ich war die Assistentin im Hintergrund, ein kleines Rädchen im Getriebe, während sie alle im Rampenlicht standen und sich einen Namen machten in der Welt der Literatur oder ihn sich schon gemacht hatten. Und doch hatte er, einer meiner absoluten Lieblingsautoren, mich gerade fast beiläufig als das bezeichnet, was ich mir immer zu werden gewünscht hatte, aber niemals sein würde.

Ein Umstand, den ich allein *dir* verdankte.

Ich schüttelte unwillig den Kopf und hob das Kinn, tat einen tiefen Atemzug und machte mich wieder an die Arbeit. Ich musste Rodrigo finden und dafür sorgen, dass Alastors Plan reibungslos vonstattenging. Denn erst wenn Alastors Spiel vorbei war, konnte das meine beginnen.

Die anderen Gemeinschaftsräume waren leer und verlassen, was kein Wunder war, wenn man davon ausging, dass Rodrigo einfach nur die Insel erkundete.

Aber irgendwie bezweifelte ich das.

Schließlich begab ich mich ins Untergeschoss und klopfte bei Curt an die Tür. Gedämpfte elektronische Klänge drangen hinaus in den lichtlosen Flur. »Curt? Kann ich dich mal einen Moment sprechen?«

Das Geräusch verstummte, die Tür wurde aufgerissen. Curt trug einen grauen Pullover mit V-Ausschnitt, der sich, wie üblich zwei Nummern zu klein, wie eine zweite Haut um seine breiten Schultern schloss, dazu Jogginghose. Er war barfuß. »Mila! Komm rein, setz dich zu uns.«

»Sind wir zu laut?«, rief Taryn vom Sofa. »Ich schwöre, ich hab ihm gesagt, er soll es leiser machen.«

»Wir versuchen gerade ein Rollenspiel aus der kognitiven Verhaltenstherapie«, ließ Curt mich wissen. »Wir üben, wie

Taryn sich verhalten soll, falls sie sich mit Alex noch mal im selben Raum aufhalten sollte.«

Der Flachbildschirm an der Wand war auf Taryns Avatar eingefroren, der gerade den Kopf eines Zombies in die Luft jagte. Ich wollte hoffen, dass ihr Ex klug genug war, sich von ihr fernzuhalten.

»Nein, alles gut«, sagte ich knapper als beabsichtigt.

»Bevor du fragst«, sagte Curt und winkte mich erneut herein, doch ich blieb an der Tür stehen, »das Abendessen ist schon vorbereitet, und mit dem Mittagessen werde ich …«, er sah auf die Uhr, »… in achtundvierzig Minuten beginnen, womit mir exakt anderthalb Stunden bleiben, um die weltbeste Paella zuzubereiten, die, das ist das Schöne daran, sich ohnehin die Hälfte der Zeit von allein zubereitet.« Er ließ die Finger vorschnellen. »Bäm. Bin ich gut, oder was?«

»Sehr gut, dann bin ich beruhigt«, sagte ich mit einem Lächeln, das mir beim Blick auf Taryns Klamotten gleich wieder verging. Eigentlich sollte sie mir auf Abruf zur Verfügung stehen, es konnte immer sein, dass ich sie im Haus brauchte, aber die rosa Jogginghose und das schulterfreie Sweatshirt wurden dieser Rolle nicht gerecht. Meine Mutter hätte mir das niemals durchgehen lassen – wenn *mamá* hinunter in die Backstube gegangen war, hatte sie sich vorher immer zurechtgemacht, ohne Ausnahme. Und dasselbe hatte man auch von mir erwartet.

Aber Taryn war nicht das Kind mexikanischer Einwanderer und diese Woche für sie nicht der Höhepunkt einer zehn Jahre währenden Obsession. Ihre Arbeitsmoral schien eine andere zu sein als meine.

»Ihr könntet beide ruhig etwas mehr Präsenz zeigen«, sagte ich. »Wenn ich einen von euch brauche, habt ihr da zu sein.«

Taryn setzte sich sofort auf, ihre hellbraunen Locken fielen ihr über die Schultern. »Natürlich. Gibt es Probleme?«

»Das weiß ich nicht. Einer der Gäste wurde heute noch nicht gesehen. Aber es wäre zu früh, ihn schon als vermisst zu melden.« Die beiden wussten, dass es sich bei den Gästen um Halbprominenz aus der Literaturszene handelte, doch ihre Namen kannten sie nicht. Und so sollte es, wenn es nach mir ging, auch bleiben. Selbst wenn man als Leser mal das Foto auf einem Buchumschlag gesehen hatte, erkannten die meisten ihre Autoren kaum auf der Straße. Und Taryn und Curt lasen wahrscheinlich sowieso nicht. »Es kann sein, dass er einfach nur die Insel erkundet. Aber würdet ihr bitte die Augen offen halten?«

»Soll ich ihn suchen gehen?«, erbot sich Curt, dem jetzt immerhin eine besorgte Falte auf der Stirn stand. »Ich kann Taryn erklären, was in der Küche zu tun ist, alles ganz easy, und ich nehme den Golfcart …«

»Noch ist es zu früh, ich will keine Panik erzeugen. Aber vielleicht später. Haltet einfach die Augen offen und sagt mir Bescheid, wenn er wieder auftaucht, okay? Dunkler Typ, blassblaue Augen, um die vierzig.«

Ich schloss die Tür und fuhr mir mit der Hand durch die Haare, als die Geräuschkulisse des apokalyptischen Gemetzels wieder einsetzte. Taryns Stimme drang gedämpft zu mir, ihr *STIRB, STIRB, STIRB* ließ mich innerlich zusammenzucken.

Alastor hatte mir ihre Namen und Lebensläufe zugeschickt und das Konto freigeschaltet, von dem ich die beiden bezahlen sollte.

Taryn Cooper hatte ein paar Jahre auf Kreuzfahrtschiffen gearbeitet, bevor sie aufs College ging und einen Teilzeitjob als Hausdame bei einer Motelkette begann. So ein Ozeankreuzer sei wie eine riesige Petrischale, hatte sie gesagt, ständig fing man sich was ein und war jede zweite Woche krank.

Curtis Shelton hatte die beste Kochschule in Seattle absolviert und mit Anfang zwanzig schon als Souschef in einem teuren

Sushi-Restaurant in San Francisco gearbeitet. Letztes Jahr hatte er dort aufgehört, um Vollzeit einen Kochkanal auf YouTube zu betreiben, was anscheinend ein ziemlicher Erfolg war. Bei ihm hatte ich am Telefon einiges an Überzeugungsarbeit leisten müssen, um ihn für Alastors Projekt zu gewinnen. Ich hatte ihm zugesichert, das Retreat für eigene Werbezwecke nutzen zu dürfen – natürlich ohne Nennung von Namen und unter Wahrung der üblichen Diskretion.

Letztlich war Curt einfacher zu handhaben. Er schien zufrieden mit den Arbeitsbedingungen, der vergleichsweise üppigen Entlohnung, wohingegen Taryn … Ihr war anzumerken, wie seltsam sie das Arrangement fand. Sie fing an, Fragen zu stellen.

Und nichts war Alastor heiliger als seine Privatsphäre.

Aber solange sie ihm nicht in die Quere kamen und einfach nur ihren Job machten, war alles in Ordnung. Und dafür würde ich sorgen. Sie waren meine Angestellten, unterstanden meiner Verantwortung. Sie waren nicht Teil seines Spiels.

Oder doch?

Ich kam nicht umhin, mich zu fragen, warum Alastors Wahl ausgerechnet auf die beiden gefallen war, wenn sich ähnliches Servicepersonal sicher auch in der näheren Umgebung gefunden hätte. Und ob es etwas gab, das Alastor mir verheimlichte. Ob es mit diesem Autorenaufenthalt nicht noch etwas ganz anderes auf sich hatte.

Das Unternehmen war – zumindest auf dem Papier – völlig legal und kaum nachzuverfolgen, dafür hatten Alastor und ich im Vorfeld gesorgt. Die in der Verschwiegenheitserklärung genannte »Autorenresidenz« ließ uns genug interpretativen Spielraum für unsere jeweiligen Absichten.

Aber wenn jemandem außer dir etwas geschah, könnten vom Festland aus Ermittlungen eingeleitet werden. Dann würde man Alastor finden. Und mich.

Dann käme alles heraus.

Also erstattete ich besser gleich Bericht und diktierte in meine Uhr: »Rodrigo Sandoval ist verschwunden.«

Ich hatte mich kaum auf den Rückweg in mein Büro gemacht, als ich die Vibration am Handgelenk spürte, mit der seine Antwort kam.

Ich weiß.

11

CASSANDRA

»Zum letzten Mal«, sagte Fletcher, »es sind *Dromedare*, keine Kamele. Dromedare haben einen Höcker, Kamele zwei. Wenn man die Grundlagen einfacher Addition und Subtraktion beherrscht, sollte das wirklich nicht so schwer sein.«

»Aber kennt sonst jemand den Unterschied?«, gab Ashton vom Sofa aus zurück und wedelte mit seinen Manuskriptseiten. »Wenn ich Dromedare schreibe, schmeißt das manche Leser doch gleich im ersten Kapitel aus der Kurve.«

»Gut, mach, wie du meinst. Wenn du wie ein Neandertaler klingen möchtest …« Fletcher wandte sich vom Fenster ab und schritt, voll der Entschlossenheit und gerechten Empörung, durch den Raum. Männer wie er schienen Konflikte zu brauchen. Ohne sie fühlten sie sich schutzlos ausgeliefert. Ihr ganzes Selbstverständnis hing davon ab, anderen in die Parade zu fahren.

»Wer war es noch gleich …«, überlegte ich laut und blickte zu dem prächtigen Kronleuchter empor, der wie ein Sonnengott über die Bibliothek herrschte. »Ah … ich glaube, es war Alfred Payne. Alfred Payne sagte einst: *Die Worte sollten sich in den Dienst der Geschichte stellen, nicht andersherum.* Dabei war er ein großer Verfechter kreativer Freiheiten. Aber ich weiß auch nicht, ob ich hier seiner Meinung bin.«

»Wie können Sie sich bloß all diese Zitate merken?« Ashton

nahm sich noch einen der Ahornkekse. »Ich werde demnächst dreißig und komme mir vor wie ein Analphabet neben Ihnen.«

»*Bade den Geist in Worten, und sie fließen dir von den Lippen.* Lisa Cooper.«

»Nie von ihr gehört«, warf Fletcher ein und schenkte sich goldgelben Apfelpunsch nach.

»Wie sollten Sie auch, mein Lieber, glaubt sie doch an das Gute im Menschen – und das gilt, so vermute ich, auch für ihre Leserschaft. Wir sollten alle mehr an das Gute glauben, meinen Sie nicht auch?« Ich hielt versonnen inne. »Oh, ich weiß noch, wie Ed, mein Lieblingsgatte, zum ersten Mal eines meiner Bücher las. Keine gute Idee, ich bereue es bis heute. Als er fertig war, sah er mich bloß an und sagte: *Süße, entweder ich oder die Bücher.* Ich denke noch immer bei jeder Honorarabrechnung an ihn.«

Ashton schoss vor Lachen der Punsch aus der Nase. »Ich … ich lache nicht über Sie, Cassandra«, stieß er hervor und nahm die Serviette, die Olivia ihm stumm reichte. Überhaupt sehr schweigsam heute, die arme Olivia. »Tut mir leid, wenn das zur Scheidung führte«, versuchte er, seine Haut zu retten.

Jetzt musste ich lachen, und zwar so sehr, dass ich schnell mein Getränk abstellte, um nichts zu verschütten. »Ach, Ed … Das war ja erst der Anfang! An meine Männer habe ich immer dieselben Ansprüche gestellt wie an meine Taschentücher: Markenqualität muss es sein, sanft zur Haut und nach Gebrauch leicht zu entsorgen.« Ich zwinkerte verschwörerisch. »Nur ein Scherz, Junge, auch wenn es eine verdammt gute Story abgäbe. Oh ja, ich sehe die Schlagzeilen schon vor mir … Schreib es ruhig auf, aber schick mir zum Dank eine Postkarte, ja?«

»Ich wäre übrigens sehr dankbar, wenn hier jemand WLAN hätte«, klinkte Fletcher sich seufzend ein. »Mein Laptop versucht schon den ganzen Tag, eine Verbindung herzustellen. Ich kann so nicht arbeiten, ich brauch Infos.«

»Den ganzen Tag, sagt er«, höhnte Ashton und versuchte, mit seiner Serviette den ins Leder der Couch sickernden Punsch aufzutupfen. »Es ist noch nicht mal Mittag.«

»Vorsicht, Carter. Die anderen könnten dich irrtümlich für witzig halten.«

»Hat Ihre bessere Hälfte sich schon gemeldet?«, wandte ich mich an Olivia.

Das entlockte ihr ein etwas halbherziges Lächeln. »Ach, der läuft sich draußen den Kopf frei. Kommende Woche müssen wir unserem Lektor die erste Fassung schicken, da steht die nächsten Tage noch viel Arbeit an.«

»Arbeit allein macht auch nicht glücklich«, murmelte ich. Die Sonne schien durch die karmesinroten Blätter wie durch die Buntglasfenster der Kirche an der Elm Street, in der meine Tochter getauft wurde. Daran hatte ich seit Jahren nicht mehr gedacht.

»Ich habe auch keine Verbindung mehr«, sagte Olivia und blickte stirnrunzelnd auf ihr Handy. »Komisch. Gestern Abend hat es noch funktioniert.«

»Wenn Sie bloß etwas recherchieren wollen«, ich wandte mich an Fletcher, »können wir Ihnen vielleicht weiterhelfen. Was möchten Sie denn wissen?«

Er besaß den Anstand, verlegen dreinzusehen. »Wie lange es dauert, bis ein Mensch verblutet.«

Ah ja. Immerhin schien er sich, seit wir uns vor Jahren das erste Mal begegnet waren, der eigenen Scheinheiligkeit bewusst.

»Und da behauptet der Mann, er schreibe keine billige Unterhaltungsliteratur«, konnte Ashton sich nicht verkneifen.

»Carter, ich …«

»Welche Gefäße?«, fragte Olivia.

»Hauptschlagader.« Fletcher schloss gequält die Augen, als schwindele ihn allein bei dem Gedanken, und tippte vage auf den Ärmel seines Blazers. »Pulsadern, was auch immer.«

»Zwei bis fünf Minuten.«

Alle Blicke richteten sich auf Violet, die, einen Keks auf halbem Weg zum Mund, erstarrte. »Was ist?«

»Das kam ziemlich aus der Pistole geschossen«, sagte ich mit einem Augenzwinkern.

»Meine Schwester ist Notfallkrankenschwester«, erwiderte sie mit ihrer grabeskalten Stimme. »Sie kennt sich mit so was aus.«

»Und du anscheinend auch«, sagte ich und griff nach dem Buch, das auf dem Tisch lag. Den violetten Einband zierte ein blutiges Schlachtermesser, der Titel prangte in grellem Gelb darüber – *Todesspiel*, Olivias und Rodrigos jüngstes Werk. »Vielleicht sollten wir zur Abwechslung ein wenig aus unseren eigenen Büchern vorlesen, was meint ihr? Uns anschauen, wie so ein erstes Kapitel aufgebaut ist. Was funktioniert und was nicht.«

Ich klappte das Buch an der Stelle auf, wo bereits ein Stift zwischen den Seiten lag, und schnappte laut nach Luft. »Oh. Mein. Gott«, keuchte ich. Einzelne Wörter waren rot ausgestrichen, Anmerkungen an den Rand oder zwischen die Zeilen gekritzelt. »Es sieht so aus, als hätten wir einen Vandalen in unserer Mitte. Oder einen Lektor? All überall Anmerkungen.«

Olivia beugte sich vor und hob die Brauen. »Oh … Wie bedauerlich.«

»Wirklich übel«, fand Fletcher, der ihr über die Schulter schaute und seinen Blick dann auf Ashton richtete. »Wer geht denn so mit einem Buch um, selbst wenn es …«

»Hey«, unterbrach ihn Ashton. »Kein Grund, mich blöd anzumachen. Das lag schon hier, als wir reinkamen.«

»Olivia.« Ich riss mich von der Seite los und gab ihr das Buch. »Das sollten Sie sich lieber mal ansehen.«

AUSZUG AUS: TODESSPIEL

VON ~~VAL LAMONT~~ J. R. Alastor

8. KAPITEL

Es war drei Uhr siebenundvierzig morgens, und ~~Peter~~ Rodrigo starrte seit Stunden zu den palmenförmigen Holzblättern des Deckenventilators über seinem Bett hinauf.

~~Das Erpresserschreiben, das er früher am Tag unter den Scheibenwischern seines Autos geklemmt fand, hatte er sofort verbrannt, nur die Wahrheit ließ sich nicht so leicht tilgen.~~ Die Botschaft seines Gastgebers beim Abendessen hatte sich wie eine Schlange durch seinen Gehörgang gewunden und in seinem Schädel eingenistet. Irgendwo dort draußen gab es jemanden, der wusste, was er getan hatte, und keine Skrupel hatte, dieses Wissen gegen ihn zu verwenden. ~~Wenn er den Zeugen seiner Tat nicht verschwinden ließ.~~ Wenn er nicht gestand.

Er konnte jetzt einen Drink gebrauchen.

~~Peter~~ Rodrigo stahl sich aus dem Bett, schlich durchs Haus bis in die Küche, wo das einzige Licht der bläuliche Schimmer des Wasserfilters der Edelstahlkühlkombi war. Zum offenen Fenster wehte die laue Brise Miamis herein und vom Strand das leise Atmen der Wellen.

Er nahm sich ein Glas und öffnete den Kühlschrank, holte die Flasche mit dem Klaren aus dem Eisfach.

~~Peter~~ Rodrigo drehte sich um – geradewegs in die scharfe Klinge eines Messers hinein.

Ein feucht schmatzendes Geräusch durchbrach die Stille, erschütterte ihn wie eine Schockwelle.

Er sah an sich hinab.

Kalter Stahl glitt in seinen Brustkorb, der Griff des Messers umschlossen von behandschuhter Hand.

Ein Keuchen, ein Schrei, der auf seinen Lippen erstarb. Adrenalin schoss durch seine Adern. Die Knie wurden ihm weich wie nasse Schwämme. Dieses leicht schlürfende Geräusch beim Zerteilen einer Wassermelone auf einmal ganz nah. Zu nah. In ihm.

Dann ein scharfer Schmerz.

Überwältigend. Vernichtend. Ein Nebel vor den Augen wie dickes dunkles Blut. Ein Prickeln im Nacken, das über seine Kopfhaut kroch.

Kälte. So kalt auf einmal.

Finger, die sich fester um die Klinge schlossen und sie tiefer stießen.

Und plötzlich wurde alles schwarz.

12

MILA

Ich stapelte die für das Spiel des heutigen Abends vorgesehenen Kästchen auf meinem Schreibtisch und hörte dabei mit einem Ohr zu, wie die Gäste in der Bibliothek das von mir präparierte Buch fanden. Es war, wie einen True-Crime-Podcast zu hören oder ein Hörbuch – nur dass es live war und ich Regie führte.

Das Unheimliche hatte mich schon immer angezogen. Ich liebte Bücher, in denen mit den Figuren gespielt wurde, in denen sie sich ihren inneren Dämonen stellen mussten. Die Aktivitäten dieser Woche waren meine Interpretation des Themas. Ich hatte kleine verstörende Botschaften in die Bücher der Autoren geschrieben und sie so im Haus platziert, dass sie ihren Adressaten fanden. Auch wenn du mir das Schreiben genommen hattest, war mir das doch geblieben – ein Spiel nach meinen eigenen literarischen Vorlieben zu entwickeln, noch dazu eines mit echten Figuren, kam dem Schreiben erstaunlich nah.

Glaubte man Alastor, war es sogar noch besser als das. Seine Vorliebe für Lektüren aller Art, für Geschichten und Spiele – kurzum das Deuten von Zeichen – hatte etwas in mir neu zum Leben erweckt. All seine Bücher, die gesamte Backlist aus neunundzwanzig Jahren in nur zwei Monaten zu verschlingen, hatte einen Lesehunger in mir entfacht, wie ich ihn schon seit Jahren nicht mehr verspürt hatte.

Und Alastor stand mir darin in nichts nach. Er las ebenso viel wie ich, und so nahm unser kleiner Buchclub seinen Anfang, aus dem am Ende die Ideen für unsere Spiele geboren wurden.

Es setzte mir etwas zu, Alastor zu belügen, ihm zu verheimlichen, dass ich hier war, um seinen Retreat für meinen eigenen Rachefeldzug zu kapern. Unser gemeinsamer Plan war zu weit fortgeschritten, bot zu viel erpresserisches Potenzial, als dass er mich hätte verraten können, und insgeheim fragte ich mich, ob er es am Ende nicht sogar verstehen und gutheißen würde. Denn wer, wenn nicht er, wusste, was mich trieb.

Es war zu spät, mir zurückzuholen, was du mir genommen hattest. Aber ich konnte dafür sorgen, dass du diese Insel nie mehr verlassen würdest.

»Olivia«, hörte ich Cassandra sagen, dunkle Ahnung in der Stimme, »das sollten Sie sich lieber mal ansehen.«

Endlich.

Ein Lächeln spielte um meine Lippen, als ich mich über den Karton beugte, den Alastor mir dagelassen hatte, einen eingetüteten Gegenstand nach dem anderen herausnahm und ihn mir ansah. Auf jedem klebte ein Zettel mit dem Namen eines Gastes. Abgesehen von jenem Gegenstand, der in mein Kästchen käme, und dem, der in deins kam, konnte ich mir keinen Reim auf die anderen Dinge machen und war sehr gespannt, welche Zusammenhänge sich im Laufe des Abends ergaben.

Ein kleines Kästchen für jeden von euch, darin ein auf den ersten Blick belangloser Gegenstand, der euch jedoch, so hatte Alastor mir versichert, an eure Sünden erinnern würde.

Und du würdest voller Entsetzen begreifen, dass dir jemand auf die Schliche gekommen war. Dass jemand wusste, was du getan hattest.

»Würdet ihr den Rest von uns auch teilhaben lassen?«, war jetzt Fletcher leicht verstimmt zu hören.

»Es ist der Beginn eines Kapitels aus unserem letzten Buch«, sagte Olivia erstaunlich ruhig. »Eine Mordszene. Aber der Name des Anwalts wurde durch den von Rodrigo ersetzt.«

Ich hielt blinzelnd inne, die Hand halb im ersten der Plastikbeutel. Das war aber doch keine Mordszene, die ich geändert hatte, oder?

»Was heißt *ersetzt*?«, knisterte Ashtons Stimme in meinem Ohr.

»War ja klar, wer hier wieder mal die einfachsten Wortbedeutungen nicht versteht.« Das kam natürlich von Fletcher.

»Darf ich mal sehen?« Diese Grabesstimme, unverkennbar Violet.

Ich richtete mich in meinem Bürostuhl auf und spürte ein mulmiges Gefühl in mir aufsteigen. »Was zum Teufel?«, murmelte ich in der Stille meines Büros.

»Gewagt, das muss man ihm lassen«, räumte Fletcher mit einem Seufzen ein.

»Was gibt es denn da zu grinsen?«, fragte Cassandra, und ich rief eilig auf meiner Uhr den Kamerafeed auf, steuerte die Bibliothek an und versuchte, auf dem winzigen Bild etwas zu erkennen, aber ich würde mir das später noch mal oben auf den großen Monitoren ansehen müssen, um zu verstehen, was genau vor sich ging.

»Wirklich überraschend ist das ja nicht.« Wieder Violet. »Erst Krimi-Dinner, jetzt das.«

Es war nicht schwer gewesen, eine geeignete Szene zu finden, die ich anmerken und umschreiben konnte. Schließlich ging es in fast allen Büchern der Sandovals um Schuld und in sich zusammenfallende Lügengebilde.

Aber ich hatte mich für die Szene davor entschieden, in der der Anwalt das Erpresserschreiben an seinem Auto findet. Dort hatte ich den Namen der Figur in Rodrigos geändert, da das erste Spiel ihm galt. Dazu gehörte, dass er das Buch fand, diese

Passage las und feststellte, dass seine Figur – die jetzt hieß wie er – erpresst wurde. Dass er, Rodrigo, bedroht wurde.

Nicht ermordet.

»Ich bin wirklich für jeden Scherz zu haben, aber …« Ashton, wieder etwas undeutlich. »Das ist verstörend. Zumal Rodrigo nicht hier ist, um darüber zu lachen.«

Der tiefe Klang seiner Stimme ließ mich kurz die Augen schließen. Ich musste zu ihm Distanz wahren, zu ihnen allen.

»Olivia, meine Liebe, geht es Ihnen nicht gut?«, hörte ich Cassandras besorgte Frage in meinem Ohr.

Eine Sekunde verstrich, vielleicht zwei. »Ich glaube, ich fände das witziger, wenn wir Alastor schon mal zu Gesicht bekommen hätten und … Ro ist wirklich spazieren gegangen, das macht er immer, wenn wir mal im Text nicht weiterkommen.«

»Wann ist er denn aufgebrochen?«

»Heute Morgen, bevor ich wach wurde. Er hat mir eine Nachricht dagelassen, ich habe sie vorhin auf dem Nachttisch gefunden.«

»Na, das ist ja mal ganz was Neues«, sagte Fletcher nur wenig überzeugt.

Ich atmete hörbar aus und rief den Messenger auf, um Alastor zu schreiben: *Hast du das Kapitel im Buch der Sandovals geändert?*

Um mein Unbehagen abzuschütteln, machte ich mit meiner Arbeit weiter und öffnete den Klarsichtbeutel mit meinem Namen darauf. Vorsichtig holte ich die Schlangenhaut hervor, hauchdünn wie Pergament. Es war meine Idee, dass ich bei diesem Spiel ebenfalls eins der Kästchen bekommen sollte, damit die Autoren dachten, ich sei, genau wie sie, ein Ziel. Die abgestreifte Haut war nichts weiter als ein Verweis auf meine Uhr, deren Armband aus Schlangenlederimitat war.

Ich ließ das Stück behutsam in eins der antiken Schmuckkästchen gleiten und schloss den Deckel.

»Wahrscheinlich ist gerade nicht der beste Zeitpunkt, um es

zu erwähnen«, sagte Cassandra, »aber oben fehlt das Messer aus *Psycho*. Und da frage ich mich …«

»Das was?«

»Die Requisite. Aus dem Film.«

»Das habe ich schon verstanden, aber … Wahnsinn. Mir war nicht klar, dass auch das zu seiner Sammlung gehört.«

»Gehörte. Jetzt fehlt es, das sagte ich ja.«

Cassandras Worte ließen mich erstarren. Eines der Ausstellungsstücke fehlte? Aber wie konnte das sein? Nicht mal ich hatte einen Schlüssel zu den Vitrinen. Wenn jemand unter meiner Aufsicht dort eingebrochen war …

Das Blut gefror mir in den Adern, als ich begann, die einzelnen Teile zusammenzusetzen.

Das Küchenmesser aus *Psycho* fehlte, eine Mordwaffe. Und war der Anwalt in Rodrigos und Olivias Buch nicht auch … *mit einem Messer ermordet worden*?

Was zum Teufel wurde hier gespielt?

»Was soll das werden?«, fragte eine Stimme von der Tür.

Ich schrak auf, und meine Finger krampften sich um den Füllfederhalter, den ich gerade zur Hand genommen hatte und der mehr gekostet hatte als mein Gebrauchtwagen.

Dein Blick war auf die kleinen Schatullen gerichtet, die sich vor mir auf dem Schreibtisch türmten. Natürlich, du. Wer sollte es sonst sein?

Zu meiner Rechten lag ein Brieföffner aus schwarzem Onyx – seine dunkle Klinge schimmerte im Licht. Vielleicht sollte ich den Wirbel um Rodrigos Verschwinden nutzen, um gleich hier mit dir kurzen Prozess zu machen. Es so aussehen lassen, als würde ein weiterer Killer sein Unwesen treiben.

Aber solange Rodrigos Verschwinden nicht geklärt war, wäre das wohl etwas voreilig.

»Vorbereitungen für das Spiel heute Abend«, antwortete ich und zwang mich zu einem Lächeln.

»Rodrigo ist noch immer nicht aufgetaucht.«

»Ich habe unseren Gastgeber bereits informiert, und er meinte, wir sollen uns keine Sorgen machen, das sei alles Teil des Programms.« Was auch stimmte – es war die einzige Antwort, die Alastor mir auf meine unzähligen Nachrichten geschickt hatte. »Ich verstehe, dass Sie sich Sorgen machen, aber Ihnen allen dürfte vor Reiseantritt klar gewesen sein, dass dieser Aufenthalt sich auf die Themen Ihres Schreibens konzentriert.«

Du senktest das Kinn, doch hieltest meinen Blick. »Uns war nicht klar, dass einer von uns verschwinden würde.«

»Darüber war ich mir auch nicht im Klaren, so viel kann ich Ihnen versichern«, sagte ich im Brustton der Überzeugung und ließ doch eine leichte Gereiztheit anklingen. »Einen Gast zu verlieren, ist der Albtraum jeder Eventplanerin, aber ich habe vollstes Vertrauen in meinen Arbeitgeber und wüsste es zu schätzen, wenn auch Sie ihm einen Vertrauensvorschuss gewähren und sich noch etwas gedulden.«

Meine Worte hingen zwischen uns in der Luft, und ich versuchte, sie mit einem Lächeln zu mildern. Ich musste mich etwas zügeln, sonst würdest du Verdacht schöpfen.

Doch du nicktest und warst schon wieder verschwunden.

Frustriert schnappte ich mir eins der Kästchen, bettete den Edelfüller hinein und ließ den Deckel lauter als nötig zuschnappen.

Mein Plan war perfekt gewesen. In vier Tagen wollte ich alle so weit haben, dass sie glaubten, deine Schuldgefühle hätten dich in den Tod getrieben. Und nur das sollte von dir in Erinnerung bleiben.

Ein makelloser Mord, durch deine eigene Hand.

Aber wenn Rodrigo nicht wieder auftauchte, würden alle ausflippen und das Boot zurück zum Festland nehmen. Es wäre vorbei, bevor Alastors Spiel seinen Lauf nehmen und das meine beginnen konnte. Und selbst wenn ich vorher noch Gelegenheit fand, dich zu töten, würde mein Plan, es wie einen Selbstmord aussehen zu lassen, ohne die Rätselspiele der ersten Woche nicht aufgehen. Natürlich konnte ich meinen Plan ändern und es wie einen Unfall aussehen lassen. Aber das war riskanter.

Grimmig schob ich den Kiefer vor und griff nach dem Fläschchen mit den in einer trüben Flüssigkeit konservierten Blumen und ging die Schatullen durch, bis ich die mit dem richtigen Namen fand. Ich konnte den Abend kaum erwarten, da ich erfahren würde, was diese Dinge jedem der Gäste bedeuteten. Vorausgesetzt natürlich, das Spiel fand noch statt, jetzt, da Rodrigo verschwunden war.

Würde den Gästen die Lust vergehen, oder sollten sie es mit der Angst bekommen und vorzeitig abreisen …

Wenn wir Rodrigo als vermisst meldeten, würde die Polizei nach ihm suchen. Im Zuge der Ermittlungen käme heraus, was Alastor geplant hatte, und auf einmal würde dein Tod auch nicht mehr wie ein Unfall aussehen, denn sie würden meine Verbindung zu dir finden, und das war es dann für mich.

Ich stellte das letzte Kästchen vernehmlich zu den anderen und lehnte mich zurück, betrachtete die zu einer Pyramide gestapelten Behältnisse, ein jedes etwa von der Größe, dass eine abgetrennte Hand darin Platz gefunden hätte. Die Aufregung um Rodrigo würde mir den Spaß verderben, dich während des Spiels zu beobachten.

Ich ging noch einmal die Liste der Gegenstände durch, die Alastor mir gegeben hatte. Die symbolischen Waagschalen der Gerechtigkeit waren Rodrigo zugedacht, woraus ganz klar hervorging, dass Alastor seine Teilnahme am Abend vorgesehen hatte.

Rodrigo war nicht mehr im Haus gewesen, als die Kameras am frühen Morgen ihren Betrieb wieder aufnahmen, er musste irgendwo auf der Insel sein. Aber was machte er so lange da draußen? Die Amphetamine, die ich ihm gestern unters Essen gemischt hatte, sollten lediglich seine Unruhe und seine Paranoia verstärken – das gestrige Rätsel und das in der Bibliothek platzierte Buch waren schließlich für ihn gedacht. Nur verständlich also, dass er keine Ruhe fand und sich ein wenig die Füße vertreten wollte. Dass er spurlos verschwand, war nicht vorgesehen.

Wie kam Alastor also dazu, mir zu versichern, alles laufe nach Plan?

TINTE IN DEN ADERN: VOM SCHREIBEN ÜBER FURCHT

VON J. R. ALASTOR

WESHALB WIR SCHREIBEN

Manche Autoren sind geborene Geschichtenerzähler, ihnen liegt das Erzählen im Blut. Auch das Lügen, wenn man so will. Für andere ist es eine Art Therapie, die Möglichkeit, eine Begebenheit neu zu schreiben und mit anderen zu teilen, was man gern vorher gewusst hätte. Im Schreiben kann das Erlebte ein anderes Ende finden.

Dann gibt es die diebischen Elstern, die Räuber unter uns, die sich der Stimmen und Erfahrungen anderer bedienen und sie als ihre eigenen ausgeben. In deren Haut wollte ich allerdings nicht stecken, wenn die Realität sie einholt.

Wieder andere sind besessen vom vermeintlichen Prestige, das mit einer Buchveröffentlichung einhergeht. Ihnen geht es weniger um Inhalte als darum, wie groß ihr Name auf dem Cover steht. Sie wären überrascht, wie viele von denen in der Kiste mit den Restposten landen und da ihr Billigheimer-Dasein fristen.

(Haben Sie etwas Nachsicht mit mir, ich komme gleich auf den Punkt.)

Vielleicht haben Sie ja ebenfalls etwas zu erzählen. Etwas, das Sie der Welt bislang nicht haben mitteilen können, weil man Ihre

Stimme hat verstummen lassen. Worte zu Papier zu bringen, ist nun Ihre Art, sich auszudrücken, zu sagen, *Ich werde nicht länger schweigen.* Vielleicht ist Schreiben auch die einzige Möglichkeit für Sie, eine Geschichte ohne Unterbrechungen zu erzählen. Das leere Blatt kann all das aufnehmen, was Ihnen durch den Kopf geht und nach Ausdruck verlangt. Es wäre geradezu fahrlässig, mit den Geschichten, die jeder von uns in sich trägt, an sich zu halten, zumal Verschwiegenes dazu neigt, sich anderweitig Bahn zu brechen. Irgendwann platzt einem der Schädel, und dann sickert alles heraus.

Schreiben ist ganz hervorragend dazu geeignet, Geständnisse abzulegen, die eigenen Abgründe zu offenbaren. Schreiben ist wohldosierte Wahrheit, die sich in den Schein hüllt, es ist Fabulieren mit einem wahren Kern, so wie der Ziegelstein in der Sandburg, den nur bemerkt, wer sich traut, näher hinzusehen. Wir Menschen sind nicht dazu geschaffen, die Last unserer Sünden zu tragen. Das leere Blatt jedoch – es saugt begierig alles Dunkel auf, das uns aus den Fingern fließt.

Manchmal frage ich mich, ob es die einzige Möglichkeit ist, mit uns selbst zu leben.

13

CASSANDRA

Mila hatte dafür Sorge getragen, dass wir erst etwas aßen, bevor wir uns mittags auf die Suche nach Rodrigo machten. Ein Glück, denn nichts verdirbt einem die Laune so gründlich wie ein niedriger Blutzuckerspiegel.

»Ist er inzwischen aufgetaucht?«, fragte ich Stunden später, als ich die Treppe zum Foyer hinunterstieg.

»Nein«, erwiderte Olivia, die gerade von draußen hereinkam, düster. Statt der lässigen Eleganz vom Vormittag trug sie jetzt nicht minder schicke Sportklamotten. »Ich habe beim Bootshaus nachgesehen, in der Sauna und am Anleger. Ashton hat im Wald gesucht. Und Fletcher meinte, im Haus habe ihn zwischenzeitlich auch niemand gesehen. Es ist mir ein Rätsel …«

»Könnte es nicht sein, dass Ihr Mann sich auf Weisung von Alastor versteckt hält? Immerhin ist das hier ein Krimi-Retreat. Es könnte Teil des Programms sein.«

Sie schüttelte sofort den Kopf. »Das glaube ich nicht. Rodrigo würde mich niemals so im Ungewissen lassen.«

Bis wir uns zum Abendessen begaben, war es bereits dunkel. Der Speisesaal wirkte sehr stimmungsvoll mit seinen tannengrünen Wänden und dem vielen gediegenen Holz. Im Dunkel der Fensterfront spiegelten sich die Kerzen, die in einer langen Reihe auf dem Tisch standen und warmes Licht spendeten. Über uns schwebte ein dreistufiger Kronleuchter, golden funkelnd genau wie das schmale Besteck auf den edlen Leinenservietten.

Neben jedem der Teller mit Goldrand stand zudem ein kleines Holzkästchen.

Das alles hatte durchaus seinen Charme: ein einsamer Landsitz, ein verschwundener Gast, fast wie ein richtiger Krimi. Ein wenig erinnerte es mich an mein jüngstes Buch, das diesen Sommer erschienen war, im Juni. Ein leichter Thriller, der von den Abgründen einer Hochzeitsgesellschaft handelt. Nur dass der arme Rodrigo natürlich keine Brautjungfer war und wir auch keinen ausgelassenen Junggesellinnenabschied feierten.

Ich würde es nie im Leben zugeben, aber das hier war weit unterhaltsamer als mein Buch.

»Seht euch die Bücher an«, sagte Violet und deutete mit dem Kinn auf die schmucke Wandvitrine, in der eine kleine Sammlung leinengebundener Bücher stand, zerfledderte Schätze, wie ich sie oft aus Antiquariaten rettete.

Anatomie der Lobotomie
Euthanasie in antiken Kulturen
Die Rache der Natur: Ein Handbuch der Giftpflanzen
Die japanische Kunst der Enthauptung

»Wie entzückend«, sagte ich und glitt an meinen Platz. »Ich habe in meinem Esszimmer auch immer ein paar Bücher über Giftmischer und Mörder stehen, damit die Gäste sich gleich wie zu Hause fühlen.«

»Eine Enthauptung am Tag, mit der Familie kein Plag«, sekundierte mir Violet.

»Welch mörderische Veranlagung Sie haben«, bemerkte Fletcher, der, dicht gefolgt von Ashton, hereingerauscht kam.

»Falscher Zeitpunkt, Fletch«, bemerkte Ashton, dem Olivias entgleiste Miene nicht entgangen war. »Und ich tippe mal, dass

Alastor uns auch heute nicht mit seiner Anwesenheit beehren wird.«

»Meinte Mila nicht, Alastors nächstes Spiel könnte uns Antworten geben?« Olivia umrundete den Tisch und sah sich jedes Gedeck an, ihre Schritte kurz und präzise. Sie schien etwas zu suchen. »Ah … Ro hat auch eine Tischkarte, aber noch immer kein Lebenszeichen von ihm …«

»Wie auch«, warf Violet ein, »wenn unser Gastgeber ihn doch wie in eurem Buch beschrieben gemeuchelt hat.«

Plötzlich schien alle Wärme aus dem Raum zu weichen.

»Also wirklich, Violet …«, begann Ashton.

»Was zum Teufel«, unterbrach Fletcher von der anderen Seite des Tisches und starrte in eins der Kästchen, »was in Herrgotts Namen soll das jetzt wieder?«

»Darf ich mal sehen?« Ashton ging zu ihm hinüber.

»Finger weg, die Herren, das ist meins.« Ich riss das Kästchen an mich. »Da steht mein Name, und es steht an meinem Platz.«

»Es wird Ihnen wenig Freude bereiten«, prophezeite Fletcher mit pikierter Miene. »Es ist eine tote Spinne.«

»Dann ist es aber immer noch meine tote Spinne.« Ich tat ebenfalls einen Blick in die schmucke kleine Schachtel, ein aufwendig restauriertes Stück, das kaum größer als meine Hand war.

Es lag tatsächlich eine tote Spinne darin, ein großes schwarzes Ding, die Beine starr unter sich zusammengezogen.

Ein flaues Gefühl breitete sich in mir aus, wie wenn man sich beim Diäthalten selbst betrügt oder im Vorbeigehen eine Sonnenbrille vom Drehständer in seiner Tasche verschwinden lässt und davon überzeugt ist, alle müssten einem anmerken, was man getan hat.

»Nicht unbedingt das, was ich zum Abendessen wollte«, sagte Fletcher und schlenderte den Tisch entlang.

»Ich will auch sehen«, sagte Violet und stellte sich auf die Zehenspitzen, um mir über die Schulter zu spähen.

»Ist in deinem Buch nicht jemand durch einen Spinnenbiss gestorben?«, fragte Ashton sie.

»Ähem.« Fletcher räusperte sich und sah, ein weiteres geöffnetes Kästchen in der Hand, auf das dazugehörige Tischkärtchen. »Tod durch Spinnenbiss hin oder her, Violet, das hier scheint für Sie zu sein.« Er hielt den Inhalt ins schummrige Kerzenlicht.

Ein kleiner blau schillernder Vogel – vielleicht ein Kolibri? – lag seitlich auf dunklen Samt gebettet, und sein sichtbares Auge stach mit öligem Glanz aus dem bunten Gefieder heraus, dazu ein langer, schmaler Schnabel.

»Wie süß«, fand Violet, und ihre Stimme gab nichts preis. »Der passt perfekt in meine Sammlung toter Eichhörnchen.«

»Ich weiß, Sie fragen mich nicht, aber dürfte ich Ihnen dennoch erneut zu einer Therapie raten?« Fletcher stellte das Kästchen zurück auf den Tisch, den Deckel ließ er offen. Warmer Kerzenschein flackerte auf dem irisierenden Gefieder.

»Und was ist darin?«, fragte ich und deutete auf die Schatulle in Violets Händen.

Sie nahm den Deckel ab, und eine geschliffen scharfe Feder blitzte hervor. »Ein Füller, cool. Damit könnte man jemanden erstechen.«

Hatte der warme Kerzenschein eben noch alle im besten Licht gezeigt, so wirkte zumindest Fletcher plötzlich drei Nuancen blasser.

»Jetzt stellt jeder mal wieder alles an seinen Platz«, sagte Ashton und gebot dem munteren Treiben Einhalt. »Wir bringen gerade alles durcheinander, und mein Gefühl sagt mir, dass wir das nicht sollten. Cassandra, Sie hatten die tote Spinne. Violet den ausgestopften Vogel. Fletch, da an Ihrem Platz nichts mehr steht, wird es der Füller sein. Olivia …«

Sie hielt ein Kästchen hoch, in dem passgenau ein Taschenbuch von Neil Gaiman lag, *Der Ozean am Ende der Straße*.

Ashtons Brauen zogen sich zusammen. »Das ist wirklich seltsam.« Er streckte die Hand danach aus und fummelte das Buch etwas umständlich heraus. »Dieser Roman hat mich damals überhaupt erst zum Lesen gebracht. Und zum Schreiben.«

»Dann geht es dir wie mir«, sagte Olivia. »Es war eins meiner absoluten Lieblingsbücher.«

»Ich hätte hier noch einen ziemlich morbide anmutenden Flakon mit einem stacheligen kleinen Gewächs zu bieten«, sagte Fletcher und hielt den Inhalt einer weiteren Box hoch wie ein Auktionator. »Wer möchte noch mal, wer hat noch nicht?«

»Also wirklich, Tim«, sagte ich tadelnd und machte Anstalten, es ihm aus der Hand zu nehmen. »Für wen ist das?«

»Für Sie immer noch Fletcher, meine Liebe – *Thomas* Fletcher, womit wir allenfalls bei Tom wären.« Er hielt das Fläschchen außerhalb meiner Reichweite. »Ich verrate nicht, für wen das ist, ich bin vielmehr gespannt, wer sich zu erkennen gibt.«

»Alle Kästen auf den Tisch«, befahl da Olivia ungewohnt herrisch.

Wir gehorchten sofort.

»So, und jetzt der Reihe nach«, begann sie aufzuzählen. »Spinne: Cassandra. Vogel: Violet. Ich oder Ash das Buch. Fletcher der Füller. Die Pflanze wieder entweder ich oder Ash. Und Ro …« Sie griff nach dem Kästchen neben sich und entnahm ihm ein vergilbtes Blatt Papier.

»Eine Karte«, stellte ich fest, als ich ihr über die Schulter schaute. »Von der Insel. Unserer Insel.«

»Vielleicht führt sie uns ja zu ihm«, murmelte Olivia. »Oh Gott sei Dank, endlich. Ich gehe gleich los. Ich muss ihn finden.«

»Einen Moment«, sagte ich und hielt sie zurück. »Ist niemandem aufgefallen, dass es heute noch ein weiteres Gedeck gibt? Und noch eine Überraschung?«

Sechs geöffnete Kästchen standen auf dem Tisch.

Und ein noch unberührtes, ganz allein am Ende der Tafel.

Ich nahm es, fuhr mit den Fingernägeln unter den Deckel und hob ihn ab. »Ah, was haben wir denn da Schönes?«

Im Inneren lag eine Spirale vergilbten Papiers, dünn wie Zwiebelhaut und leicht gewellt. Nur dass es kein Papier war.

»Schlangenhaut«, murmelte Ashton. »Habt ihr das Armband von Milas Uhr gesehen? Vielleicht sollten wir sie hereinrufen …«

»War mir gleich klar, dass sie da mit drinsteckt«, gab Fletcher seinen Senf dazu.

»Das ist doch egal, weil wenn wir Ro …«, begann Olivia.

»*Denn*, meine Liebe, *denn wenn wir* – immer schön auf die Sprache achten, du klingst schon wie Carter.«

»Das reicht jetzt.« Olivias Stimme schnitt durch den Raum, dann schluckte sie und schloss kurz die Augen. »Ich gehe jetzt meinen Mann suchen. Wenn noch jemand mitkommen möchte, gerne. Aber ich warte nicht, ich breche sofort auf.«

»Hat hier eigentlich irgendjemand verstanden, worum es bei diesem Spiel geht?«, fragte ich mit einem Lächeln in die Runde. »Möchte niemand wissen, was es mit dem Inhalt *meines* Kästchens auf sich hat?«

Alle Augen richteten sich auf mich.

»Das ist nämlich nicht einfach nur eine Spinne, es ist eine Schwarze Witwe. Ich nehme an, das ist Ihnen ein Begriff. Sie sind dafür bekannt, ihre Partner zu töten.«

Fletcher fuhr sich mit der Hand über den Schädel und rieb sich den Nacken. Er wirkte nervös. Und dazu hatte er auch allen Grund.

»Sie haben sicher gehört«, fuhr ich fort und faltete meine Hände, »dass beide meiner verflossenen Ehemänner tot sind. Die Boulevardpresse hat mich daraufhin die Schwarze Witwe genannt, da ich mir ohnehin einen etwas makabren Ruf erschrieben hatte. Aber ich habe sie nicht umgebracht, großes Ehrenwort. Mein erster Mann und ich hatten uns schon vor seiner Erkrankung getrennt, und dem zweiten sind ein paar Erdnüsse nicht bekommen, was ein tragischer Unfall war.«

»Gestatten Sie mir die Anmerkung«, sagte Fletcher, »aber eine Erdnussallergie kann bekanntlich sehr hilfreich sein, wenn man jemanden loswerden will.«

»Wissen Sie, Tim …«

»Tom.«

»Das meinte ich doch. Nur dass ich an dem Abend, als es geschah, gar nicht da war. Ich war bei einem Workshop in San Francisco – lassen Sie mich überlegen … vor vier Jahren müsste es gewesen sein –, während mein Mann in New York blieb.«

»Das stimmt«, sagte Olivia, die mit der Karte an der Tür stand. »Dort haben wir uns kennengelernt, Cassandra und ich. Sie musste den Kurs vorzeitig abbrechen und zurück nach New York fliegen.«

»Da hören Sie es. Aber anscheinend liest hier jemand den Boulevard und schenkt ihm Glauben.« Ich betrachtete mit einem Kopfschütteln das mir zugedachte Kästchen, aus dem eins der haarigen Spinnenbeine leicht über den Rand ragte. »Und mir scheint, als wollte dieser Jemand mir das auf diese Weise mitteilen.«

»Was soll uns das jetzt sagen?«, wollte Fletcher wissen. »Ich dachte, das sei alles Teil des Spiels. Wenn Sie mich fragen, macht J. R. einen ziemlich guten Job bislang, die Muse in uns allen wachzukitzeln.«

»Was ich damit sagen will – oder mich vielmehr frage, ist, ob diese Gegenstände denn auch für die anderen eine persönliche Bedeutung haben.«

Aus Olivias Gesicht war alles Blut gewichen. Violet stand eine steile Falte zwischen den Brauen, als sie sich auf ihre knochigen Ellbogen stützte und eingehend den Inhalt aller Schachteln betrachtete.

»Verstehe«, sagte ich. »Wovon man nicht sprechen kann, darüber muss man schweigen. Das ist wirklich interessant.« Ich wandte mich an Ashton, der ungewohnt grimmig dreinschaute. »Oder täusche ich mich, mein Junge, wenn ich behaupte, dass Ihr mysteriöser Gegenstand – sei es nun dieses Buch oder die Blume, das wissen Sie selbst sicher am besten – mit bestimmten Erinnerungen negativer Natur verbunden ist? Etwas, von dem niemand jemals erfahren soll?«

Ashton erwiderte stoisch meinen Blick. Der arme Junge. Denn das war er im Grunde, nichts weiter als ein Junge. Und nie hatte er jungenhafter ausgesehen als jetzt, wie er dort stand und die zitternden Hände in den Hosentaschen vergrub.

»Das ist doch bloß ein Spiel«, wiederholte Fletcher und fuhr mit den Händen durch die Luft, als wollte er böse Geister besänftigen. »Das sollte man nicht so ernst nehmen. Ich kenne J. R. und …«

Ein leises Schnauben, ausgerechnet von Olivia. Wirklich, *sehr* interessant.

»Ich stimme Cassandra zu«, sagte Ashton schließlich und wandte den Blick von mir ab. »Das scheint mir kein Spiel mehr. Ich denke, wir sollten die Insel verlassen – am besten jetzt sofort.«

»Ohne mich. Ich gehe nirgendwohin, bevor ich nicht mit Alastor gesprochen habe«, sagte Violet entschieden.

»Danke, Violet, für die unerwartete Stimme der Vernunft«, rief Fletcher und breitete die Arme aus. »Carter, du glaubst doch nicht ernsthaft, dass diese … diese *Objekte* uns in irgendeiner Form einschüchtern oder gar erpressen sollen? Es ist doch lächerlich, darin einen Beweis zu sehen, dass Alastor irgendetwas Verwerfliches über uns weiß – oder zu wissen glaubt.«

»Und gegen uns verwendet, damit wir gar nicht erst auf die Idee kommen, die Polizei einzuschalten«, schloss Olivia nachdenklich.

Sie war in die Betrachtung der Karte versunken und legte den Finger auf ein kleines rotes Kreuz, so winzig, dass man es auf den ersten Blick leicht übersehen konnte.

Zumal sich die Stelle unter einem größeren vertikalen Kreuz markiert befand.

»Es kann sein, dass ich mich täusche«, sagte Ashton, der nun ebenfalls einen Blick darauf warf, und er bemühte sich um einen neutralen Ton, »aber ist das obere nicht das Symbol für einen Friedhof?«

14

CASSANDRA

Die Nacht drang durch das Blätterdach der Bäume und sickerte in den Waldboden. Ich schlug mich mit Ashton an meiner Seite durchs Gebüsch. Vor uns huschte der grelle Schein von Milas Taschenlampe über die dunklen Baumstämme und ließ das Licht von Olivias Handy schwindend klein erscheinen.

Fletcher war nicht davon abzubringen, dass alles nur ein weiteres Rätselspiel sei, und Violet war irgendwann genervt nach oben verschwunden. Mila hatte bestätigt, dass es auf der Insel tatsächlich einen Ort gab, an dem die früheren Besitzer die Kadaver ihrer Nutztiere begraben hatten. Es war rührend mitanzusehen, wie Ash und Mila mich zu bewegen versuchten, doch lieber im Haus zu bleiben, aber ich würde mir dieses Spektakel ganz sicher nicht entgehen lassen. Es versprach schließlich, ein Krimi in Echtzeit zu werden.

Jeder Schritt auf dem nassen Laub war trügerisch, meine Knöchel waren geschwollen, und es fiel mir tatsächlich schwer, in dieser Wildnis nicht aus dem Tritt zu geraten. Ash verlor kein Wort darüber, bestand aber auf regelmäßigen Pausen, wofür ich ihm sehr dankbar war. Ich beschloss, mich deswegen nicht schuldig zu fühlen.

Zeigen Sie Nachsicht mit einer alten Frau, die sich auf ihre alten Tage noch ein wenig amüsieren möchte.

Schließlich versanken die Farne vor uns in der Nacht, das Geräusch der Brandung wurde lauter – wir hatten die Klippen erreicht. Die Wolken zogen über uns dahin wie ein silbriger Flickenteppich, eine schmale Mondsichel schob sich in unseren Blick. Vor uns beschien ein schwaches Licht einen Gesteinsbrocken am Rande der Klippen.

Die anderen machten sich dorthin auf, aber ich blieb an den schuppig rauen Stamm einer Kiefer gelehnt zurück und versuchte, wieder zu Atem zu kommen. Ich sog die feuchte, salzige Luft in meine Lungen, spürte meine Kopfhaut prickeln. Die dunklen Schatten der Bäume schlossen sich um uns, und ich wusste nicht mehr, wann ich mich zuletzt so lebendig gefühlt hatte.

»Vorsicht«, hörte ich Olivia sagen und das Handylicht auf einen großen Stein richten. »Schaut mal.«

Der Wind zerrte am schwarzen Efeu, der wie Spinnen über den Stein kroch. Aber seine Form – oben leicht gerundet, die behauenen Seiten und der eckige Sockel, der in einem Bett dürren, sich kräuselnden Laubs verschwand – ließen keinen Zweifel.

Es war ein Grabstein.

»Wie herrlich makaber«, sagte ich und kam langsam näher. »Ash, pass bitte auf …«

»Ich weiß«, gab er mit düsterer Stimme zurück. Er war im Dunkeln kaum auszumachen, das Licht seiner Handytaschenlampe schwebte an einer unsichtbaren Schnur, körperlos.

»Davon wusste ich nichts«, sagte Milas schemenhafte Gestalt und ließ den Lichtkegel von einem Stein zum nächsten wandern. »Eigentlich war das hier nur für Tiere gedacht, nicht …«

Ich spürte die Dunkelheit nach uns greifen, lange Krallen in lichtloser Nacht. Es waren Gräber, allesamt. Und die dunklen Schemen waren keine Bäume, sondern Grabfiguren – steinerne Engel, in sich versunken oder mit ausgebreiteten Flügeln Wache haltend, einer bedeckte sein Gesicht, wieder andere trugen fein gemeißelte Schleier, die lediglich eine

Andeutung ihrer Züge erkennen ließen. Es war ergreifend in seiner Schönheit.

»Nicht blinzeln«, kam es von Ashton.

»Du denkst, dann könnten sie verschwinden? Dass sie nur für uns hier stehen, nur diese Nacht?« Ich ging raschelnd durchs Laub. »Ob Alastor sie extra für uns aufgestellt hat?«

Mila rupfte eine Efeuranke von einem der Gräber, hielt sie wie eine dunkle Schlange in der Hand. »Das alles dürfte schon lange vor uns hier gewesen sein.«

»Habt ihr das auch gehört?«, fragte ich und spitzte die Ohren.

Etwas schlug im Wind, es klang wie das Flattern einer Fahne.

»Kannst du irgendwelche Namen erkennen?«, fragte Mila an Ashton gewandt.

Ich ließ die beiden stehen und ging vorsichtig weiter.

»Olivia?« Ihre dunkle Silhouette stand am Rand der Klippen bei einem von einem Grablicht beschienenen Stein, hinter dem sich weit und dunkel die See auftat. Ihr Handylicht irrte flackernd umher, aber der efeuumrankte Stein war in dem schwachen Licht deutlich zu erkennen.

Eine Ecke war abgebröckelt, wie ein Gletscher, der ins Meer driftet, aber die Inschrift war unschwer zu entziffern.

RODRIGO SANDOVAL
1980–2025

»Wie kommt das hierher?«, flüsterte Olivia. Der Wind riss an ihren hellen Locken, und das flatternde Geräusch klang jetzt näher, lauter.

»Der Stein ist alt«, stellte Mila, die uns gefolgt war, fest. »Sehen Sie, wie beschädigt er ist, dazu völlig überwachsen von Efeu. Wie kann es sein …?«

Plötzlich sprang flackernd ein grelles Licht an. Ich schrie, riss schützend den Arm hoch und stolperte zurück.

Über uns ragte eine mächtige Eiche auf.

Und daran festgebunden, wie eine große Galionsfigur am Bug eines Schiffes, war Rodrigo.

Hell leuchtete seine Haut im Dunkel. Sein weißes T-Shirt hatte einen länglichen Fleck von der Farbe eines rostigen Nagels an der Seite. Der Wind fuhr unbarmherzig in den Morgenmantel, den er darüber trug, peitschte ihn hin und her. An einer Hand war mit Klebeband eine alte Balkenwaage aus Messing befestigt, in der anderen steckte ein Messer mit blutverschmierter Klinge.

Seine Augen waren verbunden, zwei dunkle Flecken sickerten in den weißen Mull der Binde.

15

MILA

»Nein«, keuchte Olivia neben mir. Der Wind schnitt ihr die Stimme ab und trug ihre Worte über die Klippen.

»Oh nein«, hauchte Cassandra wie ein schwaches Echo, auf der anderen Seite.

Rodrigos Haut war wächsern und fahl, sein Körper kippte vornüber ins dünne Seil, sein Kopf hing schlaff zur Seite. Zwei rostbraune Strahlenkränze auf der Binde über den Augen, getrocknetes Blut wie dunkle Tränenspuren auf den scharfen Wangenknochen.

Jemand hatte ihm die Augen ausgestochen.

Und das Messer in seiner Hand musste die Requisite aus *Psycho* sein, von der Cassandra bemerkt hatte, dass sie nicht mehr an ihrem Platz war.

Die Szene verschwamm mir vor Augen, geriet dann wieder in den Fokus, überdeutlich und grell, ehe sie in Dunkelheit versank. Kaltes Grauen erfasste mich, schlug in immer eisigeren Wellen über mir zusammen.

Einer unserer Gäste war tot.

Nicht nur tot, sondern *ermordet*.

Und es war nicht die Person, für die ich es mir gewünscht hatte.

»Olivia.« Ashtons Stimme kam von weit her, seltsam dumpf und verzögert. Neben mir nahm ich eine Bewegung wahr, konnte den Blick aber nicht von Rodrigo lösen. »Schaffen Sie es zurück zum Haus?«

Ersticktes Schluchzen, dann wieder Ashton, jetzt etwas nachdrücklicher. »*Olivia.* Schaffen Sie es allein zurück?«

»Ja …«

»Jemand muss die Polizei verständigen. Jetzt sofort.«

»Aber …«

»Gehen Sie.«

Raschelnde Schritte hinter mir, erst stolpernd, zögernd, ehe sie losrannte, als könnte sie gar nicht schnell genug von uns wegkommen.

»Ist das wirklich eine gute Idee, sie allein durch die Nacht rennen zu lassen, wo ihr Mann gerade ermordet wurde?«, raunte Cassandra.

Einen Moment war es totenstill, dann hörte man Ashton fluchen. »Nein, natürlich nicht. Ich dachte nur, sie sollte sich das nicht länger ansehen müssen. Verdammt – Sie haben recht, wir müssen ihr hinterher.«

Meine Füße waren wie festgewachsen im nassen Laub. Ich starrte hypnotisiert auf das verkrustete Blut in Rodrigos Mundwinkel.

Furcht und Entsetzen strichen mir mit scharfen Krallen über den Rücken.

Spielerische Selbstjustiz und ein bisschen Nervenkitzel, so war diese Woche gedacht gewesen. Die gelegten Spuren und abendlichen Krimi-Dinner sollten darin gipfeln, dass die Teilnehmenden mehr oder eher minder freiwillig ihre dunkelsten Geheimnisse preisgaben und ihre Sünden gestanden. So weit der Plan. Und hätten Alastor und ich einen guten Job gemacht, wäre er auch aufgegangen.

Jetzt jedoch hatten wir einen Toten. Rodrigo Sandoval, internationaler Bestsellerautor, war ermordet worden.

»Wir müssen …« Ich würgte gegen die Übelkeit an, die mir den Hals hinaufkroch. »Wir müssen ihn da runterholen.«

»Auf gar keinen Fall«, sagte Ashton. »Wir sollten nichts am Tatort verändern, bis die Polizei hier ist.«

Tatort. Die Polizei. Olivia wollte die Polizei rufen. Dumm nur, dass ich die Festnetzleitung längst mit einem Drahtschneider durchtrennt und den Router zertrümmert hatte. Es sollte wie Sabotage aussehen, was sowohl in psychologischer wie auch in praktischer Hinsicht wichtig war für den Fall, dass die Gäste spätestens morgen kapierten, dass sie erpresst wurden und keinen Tag länger bleiben wollten.

Das hieß aber auch, dass keine Hilfe von außen kommen würde.

Die Erkenntnis nahm mir den Atem. Die Insel fühlte sich auf einmal düster und klaustrophobisch an, bedrohlich, die Weiten des sie umgebenden Meeres unendlich.

»Wir können ihn aber nicht dortlassen, den Elementen und … den Tieren ausgeliefert«, hörte ich mich sagen.

»Sollen wir ihn wie erlegte Jagdbeute zurück zum Haus schleifen?«, erwiderte Cassandra. »Dann viel Vergnügen, Olivia *das* zu erklären.«

»Gibt es überhaupt Tiere auf der Insel?«, fragte Ashton.

Ich wandte den Blick vom Ort des Grauens ab und sah ihn an. »Weiß ich nicht. Aber so … können wir ihn auf keinen Fall lassen.«

»Mila, Liebes, haben Sie denn kein einziges unserer Bücher gelesen?«, schalt Cassandra mich. »Am Tatort darf *nichts* verändert werden.«

»Wir sind hier aber nicht in einem eurer blöden Bücher!« Ich machte einen Schritt nach vorn, aber Ashton schlang den Arm um meine Taille und hielt mich zurück, zog mich an sich.

»Nicht.« Sein Kiefer bewegte sich angespannt an meiner Schulter, sein Gesicht in der Dunkelheit verzogen. »Ich mag ihn auch nicht so dort hängen lassen, aber wir sollten wirklich nichts am Tatort verändern. Das könnte wichtige Spuren zerstören.«

Rodrigos Füße steckten nackt in Turnschuhen, unter dem Bademantel, der wild im Wind flatterte, trug er ein T-Shirt, das ihm, auf einer Seite steif von Blut, am Körper klebte.

Das ihm mehrfach um die Brust gewundene Nylonseil hatte ein blau-weißes Muster, das ich erkannte. Solche Seile hatte ich unten im Bootshaus gesehen.

Mühsam holte ich Luft, der Wind ließ die Tränen auf meinen Wangen frieren.

Cassandra trat etwas näher und legte den Kopf schräg. »Ich denke, er wurde erstochen«, begann sie. »Hier, sehen Sie, dort, wo das Blut ist, ist der Stoff aufgeschlitzt. Dort muss das Messer in den linken Thorax eingedrungen sein. Aber dieses rote Mal an seinem Hals ... Ich würde wetten, dass es Würgemale von ebendiesem Seil sind. Vermutlich hat man ihn, bevor man ihn festband, damit über den Ast gehievt. Wie ein Flaschenzug, verstehen Sie – auf diese Weise muss weniger Kraft aufgewendet werden, und die Last lässt sich leichter bewegen.«

»Ach ja?« Ich riss mich von Ashton los und fuhr zu ihr herum. Jäher Zorn kochte in mir hoch, der meine Haut glühen ließ. »Sie glauben also, Sie wüssten Bescheid, ja? Sie sind *Schriftstellerin*, Cassandra. Nicht Ärztin. Und auch keine Ermittlerin. Bitte bringen Sie Realität und Fiktion nicht durcheinander, dazu ist die Lage eindeutig zu ernst. *Híjole.*« Verdammt. Der Ausdruck war mir einfach so herausgerutscht – ein Überbleibsel meiner Herkunft, die ich längst glaubte, hinter mir gelassen zu haben.

»Ich schreibe Morde in Serie, Darling, und ich weiß, wovon ich schreibe. Das nennt man Recherche.« Im Streiflicht meiner Taschenlampe sah ich Cassandra spöttisch eine Augenbraue heben. »Außerdem sagt einem das der gesunde Menschenverstand. Wie sollte man das sonst bewerkstelligen? Selbst ein junger, kräftiger Bursche wie Ash dürfte sich schwertun, den armen Rodrigo so ins Geäst zu hieven. Aber mit simpler

Hebelkraft ist das ein Kinderspiel – das könnten sogar wir zwei schaffen.«

»Ihnen ist aber schon klar, dass das nicht Teil des Programms ist, oder?« Ich sah zwischen beiden hin und her. »Das ist kein Detektivspiel. Hier ist ein Mord geschehen.«

»Dem ist nichts hinzuzufügen«, gab Ashton düster zurück und wandte sich Richtung Wald. »Hier können wir nichts mehr tun. Wir sollten los und schauen, dass wir Olivia einholen.«

»Ach, Junge, ich bin zu alt, um nachts durch den Wald zu sprinten«, sagte Cassandra. »Lauf du schon mal vor, ja? Mila und ich kommen dann nach.«

Ashton trat einen Schritt zurück. Seine Augen funkelten in der Dunkelheit, als unsere Blicke sich trafen, und ich nickte kaum merklich. Darauf verschwand er im Dickicht der Kiefern, und es war nur noch das über die Baumstämme huschende Licht der Taschenlampe zu sehen, bevor auch das verschwand.

Der Wind strich Rodrigo die schwarzen Locken aus der Stirn, spielte sacht mit dem Kragen seines Morgenmantels. Ich spürte Übelkeit in mir aufsteigen.

»Interessant«, bemerkte Cassandra, »dass man nie genau erfährt, was die Leute nach dem Auffinden einer Leiche mit ihr machen. Das wird immer ausgeblendet, oder nicht? Und ein paar Seiten später – abrakadabra! – ist die Leiche plötzlich verschwunden.«

»Das ist hier *keiner Ihrer Krimis*, Cassandra!«

Cassandras Augen glänzten so klein und dunkel wie die einer Spinne. »Ach, Schätzchen«, sagte sie. »Merken Sie es wirklich nicht? Das hier könnte haargenau aus einer meiner Geschichten sein.«

Ich hatte keine Ahnung.

Ich wusste nichts davon. Wirklich nicht, das schwöre ich.

Ich wusste nichts davon.

Bis endlich die hell erleuchteten Fenster des Anwesens vor uns auftauchten und wir die steinerne Treppe hinaufliefen, konnte ich keinen weiteren Gedanken fassen.

Die Tür flog auf, und Ashtons Silhouette zeichnete sich vor dem Licht des Foyers ab. Er winkte uns herein. »Ich wollte gerade schauen, wo ihr bleibt. Das Telefon ist tot, und das WLAN funktioniert noch immer nicht.«

»Bitte sagt, dass Carter jetzt endgültig die Fantasie durchgeht.« Fletcher war hinter ihm aufgetaucht und hielt die Arme vor der in einen seidenen Morgenmantel gehüllten Brust verschränkt.

»Schön wär's.« Cassandra ließ sich mit einem Seufzer auf die Sitzbank fallen und zog die Reißverschlüsse ihrer Stiefeletten auf. Erde und nasses Laub hatten ihre Spuren auf den Holzdielen hinterlassen, und ich ertappte mich bei dem Gedanken, dass ich Taryn deswegen gleich noch Bescheid sagen musste, damit sie sich darum kümmerte – ein Gedanke, der auf einmal seltsam absurd schien in seiner Alltäglichkeit.

Taryn und Curt. Die beiden hatten nicht gewusst, worauf sie sich einließen, und jetzt saßen sie mit uns hier fest.

Ich hätte es wissen müssen, als Rodrigo verschwand und die Aufzeichnungen der Überwachungskameras eine Lücke von exakt einer Stunde aufwiesen. Ich hätte es wissen müssen, als die Gäste heute Vormittag das Buch in der Bibliothek fanden und die falsche Szene umgeschrieben war. Und spätestens heute Abend, als sie alle die ihnen zugedachten Kästchen öffneten und in Rodrigos nicht die Balkenwaage lag – eine verkleinerte Nachbildung derer, die als Dekor in seinem und Olivias Zimmer stand –, sondern eine Karte der Insel, die ich nie zuvor gesehen hatte. Da hätte ich es wissen müssen.

Der dunkelblaue Teppich schwankte unter meinen Füßen, und ich musste mich an der Wand abstützen.

»Mila?«

Ich sah die besorgten Blicke der anderen und versuchte, mich zu konzentrieren. »Wo ist Olivia?«

»Sie war regelrecht hysterisch«, antwortete Fletcher mit einem Schnauben. »Violet hat sie unter die Dusche geschickt. Sagt mir jetzt mal jemand, was mit Rodrigo ist? Aus Olivia war ja nichts herauszubekommen.«

»Man hat ihn wie eine Galionsfigur an einen der alten Bäume auf dem Friedhof geknüpft«, teilte Cassandra ihm mit geröteten Wangen mit. »Er wurde erstochen. Und geblendet. Und auf einem der Grabsteine stand sein Name. Es war furchtbar, Tim, ein Grauen. Aber Sie hatten ja Besseres zu tun, als sich das Spektakel anzusehen.«

»Er trug eine Augenbinde, die voller Blut war«, sagte ich und grub die Finger in den rauen Wollstoff meines Mantels. »Und in den Händen hielt er ein Messer … und eine Waage.«

Fletcher hob die Brauen. »Interessant. Fühlt sich noch jemand an das Rätsel des ersten Abends erinnert, der geblendete Fisch als Sinnbild der Justitia?«

»Rache und Gerechtigkeit, eiskalt serviert«, dozierte Cassandra und machte mit den Händen eine wägende Geste. »Das Messer war selbstredend das fehlende Ausstellungsobjekt, mit Klebeband an seiner Hand befestigt. Genau wie die Waage.«

Fletcher warf den Kopf zurück, sein lautes Lachen erschreckte uns. »Mit *Klebeband*, das wird ja immer besser! Nein, im Ernst, hört ihr euch mal zu? Für mich klingt das, als wäre es noch Teil von J. R.s Ratespiel.«

»Das ist kein Spiel«, sagte Ashton und riss sich die Lederjacke vom Leib. »Rodrigo ist tot.«

»Schon mal was von Spezialeffekten gehört, junger Mann? Es ist unglaublich, wie realistisch das heutzutage aussieht.«

Das einzige Licht im Raum kam von der runden Tischlampe auf der Wandkonsole, die mir wie ein Strahlenkranz vor den Augen zu flirren begann. Ich versuchte, mich auf meinen Atem zu konzentrieren, drehte den silbernen Ring mit der Schlange an meinem Finger und merkte, wie meine Hände zitterten, wie ich am ganzen Körper zitterte und fröstelte, obwohl ich noch immer meinen Mantel trug. *Das war so nicht geplant. Das war nicht der verdammte Plan!*

Ich wusste nicht, dass jemand sterben würde. Außer dir natürlich, aber das war eine andere Geschichte. Davon wusste niemand – niemand außer mir. Nicht einmal Alastor hatte ich das anvertraut. Und dein Tod würde wie Selbstmord aussehen, nicht wie bei Rodrigo, den man grausam hingemetzelt und zu einer Karikatur sinnbildlicher Gerechtigkeit degradiert hatte.

Ich spürte einen Schrei in meiner Kehle aufsteigen.

Tief durchatmen, ganz tief durchatmen.

Ich durfte nicht die Kontrolle verlieren. Es galt jetzt herauszufinden, was zum Teufel hier gespielt wurde. Und dann dafür zu sorgen, dass alles wieder nach Plan lief.

»Das ist alles bloß ein billiger Trick«, sagte Fletcher über Cassandra hinweg, deren Worte ich gar nicht mitbekommen hatte. »Rodrigo geht es prima. Wahrscheinlich steckt er hier irgendwo auf der Insel oder hat sich schon in ein Luxushotel auf dem Festland abgesetzt. Aber wenn ihr euch solche Sorgen macht, fragt doch mal unsere Hausfee, was hier los ist. Sie erklärt es uns sicher gern.«

Drei Augenpaare richteten sich auf mich, drangen durch meine mühsam gewahrte professionelle Fassade und ließen mich erschauern bis ins Mark.

Denk nach. Ich durfte jetzt keinen Fehler machen.

Auch wenn es nicht Teil unseres Plans gewesen war, dass jemand auf diese Weise zu Tode kam, würden die Autoren, wenn sie erfuhren, dass Alastor und ich vorhatten, ihre Karrieren zu zerstören, wenig angetan sein. Meine Autorität wäre dahin, ja, sie würden mich in der Luft zerreißen – und das völlig zu Recht.

Sie würden nicht eher Ruhe geben, bis sie genau Bescheid wussten, was hier gespielt wurde. *Du* würdest anfangen, Fragen zu stellen.

Und die Beweislage war vernichtend.

Ich wusste, dass Rodrigo am schwersten zu knacken sein würde, seine Kaltblütigkeit bei Gericht war bekannt. Deshalb hatte ich Alastors Vorschlag zugestimmt, ihm am ersten Abend Amphetamine unters Essen zu mischen. Das sollte ihm nicht nur den Schlaf rauben, sondern auch sein Urteilsvermögen trüben. Sein stetes Misstrauen würde in Paranoia umschlagen. Seine Frau hatte ich mit Beruhigungsmitteln außer Gefecht gesetzt, damit er die ganze Nacht Zeit hatte, sich in seine Hirngespinste hineinzusteigern, und bis zum Morgen warten musste, um sie anzubetteln, die Insel mit ihm zu verlassen. Ein Akt der Verzweiflung.

Aber das war unmöglich die Antwort, die ich ihnen jetzt geben konnte.

Als ich in die aschfahlen Gesichter der Autoren blickte, schnürte mir das Grauen der Situation die Luft ab. Nichts konnte ich ihnen sagen. Nicht ein verdammtes Wort.

»Nein«, brachte ich schließlich hervor und schluckte. »Mir wurde nur gesagt, alle etwaigen Fragen würden sich mit dem Spiel des heutigen Abends klären, die Antworten fänden sich in den kleinen Kästchen, die Sie bei Tisch erwarteten.«

»Ich frage mich wirklich, aus welchem Wörterbuch Alastor seine Definition von *Antwort* bezieht«, murmelte Ashton.

»Wo ist denn die Leiche?«, fragte Violet, die vom Ende des Flurs aus Richtung Küche kam. Ihr T-Shirt und ihre Jeans sahen aus, als hätte sie darin geschlafen, ihre Füße steckten in schweren Stiefeln, die nicht zugeschnürt waren.

»Ungefähr zwei Meilen von hier«, sagte Ashton und wandte sich nach ihr um. »Auf der anderen Seite der Insel. Da wir keine Hilfe rufen können, sollten wir am besten rüber aufs Festland fahren und von dort die Polizei verständigen. Und ich meine, jetzt gleich. Es gibt doch ein Boot, oder? Mila?«

»Ja.« Ich stieß mich von der Wand ab und machte einen Schritt auf ihn zu. »Gibt es.« Ich dachte an das Golfcart, das eigentlich in der Garage stehen sollte, aber, wie ich vor unserer Nachtwanderung zum Friedhof feststellen musste, von dort verschwunden war. Auch das etwas, von dem ich nicht wusste, ob und wie ich es den Gästen sagen sollte. »Unten im Bootshaus, ja. Da müsste … Doch, da ist ein Boot.«

»Ich gehe nirgendwohin, bevor ich die Leiche nicht mit eigenen Augen gesehen habe«, verkündete Fletcher, hielt dann inne und musterte mich. »Eigentlich bin ich hier, um mit J. R. zu arbeiten. Bevor wir nicht wissen, ob das alles nicht Teil der Inszenierung ist, wäre es lächerlich, die Flucht zu ergreifen. Und wenn Sie uns jetzt allein lassen würden, Mila, ich denke, das hier geht nur uns und unseren Gastgeber etwas an. Das verstehen Sie sicher.«

Mir blieb der Mund offen stehen. »Aber wir …«

»Fletch«, unterbrach Ashton mit schneidender Stimme.

Fletcher sah an mir vorbei zu ihm und lächelte schmal. Er brauchte es gar nicht auszusprechen, sein Gesicht sagte alles. *Sie ist keine von uns.*

Ashton blickte kurz zu mir, dann gleich wieder weg.

Ich wusste nicht, was ich sagen sollte. Wir mussten doch jetzt zusammenhalten und herausfinden, was zum Teufel hier los war.

Andererseits … Jemand auf dieser Insel hatte Rodrigo umgebracht, und *ich* war es nicht. Was wiederum hieß, dass der Mörder einer von ihnen sein musste. Keiner von ihnen war ohne Grund hier. Wer sagte mir also, dass nicht ein Mörder unter ihnen war? Ich war so sehr auf dich fixiert gewesen, dass ich Alastor nicht über die anderen Namen auf der Liste ausgefragt hatte.

Im Grunde wusste ich rein gar nichts über diese Leute.

Jeder von ihnen konnte Blut an den Händen haben.

Aber der Tatort wirkte so *inszeniert*. Jemand musste im Voraus gewusst haben, worum es bei dem Spiel ging, musste von den Gegenständen in den Holzkästen gewusst und die Waage in Rodrigos Kästchen gegen die Karte mit dem Fundort der Leiche ausgetauscht haben. Und nur zwei Leute wussten über das alles Bescheid: Alastor und ich.

Ich stand wie gelähmt, die Finger um die Uhr an meinem Handgelenk geschlossen. Die Uhr, die *er* mir geschenkt hatte, die mit dem Intranet der Insel verbunden und mein direkter Draht zu ihm war.

Ich musste mit Alastor sprechen.

»Gut«, sagte ich und räusperte mich. »Ich wollte sowieso unter die Dusche.«

TINTE IN DEN ADERN: VOM SCHREIBEN ÜBER FURCHT

VON J. R. ALASTOR

FIGURENZEICHNUNG UND CHARAKTERPRÜFUNG

Mich hat immer fasziniert, wie ein und dieselben Umstände radikal unterschiedliche Menschen hervorbringen können. Dazu braucht man sich nur Geschwister anzusehen, die unter den gleichen Voraussetzungen aufwachsen und erzogen werden, am Ende aber oft so verschieden sind wie Tag und Nacht.

Ich betrachte die Hindernisse, die ich meinen Figuren in den Weg lege, ihre Kämpfe und Auseinandersetzungen, sämtliche unerfreuliche Begegnungen als Prüfungen. Dann lehne ich mich zurück und schaue zu. Ich warte ab, was sie als Nächstes tun werden. Manche schlagen sich besser als andere. Sie gehen aus solchen Prüfungen geläutert hervor. Stärker, mutiger, klüger. Aufrichtiger. Andere hingegen werden dadurch erst so richtig … nun, nennen wir es *komplexe* Persönlichkeiten.

Wenn Sie meine Bücher gelesen haben, ist Ihnen sicher aufgefallen, dass ich eine ausgeprägte Vorliebe für das Motiv des »Verschlossenen Raums« habe. Alle schuldhaften Figuren in ein abgelegenes Haus zu sperren und sie dort um ihr Leben kämpfen zu lassen, ist die perfekte Methode, um darüber Aufschluss zu erlangen, wer zur Veränderung fähig ist, wer sich wandeln kann und wer nicht.

16

CASSANDRA

»Wir sollten das nicht ohne Olivia entscheiden«, erklärte ich, als wir uns im weißen Marmorglanz der Küche versammelt hatten. »Jemand sollte sie holen gehen.«

»Und ihr was genau sagen?« Fletcher fuchtelte mit den Händen. »Ah, tut uns leid, wir haben Ihren Mann noch immer nicht gefunden, sind aber zuversichtlich, dass alles bloß ein Spiel ist?«

»Wir müssen die Insel verlassen«, wiederholte Ashton zum bestimmt fünfzehnten Male. »Am besten noch heute Abend. Am besten jetzt gleich.«

»Ob es nun ein Spiel ist oder nicht«, sagte Violet, die an dem schicken Ungetüm von Herd stand und sich auf den Wasserkessel konzentrierte, der auf offener Flamme erhitzte, »wenn wir nicht genauso enden wollen wie er, sollten wir ernsthaft in Betracht ziehen, dass es tatsächlich Rodrigo war.«

»Nein, nein, nein«, stöhnte Fletcher und schüttelte den Kopf. »Wenn wir jetzt panisch die Flucht ergreifen und Alarm schlagen, bedenkt bitte mal die Konsequenzen, sollte sich am Ende herausstellen, dass alles bloß ein ausgeklügeltes Spiel war. Polizei und Presse würden auf der Insel einfallen, auf Alastors Refugium, und wir könnten bis auf den letzten Penny verklagt werden.«

»Das gefällt mir nicht«, sagte ich.

»Was genau jetzt? Die Schatten der Vergangenheit, der angebliche Tod eines der Unseren oder der Versuch, jeden von uns zu erpressen?«, erkundigte Fletcher sich freundlich.

»Ihr Ton, mein Guter. Ihre Anmaßung. Und Erpressung – dass ich nicht lache. Ich habe bereits erzählt, was mein Kästchen für mich bedeutet, und ich denke, die mit den anderen Gegenständen verknüpften Begebenheiten werden gleichfalls halb so wild sein.«

Der Kessel begann zu pfeifen und stieß eine wütende weiße Dampfwolke aus, die das spiegelblanke Kupfer beschlagen ließ.

»Aber«, fuhr ich fort, nachdem Violet ihn netterweise zügig vom Feuer genommen hatte, um unsere Nerven zu schonen, »haben wir wirklich etwas anderes erwartet? Konnte eine Autorenresidenz unter der Ägide von J. R. Alastor jemals etwas anderes sein als … aufregend? Verstörend? Unsagbar dramatisch?«

»Meine Rede«, pflichtete Fletcher mir bei und klatschte in die Hände. »Endlich kehrt Vernunft ein.«

»Wenn es sein muss, fahre ich auch allein«, sagte Ashton und lehnte sich mit verschränkten Armen ans geölte Kiefernholz der Arbeitsfläche. »Aber ich denke, wir sollten zusammenbleiben. Entweder wir verlassen jetzt gleich die Insel, oder wir schauen uns noch mal den Toten an, damit Fletch zufrieden ist, und verschwinden dann.«

Fletcher massierte sich die Schläfen. »Ich fasse es nicht. Soll ich allen Ernstes mehrere Meilen durch Dunkelheit und Kälte marschieren für den unwahrscheinlichen Fall, dass diese Attrappe *doch* nicht Teil des heutigen Rätsels ist? Tut mir leid, aber das ist absurd.«

»Oh verdammt«, sagte Violet auf ihre stoische Art, aber ihre Hände zitterten, und der Tee schwappte aus ihrer Tasse auf den Fliesenboden. So erfreulich es war, dem Mädchen endlich so etwas wie eine Gefühlsregung anzumerken, tat es mir doch leid, sie so aufgewühlt zu sehen. »Wenn noch was ist, ich geh schlafen.«

»Du gehst *was*?«, rief Ashton ungläubig. »Wir müssen jetzt zusammenbleiben. Auf dieser Insel läuft ein Mörder frei herum!«

»Wenn dem so ist, kann es ja nur gut sein, wenn ich mich von euch fernhalte. Hast du ein Problem damit?«

»Habe ich, ja.«

»Ich bin da ganz bei Violet«, sagte Fletcher. »Natürlich im übertragenen Sinne. Bevor ich keine Leiche sehe, gehe ich stark davon aus, dass J. R. sich einen Scherz erlaubt hat, auf den die Leichtgläubigen unter uns hereingefallen sind.«

»Das war kein Scherz.« Die Sehnen an Ashtons Hals traten hervor. »Wir haben Rodrigo mit eigenen Augen gesehen – und er war *tot*, Fletch, so wahr ich hier stehe!«

Fletcher machte eine wegwerfende Handbewegung. »Eine Attrappe, ich sagte es schon. Man kann heutzutage so gute Nachbildungen machen, das erkennt man mit bloßem Auge gar nicht. J. R. wollte einfach den Einsatz erhöhen, und es ist ihm gelungen, wie man sieht. Cassandra, meine Teuerste, was denken Sie denn? Haben Sie auch, so wahr Sie hier stehen, einen Toten gesehen?«

»Ich … ich bin mir nicht sicher.«

»Sehen Sie? Genau das meinte ich. Und jetzt ab ins Bett, würde ich sagen, oder, für die Eulen unter uns, an die Arbeit. Ich hatte so einen guten Lauf, bevor hier alles drunter und drüber ging, zu ärgerlich, wirklich.«

»Zu bedauerlich«, echote Violet, die sich noch immer mit ihrem Tee in der Küche herumdrückte.

»Allerdings. Jetzt aber mal im Ernst, Leute – wenn, oder vielmehr *falls* Rodrigo morgen noch immer nicht aufgetaucht ist, lasse ich mich von Carter gern durch die Wildnis jagen, um mir unseren vermeintlichen Toten näher anzusehen. Und dann können wir immer noch entscheiden, ob wir die Insel verlassen oder nicht. Können wir uns darauf einigen?«

»Ungeachtet Fletchers rüden Tons und seiner schockierend unsensiblen Art scheint mir das eine sehr vernünftige Idee«, sagte ich. »Wir warten bis morgen. Wenn sich zeigen sollte, dass der arme Rodrigo tatsächlich nicht mehr unter uns weilt, brechen wir unverzüglich auf.«

»Das glaube ich jetzt nicht«, sagte Ashton fassungslos. »Cassandra, Sie waren doch dabei und haben es mit eigenen Augen gesehen, Sie haben den Leichnam *fast zerlegt* mit Ihren Blicken!«

Ich seufzte. »Vergesst nicht, wessen Gäste wir sind. Alastor ist so eine Nummer durchaus zuzutrauen.«

»Ich geh nach oben und schau nach Olivia«, kündigte Violet an, ohne sich von der Tür wegzubewegen. »Sollte noch jemand von uns morgen früh tot sein, dürfte das unsere Frage vermutlich beantworten.«

17

MILA

Ich schlüpfte in einen bequemen Pulli und schwarze Yogapants und ließ die Haare offen auf die Schultern fallen. Meine Uhr lag auf der Ladestation auf dem Nachttisch – seit ich den ganzen Tag die Videofeeds der Kameras abrief, gab der Akku schnell seinen Geist auf –, aber Alastor hatte noch immer nicht auf mein halbes Dutzend Nachrichten reagiert, die ich, bevor ich unter die Dusche gegangen war, auf ihn abgefeuert hatte. Sie reichten von einem ersten: *Was ist hier los???*, über: *Davon hast du aber nichts gewusst, oder?*, bis zu einem finalen: *Das war so nicht abgesprochen.*

Über die Dienstbotentreppe schlich ich mich hinauf ins Hauptgeschoss, spürte die Kälte der Holzdielen unter meinen Füßen und zögerte am Fuß der Treppe, die in den zweiten Stock führte. Olivias ersticktes Schluchzen drang aus dem Gästeflur und fuhr mir wie ein Rasiermesser über die Haut.

Im Haus war jetzt kein Licht mehr bis auf den schwachen Schein des Feuers in der Bibliothek. Cassandra saß allein am Kamin und starrte in die Glut.

Sie teilte mir den gemeinschaftlich gefassten Entschluss mit, bis zum Morgen zu warten. Wobei sie sich schon denken könne, dass die meisten vermutlich keinen Tag länger auf der Insel würden bleiben wollen, ganz gleich, was man fand, oh, und ob ich, wenn ich schon mal da wäre, so nett sei, ihr noch einen Tee zu bringen?

Mir schwirrte der Kopf, als ich zurück in die Küche ging und mit mechanischen Handgriffen ihrem Wunsch nachkam.

Je länger ich darüber nachdachte, desto weniger konnte ich mir vorstellen, dass einer der Gäste den Retreat nutzte, um mal eben Rodrigo umzubringen. Das war kein Verbrechen aus Leidenschaft gewesen, kein Mord im Affekt, sondern sorgfältig geplant. Und es blieb dabei, dass nur zwei Personen von dem verfluchten Spiel wussten und Rodrigos Gegenstand gegen die Karte der Insel ausgetauscht haben konnten – Alastor und ich.

Ein Frösteln kroch mir über die Haut, und ich strich mir mit den Händen über die Arme. Den ganzen Tag hatte ich mich verrückt gemacht, weil ich dachte, unser Plan wäre irgendwie schiefgegangen. Dass ich einen Fehler gemacht hätte.

Aber das war es nicht. Das alles war von Anfang an sein Plan gewesen.

Warum hatte er mich dann überhaupt angeheuert? Warum so viel Zeit und Mühe in mich investieren, mich in sämtliche Vorbereitungen einbinden und jedes Detail in Dutzenden von E-Mails besprechen? Letztlich hatte Alastor für jedes Spiel bestimmte Vorgaben gemacht, aber den Rest hatte ich mir ausgedacht, geboren aus meiner Liebe zu den Motiven des Genres und meinem Hass auf dich.

Warum Verständnis für mich aufbringen, für meinen Zorn und meinen Hass auf dich, als ich ihn nicht nur meine Wut sehen ließ, sondern auch meine verletzten Gefühle?

Es hatte ein paar Wochen gedauert, bis ich verstand, oder zu verstehen glaubte, warum ein legendärer Autor wie J. R. Alastor seine Zeit darauf verschwendete, einem Niemand wie mir eine ausführliche Analyse von *Der talentierte Mr. Ripley* zu schicken. Aber eines Tages wurde es mir so plötzlich klar, als hätte jemand ein Licht angeknipst: Er tat es aus genau demselben Grund, aus dem ich jeden freien Abend auf meinem Klappfuton verbrachte mit einem Büchereibuch und einem Glas billigem Wein, den alten Laptop offen vor mir, um mit Alastor zu chatten.

Wir waren beide einsam.

Auch das offenbar eine Lüge. Er musste meine Einsamkeit erkannt und die perfekte Komplizin in mir gesehen haben. Ein leichter Fang.

Meine Augen brannten, und ein scharfer Schmerz fuhr durch meine Brust, als würden alle Rippen brechen. Es war genau wie damals bei dir. Wann würde ich aufhören, mir an den Menschen, denen ich bedingungslos vertraute, die Finger zu verbrennen?

Nachdem ich Cassandra den Tee in die Bibliothek gebracht hatte, schlich ich barfuß die Treppe hinauf zu meinem Büro im zweiten Stock. Bevor ich das Zimmer betrat, hielt ich den Blick bewusst auf die Kamera gerichtet, die, kaum größer als ein Daumennagel, hinter dem filigranen Lüftungsgitter im Flur verborgen war.

Statt das Licht einzuschalten, entzündete ich den Gaskamin, dann holte ich den Ordner mit sämtlichen Unterlagen aus dem Schreibtisch und begann, alles vor mir auszubreiten.

Inspektionsberichte, Taryns und Curts Lebensläufe und Arbeitsverträge, die Aufträge und Rechnungen für die Ausstattung und den Umbau des Hauses: Klempnerarbeiten, Elektrik, Abwassersystem, Heizungs- und Lüftungsanlage, Dachdecker, Fassadensanierung und so weiter. Installation des Bluetooth-Systems, Überwachungskameras und Mikrofone, Betten und Matratzen, Fliesenspiegel, Beleuchtung, Bücher und maßgefertigte Regale, Profi-Waschmaschine, Trockner und Spülmaschine. Selbst bei den Lebensmittellieferungen fand sich alles bis zur letzten Erdbeere dokumentiert.

Und auf allem stand mein Name, meine hastig hingeworfene Unterschrift, mein Kürzel.

Die einzige nachweisbare Verbindung zu Alastor war ein Blatt

Papier – mein recht übersichtlicher Vertrag – und das mysteriöse Geschäftskonto, das er in meinem Namen eröffnet hatte. Sein Name tauchte nirgends auf. Es sah gerade so aus, als hätte ich die ganze Sache aufgezogen, als hätte ich die Autoren eingeladen, um sie einen nach dem anderen zu töten.

Eine eisige Kälte legte sich um meine Schultern, nahm mir den Atem. Mein Bürostuhl ächzte unter mir, als ich mich schwer darauf fallen ließ.

Und genau darauf hatte Alastor es angelegt.

Er hätte das alles niemals allein organisieren können, er brauchte jemanden, der sein Gesicht hinhielt, ihm diese Art der Arbeit abnahm. Ich war seine Frontfrau. Und wer könnte besser für diesen Job geeignet sein als eine von Hass zerfressene, gescheiterte Autorin, die nur zu gern auf diesen rechtlich mehr als fragwürdigen Zug aufsprang? Indem er mir die Gelegenheit bot, mich an dir zu rächen und dich mitsamt deiner Lügen posthum bloßzustellen, machte er mich zu seiner Komplizin und sorgte dafür, dass ich keiner Menschenseele davon erzählen würde. Und indem er mit dem Mord an Rodrigo wartete, bis wir alle hier festsaßen, hatte er mich ebenfalls in die Falle gelockt.

Ich presste meine Faust auf den Schreibtisch, bis der Schmerz in mein Handgelenk fuhr. Wenn ich den Gästen sagte, welche Rolle ich während dieser Woche spielte, würden sie denken, ich *sei* Alastor oder würde zumindest mit ihm unter einer Decke stecken. Und wer weiß, was sie mir dann antun würden. Aber ich konnte auch nicht zulassen, dass sie die Insel verließen, denn dann würde Alastor alle Schuld auf mich schieben.

Ich war mir fast hundertprozentig sicher, dass außer uns niemand auf der Insel war. Sie war zu klein, als dass man sich, außer vielleicht im Bootshaus, hätte verstecken können. Und dort hatte ich, als ich mittags nach Rodrigo gesucht hatte, gleich als Erstes nachgesehen, und mir war nichts Verdächtiges aufgefallen.

Aber jemand hatte für das Spiel heute Abend Rodrigos Waage der Justitia gegen eine Karte der Insel ausgetauscht. Jemand, der mit den Örtlichkeiten vertraut schien, was einen ganz neuen Verdacht in mir weckte. Die Gäste waren erst seit gestern auf der Insel, aber was war mit dem Personal? *Meinem* Personal.

Doch mal abgesehen davon, dass weder Taryn noch Curt überhaupt geboren waren, als Alastors erstes Buch erschien, konnte ich bei beiden kein verstecktes Motiv erkennen. Taryn wirkte auf mich nett und unkompliziert, für sie war das hier ein Saisonjob, mehr nicht, und Curt war ein wirklich lieber Kerl, und ich mochte ihn vermutlich mehr, als ich sollte. Wie sollte einer von ihnen Alastor sein, dessen Nachrichten sich durch diesen feinen, trockenen Humor und hohen literarischen Stil auszeichneten?

Das konnte nur heißen, dass einer der Autoren log. Einer von ihnen war Alastor. Und ich hatte ihm geholfen, einen Mord zu begehen.

Warum hatte ich das nicht schon viel früher erkannt? Sämtliche Vorbereitungen, alles, was wir auf dem Anwesen hatten machen lassen, diente einzig dazu, Wolf Harbor in Alastors persönlichen Mordschauplatz zu verwandeln. Und ich hatte es ihm ermöglicht. Während ich noch glaubte, mir ihn und seinen Plan für meinen eigenen Rachefeldzug zunutze zu machen, war er es, der mich die ganze Zeit benutzt hatte.

Die Papiere verschwammen vor meinen Augen. Es war, als säße ein Schwarm kleiner Nachtfalter in meinem Hals, ein hektisches Flattern, das mir die Kehle austrocknete. Ich schlug mir die Hände vor den Mund und stieß ein ersticktes Schluchzen aus.

Das alles war meine Schuld.

Wumm.

Ein dumpfes Geräusch ließ mich hochschrecken und halb vom Stuhl auffahren. Es kam von draußen, vom Flur.

Dann klopfte es an meine Tür.

Ich wischte mir die Tränen aus dem Gesicht, schob die Papiere zusammen und ließ sie in der Schreibtischschublade verschwinden – ich würde sie verbrennen müssen, bevor die Gäste sie in die Hände bekämen und das Ausmaß meiner Lügen entdeckten.

Mitten in der Bewegung hielt ich inne und sah zur Tür. Was, wenn es Alastor war, wenn er kam, um mich … persönlich zu sprechen?

Auf der anderen Seite der Tür konnte ein Mörder stehen.

Wie gut es sich traf, dass ich selbst auf dem besten Wege war, eine zu werden. Das Herz schlug mir bis zum Hals.

Ich nahm den Brieföffner vom Schreibtisch, schloss die Finger fest darum. Dann schlich ich lautlos zur Tür und öffnete sie einen Spalt.

Eine Strähne dunklen, nassen Haars bekam ich zu sehen, braune Augen und ein markantes Kinn. »Hey.«

Erleichterung erfasste mich, die sogleich in Furcht umschlug. Jeder der Autoren konnte ein Mörder sein, auch er.

»Mr. Carter«, sagte ich förmlich und öffnete die Tür ein wenig weiter, wobei ich den Brieföffner in den Ärmel meines Pullovers schob. Sollte er eine unerwartete Bewegung machen, konnte ich zum Angriff übergehen – oder ihm einfach die Tür vor der Nase zuschlagen.

»Bitte nur Ash.« Ein verwaschenes T-Shirt mit AC/DC-Logo spannte sich um seine breiten Schultern, ein schwarzes Tattoo schlängelte sich unter dem Ärmel hervor. Er war ziemlich gut in Form und hätte mit Rodrigo leichtes Spiel gehabt.

Was, wenn er Alastor war?

»Ich hoffe, ich störe nicht, aber ich hatte noch Licht gesehen.« Er hob die Schultern und lächelte entschuldigend. »Die anderen haben sich alle zurückgezogen, aber ich wollte mich vergewissern, dass bei dir alles in Ordnung ist.«

Ashton – Ash – war eigentlich viel zu jung, um Alastor zu sein, oder? Er war einfach nur ein Gast, der sich völlig zu Recht um mein Wohlergehen sorgte.

Aber angenommen, er *wäre* Alastor, dann wäre er auch mein Komplize, mein Vertrauter, mein Freund gewesen – würde er mich dann einfach so umbringen? Ich musste herausfinden, was hier los war. Doch was, wenn er jetzt …

Der kantige Griff des Brieföffners schnitt in meine Handfläche. Ich musste schnell sein. Schneller als er.

Nach kurzem Zögern öffnete ich die Tür ganz und ließ ihn eintreten. Er betrachtete das flackernde Feuer im Kamin, den Marmorglobus auf dem Schreibtisch, das mit alten Ausgaben gut gefüllte Bücherregal. Ich hatte in Antiquariaten ganze Konvolute bestellt und mir den Rest auf Bücherflohmärkten besorgt.

»Cassandra meinte, ihr wolltet bis zum Morgen warten, bevor ihr aufbrecht«, sagte ich, um seiner eigentlichen Frage auszuweichen.

»Ich wollte sofort fahren, wurde aber überstimmt.« Er atmete tief aus. »Fletcher ist nicht davon abzubringen, dass wir eine Attrappe gesehen haben, und Cassandra war sich auf einmal auch nicht mehr sicher.«

»Das war keine Attrappe«, sagte ich leise.

»Ich weiß. Es gibt sehr gute Spezialeffekte – und dann gibt es … das.« Er seufzte. »Du hast auch keine Ahnung, was hier gespielt wird, oder?«

Die steile Falte zwischen seinen Brauen, seine angespannten Schultern, das wirkte schon alles sehr glaubhaft.

Wahrscheinlich tat ich ihm unrecht, ihn zu verdächtigen.

Den Brieföffner noch immer im Ärmel meines Pullovers verborgen, trat ich hinter den Schreibtisch, suchte noch mal Taryns Lebenslauf hervor und überflog ihn kurz, um sicherzugehen, dass nichts darin stand, was nicht für seine Augen bestimmt war. »Hier«, sagte ich dann und tippte aufs Papier, »lies dir das durch und sag mir, was du siehst.«

Er trat neben mich und zog sich die Seite näher heran. »Taryn gehört zur Belegschaft, oder?«

»Sie ist die Haushälterin auf Wolf Harbor. Aber ich habe sie eingestellt, der Vertrag läuft auf mich.« Wieder spürte ich, wie meine Brust sich zusammenzog. »Im Grunde läuft alles in diesem Haus auf meinen Namen. Das ist nicht unüblich«, setzte ich schnell nach, »das läuft bei vielen Events so. Ich bin die Ansprechpartnerin, vergebe die Aufträge. So weit alles normal. Aber in diesem Fall kommt hinzu, dass ich keinen Namen für Alastor habe. Ich kenne ihn auch bloß unter Pseudonym.«

»Und was ist mit deinem Vertrag? Ist der auch in dem Ordner?«

»Den habe ich als digitales Dokument in meinen privaten E-Mails, ohne WLAN komme ich da gerade nicht ran. Und wie ich schon sagte, ich bin Alastor nie persönlich begegnet – wir haben immer nur geschrieben. Meinen Vertrag hat er als irgendeine Körperschaft unterzeichnet, nicht als Privatperson.«

Ash hatte weitergeblättert und überflog nun auch Curts Unterlagen. Seine Hand lag neben meiner auf dem Schreibtisch, sein Tattoo schlängelte sich in langen, geschwungenen Linien bis über den Ellenbogen wie Flammen. Mein Blick fiel immer wieder darauf. »Ich kann mir nicht helfen, aber für Rodrigo wäre es sicher ein Leichtes gewesen, ein solches Konstrukt zu durchdringen. Schließlich war er Anwalt. Vielleicht musste er deshalb als Erster sterben.«

Unsere Blicke trafen sich. Er war mir so nah, dass ich die Kiefer-Vanille-Seife riechen konnte, die Taryn in jedes Gästebad gestellt hatte, die Wärme spürte, die von ihm ausging. Und er wich nicht zur Seite. Ich musste daran denken, wie er vorhin den Arm um meine Taille gelegt hatte, um mich davon abzuhalten, näher an Rodrigos Leichnam heranzugehen. Wie er mich an sich gezogen und mich gehalten hatte, als ich zitterte, mein Rücken an seiner starken Brust.

»Danke für deine Hilfe vorhin auf dem Friedhof«, sagte ich und musste mich räuspern. »Eigentlich hätte ich mich ja um euch kümmern sollen, aber … ich wusste einfach nicht, was ich tun sollte.«

Er tat es leichthin ab. »Keine Ursache. Krisen sind so was wie ein Hobby von mir. Bitte nicht falsch verstehen«, setzte er schnell nach, »ich will damit nur sagen, dass ich mit Ausnahmesituationen ganz gut klarkomme. Das hat sich so ergeben, leider.«

Etwas an der Art, wie er es sagte, ließ mich stutzen, doch bevor ich nachfragen konnte, fuhr er sich mit der Hand in den Nacken und sprach weiter. »Morgen werde ich mit Fletch noch mal hingehen, damit er sich mit eigenen Augen überzeugen kann. Und wenn ich ihn den ganzen Weg hinter mir herschleifen muss, weil er sich sträubt wie der kleine Papiertiger, der er ist, und die Krallen in den Boden schlägt.«

»Das wird er, ganz sicher.«

»Es wird ein großer Katzenjammer«, sagte Ash und lehnte sich mit verschränkten Armen an meinen Schreibtisch. »Für ihn, wohlgemerkt, nicht für mich. Wenn eine Katze jemals als Mensch wiedergeboren würde …«

»Würde? Ich denke, das ist längst geschehen.« Auf meine Worte folgte ein kurzes Schweigen, und ich schlug mir die Hand vor den Mund. »Tut mir leid, das war sehr unprofessionell von mir.«

Um Ashtons Mundwinkel zuckte es, und der Blick aus seinen dunklen Augen glitt warm über mein Gesicht. Ich stand dem Schreibtisch zugewandt, er dagegen gelehnt, und unsere Schultern berührten sich fast.

Da war er wieder, der Funke unserer ersten Begegnung.

Im Halbdunkel dieses Raums geborgen, wo der Schein des Feuers auf Ashs noch feuchtem Haar tanzte, konnte ich mir fast einbilden, dass wir das zusammen durchstehen würden. Im nächsten Moment kam ich wieder zur Besinnung. Ich hatte auch so schon Ärger genug, ohne dass ich mich mit einem der Gäste einließ.

Ich spürte die Hitze in meinen Wangen. Wir standen schon viel zu lang zu nah beieinander, und doch schien es mir längst nicht lang oder nah genug.

Ich wandte den Blick als Erste ab und senkte ihn auf die Unterlagen. »Dann solltest du besser schlafen gehen. Morgen dürfte ein …«

»… ziemlich herausfordernder Tag werden«, schloss er und wandte sich zum Gehen. Er schien noch etwas sagen zu wollen, zögerte einen Moment. »Pass auf dich auf, ja?«

Die Kanten des Brieföffners gruben sich in meine Finger. *Pass auf dich auf.* Diese Art der Fürsorge, des Mitgefühls konnte in den Händen mancher Leute zu einer Waffe werden – so auch in deinen.

Ich lächelte schwach. »Das werde ich.«

18

CASSANDRA

Nachdem die anderen sich zurückgezogen hatten, um ihre Wunden zu lecken, ließ ich mir von Mila einen Tee bringen, eine sehr schmackhafte Mischung aus Brombeer- und Hibiskusblättern. Ihre ruhige, umsichtige Art und diese wachen grünbraunen Augen erinnerten mich an meine Tochter – oh, wie sehr ich mir wünschte, sie wäre jetzt hier. An diesem schicksalhaften Abend konnte ich mir beinah vorstellen, Mila wäre tatsächlich *sie* – gekommen, um ihrer Mutter einen letzten Schlummertrunk zu reichen.

Schließlich hatte ich vorhin auch den anderen Grabstein gesehen.

CASSANDRA HUTCHINSON
1955–2025

Ich lächelte in den heißen Dampf meines Tees. Über mein Alter stets falsche Angaben zu machen hatte sich ausgezahlt, wenn ich an meiner letzten Ruhestätte drei Jahre jünger sein durfte, als ich tatsächlich war.

Nach dem heutigen Abend würde ich den anderen mit gutem Beispiel vorangehen. Ich würde ihnen zeigen, was es – nahm man Alastor beim Wort – tunlichst zu unterlassen galt, wollte man diese Woche überleben. Es war meines Erachtens ziemlich offensichtlich, dass Alastor in der Vergangenheit eines jeden von uns herumgeschnüffelt hatte. Ich hatte übrigens nicht gelogen, was den tragischen Tod meines Mannes Michael anging. Er war zu dem Zeitpunkt tatsächlich in New York, und ich in San Francisco. Ich hatte lediglich keine Mühen gescheut, es genau so einzurichten.

Letztlich war es erschreckend einfach gewesen, seine Reisetasse mit ein paar Tropfen Erdnussöl zu verunreinigen und sie ihm ins Aufgabegepäck zu schmuggeln, damit er sie auch garantiert erst nach der Landung in New York benutzte.

Und wenn Alastor *das* über mich herausgefunden hatte, was musste er dann erst über die anderen wissen?

Rodrigo war zu nachtschlafender Zeit aus seinem Zimmer verschwunden, hinausgelockt von seinem Mörder, glaubte man den geänderten Passagen im jüngsten Sandoval-Thriller. Und wenn sein Mord einem Todesszenario aus einem seiner Bücher folgte, würde es bei mir in bezwingender Logik genauso sein. Wie gut, dass mein zuletzt erschienener Roman, *Der Santorini-Skandal*, gleich drei Todesarten zur Auswahl bot:

Eine Gabel, die durchs Auge ins Gehirn drang, nachdem man sich bei Tisch in die Haare geraten war.

Tödliches Schädeltrauma während eines Wanderausflugs, der ein wenig eskaliert war.

Und nicht zuletzt jenes fast wundersame Verschwinden aus dem Haus, als sei man dem Ruf der Sirenen gefolgt und von den Klippen ins Meer gestürzt.

Obwohl gesellige Tafelrunden sich bestens für die Gabel-Methode eigneten und unsere Nachtwanderung über die Insel die perfekte Gelegenheit gewesen wäre, mir einen Stein über den Schädel zu ziehen, schien die letzte Todesart mir jene, die meiner Situation am ehesten entsprach. Wenn ich also gleich auf mein Zimmer ging, war ich mir ziemlich sicher, dass ich es aus freien Stücken nicht mehr verlassen würde.

Ich hätte natürlich einfach hier in der Bibliothek bleiben können. In einer Bibliothek hatte es bei mir noch keine Toten gegeben – dieses Klischee überließ ich neidlos den jüngeren Kollegen.

Oder ich verschwand einfach, durch diese Tür hinaus in die Nacht und den Regen, der mittlerweile eingesetzt hatte, und ward nie wieder gesehen. All die Jahre hatte ich immer nur ums Überleben gekämpft, und mein Gott, was war ich müde.

Vielleicht brauchte ich einfach nur einen Moment für mich. Eine alte Frau mit einer Tasse Tee am Kaminfeuer, umgeben von Büchern und den darin enthaltenen Welten. Ein letzter Moment der Besinnung, und ich wäre bereit. Ich wollte nur hoffen, dass es kurz und schmerzlos würde, denn ich war trotz allem keine Freundin körperlichen Leidens.

Als ich mich schließlich nach oben begab, war Ruhe im Haus eingekehrt. Nur das stete Ticken einer Uhr war zu hören und der leise an die Fenster prasselnde Regen. Und, wenn man aufmerksam in die Stille hineinhorchte, auch das gedämpfte Weinen der armen, frisch verwitweten Olivia.

Oben bei meinem Zimmer angelangt, flog plötzlich die Tür neben meiner auf.

Ich taumelte zurück und hielt mich mit einer Hand an der Wand fest. »*Gütiger Himmel!* Erschrecken Sie mich doch nicht so, ich hätte ja fast einen Herzinfarkt bekommen.«

»Was spielst du für ein Spiel?«, stieß Fletcher mit einem Knurren hervor.

»Also, ich muss doch sehr bitten. Ich bin wie wir alle Gast eines *erschreckend realistischen* Krimi-Workshops, mühe mich durch das Manuskript meines kommenden Romans und rechne mit meinem baldigen Ableben, um auf Ihre Frage zu …«

»Versuch nicht, abzulenken.« Er kam näher und fuchtelte mit dem Finger vor meinem Gesicht herum. »Was soll das, mich ständig *Tim* zu nennen? Und auf unsere bewegte Vergangenheit anzuspielen?«

Ich seufzte. »Wie soll ich mir denn merken, wie du dich aktuell nennst? Ich wusste ja nicht mal, dass du teilnehmen würdest.«

»Wie konntest du das nicht wissen? Du hattest die Liste, die haben wir alle bekommen. Und bitte tu jetzt nicht so, als hättest du dich nicht vorab über jeden von uns schlaugemacht. Niemand ist so besessen wie du, und niemand dürfte besser auf diese Woche vorbereitet gewesen sein als du.«

»Es dreht sich nicht alles nur um dich, mein Guter. Und glaubst du wirklich, ich hätte nichts Besseres zu tun, als anderen Leuten hinterherzuspionieren?« Ich strafte ihn mit einem vernichtenden Blick. »Ich nahm an, der große Thomas Fletcher würde hier sein, nicht du. Vielleicht hättest du deine Kontakte über deine Namensänderung informieren sollen.«

»Wenn du mein Buch gelesen hättest …«

»Darling, ich bitte dich. Das Leben ist zu kurz, um sich durch fünfhundert mittelprächtige Seiten zu quälen – ich bin nicht mal durchs erste Kapitel gekommen, geschweige denn bis zur Autorenvita ganz am Ende.« Ich setzte ihm einen Finger an die Brust seines mentholgrünen Morgenmantels. »Die Frage ist doch, weshalb bist du gekommen, wenn du wusstest, dass ich hier sein würde?«

Seine blassgrauen Augen hatten mich schon immer an ein mit Frost überzogenes Felsgestein erinnert. Jetzt schimmerten sie wie Stahl.

Ich schnalzte mit der Zunge. »Ach, Tim. Du bist dem Ruhm schon immer hinterhergejagt. Du hast die Nähe erfolgreicher Menschen gesucht in dem kläglichen Versuch, dich selbst als einer von ihnen zu fühlen. Um *dazuzugehören*. Aber seien wir ehrlich«, ich lächelte mokant, »kennst du Alastor überhaupt?«

»Das reicht. Wer weiß noch davon?«

»Also von *mir* weiß es niemand«, sagte ich und seufzte. »Zumal dein Untergang auch der meine wäre. Aber ich könnte mir vorstellen, dass andere sich freuen würden, deinen Kopf rollen zu sehen.« Ich warf ihm einen Kuss zu und entschwand in mein Zimmer. »Träum was Süßes, Schätzchen.«

Ich ließ die Tür sanft zufallen und schloss hinter mir ab.

Kurz darauf schlug seine Tür zu, dass es im ganzen Haus widerhallte. Alter Kindskopf.

Ein Seufzer entglitt mir, als ich den Blick durchs Halbdunkel des Zimmers wandern ließ. Der Mond schien silbrig durch die feinen Vorhänge. Komisch, aber ich fühlte mich noch nicht bereit. Ich dachte, ich hätte mit allem abgeschlossen, aber wenn es dann so weit ist, spürt am Ende wohl jeder dieses Zögern.

Fletcher wäre nun wohl der Letzte, der mich lebend gesehen hätte, das hatte ich mir doch anders vorgestellt. Aber sei's drum. Vielleicht hatte es auch sein Gutes.

Ich öffnete das Fenster, nur einen Spaltbreit, und sog den süßen Geruch des Regens in mich auf. *Petrichor*, Regenduft, welch schönes Wort.

Meine Tochter fehlte mir. Vielleicht würde sie mir verzeihen.

TAG 3

SPIELEABEND

Spieleabend, der (m.): Geselligkeit, bei der die Figuren zu einem Spiel gezwungen werden, das zu Schmerzen, Traumata oder zum Tode führt. Oft spielen dunkle Geheimnisse eine Rolle, Lügen und Intrigen, in deren Folge es zu Loyalitätskonflikten kommt.

Tinte in den Adern: Vom Schreiben über Furcht,
Verzeichnis der Motive

19

MILA

Die Absätze meiner Stiefel klackerten über die Steinstufen, früher Morgennebel trieb in hellen Schwaden übers Gras. Über mir in den Baumkronen schossen Krähen wie Akrobaten durchs rot glühende Laub. Ab und an sah man einen schwarz glänzenden Flügel aufblitzen, und im nächsten Moment war er schon wieder verschwunden.

Unten am Hang stand das Bootshaus auf einem Felsvorsprung, der flach in die Bucht ragte. Mit seinem Staffeldach und der braunen Schindelverkleidung sah es aus wie eine Miniatur des Haupthauses, die sich aus der nebligen See erhob. Ein Steg verband das Haus mit dem eigentlichen Unterstand für die Boote, kaum mehr als ein Schuppen direkt über dem Wasser, in dem das Motorboot festgemacht war.

Die Kameras waren letzte Nacht erneut ausgefallen, diesmal von zwei bis fünf, ein Zeitfenster von drei Stunden, in denen Alastor Gott weiß was hatte tun können. Da er stets über alles auf dem Laufenden war, wusste ich, dass der Feed noch an einen anderen Ort übertragen wurde. Im Grunde war das einleuchtend, aber bislang hatte ich angenommen, mein Kontrollraum sei die Zentrale und nicht bloß der Satellit. Ich dachte, dass ich am längeren Hebel säße, während es in Wirklichkeit Alastor war, der auf alles Zugriff hatte und die Aufzeichnungen nach eigenem Gutdünken steuern konnte.

Ich hatte keine Lust, herauszufinden, was er mir sonst noch alles verschwiegen hatte.

Der Messinggriff der Tür ließ meine Finger taub werden vor Kälte, als ich den Bootsschuppen aufschloss. Der frische weiße Anstrich glänzte in der feuchten Luft. Ich tastete an der Innenwand, bis ich den Schalter fand und kaltes Licht ansprang. Ein umlaufender Steg säumte die drei Wände, die Vorderseite war zum Wasser und zum nebligen Horizont hin offen. Im Schutz des Daches schaukelte das Boot sanft auf den Wellen wie ein friedfertiges Pferd in seiner Box.

Ich war in der Wüste Nevadas aufgewachsen, mit Booten kannte ich mich null aus – wie überhaupt alles, was keinen festen Boden unter den Füßen bot, mir fremd und ein wenig furchterregend schien –, aber selbst ich konnte erkennen, dass es sich um ein Boot der Extraklasse handelte.

Es war lang und schmal, wie ein Sarg oder die Sandalen mit den Strassriemen, die meine Mutter immer getragen hatte. Die dunkle Holzverkleidung passte zur Optik des Hauses, der flache stromlinienförmige Bug würde in die Wellen schneiden wie ein Messer durch Haut. Ob Alastor es überhaupt schon mal benutzt hatte?

An der Wand neben mir war eine Reihe ankerförmiger Haken angebracht, alle leer bis auf einen, an dem ein Schlüsselbund mit einem münzgroßen Wolfskopf hing.

Ich nahm die Schlüssel und ging zum Boot. Mein verzerrtes Spiegelbild sah mir von der schimmernden Oberfläche des Rumpfs entgegen.

Eine tiefe Verzweiflung durchzuckte mich. Ich wollte einfach nur weg von dieser Insel, von der dunklen See und diesem Haus mit all seinen Lügen und Geheimnissen. Wir bräuchten bloß unsere Sachen zu packen, alles an Bord zu bringen und dann ab durch den Nebel, bis wir in Sicherheit wären. Ich hatte keine Ahnung, wie man ein solches Boot fuhr, aber im Steuerpult war ein Bildschirm eingebaut, es sah im Grunde aus wie das Armaturenbrett eines Teslas, so schwierig dürfte das kaum sein. Irgendjemand von uns würde sich schon damit auskennen. In ein paar Stunden spätestens könnten wir alle zurück auf dem Festland sein, niemand bräuchte mehr um sein Leben zu fürchten. Vor allem wären Taryn und Curt, für die ich die Verantwortung trug, außer Gefahr. Doch was dann?

Wir würden die Polizei verständigen, um Rodrigo als vermisst, mutmaßlich ermordet, zu melden, es würden Ermittlungen eingeleitet, der Verdacht würde auf Alastor fallen – aber dann würde die Sache mit dir herauskommen.

Wenn die Polizei herausfand, in welcher Beziehung wir zueinander standen, dürfte egal sein, ob hinter alledem ein anonymer Erfolgsautor steckte. Wozu sich mit großen Tieren anlegen und Ärger einhandeln, wenn man alles einer auf Rache sinnenden jungen Frau anhängen konnte, die niemanden weiter interessierte.

Es war wirklich clever. Alastor hatte dafür gesorgt, dass ich, wenn wir lebend von der Insel runterkamen, für alles würde geradestehen müssen.

Aber ich wollte nicht, dass Rodrigo stirbt. Was Alastor mir von seinen Plänen erzählt hatte, war für mich in Ordnung gewesen. Rodrigos ungesühntes Vergehen käme ans Licht, seine alten Fälle würden wieder aufgerollt, und wenn er Pech hatte, käme er dafür in den Knast. Und wer konnte schon sagen, wie sich das auf seine Ehe und seine Karriere ausgewirkt hätte. All das hatte ich billigend in Kauf genommen, hatte Rodrigo es sich doch selbst eingehandelt. Aber wie sollte ich der Polizei klarmachen, dass ich seinen Tod nicht gewollt hatte? Wenn sie meinen Namen herausfanden – meinen *richtigen* Namen –, würden sie feststellen, dass es durchaus eine Verbindung zwischen uns gab und ich sehr wohl ein Motiv gehabt hätte, ihn umzubringen.

Genau wie dich.

Ich presste meine Handballen auf die Augen, ein ersticktes Schluchzen saß mir in der Kehle. Wir durften auf gar keinen Fall zur Polizei, ich musste mir etwas einfallen lassen, um die anderen davon abzubringen – und bis ich wusste, was zu tun war, durfte niemand die Insel verlassen.

Mit angehaltenem Atem hielt ich die Schlüssel über das dunkle Wasser zwischen Bootsrumpf und Anleger.

Noch einmal würde ich nicht den Preis für dich bezahlen.

Funkelnd schwangen die Schlüssel im Licht, schienen nur darauf zu warten, mir aus den Fingern zu gleiten …

Ein seltsam gurgelndes Geräusch ließ mich innehalten.

Ich erstarrte und riss die Schlüssel an mich, richtete mich langsam auf und sah mich um. Was *war* das?

Da, schon wieder. Ich lauschte. Es klang wie Blasen, die aus dem Wasser aufstiegen.

Dann ein Platschen. Oh Gott, es kam aus dem Boot! Das auf einmal deutlich Schieflage hatte – der Bug ragte höher auf als noch vor ein paar Minuten.

Ich stemmte mich an der Reling hoch, um hineinzusehen, das glatte Chrom eiskalt unter meinen Händen, und spürte das Boot schwanken. Was ich sah, ließ meinen Atem stocken.

Der hintere Teil war bereits gesunken, die dunklen Holzstufen unter dem Wasserspiegel verschwunden. Eine Welle brach sich an der Reling und schwappte an Deck, Wasser gurgelte über die cremefarbenen Lederbänke zu beiden Seiten.

Nein. *Nein, nein, nein.*

Dann wieder Geblubber – Blasen, die seitlich am Rumpf aufstiegen, weil die Außenwand … *ein Leck hatte*?

Ich drehte mich um und suchte in den Wandregalen nach Lappen, Tüchern, irgendetwas, womit ich das Loch abdichten konnte. Aber ein panischer Blick zurück sagte mir, dass es zu spät war. Die Wassermassen verschlangen bereits die Sitzbänke im Heck.

Ich brauchte das Boot gar nicht zu sabotieren, jemand war mir zuvorgekommen. Und es konnte kaum mehr als ein paar Minuten her sein.

Fluchend fuhr ich mir mit den Händen durchs Haar, ich packte es an den Wurzeln, bis ich meine Verzweiflung nicht mehr spürte.

Jetzt saßen wir wirklich fest.

Plötzlich, wie von ganz fern, Erschütterungen auf dem Steg zum Bootshaus.

Schritte.

Im Nu war ich bei der Tür und drehte den Schlüssel. Mein Puls hämmerte mir mit stroboskopischer Geschwindigkeit in den Ohren. Ich durfte mich auf keinen Fall hier draußen erwischen lassen.

Es würde so aussehen, als hätte *ich* das Boot zerstört.

Der Türknauf wurde gedreht, dann an der Tür gerüttelt.

Ich schlich mich zu dem kleinen beschlagenen Fenster und spähte hinaus.

Natürlich.

Wer außer dir hätte es auch sein sollen.

20
ASHTON

Hier, lies das.

Ich brach durch die Wasseroberfläche und schnappte nach Luft, krümmte mich vor Schmerz und hustete einen Schwall Wasser aus meinen berstenden Lungen …

Keuchend wachte ich auf und rang nach Atem. Mein Gesicht war dem Laken so nah, dass ich die fein gewebten Fäden zählen konnte. Meine Finger waren zu Krallen gekrümmt, die Knöchel stachen weiß hervor, die Adern geschwollen unter meiner Haut.

Also doch nicht ertrunken.

Verdammt, so einen Albtraum hatte ich seit Jahren nicht mehr.

Ich setzte mich auf und ließ die Schultern kreisen, bis das angeschlagene Gelenk knackte und ein prickelndes Gefühl der Erleichterung sich ausbreitete. Letzte Nacht hatte ich noch den letzten Thriller der Sandovals gelesen, bis mir fast die Augen bluteten wie in *Jäger des verlorenen Schatzes.* Und als ich jetzt ein paar Stunden später erwachte, der Tag grau und verhangen, und mich in dem schönsten und vermutlich teuersten Zimmer fand, in dem ich je genächtigt hatte, erschien mir der gestrige Abend komplett surreal. Wie ein böser Traum, an den man sich nur noch verschwommen erinnert.

Wie wahrscheinlich war es, dass wir gestern tatsächlich eine

Leiche gefunden hatten? Dass Rodrigo Sandoval tot war – hingemetzelt, ermordet! Es war absurd. Ausnahmsweise wünschte ich wirklich, dass Fletcher, der alte Klugscheißer, mal recht hatte.

Andererseits … Ich hatte Rodrigos von Blut durchtränktes Hemd gesehen, das geronnene Blut auf seiner fahlen Haut. Ich hatte es *gerochen*. Konnte eine bloße Attrappe so realistisch sein?

Am besten, wir gingen gleich geschlossen zum Friedhof, um Antworten auf ebendiese Frage zu finden.

Meine Daunendecke lag auf dem Boden, das Laken unter mir zerknäult. Die Vorstellung, im Schlaf geschrien zu haben, war mir für einen Moment unangenehm. Aber dann sagte ich mir, falls es jemand gehört hätte, wäre er oder sie in der Annahme, ich würde ermordet, wohl zu meiner Hilfe geeilt, und da dem nicht so war, brauchte ich mir wohl zumindest darum keine Sorgen zu machen.

Ruby fehlte mir. Einfach nur die Hand auszustrecken und meine Finger in ihrem dicken Fell zu vergraben, ihren warmen, muskulösen Körper zu spüren, siebzig Pfund treue Hundeseele, die sich als Deutscher Schäferhund tarnte. Es war ewig her, dass sie mich aus einem meiner Albträume hatte retten müssen.

Mit dem Schreiben anzufangen, war ein Befreiungsschlag gewesen, und ich hatte geglaubt, die Toten – zumindest die im echten Leben – endgültig hinter mir gelassen zu haben.

»Noch immer bei der Arbeit?«, sagte ich launig, als ich eine Viertelstunde später ins Esszimmer kam. »Wie können Sie sich unter diesen Umständen überhaupt konzentrieren?«

Fletcher saß an einem der riesigen Fenster und starrte in seinen Computer. »Was soll ich sonst machen? Die anderen in aller Herrgottsfrühe wecken für eine kleine Tour zu den Untoten dieses Eilands?« Und dann, weniger zynisch: »Und die Rechnungen bezahlen sich ja auch nicht von selbst – aber wem sage ich das.«

»Drei von uns versicherten Ihnen, die Leiche gestern mit eigenen Augen …«

Fletcher schnaubte. »Drei von uns – drei *Schriftsteller*, auf einem *Krimi-Workshop*. Das ist lächerlich. Ihr müsstet mal eure Gesichter sehen, wenn ihr davon redet. Wie kleine Kinder in Disneyland. Das dürfte eine schöne Blamage werden, wenn J. R. das Geheimnis lüftet.«

»Und was ist mit den Gegenständen, die gestern Abend an unseren Plätzen lagen?«

Fletchers Finger verharrten über der Tastatur. »Zeig mir erst eine Leiche, mein Freund, und du sollst meine ungeteilte Aufmerksamkeit bekommen.«

Er tippte weiter.

Die Taschenbuchausgabe von *Der Ozean am Ende der Straße*, die gestern Abend an meinem Platz gelegen hatte, war zwar nicht mein eigenes viel gelesenes Exemplar, kam dem aber verdammt nah. Dieselbe Auflage, dasselbe Erscheinungsjahr, derselbe Einband mit der unheimlich schönen, schön unheimlichen Illustration, die jene kurze fruchtlose Phase meines Lebens eingeleitet hatte, in der ich selbst Illustrator hatte werden wollen.

Hier, lies das.

Ich ließ mich auf meinen Stuhl fallen und stützte die Ellbogen aufs schwarze Tischtuch. »Was hat es mit dem Füller auf sich?«

»Netter Versuch.«

»Was?«

»Mir beim ersten Kaffee meine dunkelsten Geheimnisse entlocken zu wollen. Wird nicht funktionieren.«

»Oh, tut mir leid. Ich dachte, Sie hätten sprichwörtlich durchgemacht, und das hier sei die Spätschicht.«

»*Buchstäblich.*«

»Was?«

»Meine Güte, Carter, guck doch einfach mal in ein phraseologisches Wörterbuch. Gleich jammerst du noch rum, dass du dich *untragbar* fühlst.«

»Warum sollte ich?«

»Eben. Weil es stimmen würde, auch wenn du *unerträglich* meinst. Fühlst du dich untragbar? Nein, bitte erspar mir die Antwort.«

Schwere Stiefel polterten herein. »Olivia ist weg«, sagte Violet. »Ich bin letzte Nacht bei ihr eingeschlafen, und als ich vorhin aufwachte, wollte sie gerade los. Sie will noch mal zum Friedhof, hat sie gesagt.«

»Was denkst du, Carter, sollen wir ihr glauben oder uns lieber selbst vergewissern, ob nicht schon die nächste Leiche auf uns wartet?«

»Und sie ist ganz allein gegangen?«, ging ich darüber hinweg und schob meinen Stuhl zurück. »Weshalb hast du sie nicht begleitet? Oder uns Bescheid gesagt?«

»Erstens tue ich das gerade, und zweitens ist das hier ein Schreib-Retreat und kein Wanderurlaub.« Sie sah an sich hinab. »Ich hab auch nicht wirklich was Wetterfestes dabei.«

Stimmt, in dem Kleid würde sie sich bei der Witterung den Tod holen, aber trotzdem. Als ich Violet vor der Überfahrt kennenlernte, war ich unglaublich gespannt auf sie, wollte sie am liebsten sofort auf einen Kaffee einladen und über *Das Geflecht unserer Sünden* ausfragen. Wie sie den genialen Plot entwickelt und jeden der zahlreichen Handlungsstränge so geschickt mit den anderen verwoben hatte, dass sich alles zu einer absolut makellosen Geschichte fügte.

Aber mittlerweile war mein Interesse so gut wie erloschen. Ich konnte selbst nicht so genau sagen, warum, aber irgendetwas an ihr … nervte mich. Wahrscheinlich gehörte es zum Habitus von Mystery-Thriller-Autorinnen, sich mit dieser abgeklärt morbiden Aura zu umgeben, aber irgendetwas war da, das mich darüber hinaus irritierte, und keineswegs auf die gute Art.

»Haben Sie gehört, Fletch? Ziehen Sie sich was an, aber was Wetterfestes«, sagte ich. »Wir sollten Olivia nachgehen.«

»Kluge Menschen sagten es schon vor mir, aber: nein.«

»Was soll das heißen – nein?«

»Es soll heißen, dass wir auch warten können, bis Olivia zurück ist. Sollten wir dann noch immer keine Gewissheit haben, bin ich gerne bereit, die zwei Meilen durch strömenden Regen in Betracht zu ziehen, aber vorher nicht.«

Klackernde Absätze waren aus dem Flur zu hören – Mila. Meine Brust zog sich zusammen, als sie mit dem Tablett in den Händen hereinkam und unsere Blicke sich trafen. Zum grauen Hosenanzug trug sie ein Oberteil aus schwarzer Spitze, die schulterlangen Haare hatte sie zusammengebunden, sodass ihr nur zwei Strähnen ins Gesicht fielen. Sie sah umwerfend aus und so, als dächte sie gar nicht daran, sich unterkriegen zu lassen.

Ihr Gesichtsausdruck gestern, als wir uns über Fletcher lustig gemacht hatten, wie sie die Nase gekraust und so ein bisschen fies gelächelt hatte, bevor ihr klar geworden war, was sie gesagt hatte, und sich die Hand vor den Mund schlug … Das war unglaublich süß gewesen, und als ich dann abends im Bett lag und an den Deckenventilator starrte, sah ich immerzu ihr Gesicht in diesem einen Moment vor mir.

Ruhig, Ash. Kein guter Zeitpunkt.

»Sie sind ja alle schon früh auf«, begrüßte sie uns, als ob nichts sei, und wandte den Blick von mir ab. Vom Tablett stieg der Geruch frischen Gebäcks auf. Es roch köstlich, auch wenn ich nicht wusste, ob ich etwas hinunterbringen würde.

»Kaffee wäre ganz reizend«, sagte Fletcher und hielt ihr die Tasse hin, ohne vom Manuskript aufzuschauen.

Ich sah ihn genervt an, bevor mein Blick auf Milas Uhr mit dem Schlangenlederarmband fiel.

»Sollten wir ihr nicht lieber sagen, was gestern Abend im siebten Kästchen war?«, fragte ich, nachdem sie wieder gegangen war. »Sie sitzt hier genauso in der Falle wie wir.«

Fletcher tippte weiter. »Selig sind die Unwissenden, weshalb sie grundlos in Panik versetzen?«

»Wir wissen doch überhaupt nicht, ob es für sie war«, sagte Violet und belud ihr Scone mit Butter. »Wenn wir ihr davon erzählen, müssten wir auch sagen, was in den anderen Kästen war und was für wen gedacht war und so weiter, und da hab ich so was von keinen Bock drauf.«

Fletcher brummte zustimmend, keiner der beiden sah mich an.

Was zum Teufel war hier los, was hatten sie zu verbergen?

Ich knirschte mit den Zähnen, zog den Kugelschreiber hinterm Ohr hervor – eine schlimme Marotte, ich weiß – und klickte ein paarmal darauf herum. Ich könnte versuchen, Olivia einzuholen – verdammt, warum hatte sie nicht gewartet? Frust machte sich in mir breit. Hatten wir es nicht gestern so abgesprochen? Wir hatten alle zusammen gehen und schauen wollen, ob Rodrigo noch dort war und ob er sich, bei Tage betrachtet, nicht als täuschend echte Horrorfigur erweisen würde. Aber vielleicht war es sowieso besser, die anderen zur Einsicht zu bringen, die Insel sofort zu verlassen und die Angelegenheit der Polizei zu übergeben. Ich war auf jeden Fall bereit, meine Sachen waren fertig gepackt.

Ich räusperte mich. »Hat heute eigentlich schon jemand Cassandra gesehen?«

21
MILA

Warum hatte ich dich nicht umgebracht, unten am Bootshaus?

Die Kaffeemaschine fauchte, die schwarze Flüssigkeit gluckerte in die Glaskanne, und während ich allein in der Küche stand und wartete, checkte ich zum dreißigsten Mal meine Uhr. Immer noch keine Nachricht von Alastor. Ich hätte schreien können. Wo steckte der Kerl jetzt, wo ich Antworten brauchte?

Also schaute ich in der Zwischenzeit, was die noch nicht zum Frühstück erschienenen Gäste machten. Olivia konnte ich auf keinem der Videofeeds entdecken. Cassandra lag noch unter Decken vergraben im Bett.

Verdammt, es wäre die perfekte Gelegenheit gewesen – du allein im Morgengrauen, das dunkle Wasser ganz nah. Und etwas weiter draußen wäre die Strömung sehr stark, wurde mir gesagt. Wie leicht man bei dieser feuchtkalten Witterung auf den Holzplanken ausrutschen konnte – du hättest dir den Kopf angeschlagen und wärest ertrunken.

Ich hätte dich auch töten und sagen können, dass es Alastor war. Ein weiterer Mord, der aufs Konto meines von allen guten Geistern verlassenen Auftraggebers ging, was selbst der Polizei schlüssiger erscheinen musste, als die doch eher unauffällige Eventplanerin ins Visier zu nehmen.

Aber warum war ich dann so erleichtert gewesen, als deine Schritte sich langsam wieder entfernten?

Der hintere Teil des Bootes war da bereits in dem dunkelklaren Wasser verschwunden, das mich an Rauchglas erinnerte, ein Anblick von betörender Schönheit, wäre meine Situation nicht so verzweifelt gewesen. Und während ich auf dem Steg auf und ab lief und das Sinken des Bootes hilflos mitansah, hatte ich einen neuen Plan gefasst. Ich würde das Vertrauen der anderen gewinnen und so einen Weg finden, die Insel zu verlassen.

Es würden sich weitere Gelegenheiten ergeben, dich zu töten, zunächst musste ich Alastor dazu bringen, wieder mit mir zu reden.

Scham und Wut trieben mir heiße Tränen in die Augen, wenn ich daran dachte, wie dumm ich gewesen war. Wie hatte ich jemals glauben können, dass ihn und mich etwas verband, dass es so etwas wie eine Seelenfreundschaft zwischen uns gab? Ein erfolgreicher, seines Ruhms längst überdrüssiger Schriftsteller, dessen richtigen Namen niemand je erfahren würde, und eine junge gescheiterte Autorin, deren Namen auch niemand kannte, wenngleich aus anderen Gründen. Beide auf der Suche nach Gerechtigkeit. Das war es, was uns verband und wofür unsere Anonymität von Nutzen war.

Eine Welle der Übelkeit erfasste mich, und ich presste mir die Finger an die Schläfen und schloss für einen Moment die Augen. Ich war so blöd gewesen.

Schritte draußen im Flur. Ich strich mir hastig über die Haare, hob das Kinn und versuchte, mich zu sammeln.

Ashton stand an der Tür. Offenes graues Flanellhemd über schwarzem T-Shirt, die dunklen Haare aus der Stirn gestrichen in dem halbherzigen Versuch, sie zu bändigen.

Etwas, das mir gar nicht hätte auffallen dürfen.

»Hi«, sagte er.

»Guten Morgen.« Die Kante des Küchentresens grub sich in meinen Rücken, aber ich spürte es kaum. »Hat jemand Ms. Sandoval gesehen?«, fragte ich, und als Ash mich etwas irritiert ansah, ließ ich mit einem leisen Seufzer die professionelle Fassade fallen. »*Olivia.*«

»Violet meinte, sie hätte sich vorhin auf den Weg zum Friedhof gemacht. Ich werde mich dann gleich mal an ihre Fersen heften. Fletch hat sich in typischer Katzenmanier entschieden, lieber im Trockenen zu warten.«

»Und wo ist Cassandra? Ist sie mitgegangen?«, fragte ich der Form halber.

»Ihr ging es wohl nicht so gut, und sie hat sich noch mal hingelegt.«

Ah ja, gut. Am besten, ich ging trotzdem gleich nach oben und sah mir die Kamerafeeds noch mal auf den großen Monitoren an. Eventuell würde ich mich besser fühlen, wenn ich irgendwo auch ein Lebenszeichen von Olivia entdeckte.

Das laute Zischen der Kaffeemaschine ließ mich so heftig zusammenzucken, dass ich aufschrie. Verdammt.

Ashton kam zu mir und griff nach meiner Hand. »Hey, ganz ruhig. Ich bin ja da.«

Der plötzliche Funkenschlag auf meiner Haut ließ mich erstarren, meine Finger schlossen sich instinktiv um seine. Ich sah zu ihm auf, und er war so nah, dass ich jede seiner langen Wimpern zählen, mir die Falte zwischen seinen Brauen einprägen konnte, die Offenheit in seinem Blick, mit der er mich betrachtete.

Warum zum Teufel kamen mir jetzt wieder Tränen?

Seit wann war ich so empfindlich, dass nur jemand meine Hand zu nehmen brauchte, damit ich anfing zu weinen?

Ashton rückte näher und senkte den Kopf. »Mila?«, sagte er so leise, dass ich es mehr fühlte als hörte.

Ich bin ja bei dir.

Meine Wangen glühten. War das so? Standen wir jetzt auf derselben Seite?

Und wann hatte jemand das letzte Mal meine Hand gehalten oder mich überhaupt berührt?

All die Jahre hatte mein Wunsch nach Rache mich erfüllt, und jetzt auf einmal das. Aber was *war* das? Wonach sehnte ich mich?

Verbundenheit?

Ich blinzelte einmal, zweimal. Versuchte, mich auf die ausfransende Naht an seinem Ausschnitt zu konzentrieren. »Du hast dein T-Shirt falsch rum an.«

Er lachte auf, seine Hand glitt aus meiner, und ich streckte die Finger, schmiegte sie flüchtig an seine, um die Berührung nicht zu verlieren. »Ich weiß«, sagte er. »Das ist kein sehr passendes Shirt für diese Woche, nachdem wir … Na ja, es könnte etwas komisch rüberkommen.«

Ich betrachtete das Shirt mit neuem Interesse. »Warum? Was steht denn drauf?«

Ein Lächeln zuckte um Ashtons Mundwinkel, und er strich sich verlegen mit dem Daumen über eins seiner Killergrübchen. *»Leg dich nie mit dem Autor an, sonst landest du als Leiche in seinem nächsten Buch.«*

Ein entsetztes Lachen stieg in mir auf. »Oh, wow. Und das wolltest du hier tragen, weil …?«

»Weil ich es witzig fand! Und weil ich dachte, auf einem Krimi-Retreat sind doch alle so drauf. Woher hätte ich wissen sollen, was uns hier erwartet?«

»Aber warum ziehst du dann nicht einfach etwas anderes an?«

Seine Ohren liefen rot an. »Weil … Auf dem T-Shirt für morgen steht: *Der Bodycount endet erst auf der letzten Seite.*«

»Oh nein.« Ich schlug die Hände vors Gesicht.

»Und auf dem für den Tag darauf steht: *Es ist kein Mord, wenn ich dich lebendig begrabe.*«

»Dich lebendig begrabe?!«, rief ich.

Im Nu war er bei mir und hielt mir den Mund zu, machte meiner fast manischen Freude ein Ende. »Mann, doch nicht so laut. Was sollen denn die anderen denken?«

Meine Wangen taten weh vom Lachen, und nur dieses leichte Brennen meiner Augen erinnerte noch an den heiklen Moment von eben. »'tschulligung«, nuschelte ich, und er nahm seine Hand fort. »Tut mir leid. Das ist nicht witzig.«

Er atmete schwer und lächelte etwas bemüht. »Nein, das ist es wirklich nicht.«

Wir brachen erneut in Gelächter aus. Ich sah die feinen Lachfältchen, als er sich mit dem Handrücken über die Augen wischte, und als unsere Blicke sich trafen, setzte mein Herz einen Schlag aus.

Was zum Teufel passierte hier?

»Dir ist schon klar, wie das klingt, oder?«, brachte ich schließlich hervor und hielt mir die Seiten.

»Ich bin kein Psychopath«, beteuerte er mit einem etwas gequälten Lächeln.

Draußen plötzlich herrische Schritte, die direkt auf uns zuhielten.

Wie der Blitz war Ashton auf der anderen Seite der Küche und schnappte sich ein paar Tassen aus dem offenen Wandregal, während ich mich dem Kaffeeautomaten zuwandte und versuchte, nicht in seine Richtung zu schauen, was mir natürlich nicht gelang. Er stand mit dem Rücken zu mir, aber ich sah seine Schultern beben vor Lachen und musste mir auf die Wange beißen, um nicht selbst wieder laut loszuprusten.

Híjole, was war los mit mir? Mit uns? Vermutlich war das noch der Schock von gestern, als wir Rodrigos Leiche gefunden hatten.

»Wo bleibt denn mein Kaffee?« Fletcher kam in die Küche gerauscht, nahm erst Ashton ins Visier, dann mich. »Oh, Carter«, sagte er. »Die Toilette ist zwei Türen weiter.«

Oben in meinem rot getäfelten Kontrollturm, vor den spiegelnden Monitoren und mit dem klebrigen Geschmack von Red Bull auf der Zunge sah ich den Gästen dabei zu, wie sie sich im Zeitraffer durchs Haus bewegten, und wartete, dass Alastor sich mir stellte.

Was ich so anziehend an ihm gefunden hatte, war seine Ehrlichkeit – diese Bereitschaft, ganz offen über Dinge zu sprechen, die andere niemals laut sagen würden. Er schien meine Abgründe, Sehnsüchte und Verletzungen zu sehen und mich nicht dafür zu verurteilen.

Jetzt wusste ich auch, warum – weil er selbst so viel schlimmer war als das.

Das leichte Sirren an meinem Handgelenk ließ mich so heftig zusammenfahren, dass ich beinah meinen Drink verschüttete. Endlich!

Du wolltest es doch auch.

Seine Worte schnitten durch meine Wut, ich spürte den Spott darin und erstarrte.

»Du hast mich angelogen«, diktierte ich mit sich überschlagender Stimme in meine Uhr. »Das hätte nicht passieren dürfen, du hast mich zur Komplizin eines Mordes gemacht!« Meine eigenen Worte klangen mir lachhaft in den Ohren, als wollten sie mich verhöhnen.

Ich sah die E-Mail noch vor mir, mit der Alastor mich von sich überzeugt hatte. Er hatte darin alles aufgelistet, was damals passiert war – er wusste *alles*, über dich, über das, was du mir angetan hattest, er wusste sogar Dinge, die mir völlig neu waren. Und nachdem er die alte Wunde mit all meinem Schmerz wieder aufgerissen hatte, sollte er mein Leben mit einer einzigen, scheinbar simplen Frage verändern.

Was wärest du bereit zu tun, um dir zurückzuholen, was dir gehört?

Alles, hatte ich, ohne zu zögern, zurückgeschrieben.

Worauf Alastor antwortete: *Hervorragend. Ich auch.*

Meine Uhr sirrte erneut. *Was dachtest du denn, wozu diese Woche dient?*

»Ganz sicher nicht für einen Mord«, diktierte ich zurück. *Außer dem von mir geplanten*, ergänzte ich still.

Macht das wirklich einen Unterschied?

»Natürlich!«, wollte ich schon erwidern, aber mein Finger verharrte vor dem Senden. Das Display verschwamm, meine Augen brannten.

Denn wo war der Unterschied?

Es hatte sich angefühlt, als sei etwas in mir gestorben, als hätte ich einen Teil meiner selbst verloren, als du mir das Schreiben nahmst. Das wollte ich dir heimzahlen – auf meine Art.

Genau wie Alastor.

Ich lehnte mich vor, die Ellbogen auf die Knie gestützt, und raufte mir die Haare. Denn es stimmte, ich hatte mich darauf eingelassen, ich hatte allem zugestimmt. Oder nicht? Ich hatte diese Woche geplant, weil sie mir die Gelegenheit bot, endlich Vergeltung zu üben. Und *dein* Leben dafür, dass du mir das gestohlen hattest, was *mein* Leben ausmachte, schien mir kein zu hoher Preis.

Aber nun, da ein anderer dasselbe tat, kam es mir auf einmal ungleich verwerflicher vor.

Leise fluchend drückte ich meine zitternden Finger an die Schläfen. Wenn ich nicht wollte, dass auch die anderen starben – denn nichts anderes schien mir nach dem Mord an Rodrigo Alastors Absicht zu sein –, musste ich jetzt Ruhe bewahren. Ich musste herausfinden, worum es eigentlich ging. Alastor war berechnend, aber er tat nichts ohne Grund. In gewisser Weise war er aufrichtig. Zumindest hatte ich diesen Eindruck aus den Hunderten von E-Mails gewonnen, die wir uns über die Monate geschrieben hatten. Er handelte aus Überzeugung und glaubte sich im Recht. Wenn ich hier lebend rauskommen wollte – wenn ich mich und die anderen retten wollte –, würde ich an Alastors Einsicht appellieren müssen. Ich musste ihn für mich gewinnen.

Oder ihn hinhalten, bis mir etwas Besseres einfiel.

»Weshalb verdienen sie den Tod?«, fragte ich schließlich. »Was haben sie getan, das einen Mord rechtfertigt?«

Die Antwort kam umgehend. *Sie haben Menschen das Leben genommen – teils physisch, teils symbolisch – und damit das ihre verwirkt. Das nennt sich ausgleichende Gerechtigkeit und kann, das liegt in der Natur der Sache, schmerzhaft sein.*

»Und du befindest darüber, dass der Tod die angemessene Strafe ist?«

Das kann man auslegen, wie man möchte, aber letztlich gilt Auge um Auge seit Anbeginn der Zeiten. Das ist nur etwas in Vergessenheit geraten. Ich ging davon aus, dass niemand das besser verstehen würde als du.

Der zuckrige Energydrink gärte in meinem Magen. Alastor konnte unmöglich wissen, dass ich dich töten wollte. Einmal hätte ich es ihm fast gesagt, ziemlich am Anfang, als ich ihm gestand, dass ich deinetwegen nicht mehr schreiben konnte und er mir voller Anteilnahme zugehört hatte, ohne mich zu beschämen, dass ich in der Vergangenheit festhing und in selbstverletzender Endlosschleife immer wieder die alten Erinnerungen hervorkramte, statt die Sache endlich zu vergessen und nach vorn zu blicken.

Aber im letzten Moment hatte ich den Mund gehalten, weil ich nicht riskieren wollte, dass bei Mord selbst seine Grenze überschritten wäre und er mich feuern oder womöglich anzeigen würde.

Bevor ich wusste, was ich antworten sollte, kam schon die nächste Nachricht.

Unser Justizsystem ist ein Spiegel der Gesellschaft, und beide sind kaputt. Du weißt, dass kein Verlass ist auf die Diener des Gesetzes, das hast du dank Rodrigo Sandoval selbst erfahren. Will man in diesem Leben Gerechtigkeit, Mila, muss man selbst dafür sorgen.

Zum Teufel mit ihm.

Ich spürte den alten Schmerz durch den dünnen Firnis meiner Wut nach oben drängen und fuhr mir unwirsch mit dem Handrücken übers Gesicht. Dann fiel mir mein Make-up ein, und ich strich fluchend mit den Fingern unter meinen Augen entlang, um die Wimperntusche nicht weiter zu verschmieren. Ich musste an die Sequenz im gerade gesichteten Videofeed denken, wo Violet einer wie erstarrt wirkenden Olivia die hellen Locken kämmte und zu einem Zopf zusammenband. Ganz gleich, womit Olivia schuldig geworden sein mochte, auf so grausame Weise ihren Mann zu verlieren hatte sie wirklich nicht verdient. Niemand hatte das verdient.

Oder doch?

Ich wusste selbst nicht mehr, was richtig war und was falsch oder wie man ein Unrecht wiedergutmachen sollte. Aber *das* konnte es nicht sein. Es stand in keinem Verhältnis mehr.

Ich atmete tief ein und lang aus und überlegte, welche Optionen mir jetzt noch blieben. Eine Möglichkeit war, mich von Alastor abzuwenden und mich auf die Seite der Autoren zu stellen, ihnen alles zu erklären und gemeinsam zu überlegen, wie wir von dieser Insel runterkamen. Dadurch könnte er sich in die Enge gedrängt fühlen und zu erkennen geben.

Mein Blick fiel durch das Oberlicht auf den dunkelgrau verhangenen Himmel. Wenn jetzt noch ein Sturm aufzog, waren wir wirklich von der Außenwelt abgeschnitten. Selbst wenn wir zusammenhielten und einander nicht aus den Augen ließen, bräuchte Alastor im Grunde nichts weiter zu tun, als uns hier auf der Insel verhungern zu lassen.

»Was ist mit meinen Kollegen?«, fragte ich schließlich.

Keine Sorge. Wenn die Spiele vorbei sind, wird man euch mit dem Boot abholen. Vorher nicht.

»Was heißt *wenn die Spiele vorbei sind*?«, fragte ich so leise, dass es kaum zu verstehen war. »Müssen sie … die Autoren alle sterben?«

Ich bemerkte ein kurzes Zögern im Vergleich zu den zuvor so schnell abgefeuerten Antworten.

Vermutlich, ja.

»Aber nicht notwendigerweise«, schloss ich daraus und klammerte mich an den letzten Rest Hoffnung. »Das heißt, sie können auch überleben, also theoretisch? Was müssen sie tun, damit du sie gehen lässt?«

Wer sagt, dass ich das vorhabe? Keiner von ihnen hat es verdient, mit dem Leben davonzukommen.

»Was müssen sie tun?«, wiederholte ich.

Ach, Mila, Liebes. Oder Mila-mia, falls dir das lieber ist.

Ein Schauer lief mir über den Rücken. *Mila, Liebes* … Hatte nicht jemand von den Autoren mich so genannt? Und Mila-mia sagte Curt immer, wenn er mich, die Chefin, ein bisschen aufziehen wollte.

Alastor musste das alles mitbekommen haben. Das hieß, dass er sich die Aufzeichnungen tatsächlich ansah, dass auch ich unter Beobachtung stand.

Oder war er einer von ihnen? War er hier auf der Insel, einer der Gäste?

Wenn sie die Spiele spielen und gewinnen, werden sie überleben. Aber dafür müssen sie sich ändern. Wie wir wissen, lebt eine Geschichte von der inneren Entwicklung ihrer Figuren.

»Ändern im Sinne von Reue und Einsicht zeigen?«, fragte ich nach. »Sie sollen sich zu ihrer Schuld bekennen und es wiedergutmachen?«

Das wäre ein Anfang. Aber viel Glück dabei, ihnen ein Geständnis abzuringen.

Ich schloss die Augen. Die Spiele waren so konzipiert, dass sie das Schlechteste in den Gästen zum Vorschein brachten, dass sie deren Schuldgefühle und Paranoia befeuerten und sie fast um den Verstand brachten. Und wenn die anderen sich Ähnliches hatten zuschulden kommen lassen wie du, würde sich wohl keiner freiwillig dazu bekennen. Aber wollten wir eine Chance haben, würden sie es tun müssen. Das hieß, *ich* musste sie irgendwie dazu bringen.

Meine Erschöpfung wuchs sich allmählich zu Kopfschmerzen aus. Leichter wäre es gewesen, Alastor einfach gewähren zu lassen. Er würde seine Gründe haben, und sie alle hatten es anscheinend verdient. Oder nicht?

Ich klickte mich durch die Kamerafeeds, bis ich den aus der Küche fand, wo Taryn Curt mit Spülwasser bespritzte, während er sie lachend mit einem Geschirrtuch abwehrte.

Wie jung sie waren und wie unbedarft! Sie hatten es nicht verdient, in diesen Schlamassel hineingezogen zu werden. Wenn es mir gelang, sie von den Vorgängen auf der Insel abzuschirmen, hatten sie die Chance, lebend davonzukommen. Vielleicht konnte ich auch einen Deal mit Alastor machen, ihn davon überzeugen, dass die beiden von nichts wussten. Aber wenn sie herausfanden, was hier gespielt wurde, waren sie verloren.

Das Gleiche galt für den Rest von uns. Es bräuchte fast ein Wunder, um …

Moment. Ich starrte auf den Monitor.

Hatte Cassandra nicht schon vor über einer Stunde genau so, unter Decken vergraben, in ihrem Bett gelegen?

22
ASHTON

Wasser war für mich mit Angst besetzt, was mir die Aussicht aus praktisch jedem Fenster dieses Hauses vermieste. Wasser, so weit das Auge reichte. Die Bucht schien endlos. Als wäre ich in einem meiner Albträume gefangen, Träume, in denen das Wasser mir in Mund und Nase drang und ich den stechenden, vernichtenden Schmerz des Erstickens in der Brust spürte.

Hier, lies das, flüsterte die Stimme, und ich legte mir die Hand aufs Herz, ganz leicht, berührte den Talisman, der dort in meine Haut tätowiert war.

Fletcher mochte nicht besorgt sein, aber ich würde mich jetzt auf den Weg machen, um nach Olivia zu sehen.

Der Nebel ließ das Wasser in trügerische Ferne rücken, was mir sehr entgegenkam. Ich zog meine Lederjacke über und warf dabei einen Blick auf das Bücherregal im Foyer, in dem jede Ausgabe jedes je von uns veröffentlichen Titels stand, was jetzt, wo klar wurde, dass Alastor uns alle in eine mörderische Falle gelockt hatte, auf einmal sehr bedrohlich wirkte.

Die Buchrücken wie Projektionen unser selbst. Makellos glatte Hardcover, dazwischen mal mehr, mal weniger zerlesene Taschenbücher oder überdimensionierte mattierte Paperbacks.

Fletchers dicke Schwarten machten den Anfang inklusive der Übersetzungen in mehrere Sprachen, dann zwei Reihen mit Cassandras Domestic-Noir-Romanen, deren Cover in Blautönen daherkamen mit schemenhaften Gestalten vor stimmungsvoller Urlaubskulisse.

Alastors eigenes Werk nahm ganze vier Regalreihen ein, dunkle Umschläge mit typografischer Gestaltung, sein Name in Rot oder Weiß und größer als die Titel selbst. Für Violet war eine halbe Regallänge für die Sondereditionen ihres Erstlings vorbehalten. Es folgte mein eigenes, eher schmales Werk – das dank diverser Buchclubausgaben nicht allzu verloren dastand –, dann Olivias grandioses Solodebüt, ein sprachgewaltiger und unglaublich gut gemachter Thriller, der mich vom ersten, ziemlich blutigen Absatz gepackt und in Atem gehalten hatte. Warum sie sich nach diesem Erfolg mit Rodrigo zusammengetan und bloß noch im Tandem geschrieben hatte, war mir ein Rätsel. Aber man soll nicht schlecht von den Toten denken.

Dann nahm ich mein Lieblingsbuch zur Hand und strich andächtig über das Cover mit dem leicht erhabenen Titel. Es war das Buch, nach dem ich griff, wenn ich beim Schreiben nicht weiterkam. Meine eigene, komplett zerlesene und mit fast schon peinlich vielen Anmerkungen versehene Ausgabe lag oben auf meinem Zimmer. Eigentlich hatte ich sie mir von der Autorin signieren lassen wollen, was mir jetzt, wo wir es mit einem echten Mord zu tun und … nun ja, *andere Sorgen* hatten, etwas deplatziert vorkam.

Ich schlug die erste Seite auf.

»Manche unserer Wunden verwachsen sich zu Narben. Das muss kein Zeichen von Heilung sein. Oft bedeckt das Narbengeflecht nur die Verletzung darunter, verbirgt sie wie ein undurchdringliches Dickicht vor uns selbst.«

Ein grandioser Anfang. Ich kannte die Zeilen auswendig, liebte und hasste sie zugleich.

Ich stellte das Buch zurück ins Regal, gleich neben den schmalen grün-blau verwaschenen Rücken meines eigenen. Als ich das Paket mit den Belegexemplaren geöffnet und meinen Namen in weißen Buchstaben auf dem Umschlag gesehen hatte, hatte ich gar nicht mehr aufhören können zu heulen. Und es hatte nur zum Teil damit zu tun, dass ich endlich mein eigenes Buch in den Händen hielt.

Nachdem ich mir Jia und Coltons Geschichte aus dem Kopf geschrieben hatte, konnte ich endlich loslassen. Mein Leben gehörte wieder mir. Ich hatte plötzlich keine Albträume mehr.

Bis jetzt.

Woher zum Teufel wusste Alastor davon?

Ein dumpfes Geräusch ließ mich aufsehen. Es kam von der Veranda, gleich bei der Tür.

Ich schlich am Regal vorbei zum Fenster.

In einem der weißen Clubsessel saß Olivia. Sie kehrte mir den Rücken zu und hielt die Hände im Nacken verschränkt. Ihre Schultern hoben und senkten sich, als würde sie hyperventilieren oder versuchen, eine Panikattacke abzuwehren.

Meine Finger gruben sich ins kalte Holz der Fensterbank. Ich sollte sie nicht in so einem privaten Moment beobachten, aber meine Diskretion kam nicht an gegen die heiße Wut, die mich bei ihrem Anblick packte. Selbst wenn man Rodrigo noch wohlbehalten finden sollte (was ich hoffte, aber für mehr als unwahrscheinlich hielt) – was für ein Unmensch musste man sein, diese arme Frau so lange in dem Glauben zu lassen, ihr Mann sei Opfer eines grausigen Verbrechens geworden?

Ein Bild schoss mir in den Kopf. Der Badesteg am See, ein hochgewachsener Mann, eine dunkelhaarige Frau; er hielt sie fest, ihr Schrei hallte über das Wasser wie nicht von dieser Welt.

Übelkeit stieg in mir auf. *Denk an Ruby. Denk an ihre weichen Ohren und ihre großen, klugen Augen.*

Ich war gerade vom Fenster zurückgetreten und schlich wieder am Regal entlang, als die Verandatür aufflog und eine kalte Windbö ins Haus trug.

Ich war sofort zur Stelle und hielt die Tür auf, während Olivia sich auf der Borstenmatte Laub und Erde von den Schuhen trat. Ihr Zopf hatte sich aufgelöst, die Haare hingen ihr wirr ins Gesicht.

»Alles in Ordnung?«, fragte ich vorsichtig.

Sie sah mich bloß an, ich sah sie an.

Ich hob die Hände. »Sorry, blöde Frage. Ich meinte … du hättest nicht alleine gehen müssen, ich wäre mitgekommen … oder wir hätten gewartet, bis …«

»Es ist aber *mein* Mann, der vermisst wird, und ich werde alles daran setzen, ihn zu finden.«

Peinlich. Sie hatte natürlich recht.

»Tut mir leid«, sagte sie schließlich und ließ sich an den Türrahmen sinken. Ihr Gesicht war fleckig gerötet, aber sie wirkte gefasst.

»Keine Ursache, schon okay. Ich meine, jetzt bist du ja wieder hier und …« Ich räusperte mich. »Und?«

»Er ist verschwunden. Also von dort oben. Alles ist weg. Das Messer, der Strick, die Augenbinde. Einige der Grabsteine sind auch zertrümmert worden.« Sie schniefte und putzte sich die Nase. »Ich habe die ganze Insel abgesucht. Sollte Rodrigo sich irgendwo verstecken, hätte ich ihn gefunden. Und sollte außer uns noch jemand auf dieser Insel sein, dann wüsste ich das jetzt. Da ist niemand, nur wir.«

Während sie sich die Schuhe von den Füßen streifte, eine Spur nasser Blätter auf dem Boden hinterlassend, deren Ränder sich zusammenrollten wie tote Insekten, schloss ich die Tür und überlegte, was ich sagen sollte. Selbst mit viel Erfahrung konnte man leicht etwas übersehen. Hautpartikel, Blutspuren, Haare – ich wusste, wovon ich sprach, das brachte mein Job so mit sich. Wie wahrscheinlich war es, dass Olivia etwas entgangen war?

»Wir sollten auch zusehen, dass wir …«, begann ich.

»Ich gehe nirgendwohin. Nicht, bevor ich Rodrigo gefunden habe. Oder Alastor.«

»Fletcher ist nach wie vor der Ansicht, das Ganze sei nur ein schlechter Scherz.« Ich zog meine Jacke wieder aus. Meine Schulter knackte, ich zuckte kurz zusammen und rieb mir das schmerzende Gelenk. »Aber glaubst du denn, dass er das gestern Nacht war? Rodrigo, meine ich?«

Ihre grauen rot verweinten Augen wurden feucht, eine Träne lief ihr über die Wange, und sie wandte sich ab. »Das will ich nicht hoffen.«

Fletcher war wie zu erwarten wenig beeindruckt von Olivias Bericht. »Natürlich war da nichts mehr. Das Ganze war bloß ein kranker Scherz, reine Staffage. Es hat nie eine Leiche gegeben.«

»Oder man hat ihn über die Klippen ins Meer geworfen«, wandte ich ein und sah entschuldigend zu Olivia hinüber. »Es tut mir leid, aber …«

»Nein, du hast ja recht.« Ihre Stimme war ein tonloses Wispern, nichts erinnerte mehr an die heiter-kapriziöse Frau vom ersten Tag. Ihr Blick ruhte auf Fletch. »Und er hockt hier wie ein blödes Rindviech, während jemand *meinen Mann* ermordet haben könnte.«

Fletcher sah mich an, ich hob nur die Schultern. »Wir müssen auf jeden Fall von hier weg, und zwar alle zusammen.«

»Dann grüßt mal schön das Festland von mir«, sagte Fletch und schlug so kräftig in die Tasten, dass jeder Anschlag klang wie ein Pistolenschuss. »Ich weiß nicht, wie es euch geht, aber ich bin hergekommen, um endlich mal in Ruhe was geschafft zu bekommen. Ohne ständig unterbrochen zu werden. Deadlines sind euch ein Begriff, oder?«

Olivia ging auf Fletcher zu und schloss seinen Laptop mit einem lauten Knall.

Er sprang jaulend auf und besah sich seine mit knapper Not geretteten Finger. »Was zum Teufel …?«

»Du behauptest, Rodrigos Freund zu sein, und kannst dir nicht mal die Mühe machen, nach ihm zu suchen«, schleuderte Olivia ihm ins Gesicht. »Das sieht dir ähnlich. Seit Jahren versuche ich, es Rodrigo klarzumachen. Wenn dir wirklich an ihm gelegen wäre, hättest du dieses verdammte Haus längst auf den Kopf gestellt!«

»Ich bin aber auch mit J. R. befreundet, und er würde Rodrigo niemals etwas antun.« Fletcher schob Olivias Hand vom Computer und scheuchte sie mit einem dünnen Lächeln zur Seite. »Wir befinden uns auf einem *Krimi-Retreat* – soll ich es buchstabieren? Bitte erinnert mich daran, morgen gar nicht erst herunterzukommen und jede Stunde eine Statusmeldung an meine Zimmertür zu hängen: *Ich lebe noch!*«

Olivias vernichtender Blick hätte mir Sorge bereitet, wäre er auf mich gerichtet gewesen.

»Hey, Leute … Ich meine, entschuldigen Sie …«, Mila kam hereingestürzt, ihre grünbraunen Augen weit aufgerissen. In der Hand hielt sie ein Paar Schuhe mit mörderisch hohen Absätzen. »Hat jemand Cassandra gesehen?«

»Violet meinte doch, es gehe ihr nicht so gut. Sie wird noch im Bett sein«, sagte ich und merkte selbst, wie blöd es klang. Ich hätte längst nach ihr schauen sollen.

»Gut, dann sehen wir lieber mal nach.« Mila zögerte. »Wo ist Violet?«

»Oben«, sagte Fletcher und klappte seinen Laptop wieder auf. »Vermutlich bei der Arbeit.«

Mila und ich warfen uns einen Blick zu und gingen zur Tür.

Fletcher legte seufzend den Kopf in den Nacken, seine Worte folgten uns nach draußen. »Warum nur beschleicht mich das Gefühl, in einer komplett verrückten Version von *Cluedo* gelandet zu sein?«

Im zweiten Stock hämmerte Mila so fest an Cassandras Tür, dass die unförmige (und daher vermutlich sehr teure) Vase auf dem schmalen Wandtisch gefährlich ins Wanken geriet. »Ms. Hutchinson? Alles in Ordnung bei Ihnen?«

»Violet? Bist du da drin?«, rief Olivia, die uns nach oben gefolgt war, auf der anderen Seite des Flurs.

Zumindest eine der beiden Türen flog auf. »Was ist?«, fragte Violet, in wadenlanges Schwarz gehüllt, und stemmte die Hände in die Hüften.

»Na bitte.« Auch Fletcher kam jetzt angelaufen. »Was habe ich gesagt? Alles gut. Violet, sagen Sie denen, dass es Ihnen blendend geht und Sie einfach nur in Ruhe arbeiten wollen.«

»Wir müssen etwas besprechen, Ms. Hutchinson«, sagte Mila an Cassandras Tür. »Machen Sie uns bitte auf.«

»Gibt es denn keinen Generalschlüssel?«, fragte ich.

»Doch, aber den hat Taryn.« Mila ließ mich stehen und lief wieder nach unten.

»Taryn?«, fragte Fletcher entgeistert. »Wer zum Teufel ist Taryn?«

»Cassandra?«, rief Olivia.

Irgendwo im Haus tickte eine Uhr. Ein Schauer rann mir über den Rücken.

Auch Fletchers blasierte Miene begann, in Form einer steilen Falte zwischen seinen Brauen erste Risse zu zeigen.

»Wir haben Sorge, dass Sie tot sind«, rief Violet, worauf alle sich entsetzt nach ihr umdrehten. »Ja, was? Sie könnte da drinnen sterben, und wir würden's nicht merken.«

Ich begann, mir erneut Vorwürfe zu machen, nicht längst nach Cassandra geschaut zu haben. Nicht aufmerksam gewesen zu sein, aufgepasst zu haben. Da waren sie wieder, die Schuldgefühle, wie Wasser in meinem Hals, das mir die Luft zum Atmen nahm.

Würde bald noch mehr Blut an meinen Händen kleben, dann auch, weil ich es hatte geschehen lassen.

»Oh nein. Warte.« Fletcher hob die Hand, als er meinen zu allem entschlossenen Gesichtsausdruck sah. »Du willst doch jetzt nicht ernsthaft diese Tür eintreten? Selbst für einen Amerikaner wäre das *etwas* extrem, meinst du nicht auch? Warten wir doch einfach, bis … wie heißt sie noch gleich …«

Ich nahm einen Schritt Anlauf und warf mich gegen die Tür.

Etwas knirschte. Dann flog die Tür nach innen auf und ich fast mit ihr ins Zimmer.

Olivia holte scharf Luft, Fletcher ließ ein ungläubiges Lachen hören.

Bilder waren von den Wänden gerissen, der Spiegel über der Kommode war zerschlagen genau wie die blaue Nachttischlampe, die Scherben lagen übers Parkett verstreut. Das Bett war leer, die Laken zerwühlt. Das Fenster stand offen und ließ den Regen herein, die Vorhänge bewegten sich träge in der eisigen Luft. Ich erschauderte.

Mit zwei Schritten war ich beim Bad und stieß die Tür auf. Der Raum war unbeleuchtet, abgesehen vom trüben Grau von draußen, und auch hier kein Lebenszeichen von Cassandra – oder überhaupt irgendein Zeichen von ihr. Ohne etwas zu berühren, suchte ich den Boden ab, die Ablageflächen, sah sogar in der Badewanne nach. Nichts. Nicht mal ein gottverdammtes Haar.

Als wäre sie nie hier gewesen.

»Ist sie da drin?«, fragte Olivia aus dem Schlafzimmer.

»Ich habe doch gesagt, dass …«

Schritte polterten über den Flur und kamen jäh zum Halt. Mila. »Was zum …?«

»Sprechen Sie es ruhig aus, junge Frau. *Was zum Teufel* scheint mir die Wendung, nach der Sie suchen und derer auch ich mich …«

»Fletch«, raunzte ich ihn an und ging zurück ins Zimmer, wo ich Violet an Cassandras Nachttisch stehen und sich darüber beugen sah. »Halt, nichts anfassen!«, rief ich. »Niemand fasst hier irgendetwas …«

»Ich denke, das könnte wichtig sein«, sagte sie und drehte sich mit einem Buch in den Händen um. »So ist sie gestorben.«

»Sag mal, kannst du nicht hören?« Ich hätte mir die Haare raufen können. »Hast du schon mal einen Krimi gelesen? Das ist *ein Tatort*, wir dürfen hier nichts anfassen, bis …«

Ich verstummte, als Violet mir das Buch hinhielt.

Der Einband zeigte blau-weiße Kacheln (und darauf den obligatorischen Spritzer Blut). *Der Santorini-Skandal*, Cassandra Hutchinsons jüngstes Werk. Und womöglich auch ihr letztes.

AUSZUG AUS: DER SANTORINI-SKANDAL

VON ~~CASSANDRA HUTCHINSON~~ J. R. Alastor

PROLOG

In einer lauen Sommernacht wie dieser, nachdem eine leichte mediterrane Brise die sengende Hitze des Tages verscheucht hatte, sollte ~~die Trauzeugin Ashley Clarke~~ Cassandra Hutchinson unbemerkt aus einer Villa voller Menschen verschwinden.

Sie hatte ein Glas Dom Pérignon getrunken, ein weiteres lachend abgelehnt und sich zeitig zur Ruhe begeben, da sie die frühen Morgenstunden für eine Wanderung über die Insel nutzen wollte, was für sie zu einem Urlaub in Griechenland einfach dazugehöre. Leise summend war sie ins Haus gegangen, und das Geräusch ihrer nackten Füße auf den Terrakottafliesen war das Letzte, was irgendjemand von ihr gehört hatte. Niemand konnte sagen, ob sie die Tür ihres Zimmers hinter sich abgeschlossen hatte, wie viele es selbst hier aus alter Gewohnheit – oder vielleicht auch aus Angst – taten.

Niemand hörte, wie die Vorhänge heruntergerissen wurden, wie die Gardinenstange gegen den großen Spiegel fiel und das Glas zersplitterte. Niemand hörte die Lampe auf dem Boden aufschlagen, hörte den Kampf, der stattgefunden haben musste.

Die Stimmung unter den Gästen wurde derweil immer ausgelassener, es wurden wilde Geschichten erzählt und viel gelacht.

Der Champagner floss in Strömen, und niemand bekam mit, wie ~~Ashley~~ Cassandra durch das Fenster ihres Zimmers hinaus in die mondhelle Nacht verschleppt wurde, einen Strick um den Hals und eine behandschuhte Hand über dem Mund, die jeden ihrer Schreie erstickte.

Niemand hatte etwas gehört, da waren sich alle einig.

Es sei denn, dass vielleicht doch alle etwas gehört hatten.

23

MILA

Violet schaute von dem Buch auf und richtete die unter ihrem roten Pony teerschwarz glänzenden Augen zum offen stehenden Fenster. Der Wind peitschte die dünnen Vorhänge, deren an Spinnweben erinnerndes Muster dunkel gesprenkelt war vom Regen.

Mit zwei Schritten durchquerte ich Cassandras Zimmer, Ashton hinter mir her.

»Nein, völlig abwegig«, fand Fletcher und machte eine Miene, die zu seinem abfälligen Ton passte. »Wie sollte man denn eine Siebzigjährige aus einem Fenster im zweiten Stock entführen? Jetzt seid doch mal realistisch.«

Ich schob einen der Vorhänge beiseite und hielt mitten in der Bewegung inne. Hinter mir hörte ich Ash leise fluchen.

Regenwasser rann am Rahmen des Fensters hinab, aber auf der Innenseite hatten die Tropfen einen rosa Schimmer und sammelten sich rötlich in den Fugen. Unterhalb des Fensters waren winzige Blutspritzer, und ich hätte sie vielleicht gar nicht bemerkt, wären mir nicht drei tiefe Kratzer in der weißen Wandfarbe aufgefallen, als hätte ein Tier seine Krallen hineingeschlagen.

Oder ein Mensch mit letzter Kraft versucht, nicht zu fallen.

»Was jetzt?«, fragte Fletcher, aber seine Lässigkeit klang auf einmal schal, als sei auch ihm das alles nicht mehr geheuer.

Der Regen stach wie Nadeln in meine Finger, als ich das Fenster noch das letzte Stück nach oben schob. Dabei fiel mir auf, dass der Riegel aufgebrochen war und nur noch schlaff am Rahmen hing.

Mit einem mulmigen Gefühl schaute ich nach unten. Sofort erfasste mich ein Schwindelgefühl, das meine Sicht trübte wie feine Nebelschleier.

Eine warme Hand legte sich auf meinen Arm – Ash, der mich sanft zur Seite schob und sich neben mir aus dem Fenster lehnte.

»Was ist da?«, flüsterte Olivia hinter uns.

Ein schmaler Grünstreifen trennte das Haus von den steil abfallenden Klippen, dazu helle Trittsteine im hohen Gras.

Auf den Platten direkt unter uns war ein großer dunkler Fleck zu erkennen.

Blutrot hob er sich ab vom satten Grün des Rasens und dem verhangenen Grau des Meeres hinter der Felskante. Um die fleckigen Steine herum war das Gras in Büscheln ausgerissen, als habe man versucht, den Fleck wegzuwischen oder ihn darunter zu verbergen.

Von hier oben war es deutlich zu erkennen.

»Okay«, sagte Ash mit schwankender Stimme. »Es sieht so aus, als hätte jemand sie aus dem Fenster gestoßen.«

»Und über die Klippen ins Meer geworfen«, brachte ich mühsam hervor und zog mich vorsichtig zurück ins Zimmer. Ich stieß mit dem Rücken an die Wand, als Olivia mich zur Seite schob und sich mit Violet ans Fenster drängte. Alle redeten auf einmal durcheinander.

Ihre aufgeregten Stimmen gellten mir in den Ohren, ohne dass ich auch nur ein Wort verstand.

Cassandra Hutchinson, Grande Dame des Domestic Suspense, war ermordet worden.

Und ihre letzten Momente dürften voller Angst und Schrecken gewesen sein.

Taryns Schlüssel schnitt in meine Handfläche. Ich lockerte die Finger und versuchte, ruhig zu atmen.

»Aber wie kann es sein, dass da noch Blut auf dem Stein ist?«, fragte Fletcher. »Es regnet schon den ganzen Tag, das Blut müsste längst weggewaschen sein.«

»Nicht, wenn es sich um poröses Gestein handelt«, sagte Ashton und ging, sich das nasse Haar ausschüttelnd, im Zimmer auf und ab. »Die Oberfläche des Steins hat das Blut absorbiert.«

»Aber dann wäre es verblasst oder bräunlich geworden. Wenn es so rot ist, muss es ganz frisch sein oder – Farbe. Womit wir wieder bei der Frage wären …«

»Bei Regen kann es nicht trocknen. Deshalb ist es noch rot.«

»Ah«, sagte Fletcher, und für einen Moment fehlten ihm die Worte. »Das heißt also, es hätte jederzeit passieren können, vor einer halben Stunde oder … schon in der Nacht?«

Olivia schwirrte wie ein Kolibri durchs Zimmer, riss Schubladen auf und öffnete die Schränke.

»Hat denn jemand letzte Nacht etwas gehört?«, fragte Violet, die noch immer aus dem Fenster starrte. »Vermutlich ist es ja passiert, als wir alle schon im Bett waren.«

»Nur dass wir vermutlich nicht alle zur selben Zeit im Bett waren«, sagte Ashton und sah flüchtig zu mir herüber. Ich spürte kurz ein warmes Gefühl aufflackern, als ich an den gestrigen Abend dachte und an die Begegnung heute Morgen in der Küche. »Ich konnte lang nicht einschlafen und bin dann immer wieder aufgewacht, weil der Sturm so laut getobt hat.«

»Ich habe geschlafen wie ein Murmeltier«, beschied uns Fletcher.

Ich räusperte mich. »Ich habe ihr gestern Abend, nachdem alle schon auf ihren Zimmern waren, noch einen Tee gebracht. Sie saß in der Bibliothek und wirkte … nachdenklich.« Hätte ich etwas bemerken müssen? Ich war in Gedanken so sehr mit

Alastor beschäftigt gewesen, dass ich ihr kaum Beachtung geschenkt hatte.

»Ich habe die Nacht in Olivias Zimmer verbracht«, sagte Violet. »Draußen waren immer wieder Schritte zu hören, ich habe mir nichts dabei gedacht. Aber …«, sie legte eine kunstvolle Pause ein, »Cassandra ist exakt so gestorben wie in ihrem Buch. Ich denke, wir haben da ein Muster, und Alastor möchte, dass wir es erkennen.«

»Rodrigo starb auch wie in einem unserer Bücher«, sagte Olivia leise und trat wieder ans Fenster. Auf den Holzdielen hatte sich eine kleine Pfütze gebildet, und sie war nur auf Strümpfen, schien es aber kaum zu bemerken. Plötzlich fiel mir auf, dass der dunkelblaue Pulli, den sie trug, viel zu groß für sie war. Der Ausschnitt hing ihr seitlich über die Schulter, die Ärmel waren an den Handgelenken umgeschlagen, und ich sah sie auch eher in Kaschmir vor mir als in grobem Zopfstrick. Es musste einer von Rodrigos Pullovern sein.

Hitze kroch mir in die Wangen, bis meine Augen brannten. Auch wenn Alastor das Kapitel am Ende ausgetauscht hatte, war ich es gewesen, die das Buch der Sandovals umgeschrieben und es in der Bibliothek wie auf dem Präsentierteller hinterlegt hatte.

Aber mit Cassandras Buch hatte ich nichts zu tun. Es kam für mich genauso überraschend wie für die anderen.

Violet sah uns erwartungsvoll an. »Bin ich die Einzige, die daraus ihre Schlüsse zieht?«

»Nein«, sagte Ashton. »Alastor bedient sich an unseren Geschichten. Er lässt sich von ihnen inspirieren.«

Híjole.

Was hatte ich bloß getan?

»Außerdem befindet er sich vermutlich in diesem Raum«, setzte Violet nach. »Das heißt, Alastor ist einer von uns.«

Ashton wandte sich mit einem rauen Lachen ab und presste sich die Handballen auf die Augen.

Mein Blick wanderte über ihre bleichen Gesichter, ich konnte förmlich sehen, wie sie in Gedanken jeden ihrer jemals beschriebenen Morde durchgingen und überlegten, welcher davon auf einer einsamen Insel begangen werden konnte, welcher am grausamsten war. Welches Ende sie selbst erwartete. Wen es als Nächstes erwischte, und vor allem, wer von ihnen Alastor war.

Und ich saß mit in der Falle und konnte nichts tun.

»Das ist nicht euer Ernst«, schnaubte Fletcher, doch ich sah, wie seine Schultern sich unter dem Tweedsakko spannten. »Dürfte ich euch daran erinnern, dass wir noch nicht mal eine Leiche haben? Jeder von uns könnte sich einfach einen üblen Scherz erlaubt haben. Aber nicht mit mir, das sage ich euch!«

»Es geht hier auch nicht um dich«, fuhr Olivia ihn an. »Rodrigo ist fort.« Eine Träne lief ihr über die Wange, die Wut wich aus ihrer Stimme. »Und er kommt nicht mehr zurück. Das weiß ich. Würde er noch leben, hätte ich längst von ihm gehört. Er würde mir das niemals antun, seinen eigenen Tod vorzutäuschen.«

Ich spürte ein Zittern in meinen Knien. *Ich hatte mich mit einem Monster zusammengetan und war zur Komplizin eines Serienkillers geworden.*

»Gibt es einen Schlüssel zum Bootshaus?«, fragte Violet und sah mich an. »Ich verschwinde von dieser Insel. Wer will, kann gern mitkommen.«

Das Bild des im dunklen Wasser versinkenden Bootshecks stand mir deutlich vor Augen, und ich musste mir ein Fluchen verkneifen. »Sicher«, erwiderte ich. »Traut jemand von Ihnen sich zu, das Boot zu fahren?«

»Ich«, sagte Ashton mit resignierter Miene. »Denke ich.«

»Oh, er denkt«, spottete Fletcher.

»Ich war früher oft auf dem Boot meines Onkels«, verteidigte sich Ashton mit einem schiefen Grinsen.

Jäh wurde das Zimmer in grell zuckendes Licht getaucht. Wir fuhren herum und sahen zum Fenster, lauter Donnerschlag ließ mich zusammenfahren.

»Denken reicht mir schon«, sagte Violet. »Ich würde es drauf ankommen lassen.«

»Ich verlasse die Insel nicht, bevor ich nicht Rodrigo gefunden haben.« Olivia fixierte uns mit ihrem blassen Blick. »Oder Alastor. Wenn er einer von uns ist, würden wir ihm helfen, von der Insel und damit ungestraft davonzukommen.« Sie drückte sich die Finger an die geschwollenen Augen. »Das müssen wir um jeden Preis verhindern.«

»Gut, dann wäre das ja geklärt.« Fletcher trat hinaus auf den Flur. »Bevor ich allein mit dir hier strande, Olivia, lasse ich mich lieber von unserem jungen Genie auf die Weltmeere entführen.«

Wir verließen nacheinander das Zimmer, und als Ashton die aufgebrochene Tür sah, schickte er ein leises *Sorry* in meine Richtung. Unsere Blicke trafen sich, und ich schüttelte bloß den Kopf. Wen sollte das noch kümmern? Jetzt, wo es nur noch ums nackte Überleben ging, waren wir alle auf derselben Seite. Jedenfalls so gut wie.

Nachdem die Gäste in ihren Zimmern verschwunden waren, um ihre Sachen zu packen, erfasste mich Übelkeit. Was sollte ich tun? Ich wollte ihnen gern erklären, dass wir keine Chance hatten, von der Insel herunterzukommen, aber würden sie dann nicht denken, dass *ich* das Boot versenkt hätte? Dass ich sie hier gefangen halten wollte?

Und der Einzige, der ein Interesse daran haben konnte, sie hier festzuhalten, war Alastor.

Ein weiteres Problem ergab sich, als Ashton auch den Mitarbeitern Bescheid geben wollte, damit sie mit uns zusammen die Insel verlassen konnten. Natürlich hatte er recht – um den Schein zu wahren, musste ich die beiden in unseren Plan einweihen, auch wenn ich selbst bereits wusste, dass er zum Scheitern verurteilt war.

Aber wenn Curt und Taryn erst erfuhren, was hier wirklich los war, wenn sie Wind bekamen von Alastors Mordkomplott, dann war es das für sie. Dann wären sie Mitwissende, und Alastor würde sie nicht einfach so ziehen lassen. Zu ihrem eigenen Schutz durfte ich ihnen nicht die Wahrheit sagen. Ich würde es stattdessen wie einen mittleren Notfall aussehen lassen, ein unerwarteter Zwischenfall, kein Grund zur Panik, ich hatte alles im Griff.

Die Gäste – zumindest jene, die unschuldig, die nicht Alastor waren – mussten weiterhin glauben, dass ich ebenso im Dunkeln tappen würde wie sie. Verzweifelte Menschen taten verzweifelte Dinge, und ich wagte mir kaum auszumalen, was Menschen, die ihren Lebensunterhalt mit Mord und Totschlag verdienten, zu tun imstande waren, wenn sie mich, zu Recht, der Lüge verdächtigten.

»*Mila-mia*«, rief Curt mir fröhlich entgegen, als ich in die Küche kam. Mittlerweile zuckte ich zusammen, wenn ich diesen Namen hörte. Curt hatte die Hände ins Spülwasser getaucht, an seinen Unterarmen klebten Seifenblasen. »Ich wollte …«

»Jemand von den Gästen hatte einen Unfall«, unterbrach ich ihn, »wir müssen mit dem Boot zurück aufs Festland.«

Taryn, die am Küchentresen Salate vorbereitete, drehte sich mit großen Augen um. »Ist alles okay? Was ist passiert?«

»Hoffentlich nichts Schlimmes?«, fragte Curt nach und trocknete sich die Hände an einem hellblauen Geschirrtuch ab.

»Wir müssen auf jeden Fall aufs Festland«, wiederholte ich, ohne auf die Fragen einzugehen. »Curt, du musst dich um das Boot kümmern. Und du, Taryn, pack schon mal deine Sachen zusammen. In zwanzig Minuten treffen wir die Gäste im Foyer.«

Mein Tonfall musste Eindruck gemacht haben, denn Taryn sprang sofort los.

»Ich komme mit«, sagte Ashton und zog bereits seine Lederjacke an, als Curt und ich durchs Foyer liefen.

Ich konnte nicht riskieren, dass er Curt erzählte, was hier los war, aber die beiden waren schon zur Tür hinaus, bevor mir ein plausibler Grund einfiel, weshalb Ash im Haus warten sollte. Fluchend folgte ich den beiden.

Kalter Regen stach mir ins Gesicht und hatte mich im Nu durchnässt. Die Arme schützend über den Kopf gehalten, liefen wir die Stufen hinunter. Das flammende Laub zitterte über uns im Sturm, der Wind zerrte an unseren Jacken. Curt rannte keuchend neben mir her und löcherte mich mit Fragen. *Ob sonst alles in Ordnung sei, ob es dem Gast so weit gut gehe, ob er den Backofen doch lieber hätte ausmachen sollen.* Ich fertigte ihn mit knappen Antworten ab.

Die Treppe führte uns direkt an den Strand, wo am ersten Abend die Dinnerparty stattgefunden hatte, und wir rannten am Wasser entlang zur Landzunge, auf der das Bootshaus stand. Der Schlick unserer Schuhe klatschte auf den weißen Steg, der das Haus mit der Anlegestelle verband.

Meine Finger zitterten vor Kälte, als ich die Tür des Schuppens aufschloss. Ich atmete tief durch, spürte die eisige Luft wie ein Messer in der Brust und bereitete mich darauf vor, Überraschung vorzutäuschen.

Wir schlüpften nacheinander hinein, schüttelten unsere nassen Haare, blieben dann wie angewurzelt stehen und sahen uns ungläubig um.

Das Wasser erstreckte sich dunkel vor uns, dunkel und still wie ein Aquarium bei Nacht – von dem Boot war weit und breit nichts mehr zu sehen. Zur offenen Seite fegte der Regen in nebligen Schwaden herein und ließ weiße Schaumkronen auf dem Wasser tanzen.

»Äh ja«, sagte Curt. »War hier nicht mal ein Boot …?«

»Das verstehe ich nicht.« Ich lief den Anleger entlang, sah in die rauchblauen Tiefen und dann hinaus auf die Bucht. »Es war hier, genau hier. Ich habe es selbst gesehen, am ersten Tag, bevor …«

»Leute.« Ashton trat gegen die Klampe, an der das Boot hätte festgemacht sein sollen.

Und tatsächlich war um den Metallhaken eine blau-weiße Leine geschlungen, die straff gespannt, wie von unsichtbarer Hand gezogen, ins Wasser führte.

Ich nahm mir eine Taschenlampe und richtete den blassen Lichtkegel auf die Stelle, an der das Seil unter der dunklen Wasseroberfläche verschwand.

Und darunter, wie hinter Rauchglas, fing sich das Licht in rötlich schimmerndem Holz, im blitzenden Chrom der Reling.

»Ah«, sagte Curt. »Das ist jetzt blöd.«

24

MILA

»Soll das heißen, kaum habe ich zugestimmt, diese Insel zu verlassen, haben wir plötzlich keine Möglichkeit mehr, von hier wegzukommen?«, rief Fletcher.

»Dann sind wir jetzt also gestrandet«, stellte Violet fest und richtete ihren Blick auf Ashton und mich, die wir uns aus unseren nassen Jacken schälten. Ihre tonlose Stimme war wie ein Skalpell auf meiner Haut.

Hinter mir schleppte Taryn keuchend ihren Koffer die Treppe aus dem Souterrain hoch ins Foyer. »Was ist denn hier los?«

»Sieht aus, als blieben wir doch zum Abendessen«, sagte ich an Curt gewandt. Dass Personal und Gäste sich austauschten und Curt und Taryn erfuhren, was vor sich ging, war das Letzte, was ich jetzt gebrauchen konnte. Ihre Ahnungslosigkeit war das Einzige, was sie noch retten konnte. »Geht schon mal in die Küche, ich erkläre es euch später.«

Curt wirkte etwas vor den Kopf gestoßen, Regentropfen perlten von seiner Segeltuchjacke. Er rührte sich nicht vom Fleck und wechselte einen Blick mit Taryn, die mich ansah, als hätte ich sie geohrfeigt, was mich weit mehr verletzte als erwartet.

Ihre Verwunderung würde nicht lang vorhalten, weshalb ich Curt zu Taryn scheuchte und diese sanft beim Arm fasste. »Es tut mir leid«, sagte ich mit gesenkter Stimme. »Mir ist es wichtig, dass keine Unruhe entsteht, und dabei müsst ihr mir helfen.

Bis wir zurück auf dem Festland sind, muss hier alles reibungslos weiterlaufen, okay?«

»Das hängt nicht zufällig damit zusammen, dass auch das WLAN ausgefallen ist? Ich meine, wir sind hier komplett von der Außenwelt abgeschnitten«, stellte Curt fest und sah zu Ashton, der Violet und Fletcher über die Situation ins Bild setzte.

Ich schloss kurz die Augen. »Nein. Das kommt vom Wind, das mit dem WLAN, das habe ich, glaube ich, schon mal gesagt.«

»Mila«, flüsterte Taryn. »Du würdest es uns sagen, wenn etwas nicht stimmt, oder?«

»Bitte«, sagte ich, sah beiden fest in die Augen und flehte darum, dass sie aufhörten, Fragen zu stellen. »Ich muss mich auf euch verlassen können. Macht einfach euren Job, ja? Sowie ich einen Moment Zeit habe, komme ich und erkläre euch alles.«

Curt sah mich schweigend an, dann nickte er. »Gut, aber lass dir nicht zu lange Zeit.« Er berührte Taryns Arm und wandte sich mit ihr zum Gehen.

Taryn warf mir noch ein beruhigendes Lächeln zu, das mich zutiefst beschämte. Sie hätten Antworten verlangen und so laut sprechen können, dass die Gäste alles mitbekamen, aber sie hatten sich dafür entschieden, mir zu vertrauen.

Ich würde sie von dieser Insel bringen, und wenn es das Letzte war, was ich tat.

Bevor sie den Flur hinab verschwanden, drehte Curt sich noch einmal zu mir um. »Und du denkst daran, dass morgen das Versorgungsboot kommt?«

Die anderen verstummten, und ich hörte beinah auf zu atmen.

Das Versorgungsboot.

Einmal die Woche kam ein Boot vom Festland, das uns Lebensmittel und Vorräte brachte. Curt und Taryn kümmerten sich darum.

Und wenn selbst *ich* es vergessen hatte, konnte Alastor überhaupt davon wissen?

Das war unsere Chance – wir konnten es noch immer von der Insel schaffen!

»Danke, Curt«, sagte ich und schenkte ihm ein Lächeln, das ich tatsächlich so meinte.

Olivia stand wie ein Geist oben auf dem Treppenabsatz und sah hinaus in den strömenden Regen. Sie hatte die Arme um sich geschlungen und die Hand an ihre Halskette gelegt. Ihre hellen Haare hatten sich aus dem Zopf gelöst und standen ihr wirr um den Kopf.

Ich wusste nicht, was sie verbrochen hatte, aber niemand hatte es verdient, dass einem geliebten Menschen geschah, was Rodrigo geschehen war.

Das musste ein Ende haben.

»Alle mal herhören.« Ich erhob die Stimme. »Wie unser Koch mich soeben erinnert hat, kommt morgen Vormittag die Fähre vom Festland. Wenn Alastor mit uns auf der Insel ist, dürfte er keine Möglichkeit gehabt haben, das abzusagen. Eine Nacht also noch und keine Spiele mehr. Wir warten, bis das Versorgungsboot kommt, und reisen dann ab.«

»Hervorragend«, rief Fletcher. »Finden sich denn noch Freiwillige, um Alastor ein letztes Opfer darzubringen?«

»Das reicht, Fletch«, wies Ashton ihn scharf zurecht und folgte meinem Blick hinauf zu Olivia, die nicht erkennen ließ, ob sie es gehört hatte. »Wir bleiben bis morgen am besten zusammen und nutzen die Zeit, um alles zu sammeln, was wir über Alastor wissen.«

»Auch wenn Alastor jetzt wahrscheinlich unter uns ist?«, fragte Violet. Ihr Haifischblick glitt über mein Gesicht.

Ich verzog keine Miene. Als Eventplanerin hatte ich reichlich Erfahrung mit Widrigkeiten aller Art. Die Ruhe zu bewahren, war mein Job. Ein paar gestresste Autoren jenseits ihrer persönlichen Komfortzone bei Laune zu halten konnte man als mittleren Schwierigkeitsgrad verbuchen.

»Sehr wahrscheinlich ist er das, aber welche andere Wahl bleibt uns denn?« Ashton hob die Hände. »Wem etwas Besseres einfällt – bitte, nur zu. Realistischerweise haben wir aber nur dann eine Chance, wenn wir zusammenhalten. Er ist allein, wir sind zu … sechst? Sieben?« Er sah fragend zu mir, und ich nickte schnell und bedeutete ihm *sieben*. »Gut, zu siebt also. Jetzt müssen wir bloß noch eingrenzen, wer von uns überhaupt als Alastor infrage kommt. Alles klar so weit?«

Regenwasser tropfte mir aus den nassen Haaren in den Nacken und ließ mich frösteln.

»Cassandra und Rodrigo sind raus«, fuhr Ashton fort, »ermordet, wie die Figuren in ihren Büchern. Und von uns behauptet natürlich jeder, nicht Alastor zu sein.« Die Hände in den Hosentaschen, die Ärmel hochgekrempelt, stand er da und überlegte, der Blick aus seinen dunklen Augen war dabei auf mich gerichtet. »Und du, Mila – bist du dir sicher, dass außer dir, Taryn, Curt und uns Autoren niemand auf der Insel ist?«

Mir war die Insel immer zu klein erschienen, als dass jemand sich dort unbemerkt hätte verstecken können. Aber nach den jüngsten Ereignissen war ich mir nicht mehr so sicher. Immer wieder hatte ich das Videomaterial gesichtet und nach unbekannten Personen Ausschau gehalten, Gästen, die sich an Orten herumtrieben, wo sie nichts verloren hatten, Taryn und Curt, die heimlich herumschnüffelten. Aber nichts. Meist war einfach nur ich zu sehen.

Doch in jeder Nacht gab es ein Zeitfenster – mal kürzer, mal länger –, in dem die Kameras ausfielen.

»Nein«, sagte ich. »Außer uns ist niemand hier. Und wir drei – Taryn, Curt und ich – sind auch erst letzte Woche angereist.«

»Du hast die beiden gerade ziemlich kurz abgefertigt«, bemerkte Violet.

»Sie sind meine Angestellten, für sie ist es einfach bloß ein Job.« Ich fuhr mir über die Haare und strich mir die feuchten

Strähnen hinter die Ohren. »Sie wissen weder, um wen es sich bei euch handelt, noch von den … Spielen, die für diese Woche geplant waren. Ich möchte sie da auch nicht mit reinziehen. Vor allem möchte ich vermeiden, dass sie in Alastors Visier geraten.«

»Das verstehe ich«, sagte Ashton, »aber dir ist sicher der Ernst der Lage bewusst.«

»Ja, natürlich. Genau deshalb.« Ich senkte die Stimme. »Wir stecken alle schon zu tief drin. Die beiden nicht. Sie haben nichts mit alledem zu tun.«

Violet sah mich aus schmalen Augen an. »Wer sagt uns, dass das stimmt? Oder dass ihr uns nicht etwas verschweigt?«

Um mein Personal aus der Schusslinie zu bringen, griff ich zum allerletzten Mittel. »Ich habe schriftliche Anweisungen für jedes Spiel«, sagte ich. »Die kann ich gleich heraussuchen. Mehr weiß ich selbst nicht. Und mein Team hat von dem Ganzen keine Ahnung, das schwöre ich.«

Ich führte die Autoren nach oben, vorbei an Alastors Büro, dessen Türen bis Tag vier verschlossen bleiben sollten – und es nun wohl auch blieben, da wir keins seiner Spielchen mehr spielen würden.

In meinem Büro trat ich hinter den Schreibtisch und zog die Schublade auf, doch statt des Stoßes schwarzer Umschläge, die ich zu sehen erwartete, lag nur noch ein einziger darin.

Eine lähmende Angst erfasste mich.

Alastor.

Langsam hob ich den Blick zu Ash. »Es waren mal mehr, dafür lege ich meine Hand ins Feuer.«

»Was soll das heißen, *mehr*?«, wollte Fletcher wissen, dessen teure Lederschuhe auf dem Teppich knarrten. »Wie viele waren es?«

»Drei«, sagte ich wahrheitsgemäß. »Einer für jeden noch verbliebenen Abend. Jemand …« Meine Stimme schwankte, und ich hielt inne, sah sie alle dort stehen, ihre Blicke auf mich gerichtet. »Alastor muss die anderen wieder an sich genommen haben.«

Meine Worte klangen in der Stille nach.

Ich hielt den einen verbliebenen Umschlag hoch.

Ehe ich es mich versah, hatte Olivia ihn mir aus der Hand gerissen. Mit starrem Blick betrachtete sie das goldene Siegel, als enthielte es alle Antworten. Dann schob sie den Finger unter die Umschlagklappe und riss sie auf. Ich stieß einen erschrockenen Schrei aus und versuchte, sie davon abzuhalten.

Eine feine Linie Blut quoll an ihrem Zeigefinger hervor, wo sie sich am Papier geschnitten hatte. Sie schien es nicht zu merken und überflog den Brief.

Es tut mir so furchtbar leid. Die ungesagten Worte lagen wie Blei auf meiner Zunge.

»Gut, danke«, sagte Fletcher in das betretene Schweigen hinein und winkte mich fort. »Wenn Sie uns jetzt bitte allein lassen würden, damit wir das in Ruhe besprechen können.« Sein Blick war kühl, sein Lächeln schmal. »Vermutlich sind Sie ja nicht zufällig die rechte Hand unseres findigen Gastgebers.«

Hinter ihm hob Ashton entschuldigend die Hände. Mit den Lippen formte er ein stummes *Okay?*

Ich wollte etwas erwidern, denn natürlich konnte ich verstehen, dass sie mir nicht trauten. Aber Ash hatte recht. Selbst wenn Alastor einer von ihnen war – wollten wir diese Insel lebend verlassen, hatten wir nur eine Chance, wenn wir zusammenhielten und herausfanden, was genau Alastor plante und wer sich hinter dem Pseudonym verbarg.

Alastor hatte mein Vertrauen missbraucht, indem er mich zur Komplizin seiner Morde gemacht hatte, mich in etwas hineinzog, von dessen Dimension ich nicht einmal etwas ahnte. Er verriet mich erneut, indem er Curt und Taryn in tödliche Gefahr brachte, außer ihm die einzigen Menschen seit langer Zeit, für die ich so etwas wie Zuneigung empfand. Vielleicht erkannte niemand die Notwendigkeit, die Insel zu verlassen, deutlicher als ich.

Aber das konnten sie nicht wissen. Und ich durfte es nicht zeigen. Ich musste ihnen jetzt die Möglichkeit geben, Vertrauen zu mir zu fassen, damit sie mich nicht den Wölfen zum Fraß vorwarfen, wenn wir überlebten.

Und so stand ich allein im Halbdunkel des Flurs, drehte die Uhr an meinem Handgelenk, bis es wehtat, und lauschte den dumpfen Stimmen hinter der Tür meines Büros. Wie dumm von mir, davon auszugehen, sie würden mich als eine der Ihren sehen, dass wir alle auf derselben Seite stünden. Selbst jetzt, wo wir einander brauchten, war ich keine von ihnen und würde es nie sein. Aber nicht nur ich brauchte sie. Sie brauchten auch mich.

Meine Finger krampften sich zusammen. Zunächst einmal musste ich dafür sorgen, dass wir alle die Nacht überlebten. Das würde ich schon hinbekommen. Ich konnte auch mein Spiel mit Alastor treiben. Und mit dir. So, wie ihr es mit mir getan hattet.

Ich fischte meine Ohrhörer heraus und rief den Audiofeed meines Büros auf.

25
ASHTON

»Alastor war bestimmt schon als Kind eine wahre Freude«, bemerkte Fletcher, als wir uns alle um Milas Schreibtisch versammelten wie Befehlshaber in ihrer Kommandozentrale.

Das Büro roch nach alten Büchern mit einem Hauch von Zitrus, vermutlich Bergamotte. Es roch wie sie.

Etwas war heute Morgen in der Küche passiert. Ich wusste nicht genau, was, nur dass ich besser nicht nach ihrer Hand hätte greifen sollen und wie schwer es mir fiel, sie wieder loszulassen. Aber das war es nicht. Es waren ihre Augen – etwas in ihrem Blick hatte sich verändert, die Art, wie sie mich ansah. Wahrscheinlich ein lächerlicher Gedanke, wenn man in Betracht zog, dass sie eine gemeingefährliche Serienmörderin sein könnte, die es auf uns alle abgesehen hatte.

Olivia reichte den Brief an mich weiter und begann, gedankenverloren auf und ab zu gehen. Ich überflog den Text.

Glückwunsch zum Erreichen des dritten Tages. Da zwei von euch gestern Abend gegen die Spielregeln verstoßen haben, mache ich es heute etwas schwerer. Lust auf eine kleine Runde Cluedo? Ordnet jedem armen Sünder seine Schandtat zu.

Mit tödlichen Grüßen
J. R. Alastor

»Was meint er mit *gegen die Spielregeln verstoßen*?«, wollte Fletcher wissen und schaute mir über die Schulter.

»Wir hatten Tischkarten, die Kästen standen an unseren Plätzen, bevor wir alles durcheinandergebracht haben«, sagte ich und wich ein wenig zur Seite. »Jetzt müssen wir die Verbindungen selbst herstellen.«

»Moment«, sagte Violet langsam und ließ sich in den ledernen Bürostuhl hinter Milas Schreibtisch sinken, »das heißt doch, dass zwei von uns ihre Boxen vertauscht haben, oder? Und unser Gastgeber kann das nur wissen, weil …«

»… weil er mit im Raum war«, schloss ich. »Womit es bewiesen wäre.«

»Und das nächste Spiel könnte erklären, weshalb wir hier sind.« Olivia zwirbelte an ihrer Kette. Es war Rodrigos, stellte ich betroffen fest. Das Lederband, das er immer getragen hatte. »Und wer über all das Bescheid weiß. Ich würde sagen, ein Spiel gönnen wir uns noch.«

»Nicht mit mir«, verkündete Fletcher und marschierte zum Kamin, den er anstarrte, als sei er der Missetäter. »Habt ihr nicht gehört, was seine Assistentin gesagt hat? Schluss mit den Spielen, morgen reisen wir ab.«

Vielleicht war es ein ungeschriebenes Gesetz, dass ich immer anderer Meinung sein musste als Fletch. Oder vielleicht trieb mich die Verzweiflung darüber, was Alastor alles über uns zu wissen schien.

Über mich.

»Ich habe das Spiel unten in der Bibliothek gesehen«, sagte ich und wandte mich zur Tür. »Ich hole es eben.«

»Genau das hat uns jetzt noch gefehlt«, rief Fletcher mir hinterher. »Brettspiele!«

Ich lief hinunter in die Bibliothek und schnappte mir den Karton aus dem Regal mit den Gesellschaftsspielen. Auf dem Weg nach oben merkte ich plötzlich, dass etwas nicht stimmte, und hätte fast eine Stufe verfehlt. Es war nicht dasselbe *Cluedo*-Spiel, das ich – wann eigentlich, gestern? – in der Bibliothek gesehen hatte. Dieses hier war noch wie neu, eingeschweißt, und auf dem Körper von Professor Bloom saß eine Karikatur meines eigenen Gesichts.

Überhaupt nicht gruselig …

Zurück in Milas Büro musste jemand, bestimmt Fletch, den Kamin angemacht haben, und unsere Schatten zuckten im flackernden Schein, als wäre alles nicht schon unheimlich genug. Ich ließ den Spielekarton auf den Schreibtisch fallen.

Fletch wich alles Blut aus dem Gesicht. »Was zum …?«

»Das sind wir«, murmelte Olivia, während Violet mit beeindruckendem Pokerface die Folie vom Karton riss und den Deckel abhob.

»Ich muss gestehen«, sagte ich und rieb mir den Nacken, »ich mochte dieses Spiel noch nie.«

Fletcher drehte den Deckel vorsichtig mit einem Finger, sodass die Köpfe in seine Richtung zeigten. »Dabei gar nicht mal schlecht getroffen, Carter. Aber das ist wirklich krank.«

Da musste ich ihm recht geben. Auf meiner Personenkarte hielt ich ein Buch in den Händen und schaute mit meinem Professor-Bloom-Gesicht grinsend zur Seite. Ich erkannte sofort das Foto, nach dem die Karikatur entstanden war – es war während einer Podiumsdiskussion gemacht worden, wenn man meinen Namen bei Google eingab, konnte man es leicht finden.

Ich hob die Hand an den Kugelschreiber hinter meinem Ohr. Sogar der war mit verewigt worden.

»Das Spielbrett ist der Grundriss des Hauses«, stellte Olivia fest und klappte es auf. Ihre silbrigen Augen funkelten, als hätte unsere Suche nach Alastor ihre Lebensgeister neu geweckt. »Und zwar dieses Hauses – Wolf Harbor Estate.«

»Custom Games & Co.«, las Violet von der Unterseite des

Kartons ab. »Wie cool. Das muss ich mir merken, falls ich auch mal eine Mörderparty schmeißen will.«

»Ich verzichte schon jetzt auf die Einladung«, sagte Fletcher trocken.

Ich blätterte die Personenkarten durch. Fletcher schwang die Feder, Olivia hielt einen Blumenstrauß im Arm. Rodrigo in seiner Richterrobe, Cassandra mit unergründlichem Lächeln und einer schwarzen Spinne, die sich von ihrer Hand abseilte. Violet mit riesigen Manga-Augen, einen kleinen blauen Vogel schützend in den Händen.

Das waren wir mit unseren verfluchten Gegenständen vom letzten Spiel. Neu war, dass auch das Personal mit von der Partie war: Mila, eine Schlange um den Arm gewunden, Taryn wie eine dunkle Fee mit ihrem Glitzer-Make-up, Curtis, mit einem Küchenmesser in der Hand.

Die nächste Karte ließ mich erstarren.

Dann legte ich sie ganz beiläufig an die äußerste Ecke des Schreibtischs.

SCHANDTAT stand in goldener Schrift auf schwarzem Grund. DER KINDSMÖRDER.

Ich hob den Blick und begegnete dem Fletchers. »Sicher, dass es bloß ein Spiel ist?«

Dann deckte ich die restlichen Karten auf, legte sie eine nach der anderen nebeneinander aus. Neun Schandtaten waren vor uns aufgedeckt.

DER AUSBEUTER
DER DROGENDEALER
DER MEINEIDIGE
DER GIFTMISCHER
DER DIEB
DER GASTGEBER
DER KOMPLIZE

Meine Finger verharrten über der letzten Karte, bevor ich auch sie auf den Tisch legte.

DER SERIENKILLER

»Wow«, sagte Violet und rückte die Karten gerade. »Falls wir uns noch gefragt haben, weshalb wir hier sind.«

Fletcher schnaubte. »Das ist doch wohl ein Witz.«

»Deck doch auch noch die restlichen auf«, sagte Olivia. »Hier, beim GASTGEBER kann es sich ja bloß um Alastor handeln.«

Ich legte die Karten wie Mah-Jongg-Steine auf dem Tisch aus, reihte unter die Personen- und Verbrechenskarten noch jene, die nicht unsere Taten, sondern Tätigkeiten beschrieben.

DIE HAUSHÄLTERIN
DER ANWALT
DER MENTOR
DER THERAPEUT
DER KOCH
DIE HAUSFRAU
DER COP
DIE EVENTPLANERIN
DAS WUNDERKIND

»Jetzt müssen wir sie bloß noch zuordnen«, sagte Violet aus ihrem Bürostuhl und fixierte mich mit ihrem finsteren Blick. »Die Tätigkeiten und die Schandtaten zu den passenden Personenkarten.«

»Aber das ergibt doch überhaupt keinen Sinn«, ereiferte sich Fletcher. »Niemand von uns hat irgendetwas davon getan, oder sehe ich das falsch? Wir haben weder einen Drogendealer noch einen Kindsmörder in unserer Mitte. Das ist doch völlig absurd. Und was den Serienkiller angeht …«

»Fletch«, sagte ich und streifte meine Hände an der Hose ab. »Wenn Sie irgendetwas über Alastor wissen, wäre jetzt …«

»Was willst du hören? Ich bin eingeladen worden, genau wie alle hier. Vor ein paar Monaten sind wir uns begegnet …«

»Persönlich?«, hakte Violet nach.

Fletcher zögerte, dann atmete er tief aus. »Nein, virtuell. Aber wir haben uns intensiv über unsere aktuellen Projekte ausgetauscht.«

»Das heißt, Sie sind ihm nie persönlich begegnet«, hielt ich fest und nahm, es war ein alter Reflex, den Kuli zur Hand und begann, im Takt meiner Worte zu klicken. »Auch nie mit ihm gesprochen? Telefonisch, virtuell? Nie seine Stimme gehört, sein Gesicht gesehen, sich seine Sozialversicherungsnummer geben lassen?«

»Er bat mich um kollegialen Rat zu seinem Text. Ich habe, wie ich bereits sagte, einen nicht ganz unwesentlichen Anteil an seinem jüngsten Buch, seinem Schreibratgeber.«

Violet schnaubte verächtlich.

Röte kroch Fletchers Hals hinauf und biss sich unschön mit dem lila Hemdkragen. »Da gibt es gar nichts zu lachen. Wenn ihr mir nicht glaubt, gehe ich meinen Laptop holen und kann euch seine E-Mails zeigen.«

»Es klingt, als hätte da jemand genau gewusst, wie man Sie kriegen kann«, sagte Violet.

»Es ist schlicht undenkbar, dass jemand von uns – oder mehrere gar – Mörder sind! Allerdings macht dieses Spiel mir klar, dass es jemanden geben muss, der …«

»… ein *New York Times*-Bestsellerautor mit zwanzig veröffentlichten Büchern ist und gerade versucht, uns eine Scheißangst einzujagen und/oder uns alle um die Ecke zu bringen?«, schloss Violet und legte ihre Doc Martens auf den Schreibtisch.

Olivia schlug mit der flachen Hand auf die Tischplatte und ließ uns alle zusammenfahren. »Hört endlich auf, den Tod meines Mannes auf diese unerträgliche Art zu trivialisieren!«

Totenstille.

»Darf ich das so verstehen«, sagte Fletcher schließlich, »dass du davon ausgehst, wir hätten diese Dinge, derer wir bezichtigt werden, tatsächlich getan? Möchtest du uns etwas sagen, Olivia?«

»Ja, ich bin *die Ausbeuterin.*«

Ich hörte auf, mit dem Kugelschreiber zu klicken. »Du … wow. Ich meine, geben wir jetzt einfach alles zu, oder wie?«

»Ich will es einfach hinter mich bringen und Rodrigos Mörder finden. Ich weiß nicht, wie es euch geht.«

»Netter Gedanke, aber wer sagt uns, dass uns das der Wahrheit näherbringt – oder dass *du* die Wahrheit sagst.« Fletcher löste sich vom Tisch und schlenderte hinüber zum Bücherregal, als stünde nicht gerade irgendetwas Wichtiges, wie beispielsweise unser aller Leben, auf dem Spiel. »Wen oder was hast du denn ausgebeutet?«

Olivias Blick irrte zwischen uns hin und her, ehe sie antwortete. »Mein Debüt. Die Idee dazu war nicht allein meine.«

Die Enttäuschung machte es mir für einen Moment schwer, mich zu konzentrieren. Ich war fast schon persönlich gekränkt. Ich hatte ihr Debüt geliebt und unglaublichen Spaß mit ihrer unbeschwerten, moralisch fragwürdigen Protagonistin gehabt. »Würde dich das nicht eher zum Dieb machen?«, fragte ich schließlich.

»Nein, würde es nicht«, würgte sie meine Frage sofort ab. »Aber das führe ich jetzt nicht weiter aus, tut auch nichts zur Sache – ich habe gestanden. So«, sie schob das Kinn vor und sah uns an, »wer will als Nächstes?«

Mein Blick huschte zu Violet, die keine Miene verzog.

Olivia stöhnte. »Mein Gott, was seid ihr bloß für Feiglinge! Ihr wollt uns lieber ans Messer liefern, als die Wahrheit zu sagen?«

»Nun, so einfach ist das leider nicht«, sagte Fletcher schließlich und wandte sich vom Bücherregal ab. Er schickte ein leises Lachen hinterher, das mir einen Schauer über den Rücken jagte. »Es fängt schon damit an, dass *der Ausbeuter* mit ziemlich großer Wahrscheinlichkeit mich meint.«

26

ASHTON

Violet sah von ihrem Chefsessel zu mir auf. »Ich glaube, wir brauchen Popcorn.«

Irgendwie hatte ich immer das Gefühl, in der Pubertät steckengeblieben zu sein und mich als Erwachsener allenfalls so durchzumogeln. Aber wenn ich dann mit Leuten zu tun hatte, die tatsächlich jünger waren als ich, stellte ich bisweilen fest, dass ich eben doch keine fünfzehn mehr war. Ich wandte mich an Fletch. »Und wieso *der Ausbeuter*?«

»Traust du mir wohl nicht zu, was?« Ein feines Lächeln umspielte seine Lippen, das seine Augen nicht erreichte. »Das soll nicht mein Problem sein. Wer hier den Schnüffler spielen will, wird mich einfach beim Wort nehmen müssen.«

Olivia hielt die Arme fest vor der Brust verschränkt, ihre Stimme war kalt. »Das ist genau das, was du sagen würdest, wenn etwas anderes von der Liste auf dich zuträfe.«

»Oh, dann stimmst du also mit mir überein, dass die Ausbeutung eine der lässlicheren Sünden ist? Wie praktisch, sie dann gleich für dich zu beanspruchen.«

»Dieses Spiel ist möglicherweise das Einzige, was mich noch davon trennt, den Mörder meines Mannes zu finden. Willst du mir auch das verwehren und dich mir in den Weg stellen?«

»Ausbeutung, inwiefern?«, fragte Violet nachdenklich. »Ich meine, mit deinem Buch.«

Olivia fuhr zu ihr herum. »Herrje, darum geht es doch jetzt überhaupt nicht! Es ist das, was Alastor von mir hören will, und ich wüsste nicht, wer ich sonst sein sollte. Also, wer will als Nächstes gestehen? Immerhin bin ich nicht *der Gastgeber*, und wenn ich einen von euch dafür halten sollte, würdet ihr euch wünschen, euch etwas anderes ausgesucht zu haben, das schwöre ich euch.«

»Ja, aber wer bist du *wirklich*?«, ließ Fletcher nicht locker. »Was könnte es bloß sein … *Die Dealerin? Die Kindsmörderin?* Oder vielleicht bist du ja *die Serienkillerin* und hast die Gunst der Stunde genutzt, dich in dieser Abgeschiedenheit deines Gatten zu entledigen?«

Die Raumtemperatur fiel gefühlt unter null.

Olivia zuckte zurück, als seien die Worte Schläge. Sie klappte den Mund auf und wieder zu, Röte kroch ihr den Hals hinauf. »Ich weiß, du konntest mich noch nie leiden«, sagte sie schließlich. »Weil du dachtest, Rodrigos Rückzug aus der Kanzlei sei meine Schuld. Dass ich ihn dazu gezwungen, ihn praktisch *kastriert* hätte. Aber ist dir schon mal der Gedanke gekommen, dass er es einfach leid war? Dass er genug hatte von Mandanten wie dir?«

»Oha!«, rief ich im selben Augenblick, als Violets Hand in die Luft schoss.

»Moment«, sagte sie und sah zwischen den beiden hin und her. »Verstehe ich das richtig, Fletcher, dass Rodrigo Ihr Anwalt war?«

»Das ist nicht ganz uninteressant«, pflichtete ich ihr bei. »In Anbetracht der Umstände.«

Fletcher schloss gequält die Augen. »Sich einen Anwalt nehmen zu müssen, ist nicht unbedingt etwas, das man in die Welt hinausposaunt.«

»Sind Sie deshalb hier? Wegen was immer da gewesen sein mag?«

»Ob Fletcher dann mit *der Meineidige* gemeint ist?«, überlegte Violet mit Blick auf die Karten. »Oder Rodrigo? Vielleicht hat er ja für einen Mandanten das Recht gebeugt? Womöglich für Fletcher?«

Zwischen Olivias Augenbrauen trat eine steile Falte. Sie war sichtlich hin- und hergerissen zwischen dem Spiel und dem Wunsch, ihren Mann zu verteidigen. Ich war mir nicht sicher, ob die anderen merkten, wie es um sie stand. Sie ballte die Hände und biss die Zähne zusammen, um nicht zitternd und tobend zusammenzubrechen. Ich an ihrer Stelle hätte hier alles kurz und klein geschlagen und nicht eher Ruhe gegeben, bis ich Alastor gefunden hätte. Aber es stand zu viel auf dem Spiel. Geheimnisse, für die jemand töten würde. Oder sich töten ließ. Wenn wir hingegen das Spiel mitspielten und uns zu unseren Taten bekannten …

Ich wagte zu bezweifeln, dass irgendjemand von uns hier lebend rauskäme. Und das nicht nur wegen Alastor.

Fletcher seufzte. »Ich sagte doch bereits, dass ich die Vergangenheit nur ungern wieder aufwärmen möchte. Ich habe mir nichts zuschulden kommen lassen, auch wenn manch einer sicher der Ansicht sein könnte, ich hätte gewisse Personen ausgenutzt.«

»Das heißt also, Sie kannten vor dieser Woche nicht nur Ashton Carter, sondern auch Olivia und Rodrigo. Sonst noch jemanden?«

»Nein.«

Violet lehnte sich mit einem spöttischen Lächeln in ihrem Stuhl zurück und verschränkte die Arme. »Tja, das stimmt nur leider nicht. Ich habe Sie beide gestern Abend gehört, Sie und Cassandra.«

Fletch wurde so still wie ein Jagdhund auf der Pirsch. Man meinte förmlich zu sehen, wie seine Nackenhaare sich aufstellten und er Witterung aufnahm. »Uns … wobei gehört?«

Violets ausdrucksloser Blick huschte etwas zu schnell zwischen uns hin und her, ein winziger Riss in der Fassade, der sie gleich weniger einschüchternd wirken ließ. »Spätabends, vor unseren Zimmern. Sie haben sich fürchterlich aufgeregt. Cassandra schien irgendetwas zu wissen, und Sie haben sie gefragt, warum sie überhaupt hier sei, was sie vorhabe. Wem sie *von Ihnen beiden* erzählt habe.«

»Das war privat«, erwiderte er. »Ein Missverständnis.«

»Dann kannten Sie vor dieser Woche also die Sandovals *und* Cassandra«, hielt ich fest.

»Korrekt, junger Mann, und wir beide hatten ja auch schon das Vergnügen.«

»Mich kennen Sie nicht.« Violets Augen glänzten so schwarz und unergründlich wie die des ausgestopften Vogels, der gestern Abend in dem Kästchen an ihrem Platz gelegen hatte. »Aber ansonsten scheint es zu jedem Teilnehmer eine Verbindung zu geben, sehe ich das richtig?«

Fletcher zögerte. »Die Verlagswelt ist ein Dorf. Wenn man eine Weile im Geschäft ist, kennt man sich nun mal.«

Ich holte scharf Luft. »Ah ja. Das würde ich so nicht unterschreiben.«

»Cassandra meinte, Sie würden sich seit Jahren kennen und hätten eine gemeinsame Geschichte.« Violet strich mit der Hand über den Schreibtisch. »Aber hier haben Sie getan, als würden Sie sich kaum kennen. Und Cassandra hat auch ständig Ihren Namen verwechselt.«

Jetzt lächelte Fletcher nicht mehr.

Violet war noch nicht fertig. »Sie sagte, sie würde es niemandem erzählen, denn Ihr Untergang wäre auch der ihre. Und am Tag darauf war sie verschwunden. Schon ein komischer Zufall, oder?«

Tatsächlich sah Fletcher aus, als wollte er Violet auf der Stelle umbringen.

»Lasst uns mal einen Moment durchatmen«, schaltete ich mich ein und positionierte mich diskret zwischen den beiden. »Wir müssen die Ruhe bewahren. Nur keine Panik, verstanden?«

Ich meinte zu spüren, wie der Blickkontakt zwischen beiden abbrach.

»Panik? Wieso denn Panik?« Fletcher schlenderte wieder zum Kamin. »Außer der Vermutung, dass sich ein Serienkiller unter uns befindet, sehe ich keinen Grund zur Aufregung.«

»Genau deshalb sollten wir einen kühlen Kopf bewahren. In diesem Spiel haben wir eine Karte für Alastors Komplizen *und* eine weitere für den Mörder, weshalb es sich vermutlich nicht um dieselbe Person handelt. Wir sollten jetzt alle ein bisschen runterkommen und daran denken, dass morgen die Fähre kommt und wir …«

»Gut, dann kommen wir vielleicht von der Insel runter, aber das ändert nichts an den hier gelisteten Tatbeständen. Jeder nimmt seine Schuld mit sich.« Fletcher ließ sich in den Sessel fallen und streckte die Beine zum Kamin. »Und es wäre ziemlich heikel, wenn das alles herauskäme, meint ihr nicht auch?«

Genau das war der Grund, warum ich meinen Hintergrund lieber verschwieg.

»Ist das ein Erpressungsversuch?«, fragte Violet. Unter ihren Fingern auf dem Schreibtisch blitzte etwas auf. Verdammt, wo hatte sie denn jetzt den Brieföffner her?

Fletcher neigte leise lächelnd den Kopf. »Sind Sie denn erpressbar?«

»Glaubt ihr denn wirklich, dass wir die Insel morgen verlassen?«, wandte Olivia ein und hob die Stimme. »Alastor *muss* einen Komplizen haben, anders ist das nicht machbar. Vielleicht ist es Mila, vielleicht ist es das Hausmädchen oder der Koch. Vielleicht auch jemand in diesem Raum. Wir wissen es nicht, aber so, wie ich das sehe, besteht unsere einzige Chance darin, den Spieß umzudrehen und Jagd auf Alastor zu machen. Wir müssen herausfinden, wer er ist, und ihn unschädlich machen.«

»Dann viel Glück.« Violet schob ihren Stuhl zurück und stand auf. »Wir wissen ja noch nicht mal, ob wir mit diesen Sündenkarten überhaupt gemeint sind. Was, wenn er einfach nur Unruhe stiften will?«

»Doch, ich denke schon, dass wir gemeint sind«, sagte ich. »Zumindest weiß ich genau, welche mir zugedacht ist.«

»Endlich mal eine ehrliche Haut«, spottete Fletcher. »Bitte, wir sind ganz Ohr.«

Ich lächelte grimmig und schüttelte den Kopf. »Tut mir leid, das werde ich nicht verraten. Alastors Worte lassen es weit schlimmer klingen, als es wirklich war, und niemand von Ihnen … von *euch* könnte nachprüfen, ob ich die Wahrheit sage oder er.«

Fletcher schnalzte mit der Zunge. »Aber wie ich sehe, ist es schlimm genug, um dich ordentlich ins Schwitzen zu bringen.«

Das Schlucken fiel mir schwer, und ich bekam kaum noch Luft. Als hätte ich einen ganzen Schwall Wasser geschluckt.

Wie in den Träumen, die mich mein Lebtag nicht loslassen würden.

»Was ich damit sagen will«, fuhr ich fort und hörte auf, den auf meine Brust tätowierten Talisman zu reiben, »ich weiß, was meine Karte bedeutet. Und ich gehe davon aus, dass sich die Anschuldigungen auf den restlichen Karten auch weit schlimmer lesen als das, was ihr tatsächlich getan oder auch nicht getan habt. Wenngleich mir das *damit*«, ich deutete auf die Serienkiller-Karte, »etwas schwerfällt.«

»Gut, dann befinden wir uns also in Gesellschaft von Mördern und Verbrechern, aber nur einer von denen stellt eine aktive Bedrohung für uns dar«, hielt Olivia fest. Bei den letzten

Worten versagte ihr die Stimme, und sie schloss kurz die Augen. »Ich möchte einfach nur wissen, wer meinen Mann getötet hat, okay? Das ist alles, was mich interessiert.«

»Wobei sich natürlich die Frage stellt, inwieweit wir uns überhaupt für jemanden interessieren sollten, der eiskalt Menschen tötet«, warf Fletcher wenig hilfreich ein.

»Es gibt genau zwei Möglichkeiten«, sagte Violet und trommelte mit rostroten Fingernägeln auf den Schreibtisch. »Entweder der Serienkiller ist Alastor, und er hat von Anfang an sein Spiel mit uns getrieben.« Sie neigte den Kopf und betrachtete die Karten. »Oder jemand von uns ist der Killer, und Alastor ist … irgendwas anderes.«

»Denkbar wäre auch beides«, wandte Fletcher ein. »Einer von uns ist Alastor und ist gleichzeitig der Mörder *und* der Spion in unseren Reihen. Ihr versteht, was ich meine? Es sind sonst viel zu viele Möglichkeiten. J. R., wenn du uns gerade zuhörst, du warst schon immer ein bescheidener Erzähler, auch wenn die *New York Times* uns was anderes glauben machen will.«

»Es geht auch so nicht auf.« Violet betrachtete, die Hände im Nacken verschränkt, die auf dem Tisch ausgebreiteten Karten. »Ich weiß nicht, wie uns das zu Alastor führen soll.«

»Da ich hier alles allein machen muss«, sagte Olivia und drückte sich die Handflächen an die Augen, »tippe ich bei dir einfach mal auf das Wunderkind. Schließlich bist du die Jüngste von uns, oder? Wie alt warst du, als dein Debüt erschien, zweiundzwanzig?«

»Einundzwanzig«, murmelte Violet und begann, die Karten einander zuzuordnen, wobei es hoffentlich noch nicht der Weisheit letzter Schluss war, denn die Serienkiller-Karte lag auf einmal unter der Karte mit meinem Konterfei.

Olivia wandte sich mir zu. »Ich schätze, ich bin die Hausfrau – besten Dank auch –, weil ich neben dem Schreiben keinen weiteren Job habe, Cassandra war meine Mentorin. Und für dich bliebe der Cop. Oder doch lieber der Therapeut?«

Verdammt.

»Du bist bei der Polizei?«, fragte Violet, und ihre Hände verharrten über den Karten.

»Nein, bin ich nicht«, versicherte ich. »Ehrlich nicht.«

»Also, ich muss schon sagen, Carter.« Fletcher drehte sich im Sessel zu uns um und zog eine Augenbraue hoch. »Das hätte ich jetzt nicht gedacht.«

»Ich auch nicht.« Olivia wippte auf den Fersen, und in ihren Augen loderte es. War es Zorn? Oder Schmerz? »Wir haben den Leichnam meines Mannes gefunden, wir standen am Tatort, und du hieltest es nicht für nötig, das auch nur mit einem Wort zu erwähnen?«

Nein, weil es nichts zur Sache tat. Ich war raus aus dem Job, rein formal betrachtet. Aber wenn sie mich für einen Cop hielten, bei dem hier ausgelegten Sündenregister …

Ob Alastor oder jemand anders, kein Killer würde mich lebend entkommen lassen.

»Ich bin kein Cop.« Mein T-Shirt klebte mir am Rücken. Verdammt, warum war es auf einmal so heiß hier? Ich suchte nach einer plausiblen Erklärung. »Vor Jahren habe ich mich mal für die Polizeiakademie beworben, wurde aber nicht genommen. Also, entweder ist jemand anders der Cop, oder es ist ein Witz auf meine Kosten. So nach dem Motto, wärst du mal zur Kripo gegangen, hättest du den Fall lösen können.«

»Nur falls der Verdacht auf mich fallen sollte«, fühlte Fletcher sich bemüßigt klarzustellen, »ich bin der Therapeut. Bleibt noch der Gastgeber.«

Ganz ehrlich, niemand hätte Fletcher für einen Bullen gehalten, weshalb doch eigentlich klar war, dass ich log oder zumindest nicht die ganze Wahrheit sagte. Na großartig.

Die zehn Personenkarten lagen ganz oben auf dem Tisch, darunter neun Berufekarten und dann die Karten mit unseren Schandtaten. Eine seltsam schiefe Pyramide.

Violets Finger kreiste über der Gastgeber-Karte, die sie oben bei den Personen eingereiht hatte, und auf einmal machte es klick.

Wir hatten es völlig falsch aufgezogen.

»Oje«, sagte Violet und räusperte sich.

»Was denn jetzt schon wieder?« Fletcher seufzte. »Bitte beanspruche nicht auch du noch den Ausbeuter für dich, Violet Wunderkind. Sonst bleiben für den armen Carter bloß noch die unverzeihlichsten Freveltaten.«

»Ich weiß«, sagte ich zu Violet. »Seht ihr es auch?«

»Was?«

Olivia betrachtete die Karten und fluchte leise.

Fletcher bequemte sich herbei und sah zwischen uns hin und her. »Klärt mich mal bitte jemand auf?«

»Es gibt neun Karten, die für Tätigkeiten – oder Berufe im weitesten Sinne – stehen«, antwortete ich.

»Genau, neun für uns neun hier auf der Insel. Und neun Verbrechen.«

»In Mathe bist du wohl nicht so gut«, sagte Violet. »Wir dachten, der Gastgeber sei eine *Person*, dann wären es zehn Verdächtige, neun Berufe und acht Taten. Und deshalb geht auch alles nicht auf.«

»Der Gastgeber braucht ja auch keinen Beruf und keine Tat, weil …«

»Falsch«, sagte ich lachend.

»Der Gastgeber ist weder Figur noch Beruf, er gehört zu den Schandtaten«, sagte Violet kopfschüttelnd und verschob die Karte von der oberen in die untere Reihe. »Jetzt haben wir drei mal neun, jetzt geht es auf. Aber …«

Fletcher nahm uns scharf ins Visier. »Aber? Was genau schließen wir daraus?«

Die Karten bildeten ein perfektes Rechteck. Drei Reihen à neun Karten, drei Karten für jeden von uns. Person, Beruf, Verbrechen.

»Es heißt, dass wir nur neun Figuren haben, nicht zehn«, sagte ich. »Und dass Alastor definitiv einer von uns ist. Indem wir uns selbst unsere Verfehlungen zuordnen, können wir im Ausschlussverfahren Alastor ermitteln.«

TINTE IN DEN ADERN: VOM SCHREIBEN ÜBER FURCHT

VON J. R. ALASTOR

DAS MONSTER IN UNS

Die Genres der Angst – Suspense, Thriller, Mystery, aber vor allem Horror – sind untrennbar mit dem Bösen verbunden, mit Monstern, die menschlicher Natur sein können oder auch nicht, Verkörperungen des Unheimlichen, des leibhaftigen Bösen. Es gibt kaum ein Genre, das den Kampf zwischen Gut und Böse so sehr zu seinem Thema macht. Das mögen auch die Verächter des Horrors sich zu ihren sentimentalen Herzen nehmen. Fiktionen einer heilen Welt sind nichts als Täuschung, denn letztlich strahlt die Hoffnung nirgends heller als in erbarmungsloser Finsternis.

Über Monster an sich habe ich selten geschrieben, viel mehr interessiert mich das Monster im Innern, das Monströse in uns. Ein Blick in den Lauf der Geschichte, und man fragt sich zwangsläufig, was mit den Menschen nicht stimmt, welche Abgründe der menschlichen Psyche sich dort offenbaren.

Verlassen wir nach einem Horrorfilm das Kino, sind die Grenzen klar definiert: Wir kehren zurück in unsere Welt und lassen das Andere, die Aliens, gegen die wir uns neunzig Minuten lang verbündet haben, vernichtet auf der Leinwand zurück. Aber wenn wir in die Abgründe der menschlichen

Psyche blicken, sehen wir die Möglichkeiten des Horrors auf einmal überall.

Jeder von uns trägt ihn in sich. Jeder kann das Monster in sich zum Leben erwecken.

27

MILA

»Also, an mir soll es nicht liegen«, drang Fletchers Stimme an mein Ohr. Eigentlich hatte ich mein Büro nicht verwanzen wollen, aber nachdem Ashton am ersten Tag einfach so hereinspaziert war, wollte ich lieber auf Nummer sicher gehen. Leider war keine Überwachungskamera mehr übrig, sonst hätte ich die bestimmt auch noch installiert.

»Gut, dann lasst uns mal annehmen, rein hypothetisch, ich sei der Dieb«, sagte Olivia. »Oder fühlt sich da jemand anders angesprochen?«

Ich hatte mich ins Bad ein Stockwerk tiefer verzogen, hockte auf dem Rand der Wanne, die Ellbogen auf den Knien, und schluckte gegen meine aufsteigende Übelkeit an. So wie Alastor mich mit jedem neuen Trick verhöhnte, war es kein Wunder, dass ich den bitteren Geschmack im Mund kaum noch loswurde.

»Leute«, unterbrach Olivias Stimme meine Gedanken, »wir müssen den Spieß doch einfach nur umdrehen. Sobald wir wissen, wer Alastor ist, war es das für ihn. Dann ist das Spiel aus, und das weiß er, denn wir sind in der Überzahl.«

»Wie wäre es, wenn wir eine geheime Abstimmung machen«, schlug Ashton schließlich vor. »Auf diese Weise …«

»Willst du dir etwa nicht in die Karten sehen lassen?«

»Fletch …«

»Das wird nicht funktionieren«, sagte eine für mich kaum verständliche Stimme. Ich stellte den Ton lauter und drückte mir den Hörer fest ins Ohr. »Ich kann euch jetzt schon sagen, dass nicht alle die Wahrheit sagen werden.«

»Und was führt Sie zu dieser Vermutung, werte Violet?«

»Weil alles, was wir jetzt sagen, publik werden wird, wenn wir die Insel, in welcher Form auch immer, verlassen haben«, erwiderte sie nüchtern. »Entweder geht Alastor selbst damit an die Öffentlichkeit, um uns zu schaden, oder jemand von uns wird es über kurz oder lang ausplaudern.«

»Perfide«, fand Olivia. »Er gibt uns die Waffen, um uns gegenseitig zu zerstören, einfach selbst in die Hand.«

»Bitte schließ nicht von dir auf andere«, wies Fletcher sie zurecht. »Ich bleibe dabei, mir keiner Schuld bewusst zu sein.«

»Na toll, wir wandern wegen irgendwelcher Jugendsünden allesamt in den Knast, außer Fletch, der sich sein Lebtag noch nichts hat zuschulden kommen lassen«, entgegnete Ash.

Ich starrte auf die Kerze, die, Taryn sei es gedankt, neben dem Waschbecken sanften Vanilleduft verströmte. Ich hatte ihr und Curt erklärt, es seien zwei Gäste verschwunden und dass wir glaubten, einer von ihnen sei verletzt. Sie hatten sich sofort auf die Suche machen wollen, aber ich meinte, wegen des Sturms sei es keine gute Idee, sich zu nah an die Klippen zu wagen. Wichtig sei jetzt, Ruhe zu bewahren und Hilfe vom Festland zu holen.

Keine Ahnung, ob sie es glaubten. Vielleicht sollte ich ihnen einfach die Wahrheit sagen, dann wären sie gewarnt und könnten sich vorsehen. Aber Alastor entging nichts. Er hatte überall Augen und Ohren, und wenn ich die zwei einweihte, machte ich sie zu Mitwissern – und am Ende gar zu Opfern.

Alle meine Hoffnungen ruhten auf morgen. Morgen würde das Versorgungsschiff vom Festland kommen.

Ich versuchte, mich nicht von der grauen Unwetterwand

über der Bucht beunruhigen zu lassen. Sicher war man hier auf solche Wetterverhältnisse eingestellt.

»Einer von uns lügt«, drang Violets Stimme zu mir, »und solange nicht alle ehrlich sind, gebe ich auch nichts preis.«

»Nichts für ungut, aber ich sehe es genauso«, sagte Ashton. »Ich würde diese Insel auch gern verlassen, ohne euch Munition gegen mich an die Hand zu geben. Und sollte Alastor nach unserer Rückkehr aufs Festland alles publik machen, können wir das nicht ändern. Aber so haben wir wenigstens deutlich höhere Überlebenschancen.«

»Solange Alastor noch am Leben ist, verlasse ich diese Insel nicht.«

Fletcher ließ ein lautes, freudloses Lachen hören. »So verständlich dein Rachefeldzug auch sein mag, Olivia, haben manche von uns noch Gründe zu leben und etwas zu verlieren.« Harte Schritte auf den Holzdielen. »Aber ein Vorschlag zur Güte: Wir schenken uns dieses alberne Spiel und finden *dennoch* heraus, wer Alastor ist. Wir befragen einfach das Hauspersonal und kitzeln die Wahrheit aus denen heraus.«

Ich hörte eine Tür aufreißen und Schritte, die sich entfernten. Um dann direkt über mir durch den Flur Richtung Treppe zu marschieren.

Ich riss mir die Ohrhörer heraus, mein Puls raste. Es hatte von Anfang an die Gefahr bestanden, dass die Gäste ab irgendeinem Punkt nicht mehr mitspielten oder gar zu Gewalt griffen. Aber es hatte mich nicht wirklich beunruhigt, und ich war seltsam gelassen geblieben. Zum einen, weil ich Nerven aus Stahl hatte oder zu haben glaubte, zum anderen, weil ich davon ausging, Alastor auf meiner Seite zu haben.

Wenn die Autoren in ihrer Verzweiflung zum Äußersten gingen, konnten sie mir am Ende gefährlicher werden als er.

Vor dem ovalen Spiegel knöpfte ich meinen Blazer zu und drehte mir die Haare zu einem Dutt zusammen. Ich trat hinaus in den Flur, der nur schwach beleuchtet war von gedimmten Spots an smaragdgrünen Wänden, der Himmel schwarz wie Ruß vor dem Fenster.

»Mila.« Fletchers Stimme drang zu mir ins Foyer, als er mit harten Schritten die Treppe herunterkam. Sein Blick bohrte sich in meinen, und auch wenn ich gewusst hatte, dass dieser Moment kommen würde, gefror mir das Blut in den Adern.

Olivia folgte ihm lautlos wie ein Schatten.

»Das Rätsel des heutigen Abends hat leider mehr Fragen aufgeworfen als Antworten geliefert«, kam er gleich zur Sache. »Erstens, wer ist unser Gastgeber?«

»Ich darf Ihnen …«

»Oh nein, keine Ausreden mehr.« Ein Lächeln spielte um seine Lippen. »Ich würde vorschlagen, Sie packen jetzt aus, Mila. Diese netten kleinen Rätsel sind nämlich längst kein Spiel mehr, sondern Erpressung.«

»Fletcher …«, rief Violet und kam nun ebenfalls nach unten gepoltert.

»Ich weiß nicht, was die Spiele bedeuten«, sagte ich. »Hören Sie, ich wurde von J. R. Alastor als Eventplanerin beauftragt, um ein Retreat für eine Handvoll Autoren zu organisieren, mit abendlichen Krimi-Dinnern nach seinen Vorgaben. Waren Sie schon mal bei einem Krimi-Dinner? Ich habe mal eines in einem Zug gemacht, und da lief es ganz ähnlich …«

»Ah ja. Dass Rodrigo und Cassandra verschwunden sind, ist also auch Teil des Spiels? Haben wir gestern tatsächlich Rodrigos Leiche gesehen, oder ist das alles eine Simulation?«

Ich wich zurück, merkte, wie ich den Schlangenring an meiner Hand drehte, hörte damit auf und streckte die Finger.

»Jetzt kommen Sie schon, Mila«, bohrte Fletcher weiter. »Sie werden während der Vorbereitungen doch mal Kontakt zu ihm gehabt haben. Ich an Ihrer Stelle würde jetzt mal reden.«

»Ich bin Dienstleisterin.« Meine Stimme schraubte sich in die Höhe. »Die Aufträge laufen über eine Agentur. Ich habe schon für Prominente gearbeitet, einige davon legen Wert auf Diskretion. Mir wird das gesagt, was ich für den Job wissen muss – und mehr nicht.«

»Und was ist mit dem, was *wir* wissen sollten, hmm? Die Assistentin eines berühmten Autors wird doch wohl wenigstens seinen Namen wissen, oder nicht? Ich meine, wie dumm müsste man sein, für einen anonymen Auftraggeber auf einer einsamen Insel anzuheuern?«

Ich richtete mich zu meiner vollen Größe auf. »Sie alle wussten vor Ihrer Anreise schon mehr als ich. Ich bin keinem von Ihnen je zuvor begegnet – auch Alastor nicht.«

»Versuchen Sie nicht, der Frage auszuweichen«, fauchte Fletcher mich an. Seine Stimme ging mir durch Mark und Bein.

Ashton hielt sich im Hintergrund. Er lehnte, die Hände in den Hosentaschen, am Bücherregal im Foyer und ließ mich nicht eine Sekunde aus den Augen.

»Nein, Sie sollen nicht ihn anschauen, sehen Sie mich an«, flüsterte Fletcher so nah an meinem Gesicht, dass ich die grauen Bartstoppeln an seinem Kinn und auf den Wangen erkennen konnte. »Ich habe Ihnen eine Frage gestellt, und Sie werden mir jetzt antworten.«

»Ich bin ihm nie begegnet.« Ich wich noch einen halben Schritt zurück und stieß mit dem Absatz gegen die Wand. Meine verschwitzten Hände strichen über meinen Wollrock, aber er hatte weder Taschen, noch hatte ich etwas bei mir, womit ich mich hätte verteidigen können. Sollte ich ihm den Daumen ins Auge stoßen? »Ich schwöre, dass ich …«

»Wer ist er?«, brüllte Fletcher, dass die Sehnen an seinem Hals hervortraten.

Ein Speicheltropfen landete auf meiner Wange und ließ mich erschrocken zusammenfahren.

»Ich weiß es nicht.« Das Zittern in meiner Stimme war nicht gespielt.

Wenn man ihn so sah, in seinem Fischgrät-Blazer und mit den gegelten Haaren, vergaß man leicht, welch imposante Statur er besaß. Unter dem groben Tweed steckten erstaunlich breite Schultern, und er überragte mich um Haupteslänge.

Es war keine gute Idee, sich mit dem berühmten Autor Thomas Fletcher anzulegen.

Die Holztäfelung der Wand grub sich in meinen Rücken. Ich legte die Hände flach dagegen, spürte das Hämmern meines Pulses und seinen heißen Atem. Der leichte Pfefferminzgeruch verursachte mir erneute Übelkeit.

»*Fletcher.*«

Eine kleine, schmale Hand legte sich an Fletchers Brust und schob ihn beiseite. Violet trat zwischen uns, den Rücken zu mir, und ihr weinrotes Haar löste sich aus dem lockeren Knoten.

Meine Augen brannten.

»Sie weiß es«, zischte Fletcher und stieß einen Finger über Violets Schulter, knapp an meinem Auge vorbei. »Das sage ich euch, sie weiß etwas, und indem wir weiter nett fragen, werden wir es nicht aus ihr herausbekommen.«

Ashton räusperte sich. »Wann soll das Boot denn morgen kommen?«

»Gegen sechs.« Meine Stimme war nur ein Krächzen. »Ich gehe rechtzeitig runter und warte am Anleger.«

Sein Blick lag ruhig auf meinem Gesicht. »Dann komme ich mit.«

»Ah, sehr gut, Carter, vielen Dank, dass du dich bereit erklärst, dich mit der Person, die diesen ganzen Spuk zu verantworten hat, im Morgengrauen an einem einsamen Ort zu treffen …«

Das reichte.

Ich stieß mich von der Wand ab und nahm jeden von ihnen ins Visier. »Mir ist schon klar, wie das hier aussehen muss«, fuhr ich sie an. »Aber können wir einfach mal eine Sekunde davon ausgehen, dass ich die Wahrheit sage? Ich *wusste* nicht, dass jemand ermordet würde!« Mir rutschte ein etwas schrilles Lachen heraus. »Ich habe selbst eine Scheißangst und versuche einfach, unsere Haut zu retten – und damit meine ich auch meine beiden Mitarbeiter, die ich ganz sicher nicht auf diese Insel gebracht habe, damit irgendein Irrer sie hinmetzelt. Meine Aufgabe ist es, Sie während Ihres Aufenthalts auf Wolf Harbor zu betreuen – und genau das werde ich weiterhin tun, auch wenn es jetzt darum geht, dass wir bis morgen keine weiteren Verluste zu beklagen haben. Im Speisezimmer sind Hummerbrötchen angerichtet – ich würde vorschlagen, Sie begeben sich zu Tisch und lassen mich einfach meinen Job machen.«

28
ASHTON

Es kostete mich einiges an Selbstbeherrschung, Mila nicht zu folgen, aber irgendjemand hatte früher oder später den harten Hund spielen müssen. Immerhin war die Aufgabe nicht mir zugefallen.

Kein Grund, mich deswegen schuldig zu fühlen. Dumm nur, dass meine Schuldgefühle das in diesem Fall anders sahen.

Also begab ich mich mit den anderen zum Abendessen, und für den Bruchteil einer Sekunde katapultierte mich der Duft in Butter geschwenkter Meeresfrüchte aus unserer misslichen Lage in eine höhere Sphäre.

Auf unseren Tellern (diesmal nur vier) war das Essen bereits angerichtet – zartrosa Hummerfleisch in goldbraun geröstetem Brot –, in der dunklen Fensterfront spiegelte sich das Kerzenlicht, das goldene Besteck schimmerte auf dem schwarzen Tuch. Der Schatten des Kronleuchters mit seinen acht zur Decke sich krümmenden Armen schien wie eine riesige Spinne über dem Tisch zu schweben, und ich musste an das haarige Vieh denken, das Cassandra gestern Abend an ihrem Platz gefunden hatte.

Nicht übel, alles in allem.

Mein Blick fiel auf die Flasche Rotwein, die in der Mitte des Tisches stand, und plötzlich verspürte ich ungeheures Verlangen nach einem Schluck.

Fletcher stieß einen etwas dissonanten Pfiff aus, ließ sich dann auf einen der Stühle fallen und schob seine Ärmel hoch. »Ich würde Folgendes vorschlagen. Mit seinem heutigen Manöver hat Alastor ganz offensichtlich einen Nerv getroffen. Er legt es darauf an, uns gegeneinander aufzuhetzen, und leider scheint ihm das zu gelingen. Wir sollten uns bewusst sein, dass seine Spielchen nur dann funktionieren, wenn wir brav anbeißen.«

»Darf ich das so verstehen, dass er, wenn wir nicht mehr mitspielen, auch nicht mitten in der Nacht mit einer Kettensäge an meinem Bett auftaucht?«, fragte Violet.

»Ein sehr starkes Bild, Violet, aber ich denke, wenn wir alle so klug sind, unsere Türen abzuschließen, sollte sich diese Gefahr bannen lassen. Und Carter guckt schon so, als wollte er gleich vorschlagen, dass wir uns für die letzte Nacht alle ein Zimmer teilen, wie auf Klassenfahrt, aber tut mir leid, meine Lieben – nicht mit mir. Morgen fahren wir zurück aufs Festland, und für den dummen Fall, dass das Boot wegen des Unwetters die Insel nicht ansteuern kann, feuern wir einfach Leuchtraketen ab, um auf unsere Notlage aufmerksam zu machen.«

»Leuchtraketen?«, wiederholte ich skeptisch. »Und woher nehmen wir die?«

»Dann machen wir eben ein Leuchtfeuer, irgendeine Art Signal, du meine Güte, so schwer kann das doch nicht sein.«

Ein lautes Knurren neben mir ließ mich zusammenfahren, aber es war nur Violet, die sich den Bauch hielt. »Tut mir leid, ich habe den ganzen Tag noch nichts gegessen.«

»Und ich kann mich nicht hier hinsetzen und so tun, als sei alles in bester Ordnung«, sagte Olivia und presste sich die Hände an die Stirn. Als sie sie wieder sinken ließ, war ihre Miene reglos. »Einer von euch hat meinen Mann ermordet.«

»Nun sei mal nicht so dramatisch«, entgegnete Fletcher und breitete sich seine Serviette über den Schoß. »Es kann auch jemand vom Personal gewesen sein. Und wenn dir das hier in

Anbetracht der Umstände zu opulent ist, lassen sich bestimmt noch ein paar Salzstangen für dich auftreiben. Aber ein Glas Wein könnte dir guttun, wenn du mir die Bemerkung verzeihst. Und wenn wir Violet jetzt noch länger warten lassen, kippt sie uns gleich um vor Hunger.«

Im hellen Kerzenschein sah ich goldgelbe Butter auf dem noch warmen Hummerfleisch zerfließen. Ich merkte, wie mir das Wasser im Mund zusammenlief. Fast schon entschuldigend sah ich Olivia an und hob die Schultern. Pietät und Panik waren schwer aufrechtzuerhalten, wenn direkt vor deiner Nase eine Hundert-Dollar-Mahlzeit lockte.

Also setzten wir uns, Olivia etwas zögerlich, ehe sie sich schließlich mir gegenüber niederließ. Fletcher schnappte sich die Weinflasche und schenkte uns großzügig ein, doch als die Reihe an mir war, legte ich wortlos die Hand über mein Glas und schüttelte, ohne ihn anzusehen, den Kopf. Ich hatte seit Jahren keinen Alkohol mehr angerührt, und es wäre nicht klug, ausgerechnet an diesem Abend wieder damit anzufangen.

»Wir sollten uns schon mal überlegen, wie es weitergehen soll, wenn wir auf dem Festland sind. Was wir der Polizei erzählen«, sagte ich, biss in mein Brötchen und wäre fast gestorben vor Glück. Ich wusste nicht, wann ich zuletzt etwas so Köstliches gegessen hatte.

Geschmolzene Butter lief an Olivias Fingern hinab, während sie ihr Hummerbrötchen in den Händen hielt, den Blick dabei unentwegt auf mich gerichtet. »Ich verlasse die Insel nicht, bevor ich nicht weiß, wer von euch Alastor ist.«

»Wenn du hierbleibst und alle anderen, einschließlich des Personals, abreisen, wirst du damit nicht weit kommen«, prophezeite ihr Violet. »Mir erscheint es viel schlüssiger, dass wir alle zusammen zurückfahren und Alastor an Land stellen.«

»Aber keine Polizei.«

»Oha, da wird aber jemand nervös«, sagte Fletcher und sah

Olivia mit großen Augen an. »Ganz unter uns, war es denn so schlimm, was du getan hast? Ausbeuterin, Diebin, man weiß es nicht – vielleicht ja auch beides?«

»Aber wir *müssen* zur Polizei gehen«, protestierte ich völlig entgeistert. »Ich meine, wie sollen wir denn sonst das mit Rodrigo erklären? Oder Cassandra?«

»Wenn wir den Bullen erzählen, was hier passiert ist«, sagte Violet ganz ruhig, »müssen wir ihnen auch sagen, was Alastor uns vorwirft. Das würde bei den Ermittlungen so oder so rauskommen.«

»Jep«, sagte Fletcher und leerte sein Glas. »Man würde unser ganzes Leben durchleuchten. Darauf kann ich dankend verzichten.«

»Das dürfte der Killer ähnlich sehen«, erwiderte ich scharf und wischte mir Butter vom Handgelenk. »Wir können doch nicht einfach so tun, als wäre nichts passiert.«

»Wir könnten sagen, dass Rodrigo und Cassandra ertrunken sind«, murmelte Olivia, ohne den Blick von ihrem Teller zu nehmen. »Dass sie beide während des Unwetters verschwunden sind und der Strom ausgefallen ist, wir sie weder gefunden haben noch Hilfe rufen konnten. Eine Verkettung unglücklicher Umstände.«

»Und wie willst du dann einen Bestsellerautor aufspüren, der sich schon erfolgreich hinter einem Pseudonym versteckt hat, als die meisten von uns noch Teenager waren?«

»Gebt mir eine Internetverbindung und eine Woche Zeit.« Violets Messer blitzte, als es durchs zartrosa Hummerfleisch glitt. »Dann kann ich euch sagen, wer Alastor ist.«

Wer von uns er ist, wollte sie damit sagen. Seltsam, unsere Flucht vermutlich im Beisein unseres Peinigers zu planen, aber sich jetzt allein zurückzuziehen dürfte ungleich fataler sein.

»Na bitte«, sagte Fletcher und klopfte auf Holz. »Dann warten wir doch einfach mal ab und entscheiden dann, was zu tun ist.«

Violet nickte. »Zur Polizei können wir immer noch gehen, aber uns muss klar sein, dass es dann kein Zurück mehr gibt.«

Ich biss die Zähne zusammen und grub mit den Fingern kleine Halbmonde in mein Brötchen. Sicher, ich hätte das kommen sehen müssen. Und wenn ich, der mutmaßliche Cop, nicht vor Sonnenaufgang ein Messer zwischen den Rippen haben wollte, sollte ich sie besser in dem Glauben lassen, dass ich mit diesem Vorgehen einverstanden war.

»Aber was ist mit den Beweisen … mit allem, was sich in diesem Haus an Spuren und Hinweisen auf ihn findet?«, wandte ich vorsichtig ein. »Was ist mit den Spielen, den Krimi-Dinnern, überhaupt diesem Plan, uns für eine Woche auf seine Insel zu locken?«

»Ist die amerikanische Lösung nicht, alle Beweise im Meer verschwinden zu lassen? Moment, woran erinnert mich das nur …«

»Sehr hilfreich, Fletch. Aber was ist mit dem, was wir *nicht* gefunden haben? Es dürfte nicht damit getan sein, ein paar Papiere verschwinden zu lassen, weil vermutlich alles auf externen Festplatten gespeichert ist. Sobald die Polizei hier ist, wird sie jeden Stein auf der Insel umdrehen und das ganze Haus auf den Kopf stellen.«

»Nicht wenn wir es vorher abbrennen«, schlug Violet vor.

Ich verschluckte mich fast und stellte das Glas so entschieden ab, dass Wasser aufs Tischtuch spritzte und auf dem schwarzen Stoff wie Tautropfen perlte, ehe es langsam versickerte. »Wie bitte?«

Fletcher prostete ihr lachend zu. »Dann wären wir alle Beweise los.«

Mein Blick folgte seinem Glas. Kein gutes Zeichen, mit welcher Genauigkeit ich dessen Pegelstand registrierte. Ich würde den Abend über sehr vorsichtig sein müssen.

»Da hörst du's, Alastor«, meinte Violet mit einem tiefen Seufzer. »Wir kriegen dich schon.«

»Was denkt ihr eigentlich, was das hier ist?«, schnauzte ich die beiden an, was weitaus gemäßigter ausfiel als das, was ich eigentlich sagen wollte. »Ihr seid nicht Liam Neeson, verdammt. Vielleicht sollten wir uns erst mal darauf konzentrieren, lebend von dieser Insel runterzukommen.«

»Und ein Haus voll belastenden Materials zurücklassen?« Violet hob eine Augenbraue. »Das alles dürfte kein gutes Licht auf uns werfen, ganz gleich, was davon wir wirklich getan haben.«

»Ich rede von Spuren und Beweisen, die helfen könnten, Rodrigos … Rodrigo zu finden«, korrigierte ich mich schnell und wandte mich an Olivia. »Du willst ihn doch noch finden, oder?«

Sie sah mich mit ausdrucksloser Miene an und wand die Finger um die Halskette ihres Mannes.

»Ich denke, wir sollten jetzt nicht vorschnell handeln«, versuchte ich es mit Engelszungen. »Unsere Prioritäten sollten sein: die Insel lebend zu verlassen und die Suche nach Rodrigo und Cassandra einzuleiten.«

»Na ja«, sagte Fletcher zwischen zwei Bissen, »das mag jetzt etwas herzlos klingen und nur meine persönliche Meinung sein, aber in Anbetracht der Unmengen Blut, die wir vor dem Haus gefunden haben, würde ich der Suche nach Cassandra nicht unbedingt oberste Priorität einräumen.«

»*Wie bitte?*«, entfuhr es mir erneut und deutlich lauter als beabsichtigt, aber bei Fletchers ungerührtem Ton konnte ich nicht an mich halten.

»Also gut«, mischte Olivia sich ein und räusperte sich. »Wir warten erst mal ab, bevor wir zu drastischen Maßnahmen greifen. Sowie wir von der Insel runter sind, setzen wir uns irgendwo zusammen, wo es Internet gibt, und überlegen uns in aller Ruhe, wie es weitergehen soll. Okay?«

Obwohl wir uns alle mehr oder weniger enthusiastisch damit

einverstanden erklärten, lag mir der Hummer auf einmal schwer im Magen, und der Anblick der auf den schwarzen Teller tropfenden Butter verursachte mir Übelkeit. Eigentlich sollte ich erleichtert sein. Denn sobald wir von der Insel runterkämen, konnte ich zur Polizei gehen, und wir würden herausfinden, was zum Teufel hier los war.

Aber sosehr der Cop in mir darauf brannte, mit den Behörden zusammenzuarbeiten und den Täter zur Rechenschaft zu ziehen, so sehr grub sich ein quälender Gedanke in meinen Hinterkopf.

Vielleicht wäre es tatsächlich besser, wenn die Insel, mitsamt all unseren Geheimnissen, in Flammen aufginge.

Eine weitere Nacht in Gesellschaft meiner diversen Sinnkrisen allein auf dem Zimmer zu verbringen schien mir wenig zielführend. Also ging ich, nachdem die anderen sich (mein Bemühen, uns allen die Haut und das Leben zu retten, leichtfertig in den Wind schlagend) auf ihre Zimmer zurückgezogen hatten, wieder nach unten und suchte unsere jüngsten Werke aus dem Regal im Foyer zusammen.

Das Kaminfeuer in der Bibliothek wärmte mir den Rücken, als ich die Bücher vor mir auf dem Schreibtisch ausbreitete. Rodrigo war erstochen und zur Schau gestellt worden, wie in seinem Buch, Cassandra spurlos in die Nacht verschwunden, genau wie ihre Protagonistin. Der Schlüssel schien in unserem Werk zu liegen, und wenn wir das miteinbezogen, konnten wir Alastor einen Schritt voraus sein und ein ähnliches Schicksal wie das unserer Figuren vermeiden.

Fletchers neuester Roman *(Der Ikarus-Komplex)* bot gleich drei Tode zur Auswahl: durch Erhängen (vermutlich Selbstmord, der Leser erfährt es nur indirekt), durch das Injizieren von Luft (ein Piks zwischen die Zehen des betäubten Opfers, was eine Embolie auslöst und sich so gut wie gar nicht nachweisen lässt), und dann gab es noch einen mit einer Büste Julius Cäsars zerschmetterten Schädel (sehr bildhaft über mehrere Seiten geschildert). Und das alles vom Meister des »literarischen Krimis«, der über die Untiefen massentauglicher Unterhaltungsliteratur nur die Nase rümpfen konnte.

Womit wir auch gleich beim Problem waren. Ich traute Fletcher mit seiner Arroganz und seinem Narzissmus durchaus zu, der Killer zu sein. Er war klug und besaß den nötigen langen Atem, um ein solches Komplott zu planen. Dazu kam das, was Violet berichtet hatte – dass Fletcher sich vor ihrem Verschwinden mit Cassandra gestritten hatte. Aber wozu dieser ganze Aufwand, was war das Motiv? Weshalb seine glänzende Karriere für etwas realen Nervenkitzel aufs Spiel setzen?

Ich trommelte mit den Fingern auf das mattierte Cover von Violets Buch, eine dieser schicken Sonderausgaben. Bei ihr wurde viermal gestorben: durch Genickbruch, Spinnenbiss, Hirschgeweih, Sturz in ein Brunnenloch. Wenn ich jetzt so drüber nachdachte, waren die Gewaltdarstellungen schon sehr explizit, aber was mich so fasziniert hatte (und noch immer faszinierte), war die Tatsache, wie gut sie Themen wie Trauer und Verlust behandelte und damit zeigte, wozu der Schmerz uns treiben kann.

Ich nahm mir den jüngsten Val-Lamont-Thriller vor *(Todesspiel)*, dessen schwarz-violettes Cover ein langes Fleischermesser zierte, in dessen Klinge sich die Silhouette einer Frau spiegelte. Auch hier wurde fleißig gestorben: einmal natürlich der Tod des Anwalts (erstochen und als eine Parodie der Justitia wiederauferstanden), andere Figuren wurden erschossen, eine mit einem Lampenkabel erdrosselt und ein anderer mit einem – ja, Sie hören richtig – Kugelschreiber tödlich in die Lunge getroffen.

Instinktiv griff ich nach dem Stift, der hinter meinem Ohr klemmte, und betrachtete ihn nachdenklich. Hm, ja. Schon ein ziemlicher Zufall.

Die eine Hälfte des Autorenteams hinter »Val Lamont« war tot. (Eine Stichwunde in die Herzgegend überlebte man schwerlich, so viel war immerhin sicher.) Blieb noch Olivia. War es ihr zuzutrauen? Aber sie schien wirklich unter Schock zu stehen – ich hatte nicht das Gefühl, dass sie uns etwas vormachte.

Ich nahm ihr Solodebüt zur Hand, *Der Wohnblock*. Es war mir etwas peinlich, an meine eigene Ausgabe zu denken, die, zigfach gelesen und mit unzähligen Anmerkungen versehen, oben auf meinem Zimmer lag. Ich *verehrte* dieses Buch. Und dann kam Olivia daher und erklärte uns, die Idee sei eigentlich nicht ihre gewesen? Was meinte sie damit? Hatte jemand anderes die Plot-Idee gehabt, dass eine junge Frau unwissentlich in ein Gebäude voller Auftragskiller zieht, und Olivia hatte dann bloß noch die Geschichte darum gestrickt? Aber weshalb sprach sie dann von *Ausbeutung*, was hieß ausbeuten in diesem Kontext, wenn es doch einfach Ideenklau war, was sie zur *Diebin* machte?

Fragen über Fragen. Blieb noch mein Buch.

Eine Geistergeschichte, die auf zwei Zeitebenen erzählt wird. Einmal aus Jias Sicht, als sie noch Kinder waren, und einmal von Colton, der als Erwachsener an jenes Gewässer zurückkehrt, das die Freundin auf dem Gewissen hat und an dem es seither immer wieder zu ungeklärten Todesfällen kommt. Menschen ertranken, andere wurden an Land hingerichtet, ein Fluch schien auf allem zu lasten, und keine der armen Seelen starb einen sonderlich sanften Tod.

Die mit einem silbernen Tafelmesser durchtrennte Kehle, das qualvolle Ende des lebendig Begrabenen.

Und dann der Showdown, bei dem Colton Jia stellt und sie an Land ertrinken lässt (als wären die vorherigen Tode nicht schon furchtbar genug). Was hatte mich getrieben, mir solche Grausamkeiten auszudenken und so drastisch zu schildern? Wenn ich diesen Albtraum überlebte, würde ich nur noch romantische Komödien schreiben, versprochen.

Milas funkelnde Augen wollten mir nicht aus dem Kopf. Ich wollte nicht an sie denken, daran, wie schuldig ich mich fühlte, sie vorhin nicht gegen Fletcher in Schutz genommen zu haben. Dabei war sie vermutlich genauso Opfer wie wir, immerhin hatten die letzten beiden Rätselspiele ihr ebenso gegolten wie uns.

Entweder das, oder sie war der Mastermind hinter allem.

29

MILA

Sämtliche Kameras im Haus hatte ich selbst installiert, aber sowie ich wieder unten in meinem Zimmer war, durchsuchte ich es gründlich nach weiteren Exemplaren. Ich nahm die beiden Lampen auseinander, sah in den Lüftungsschlitzen nach, räumte das Bücherregal aus und wieder ein, klopfte alle Ritzen und Winkel ab. Ich glaubte, an alles gedacht, diese Woche klug und umsichtig geplant zu haben. Niemand von den Gästen erkannte mich, und kein Mensch wusste, dass ich hier war.

Nicht weil ich niemandem davon hätte erzählen wollen, sondern weil es niemanden mehr gab, dem ich es hätte erzählen können. Weder meinem Ex – *Warum kannst du es nicht endlich gut sein lassen?*, hatte er mich an jenem Abend letztes Jahr gefragt und keinen Hehl aus seiner Enttäuschung gemacht – noch meiner Mutter, die damals im Krankenhaus lag. Manchmal fragte ich mich, wie es wohl war, wenn negative Gefühle mit der Zeit einfach abstumpften wie ein oft benutztes Küchenmesser. Meine hingegen schliffen sich immer schärfer an meinen Erinnerungen und wurden zu tödlichen Waffen.

Meine Hand glitt lautlos über die Daunendecke, seidenweich und makellos weiß, schöner als alles, was ich je besessen hatte. Solches Bettzeug, hatte ich mir vorgestellt, würde ich später mal haben, wenn ich eine gefeierte Autorin wäre.

Tja.

Mit heißen Tränen in den Augen tastete ich nach meiner Uhr und rief den Kamerafeed der Bibliothek auf. Der Kamin war an, und eine schlaksige Gestalt stand über den Schreibtisch gebeugt.

Ash.

Ich musste an unsere Begegnung in der Küche denken, seine Hand auf meinem Mund und wie er sich lachend über die Augen gefahren war. Oder die sanfte Berührung an meinem Handgelenk, als er mich davon abhielt, meine Finger blutig zu knibbeln.

Ich konnte mich kaum noch daran erinnern, wann jemand mich zuletzt so berührt, geschweige denn mich wirklich *gesehen* hatte.

Erbärmlich.

Ich musste an die Widmung in seinem Buch denken, über die ich oft nachgegrübelt hatte.

Für Jack. Von allen Worten auf diesen Seiten sind dies die wichtigsten.

Und jetzt sein Misstrauen zu spüren, seins und das der anderen. Sie trauten mir allen Ernstes zu, sie töten zu wollen. Aber gut, sollten sie es doch denken. Zumindest was dich anging, lagen sie so falsch ja nicht.

Während alle beim Abendessen saßen, war ich noch einmal in mein Büro gegangen und hatte mir die *Cluedo*-Karten angesehen. Es war Alastors Idee gewesen, sein personalisiertes Spiel. Der Karton war eingeschweißt eingetroffen, und hätte ich geahnt, dass er unsere dunkelsten Geheimnisse barg, hätte ich ihn bereits vorher geöffnet.

Dass wir mit einem Serienkiller und einem Kindsmörder auf dieser Insel festsaßen, ließ mir das Blut in den Adern gefrieren.

Ich rieb mir die Arme und sah mich im Dunkeln um – in seiner Schlichtheit wirkte mein Zimmer schön und seelenlos zugleich. Das also war aus mir geworden: eine von Freunden und Familie verlassene Frau von neunundzwanzig Jahren, die unter falschem Namen auftrat und bereit war, einen Mord zu begehen.

Seit Jahren malte ich mir deinen Tod aus. Ich träumte davon, dir eine Drahtschlinge um den Hals zu legen, die Bremsschläuche deines Autos zu durchtrennen und dich im Schlaf mit Kohlenmonoxid zu vergiften. Süße Rachefantasien, die mich in meinen langen dunklen Nächten in den Schlaf gewiegt hatten. Du hattest mir alles genommen. Erfahrungen, Kontakte, Freud und Leid des Autorinnendaseins. Du hattest mich der Person beraubt, die ich hätte werden können.

Und ich hatte mich im Recht geglaubt, weil ich dachte, dass alles, was dir geschehen würde, wenn nicht rechtens, so doch richtig wäre. Weil du es verdient hättest. Selbst mein neuer Name – del Angél – war ein Verweis auf die Flügel der Justitia, der Göttin der Gerechtigkeit.

Wie hätte ich Alastors Angebot ausschlagen können, das mir die Verwirklichung all meiner dunklen Träume ermöglichte?

Schon komisch, dass man oft, erst wenn Wünsche in Erfüllung gehen, merkt, dass man eigentlich etwas ganz anderes will.

Oder zumindest nicht das.

Ich war mir ziemlich sicher, dass Ashton, sowie wir morgen die Insel verlassen hätten, zur Polizei gehen und alles erzählen würde. Die Insel, das Haus, dieser ganze Plan würde auseinandergenommen werden. Und immer wieder würde mein Name auftauchen, als sei das alles mein Werk, meine Idee gewesen.

Und du kämst ungeschoren davon, und ich würde einmal mehr den Preis zahlen für deine Schuld. Typisch, immer musstest du mir alles versauen. Selbst meinen Plan, dich zu ermorden, würdest du mir durchkreuzen.

Mit zittrigen Fingern strich ich mir durchs Haar. Das Spiel war aus, zumindest für mich. Morgen würde irgendeiner von euch oder ihr alle mich der Polizei ausliefern, um eure armselige Haut zu retten. Ich war es, die würde büßen müssen, damit eure Sünden nicht ans Licht kamen. Wie dumm von mir, auch nur eine Sekunde zu glauben, wir stünden auf derselben Seite, zu denken, dass wir Alastor gemeinsam überlisten und unbeschadet davonkommen könnten.

Wahrscheinlich verdiente ich allein deswegen alles, was noch kommen sollte.

30

ASHTON

Oben fand ich das Stück Papier noch zwischen Tür und Rahmen meines Zimmers geklemmt. Ein gutes Zeichen, dann war in der Zwischenzeit vermutlich niemand hier gewesen. Trotzdem ließ ich das Licht erst mal aus und sah mich im dunklen Zimmer um. Der schmale Streifen Salz auf der Fensterbank zur Abwehr von bösen Geistern (ein Trick, den ich aus irgendeiner TV-Serie hatte und der bei Normalsterblichen ebenso gut funktionierte) war gleichfalls unberührt, was ich als noch besseres Zeichen wertete.

Es war verrückt, dass wir die letzten Stunden nicht alle in einem Zimmer verbrachten. Gemeinsam war man stärker, es war die einfachste Regel des Überlebens, außerdem hätten wir uns so gegenseitig im Auge behalten können. Aber gut, lieber sterben, als Fletcher anzubetteln, bei mir zu campieren.

Die Beine des Sessels quietschten jämmerlich, als ich ihn über die Holzdielen zur Tür zog. Ich klemmte die Lehne unter den Türgriff und machte einen Schritt zurück, um mein Werk zu betrachten. Nicht die eleganteste Lösung, aber sie erfüllte ihren Zweck – wenn auch nicht so gut wie ein Hund. Mein Hals schnürte sich zu, als ich an Ruby dachte. Sie war eine Streunerin gewesen, und vielleicht war es das, was uns von Anfang an verbunden hatte. Es stimmte wirklich – ein Hund konnte dein Leben verändern. Verdammt, ich musste zurück. Sie fehlte mir so sehr.

Ich setzte mich an den kleinen Tisch am Kamin, nahm mein Notizbuch und schlug eine leere Seite auf. Klickte mit meinem Kugelschreiber.

Es war so frustrierend, wie Alastor diese Woche aufgezogen hatte. Er war einer von uns (oder wollte uns das zumindest glauben machen) und gab uns sogar die Möglichkeit, seine wahre Identität herauszufinden: Wir brauchten dafür nur reinen Tisch zu machen, uns bekennen zu den Verfehlungen unserer Vergangenheit. Wozu natürlich niemand bereit war, stünden manche von uns doch dann mit einem Bein im Knast (oder Schlimmeres).

Ich tippte mit dem Stift auf die leere Seite vor mir, bis eine Insel kleiner schwarzer Punkte entstand. Plötzlich fiel mir etwas ein.

Bei *Cluedo* gab es doch diese Zettel, auf denen die Namen aller Verdächtigen standen, die Räume und Tatwaffen. Indem man alles ordentlich eintrug und abglich, kam man auf die fehlenden Elemente und konnte den Fall schließlich lösen. Vielleicht sollte ich genauso vorgehen. Alles zusammenfügen, was wir bereits wussten, und den Rest – den Mörder – daraus ableiten.

Ich schrieb unsere Namen untereinander und daneben die Gegenstände, die gestern Abend an unserem Platz gelegen hatten:

Ash – Taschenbuch
Mila – Schlangenhaut
Fletch – Füllfederhalter
Violet – präparierter Vogel
Rodrigo – Wegweiser zu seiner Leiche
Olivia – konservierte Pflanze
Cassandra – Schwarze Witwe
(Sinnbild für Gattenmorde)

In die nächste Spalte schrieb ich unsere Berufe oder Tätigkeiten, soweit ich sie zuordnen konnte:

Ash – Taschenbuch – Cop
Mila – Schlangenhaut – Eventplanerin
Fletch – Füllfederhalter –

Ich hielt inne, betrachtete noch einmal die letzte Zeile und dachte intensiv nach. Fletch war weder Anwalt noch Wunderkind, ganz sicher nicht die Hausfrau. Er hatte sich selbst den Therapeuten zugeordnet, und erstaunlicherweise schien es genau darauf hinauszulaufen.

Fletch – Füllfederhalter – Therapeut
Violet – präparierter Vogel – Wunderkind
Rodrigo – Wegweiser zu seiner Leiche – Anwalt
Olivia – konservierte Pflanze – Hausfrau?
Cassandra – Schwarze Witwe
(Sinnbild für Gattenmorde) – Mentor?

Ganz unten schrieb ich noch das Hauspersonal dazu, das im *Cluedo*-Spiel ebenfalls auftauchte.

Taryn – Haushälterin
Curtis – Koch

Dann machte ich mich an die mutmaßlichen Taten:

Mila – Schlangenhaut – Eventplanerin – Komplizin?
Fletch – Füllfederhalter – Therapeut – Ausbeuter?
Violet – präparierter Vogel – Wunderkind –?
Rodrigo – Wegweiser zu seiner Leiche –
Anwalt – Meineid?

Olivia – konservierte Pflanze –
Hausfrau?? – Dieb?? Ausbeuter??
Cassandra – Schwarze Witwe
(Sinnbild für Gattenmorde) – Mentor? –
Serienkiller???

Da Gerüchte immer einen wahren Kern haben, dürfte sie zumindest einen ihrer Ehemänner auf dem Gewissen haben, doch um als Serienmörderin zu gelten, müsste sie mindestens drei Morde begangen haben. Ich hoffte ehrlich, dass sie es war, denn wenn nicht, war der Killer noch unter uns.

Bei Taryn und Curt war ich überfragt, aber da ich weder Giftmörder noch Drogendealer zuordnen konnte, standen die Chancen gut, dass die Begriffe jeweils auf einen von ihnen zutrafen.

Ich zögerte, dann schrieb ich das einzige Verbrechen auf die Liste, bei dem ich mir zu hundert Prozent sicher war.

Die schwarze Tinte schimmerte in der Zeile mit meinem Namen.

Kindsmörder.

TAG 4

DIE NACHT ÜBERSTEHEN

Nacht überstehen, die (n.): Trope, bei dem die Protagonisten sich gegen alle möglichen Schrecken und Unwägbarkeiten zur Wehr setzen müssen, darunter Serienkiller, Horrorgestalten und Hausgeister, bevor der Spuk bei Sonnenaufgang ein Ende findet.

Tinte in den Adern:
Vom Schreiben über Furcht,
Verzeichnis der Motive

31

FLETCHER

Ah verdammt, warum hatte ich gestern Abend keine Tablette mehr genommen?

Ein Schmerz fuhr mir in den Nacken, als ich den Kopf drehte, um auf die Uhr zu sehen, die neben der Marmorbüste Julius Cäsars auf dem Nachttisch stand. Viertel nach fünf, also praktisch verschlafen, aber nachdem ich letzte Nacht ewig kein Auge zubekommen hatte, hatte ich den Wecker irgendwann einfach ausgestellt. Eigentlich sollte ich noch gar nicht wach sein.

Nach den gestrigen Anschuldigungen beim *Cluedo aus der Hölle* musste man wohl davon ausgehen, dass Cassandra und Rodrigo tatsächlich tot waren – auch wenn ich bei Letzterem lange meine Zweifel gehabt hatte. Wie hatte Carter das so zartfühlend ausgedrückt, *Stichverletzung der linken Thoraxhöhle*? Na gut. Ein Mörder trieb also auf dieser Insel sein Unwesen, und wir waren von jeder Kommunikation mit der Außenwelt abgeschnitten. Wenn noch einer von uns dran glauben musste, dann erwischte es hoffentlich Carter, den alten Quälgeist.

Ich warf die Decke von mir und murmelte halblaut vor mich hin, bis meine Füße den Bettvorleger fanden. Mich hatte der ominöse Killer jedenfalls nicht erwischt – wobei, wenn ich ganz ehrlich war, mir das fast lieber gewesen wäre, als meine Lektorin um eine weitere Fristverlängerung bitten zu müssen.

Wie die arme Alice wohl reagieren würde, wenn ich als Grund

für die späte Abgabe angab, von einem Irren auf einer einsamen Insel festgehalten worden zu sein? »Ein Serienkiller hat Jagd auf mich gemacht!« Jedenfalls origineller, als den Hund das Manuskript fressen zu lassen.

Cäsar stierte mit blicklosen weißen Augen zur Tür. Erst hatte ich gedacht, was für ein netter Scherz, mir eins der Mordwerkzeuge aus meinem letzten Roman aufs Zimmer zu stellen.

Aber jetzt …

Ich griff nach der Büste, wog sie vorsichtig in der Hand. Ganz schönes Gewicht. Wenn man den auf den Schädel bekam, dann gute Nacht.

In Anbetracht dessen, dass Rodrigo in derselben Manier sein Leben lassen musste wie eine der Figuren in seinem Buch, ging ich schnurstracks zum Fenster, schob es auf und entließ Cäsar ins Freie.

Ein markerschütterndes Krachen, als er auf den sich durchs Grün schlängelnden Steinplatten in Abertausende weiße Splitter barst. Hervorragend.

Bis ich mich angezogen und gepackt hatte, war es gerade mal sechs. Mein Laptop stand vorwurfsvoll auf dem kleinen Tisch am Kamin. Ich zögerte. Wenn ich wollte, dass noch ein langes, erfülltes Autorenleben vor mir lag, sollte ich mich vielleicht doch ein bisschen ins Zeug legen.

Ein lautes Hämmern an der Tür ließ mich zusammenfahren.

Dann Schritte, die sich den Flur hinab entfernten, kleine Trippelschritte wie die eines Kindes.

Huh, gruselig.

»Hallo?«, rief ich und lauschte. Dann fiel mein Blick auf etwas Weißes, das unter der Tür hervorlugte – jemand hatte einen Zettel hindurchgeschoben. Ich hob ihn auf und faltete das Blatt auseinander.

Es war eine ärztliche Verordnung.

Ich las es mir zweimal durch, nur um sicherzugehen. Das

Rezept enthielt lediglich den Namen des Patienten und den des verordneten Medikaments. Ich sah hinüber zum Nachttisch, dem Fläschchen mit den kleinen blauen Pillen. Unheimlich.

Vielleicht schlug Alastor mir einen Handel vor. Wenn ich ihm einen Gefallen tat, bekäme ich im Gegenzug etwas von ihm? Leider fiel ihm das etwas spät ein, denn wir würden die Insel in Kürze verlassen.

Es sei denn natürlich, er wusste das zu verhindern, was mir durchaus im Rahmen des Möglichen schien.

Ich könnte den Wisch einfach verbrennen. Machten sie es nicht in Filmen so, mit ganz großer Geste? Oder ich hob das Papier auf, als Beweis, dass er mich bedroht hatte. Oder für alle Fälle. Selbst wenn es keine direkte Bedrohung war – ich fragte mich, was Alastor tun würde, wenn ich mich nicht darauf einließ. Aber die anderen sähen es womöglich anders. Besser wäre es, wenn sich unter dem Rezept noch die Andeutung einer Drohung fände, das wäre glaubhafter.

Regen prasselte ans Fenster, und ich stieß einen Seufzer aus. So viel zu meinem Plan, ein Notsignal abzusetzen. Hätte mir das alles jemand vorher gesagt, ich hätte ihm nicht geglaubt. Komplett unrealistisch! Das war wirklich der mit Abstand schlimmste Urlaub, den ich jemals das Pech hatte anzutreten. Sollten wir heute tatsächlich nicht von hier wegkommen, würde ich Alastors Vorschlag in Erwägung ziehen. Oder ich blieb einfach den ganzen Tag in meinem Zimmer und ließ die anderen erst mal machen. Irgendwann käme uns schon jemand holen.

Dessen war ich mir mehr als gewiss.

Und bis dahin würde ich mich von allem fernhalten, was auch nur entfernte Ähnlichkeit mit den Mordwerkzeugen in meinem jüngst erschienenen Roman hatte. Das konnte ja so schwer nicht sein. Cäsar hatte ich gerade entsorgt, Spritzen waren mir auf der Insel noch keine untergekommen, und die einzige andere verbliebene Todesart schien mir sehr weit hergeholt, geradezu lachhaft, wenn man mich kannte. Nein, nein, von daher drohte keine Gefahr.

Mein Blick blieb an der meerblauen Glasvase auf der Kommode hängen, um deren Griff ein Stück Schnur gebunden war. Seltsam, das war doch gestern noch nicht da gewesen?

Ich drehte mich zum Nachttisch um und spürte, wie mein Herzschlag sich beschleunigte. Um den massiven Steinsockel der Lampe wand sich ein weißes Seil. Und über mir schlängelte sich eine Zierkordel zwischen den rustikalen Holzblättern des Deckenventilators hindurch.

Mein Nacken kribbelte, als spürte ich schon die kalte Hand des Todes.

Und da, in der Glasschale auf dem Couchtisch, lag auch ein Seil, zusammengerollt wie eine Schlange.

Warum fiel mir das jetzt erst auf?

Die schlanken Tischbeine, umfangen von kräftigen Seilen.

Seile, wohin man auch sah!

Das Finale meines Romans war Tod durch den Strick.

32

MILA

Als ich ins Foyer kam, war es draußen noch dunkel und still. Ich zog den Reißverschluss meiner Jacke zu und hoffte, das Versorgungsboot möge pünktlich und alle verbliebenen Gäste gesund und munter sein. Es war kurz nach halb sechs, und die Überwachungskameras waren noch außer Betrieb. Das Zeitfenster, in dem die Monitore schwarz blieben, wurde mit jeder Nacht länger, und mir graute davor, was Alastor getan hatte, während wir schliefen.

Ich seufzte vor Erleichterung, als ich Ashton oben an der Treppe auftauchen sah. Mit der einen Hand rieb er sich die Augen, mit der anderen schlüpfte er in seine helle Lederjacke. Er sah übernächtigt aus, mit dunklen Schatten unter den Augen, und sein Kinn wirkte noch scharfkantiger als sonst. Er rang sich ein schmales Lächeln für mich ab, das ich nicht erwiderte.

Schwere Schritte über uns ließen uns beide erstarren. Mein Blick schoss hoch zum goldenen Kronleuchter, Ashtons Blick folgte meinem.

Ich lief zur Treppe und verrenkte mir den Hals, um bis ins Dunkel des zweiten Stockwerks zu sehen. Das Poltern kam näher und wurde lauter.

»Hey«, rief Violet und lehnte sich oben übers Geländer. Ihr Pony war schief, die roten Haare hastig zusammengebunden. »Jemand ist in den Ausstellungsraum eingebrochen.«

Ash und ich wechselten einen Blick, ehe wir beide nach oben liefen.

Die Lichter sprangen automatisch an, als wir durch das weit offen stehende Bücherregal in den kühl temperierten Raum traten. »Oh nein«, flüsterte ich außer Atem und sah entsetzt auf die Vitrinen.

Ash fuhr sich fluchend mit der Hand durchs Haar. »Das warst aber nicht du, oder?«

»Natürlich nicht.«

Wir blickten auf die langen Reihen der Exponate, auf das schimmernde Glas der Vitrinen. Das Oberlicht warf einen mondfahlen Schein von der Form eines Sargs auf den Boden.

Die Hälfte der Vitrinen war leer.

»Ich habe es schon so vorgefunden«, versicherte Violet, die an der Tür stehen geblieben war.

»Weshalb bist du überhaupt nach oben gegangen?«, wollte Ashton wissen, sein Ton neutral.

»Weil draußen noch Licht war.« Sie deutete mit dem Kopf hinter sich auf den Treppenabsatz, den weißen Sessel und die Stehlampe vor dem zur Seite geschobenen Bücherregal. »Man kann es von unserer Etage aus sehen. Ich wollte wissen, wer hier ist.«

Ich ging langsam weiter, meine Schritte hallten auf den schwarz-weißen Fliesen des Schachbrettbodens. »Es sind alles Originale«, flüsterte ich. »Ich durfte keines der Objekte je berühren.«

»Hier, das erklärt die Kälte«, sagte Ashton und beugte sich über eine der Vitrinen. Er deutete auf das Schloss an der Unterseite, das Scharnier war gebrochen. »Ich tippe auf Flüssigstickstoff, damit lässt sich das leicht knacken. Ich frage mich allerdings, wie jemand an das Zeug gekommen ist.«

»Aus der Küche«, sagte ich reflexhaft und betrachtete die Spuren einer chemischen Reaktion auf dem Metall. »Curt hat es am ersten Abend gebraucht, fürs Dessert.«

»Und da sonst vermutlich niemand davon wusste, wäre die naheliegendste Erklärung«, Ash betrachtete mich einen Moment lang schweigend, »dass die Belegschaft etwas damit zu tun hat.«

Ich wollte widersprechen, aber die Worte erstarben mir auf den Lippen. Was wusste ich denn schon über meine Mitarbeiter? Ich konnte mich nicht mal mehr erinnern, wie Alastor sie auf meinen Radar gebracht hatte.

Ich war zu sehr damit beschäftigt gewesen, deinen Mord zu planen, als dass ich auf jedes Detail hätte achten können. Was kümmerte mich das Hauspersonal, zumal ich nicht vorgehabt hatte, mich mit Taryn und Curt zu verbünden. Und jetzt, da sich immer deutlicher zeigte, wie sehr ich mich von meiner Rache hatte blenden lassen und dass diese Woche ohne mich nicht möglich gewesen wäre, dass alles meine Schuld war, hatte ich verzweifelt daran glauben wollen, dass sie mit alledem nichts zu tun hatten. Dass es keine Verbindung gab zwischen ihnen und den Gästen oder zu Alastor.

Nun waren sie plötzlich Teil des Spiels, hatten sich ihre eigenen *Cluedo*-Karten verdient.

Aber warum?

»Es fehlen nur ein paar der Objekte, nicht alles«, bemerkte Violet. »Das ist bestimmt wichtig.«

Ich rief die Notierfunktion meiner Uhr auf und begann, während wir langsam die Reihen abschritten, eine erste Bestandsaufnahme, indem und ich laut die Beschreibungen der fehlenden Exponate ablas. »Messer aus *Psycho*, Kettensäge aus *Texas Chainsaw Massacre*, Baseballschläger aus *The Walking Dead*, Schere aus *Wir* …«

»Wohin führt dieser Kamerafeed?«, fragte Ashton und deutete auf die winzige schwarze Überwachungskamera, die wie eine Fledermaus über uns an der Decke hing. Das kleine Licht blinkte rot.

Alastor. Wahrscheinlich beobachtete er uns gerade.

»Ich weiß es nicht«, sagte ich wahrheitsgemäß, denn die Kamera war schon da gewesen, als ich auf die Insel kam. »Zu diesen Videoaufzeichnungen habe ich keinen Zugang.«

»Dann hat er diesen Raum also überwacht.«

Nichts hätte die Machtverhältnisse deutlicher ausdrücken können. Während er die anderen Kameras einfach abschaltete, das Haus vor *meinem* Blick schützte, lief diese eine weiter, auf die ich keinen Zugriff hatte. Alastor, mein Team, *jeder* hätte in den letzten Stunden sonst was treiben können, ohne dass ich etwas davon mitbekam.

Der Atem stockte mir in der Kehle, wie festgeschnürt. Wenn Taryn und Curt unschuldig waren und ihnen etwas zugestoßen war …

Dann würde ich ihn umbringen. Ich würde ihn mit bloßen Händen umbringen und ihm zeigen, was passierte, wenn man die Not eines verzweifelten Menschen ausnutzte und ihn zum Äußersten trieb.

Aber wenn sie nicht unschuldig waren …

Ich sah zur Uhr. »Wir sollten jetzt runter zum Anleger, das Boot müsste in siebzehn Minuten eintreffen. Das mit Curt und Taryn klären wir, wenn wir sicher sind, dass wir von der Insel wegkommen.«

Und in dem Moment fiel mir wieder ein, was Alastor über Tag vier gesagt hatte.

33

ASHTON

Im Bootshaus schwappten die Wellen an die verwitterten Pfähle des Anlegers und bildeten kleine Pfützen zu unseren Füßen. Mila blickte angestrengt auf die Bucht hinaus, in den dunklen Morgendunst und Regen. Alle paar Minuten schlug sie den Ärmel ihrer Jacke zurück und sah auf die Uhr, mit jedem Mal wurde ihre Miene missmutiger. Ich wurde zunehmend unruhig.

Das Boot hatte Verspätung.

»Das Wetter«, sagte ich schließlich in die angespannte Stille hinein. »Wahrscheinlich wurde es wegen des Sturms aufgehalten.«

Sie versuchte, ein Frösteln zu unterdrücken. Es war empfindlich kalt, ich spürte eisigen Regen unter den Kragen meiner Lederjacke sickern, die den Elementen nicht wirklich trotzte. Keine Ahnung, was ich mir dabei gedacht hatte, sie mit nach Maine zu nehmen, auf diese Insel. Fünf Grad, tippte ich, maximal sieben, dazu der Wind und der Regen. Sogar meine Ohren taten weh. Wie schnell man sich wohl eine Unterkühlung zuzog?

Mila räusperte sich. »Wie soll es denn weitergehen, wenn wir die Insel verlassen haben?«

Ich betrachtete die verwitterten und vermutlich morschen Balken über uns. Wenn ich jetzt die falsche Antwort gab und sie Alastor war, hatte ich Pech gehabt. »Die anderen wollen erst mal nicht zur Polizei gehen.«

»Aber du bist nicht ihrer Meinung.«

Anlügen wollte ich sie auch nicht.

»Das war's dann also«, erwiderte sie auf mein Schweigen. Das nasse Haar schlang sich um ihren Hals wie eine knöcherne Hand. »Ich trage dann allein die Schuld.«

»Nein, warum …?«

»Weil mein Name auf sämtlichen Unterlagen steht. Weil ich es war, die diese ganze Woche geplant und alles organisiert hat. Ich habe sogar die Einladungen verschickt, Ash.« Sie sah mich unter finster zusammengezogenen Brauen an, die Hände in den Jackentaschen vergraben. »Wem werden sie wohl die Schuld geben?«

»Aber irgendjemand wird doch wissen, wer Alastor ist«, wandte ich ein. »Er ist kein Phantom. Man wird ihn finden.«

»Und wenn er sagt, er war es nicht? Wenn er behauptet, ich hätte seine Identität gestohlen?«

»Er hat dich doch über die Agentur beauftragt, oder?«, fragte ich, und als sie nichts erwiderte, hakte ich noch einmal nach. »Oder etwa nicht?«

Sie schloss die Augen. »Ich weiß, welchen Eindruck es machen muss …«

»So, als seist du wirklich Alastor?« Ich rieb mir den Nacken. »Oder als würdest du ihm helfen, uns umzubringen?«

»Was soll ich denn sagen, um zu beweisen, dass ich es nicht bin? Dass ich hier genauso in der Falle sitze wie ihr?«

»Dein Name war beim gestrigen Spiel auch dabei«, ließ ich sie wissen. Sie blinzelte und wich kaum merklich zurück. »Wir sollten den Personenkarten die entsprechenden Sünden zuordnen, nur dass die Figuren wir waren und die Sünden die Dinge, die wir uns angeblich haben zuschulden kommen lassen. Eine der Schandtaten war *der Komplize.*«

»Tja, das werde wohl ich sein, schließlich bin ich seine Assistentin. Aber von den Morden wusste ich nichts.«

»Warum willst du dann nicht zur Polizei gehen?«

»Vielleicht mag ich ja keine Bullen.«

Ich atmete tief durch. »Dir ist schon klar, dass deine Reaktion dich nicht gerade unverdächtig wirken lässt?«

»Du hast doch selbst gesagt, die anderen wollen auch keine Polizei! Klingt das nicht genauso verdächtig?«

»Ich weiß ehrlich nicht, was sie vorhaben. Olivia und Violet wollen wohl einen persönlichen Rachefeldzug starten, was natürlich eine richtig super Idee ist.«

»Das meinte ich nicht, und das weißt du.«

»Dann frag doch einfach. Sag, was du wissen willst.«

Unsere Blicke trafen sich in der Dunkelheit.

»Was hast du getan?« Ein Regentropfen hing zitternd an ihrer Wange. »Warum bist du hier?«

Ich rückte näher und senkte den Kopf. Unser Atem stand schwebend zwischen uns. »Es spielt überhaupt keine Rolle, was ich getan habe, Mila«, sagte ich leise. »Ich kann trotzdem jetzt das Richtige tun und zur Polizei gehen. Die Frage ist doch eher, was dich davon abhält?«

»Was immer du getan hast – was Alastor gegen dich in der Hand hat –, es wird bei den Ermittlungen herauskommen und …«

»Na und? Mir ist egal, was mit mir passiert.«

Die Wahrheit meiner Worte traf mich so jäh wie eine wieder aufklaffende Wunde, die ich seit Jahren zu heilen versuchte. Oder zu vergessen.

Ich wusste nicht, wann ich zuletzt so ehrlich gewesen war.

Und wie auf ein Zeichen fuhr ein Blitz vom Himmel, gefolgt von einem Donnergrollen, das mich bis ins Mark erschütterte.

Ich machte einen Schritt zurück und rieb mir den Kopf. Alastors Spiele ließen all die Geister wieder auftauchen, die ich in den Tiefen des Sees zu ertränken versucht hatte, ließen mich die vertraute Bitternis des Selbsthasses schmecken. Wenn wir zur Polizei gingen, hätte es endlich ein Ende damit, dessen war ich mir gewiss.

Erinnerungen waren Dämonen, und weder Therapien noch Alkohol oder Stärkeres konnten etwas ausrichten gegen den Fluch, der mir in den Knochen saß.

»Also, was hast du vor, Mila?«, fragte ich scharf. »Wenn du nichts zu verbergen hast, kannst du den Cops einfach die Wahrheit sagen.« Ich hob die Arme und ließ sie wieder fallen. »Oder du schaffst mich jetzt gleich aus dem Weg.«

Sie fuhr zurück, als hätte ich sie geschlagen, ihr Mund öffnete sich in einem langen ungläubigen Atemzug. Links war ihr schwarzer Lidstrich vom Regen verschmiert.

Ich fuhr mir mit der Hand übers Gesicht, versuchte, die brennende Schuld in meinen Wangen zu verbergen. Kein Grund, gleich so auszurasten.

»Du willst wissen, weshalb ich nicht zur Polizei gehen werde?« Der schwelende Zorn in ihrer Stimme wetteiferte mit dem grollenden Himmel. »Du willst die Wahrheit hören?«

»Das könnte hilfreich sein, ja.«

»Gut.« Ihre Stimme hallte durch den kleinen Schuppen. »Weil ich allein bin, Ashton. Ich habe nichts auf der Welt, auch kein Geld. Und da kommt jemand, der reich und berühmt und anonym ist, und beschließt, dass ich einen perfekten Sündenbock abgeben würde für seine kleine Mordpartie. Mein Wort bedeutet *nichts.*« Um ihren Mund lag ein bitterer Zug. »Schließlich ist Alastor der begnadete Erzähler, nicht ich.«

Der Regen prasselte jetzt aufs Dach, wie Perlen, die auf eine harte Oberfläche fallen.

Mila verdrehte die Augen und schüttelte immer wieder den Kopf, während die Worte aus ihr herausbrachen. Plötzlich nahm ich einen Akzent wahr, von dem ich nicht wusste, ob er zuvor einfach nicht da gewesen oder mir bloß nie aufgefallen war. »Ich habe schon einige große Veranstaltungen geplant, aber keine Promi-Events, okay? Von einer lebenden Legende engagiert zu werden, war wie ein Traum, der in Erfüllung geht. Man verdient nicht schlecht in meinem Job, aber seit ich die Arztrechnungen meiner Mutter abzahlen muss, habe ich praktisch von der Hand in den Mund gelebt. Und deshalb, ja – ich habe mich auf Alastors Angebot eingelassen, weil es verdammt gut honoriert war.«

Mein Blick wanderte über ihr Profil, die Nase hinauf zu der Falte zwischen den Brauen, während sie düster auf die an den Landungssteg klatschenden Wellen starrte.

»Sie lebt übrigens nicht mehr. Meine Mutter. Und mein Vater hat sich aus dem Staub gemacht. Ich bin eine *Mexicana*, die seit bald zwanzig Jahren nicht mehr in der Heimat war. Ich bin niemand und habe niemanden – wie geschaffen für Alastors Opferlamm.«

Die von Staubweben überzogene Wandleuchte warf zwei Lichtpunkte in ihre Augen, ihre Wimpern waren benetzt vom Regen. »Aber glaub mir, wenn ich dir sage, dass ich dein Mitleid nicht will. Und ich habe es auch nicht verdient.«

»Ich habe auch kein Mitleid mit dir.«

»Dann ist ja gut.«

Aus der Nähe betrachtet fiel mir auf, dass die Kette um ihren Hals die Form einer Schlange hatte. Genau wie auf ihrer *Cluedo*-Karte.

Wahrscheinlich war es für jemanden von Rang und Namen ein Kinderspiel, jemanden aus ihrer Branche zu finden, der Geld brauchte und dafür bereit war, sich nicht strikt an Recht und Gesetz zu halten. Was, wenn sie genau wie wir ein Opfer war?

Wie wir. Absurder Gedanke. Niemand, der noch ganz bei Trost war, würde mich ein Opfer nennen.

Der Wind fegte durch den Bootsschuppen und klatschte mir eine Ladung Wasser ins Gesicht. Fluchend wichen wir zurück und drückten uns flach an die Wand.

»Hätte Alastor nicht ein Tor einbauen können?«, schrie ich gegen den Wind an.

»Ich denke, dass Komfort nicht oberste Priorität hatte«, rief sie zurück und hielt sich schützend den Arm vors Gesicht. Der Regen trieb jetzt von der offenen Seite des Schuppens direkt auf uns zu. »Wir sollten zurückgehen.«

»Aber das Boot …«

»Komm.« Sie packte meinen nassen Ärmel und zog mich zur Tür. Hinter uns krachte ein Donnerschlag wie ein Schuss. Ich zuckte zusammen und fasste nach dem Holster an meiner Hüfte, das natürlich nicht da war.

Und dann rannten wir Seite an Seite durch die Sintflut. Lauter noch als das Donnern rotierten die Gedanken in meinem Kopf. Dass das Boot nicht gekommen war und auch nicht kommen würde, dass jemand auf der Insel über alles Bescheid wusste.

Alastor wusste, was ich nie einer Menschenseele erzählt hatte.

34
MILA

Meine von der Kälte wie betäubten Finger zitterten, als ich den Schlüssel ins Schloss steckte.

Wir stolperten ins dunkle Strandhaus, und Ash schlug die Tür hinter uns zu. Ich zog meine Schuhe und die völlig durchnässte Jacke aus und erschauerte, als ich mit feuchten Socken den kalten Boden berührte.

Ashton streifte seine Jacke ab, unter der ein schwarzes T-Shirt zum Vorschein kam, das sich um seinen Bizeps spannte und die sich auf den Armen schlängelnden Tattoos erkennen ließ. Sichtlich erstaunt sah er sich in dem großen leeren Raum um, durch dessen Panoramafenster man einen Blick auf die Bucht hatte, als säße man im Kino ganz vorn. »Nicht schlecht für eine Strandhütte.«

»Eine Strandhütte für Reiche. Für Normalsterbliche also ein Haus mit drei Zimmern.« Ich drehte meine Haare auf dem Kopf zu einem Knoten zusammen, ertappte ihn dabei, wie er mir dabei auf den nackten Hals starrte und dann fast genauso schnell wegschaute wie ich. Ich hasste es, mir vor ihm diese Blöße gegeben zu haben. Wie leicht seine Wut mich aufgebrochen und alles zum Vorschein hatte kommen lassen, wie ich ihm meinen glühenden Zorn und die tiefschwarzen Abgründe meines Herzens vor die Füße gekippt hatte.

Glückwunsch, es war beschämend für uns beide.

Die Heiz- und Lüftungsanlage hätte noch erneuert werden müssen, die Luft im Raum war klamm, aber immerhin konnte ich die Zündflamme im Kamin zum Leben erwecken.

Meine Uhr zeigte an, dass es kurz nach sieben war. Das Boot hatte definitiv Verspätung. Durch die dichten, ans Fenster schlagenden Regenschwaden blickte man auf einen sich weit und leer erstreckenden Horizont. Die See war zu rau, das konnte erklären, warum das Boot nicht kam. Alastor hatte die Versorgungsfahrt doch nicht absagen können, oder? Ich hatte den Auftrag doppelt und dreifach geprüft, bevor ich das WLAN lahmgelegt und die Telefonleitung durchtrennt hatte. Und das Intranet der Insel war eben nur das – es beschränkte sich auf die Insel und verband die Kameras, die Rechner und meine Uhr mit Alastor.

Meine gelassene Fassade war längst brüchig, meine Finger brannten, weil ich wieder angefangen hatte, an den Nägeln zu kauen, wovon ich eigentlich seit Jahren kuriert war. Alastors psychologische Kriegsführung zeigte Wirkung, und das nicht nur bei den Gästen.

Wenn es ihm jetzt noch gelungen war, das Boot zu canceln, saßen wir wirklich in der Falle. Um Zeit zu gewinnen, würden wir sein Spiel weiter mitspielen müssen, bis wir einen neuen Plan hatten.

Vorausgesetzt, dass wir nicht vorher verhungerten.

»Es tut mir leid«, sagte Ash und rutschte mit dem Rücken an der Wand zu Boden. »Das mit deiner Mom. Und deinem Vater.«

Ich setzte mich auch und schlug die Beine übereinander. Das Feuer hinter mir war nichts im Vergleich zu meinen glühenden Wangen. »Können wir einfach so tun, als hätte ich mir das nur ausgedacht? Die übliche tragische Vorgeschichte?«

»Das erklärt einiges«, sagte er und sah mich an. »Wie du gelernt hast, dich so perfekt zusammenzureißen, meine ich.«

Ich hörte auf, meinen Ring am Finger zu drehen.

Er fuhr sich mit dem Handgelenk über die Stirn. »Du wolltest wissen, weshalb ich hier bin. Was ich getan habe.«

»Oh, es geht mich eigentlich überhaupt nichts …«

»Ich hätte dich gerade eben nicht so anfahren dürfen.« Er zuckte mit den Schultern und betrachtete unsere nassen Fußabdrücke auf den Holzdielen. »Es tut mir leid, wirklich.«

»Schon gut. Es ist ja nicht so, als stünden wir hier nicht alle unter Stress«, sagte ich trocken. »Zum Beispiel, weil ein Serienkiller frei herumläuft.«

Er schüttelte den Kopf. »Es ist nicht nur das. Bei mir kommt gerade unglaublich viel wieder hoch, Sachen, von denen ich dachte, ich wäre längst darüber hinweg … Es macht mich echt fertig.«

Ich hielt den Atem an. *Würde er jetzt gleich gestehen?*

»Ich kann mich nicht genau daran erinnern, was passiert ist«, sagte er schließlich. »Ich weiß nur noch, dass ich im Krankenhaus aufgewacht bin. Und da sagten sie, dass … Also, wir waren im Ferienlager schwimmen, an einem See. Es war ein Badeunfall, wir sind beide ertrunken. Und ich meine, richtig ertrunken, unsere Herzen standen still. Nur dass meins dann wieder anfing zu schlagen.«

»Wie alt wart ihr da?«, fragte ich leise.

Er atmete tief aus und ließ den Kopf an die Wand sinken. »Vierzehn.«

»Oh …«

Moment. Wenn sie beide vierzehn waren …

Machte ihn das zum Kindsmörder in Alastors Spiel?

»Wie furchtbar«, sagte ich. »Ich weiß nicht, was ich …«

»Ja.« Er zog ein Knie heran und ließ die Hand darauf ruhen. »Manchmal habe ich Flashbacks … Bestimmte Gerüche, Geräusche. Alles, was mit Wasser zu tun hat, kann Erinnerungen auslösen. Ich hasse Wasser, das Meer und habe es immer nach Kräften zu meiden versucht, aber wahrscheinlich … Keine Ahnung.«

»Auch eine Form von Strafe.« Ich veränderte meine Sitzposition und sog an meiner Unterlippe. »Könnte jemand dir die Schuld dafür geben?«

»Außer mir, meinst du?« Er lächelte schmal und ließ den Arm kreisen, bis sein Schultergelenk knackte. »Du kannst mir glauben, dass ich wirklich alles versucht habe, um mich daran zu erinnern, was genau damals passiert ist. Ich war in Therapie, habe Medikamente genommen und ein paar Dinge getan, auf die ich nicht stolz bin. Hat alles nichts gebracht.«

Ich zog meine Knie an die Brust, ließ die Wange darauf sinken und gab ihm Zeit.

Er griff nach dem Kugelschreiber hinter seinem Ohr und begann, damit herumzuspielen. »Schließlich habe ich versucht, es als zweite Chance zu begreifen. Ich bin Cop geworden, um Menschen zu retten, so wie ich Jack hätte retten sollen.« Als er mich schweigend die Augenbrauen hochziehen sah, ging er in die Defensive. »Ja, ich weiß, schwer zu glauben. Aber ich war tatsächlich kurz davor, Detective bei der Mordkommission zu werden. Und nebenher habe ich geschrieben, immer wieder die alte Geschichte. Als das Buch dann erschien, war ich völlig überrumpelt – von dem Erfolg, aber vor allem davon, was ich mit meinem Schreiben bei anderen bewirken kann. Also habe ich umgesattelt.« Er klickte mit dem Stift, ehe er ihn wieder wegsteckte und sich räusperte. »Keine Ahnung, warum ich dir das erzähle. Aber …« Seine Wangen röteten sich leicht.

Ich ließ den Kopf zurückfallen und sah zu den weißen Deckenbalken hinauf. »Ich glaube«, begann ich langsam, »dass es bei fast jedem Menschen ein Ereignis gibt, das sein Leben wie eine Axt in zwei Hälften teilt, in ein Vorher und ein Nachher.«

»In den, der ich war, und den, der ich wurde«, sagte er leise. »Fühlt sich trotzdem scheiße an.«

»Ja. Aber sonst hättest du *Verschlungen* nie geschrieben, oder?«

Sein Blick wanderte tastend über mein Gesicht, seine Miene auf einmal so offen und verletzlich.

»Kathartisch«, murmelte ich. »Das Schreiben.«

»Oh ja.« Ein wehmütiges Lächeln spielte um seine Lippen. »Ja, das ist es.«

Ich spürte ein seltsames Ziehen in der Brust. Die Begegnung mit Alastor hatte meine Lust am Lesen wieder geweckt, nicht aber den Funken gezündet, aus dem Figuren entstehen. Alles, was ich je geschrieben hatte, jede Figur, die ich erschuf, kam aus meinem tiefsten Innern und musste ermutigt werden, ihre Flügel auszubreiten und sich zu etwas Neuem zu entfalten.

Dieser Zauber war erloschen. Noch etwas, das du mir genommen hattest.

Jetzt jedoch, da ich mit jemandem sprach, der verstand, was die eigenen Worte nicht nur bei den Lesern, sondern auch bei einem selbst bewirken können, sehnte ich mich zum ersten Mal seit Jahren wieder danach, mich hinzusetzen und mir Notizen zu machen, einfach draufloszuschreiben.

Ich holte scharf Luft. Es fühlte sich an wie der erste Atemzug seit Langem. Meine Augen brannten, und ich fröstelte trotz der Hitze in meinem Rücken.

Ashton stupste mich vorsichtig am Bein. »Ist dir immer noch kalt?«

Ich schüttelte den Kopf. »Ich bin von Natur aus kaltblütig.«

»Wie eine Schlange?« Er streckte die Hand aus und berührte leicht den Ring an meinem Finger.

Ich spürte die Berührung noch, als er die Hand längst wieder zurückgezogen hatte. »Als ich sieben war«, sagte ich, »wurde ich von einer Klapperschlange gebissen. Und seitdem faszinieren Schlangen mich.«

Er zog die Augenbrauen hoch. »Ich dachte, der Biss sei tödlich.«

Ich lachte, und es löste sich etwas von der Spannung zwischen uns. »Nicht, wenn du weißt, was zu tun ist. Ich bin in der Wüste von Nevada aufgewachsen, und sie hatte sich unter der Rutsche auf dem Spielplatz versteckt.« Ich strich mit dem Finger über die Stelle an meinen Arm. »Die Narbe habe ich noch immer.«

Sein Mundwinkel hob sich, und er lehnte den Kopf an die Wand. Und wie er mich ansah, mich aufforderte, seinen Blick zu erwidern, das fühlte sich neu an, anders. Als wären wir, obwohl wir uns eigentlich kaum kannten, durch unsere Wunden verbunden, als webe uns ein fein gesponnener Schicksalsfaden zusammen.

»Wenn wir hier rauskommen«, sagte er und rückte etwas näher, bis sein Knie das meine berührte, »helfe ich dir. Ich kann meinen Einfluss geltend machen. Du bist nicht niemand. Und du bist nicht allein – falls das nicht zu groß, zu existenziell klingt.«

Ich sah vor mich auf den Boden und rang mir ein Lächeln ab. Die Vorstellung, sicher aufs Festland zu kommen und dort des Mordes angeklagt zu werden, war genauso entsetzlich, wie hier auf der Insel mit einem Serienkiller festzusitzen. Ich wusste nicht, wie lange ich noch zu leben hatte. Meine Zeit lief ab.

Aber das hier konnte mir niemand nehmen.

Mit einem tiefen Atemzug rollte ich mich auf die Knie, mein Gesicht ihm zugewandt, und strich mit dem Finger über den schwarzen Tintenwirbel knapp oberhalb seines Ellbogens. »Erzähl mir davon.«

Er erschauerte, und ich hielt inne, die Fingerspitzen auf seiner glatten Haut, und spürte, wie ich rot wurde. Vielleicht hatte ich die Situation falsch eingeschätzt.

Aber dann rutschte er weiter nach vorn, und unsere Gesichter waren nur noch eine Handbreit voneinander entfernt, während er die Tätowierung betrachtete und ich ihn. »Es ist ein Drache, in China bedeuten sie Glück und Macht.« Er schob den V-Ausschnitt seines Shirts zur Seite, um mir den Kopf des Drachen auf seiner linken Brust zu zeigen. Dann tippte er auf die um das

Getier wirbelnden Wellen, hoch bis zur Schulter und den Arm hinab bis zum Ellbogen. »Es ist ein Wasserdrache, der mächtigste seiner Art.«

Wasser, wie passend.

»Ashton …«

»Ash.«

Ich strich über seinen Unterarm, und seine Hand öffnete sich unter meiner. »Lässt es dich jemals los?«, fragte ich leise. »Das, was dein halbes Leben, was dich bestimmt?«

Sein Lächeln war ein wenig schief, seine Worte sanft. »Das Schreiben hilft. Aber wenn du etwas Besseres findest, lass es mich wissen.«

Sein Blick streifte meine Lippen, ich sah ihn schlucken.

Vorsichtig schob ich die Hand in sein nasses Haar. Sein Atem stockte, dann neigte er sich meiner Berührung zu, und ich sah seine Wimpern, diese absurd schönen Wimpern, flattern.

Ich rutschte näher heran, schob mein Knie auf seinen Oberschenkel und sah ihn an, die Hände auf seinen Schultern. Sein Mundwinkel zuckte, er strich mir die nassen Haare vom Hals, strich sacht mit den Fingern über meine Haut und ließ Funken sprühen.

Federleicht die Berührung seines Daumens am Puls unter meinem Ohr. Ich beugte mich über ihn und spürte Wärme bis hinab in die Zehenspitzen. Meine Nase berührte seine, unser schneller Atem zwischen uns, und ich fühlte die Andeutung seines Lächelns mehr, als dass ich es sah.

Dann ein Vibrieren an meinem Handgelenk.

Alastor.

Ich erstarrte und riss entsetzt die Augen auf, meine Finger noch immer in Ashtons – Ashs – Haar.

Wir sahen uns an und wagten nicht, uns zu rühren.

»Schlechtes Timing«, murmelte er, fast an meinen Lippen.

»Ich, ähm … ja, tut mir leid.« Ich wich zurück. Mein Mund

war trocken, meine Haut glühte. »Warte mal, ich muss nur eben … Sorry.«

»Schon gut.« Er lehnte sich zurück an die Wand und rieb sich das Gesicht. »Wie spät ist es?«

»Nach acht.« Mit heißen Wangen stand ich auf und ging ans Fenster, die Uhr wie einen brennenden Reif am Arm. Ich konnte es nicht riskieren, jetzt draufzuschauen, aber … Was hatte ich mir nur dabei gedacht? Beziehungen einzugehen war für mich, als würde ich mich durch dichtes Dornengestrüpp schlagen – sosehr ich mich auch vorsah, ich verletzte mich jedes verdammte Mal.

Aber kam es darauf überhaupt noch an?

Der Regen hatte nachgelassen, und am Horizont war noch immer nichts zu sehen.

»Ich glaube, da kommt niemand mehr«, sagte ich leise.

Mit jeder Minute, die verstrich, wuchs unsere Furcht und ließ uns, das war das einzig Gute daran, die Peinlichkeit unseres Beinahe-Kusses vergessen. Schließlich schloss ich mich in dem winzigen Bad ein und öffnete mit zitternden Fingern Alastors Nachricht.

Ihr hättet nicht versuchen sollen, früher abzureisen.

»Was hast du getan?«, flüsterte ich und hielt den Knopf für die Diktierfunktion gedrückt.

Meine Uhr vibrierte.

Wir sind noch nicht fertig. Und ich bin sehr enttäuscht von dir.

Ich schloss die Augen und presste die Zähne so fest zusammen, dass ich Sterne sah. Wir würden uns etwas anderes einfallen lassen müssen, um von der Insel wegzukommen.

Oder ich konnte versuchen, ihn zur Einsicht zu bringen. Seine eigenen Spielregeln gegen ihn verwenden.

»Ashton hat gestanden«, sagte ich in meine Uhr, die Stimme gesenkt und den Blick auf die Tür gerichtet. »Es war ein Unfall, damals, am See. Er kann sich nicht mehr erinnern, was genau passiert ist.«

Die Antwort kam sofort. *Dann lügt er.*

Toll. Was sollte Ash denn tun? Sich irgendetwas ausdenken? »Woher willst du das wissen?«

Weil ich Lüge von Wahrheit unterscheiden kann.

Ich wollte die Uhr in eine Million glitzernder Scherben zertreten. Wie Alastor wohl reagierte, wenn ich es einfach tat? Wahrscheinlich würde er den Gästen verraten, welche Rolle ich bei alledem spielte. Unfrieden stiften. Und uns dann der Reihe nach ermorden.

Ich erkannte diese Version von Alastor – und tat es doch gleichzeitig nicht. Es kam mir vor, als würde ich mit meinem eigenen Schatten sprechen, mit der schlimmsten Version meiner selbst, der, die dich hatte töten wollen.

Das Display meiner Uhr leuchtete erneut auf, so blendend grell wie meine Angst.

Falls es ein Trost ist: Wenn ihr euch bei den restlichen Spielen an die Regeln haltet, bringe ich keinen von euch mehr um. Darauf hast du mein Wort.

Dann der Nachsatz.

Ich werde es nicht mehr müssen.

»Was soll das heißen?«, fauchte ich.

Keine Reaktion. Ich stöhnte. Ewig konnte ich mich hier nicht einschließen, bevor Ashton anfing, sich Sorgen zu machen. Oder Verdacht schöpfte.

Dann kam mir selbst ein dunkler Verdacht: Wenn entweder Curt oder Taryn Alastor waren – oder wer sagte mir, dass sie nicht *beide* dahintersteckten? –, würde alles Sinn ergeben. Die abgeschalteten Kameras, die Diebstähle aus dem Museumsraum. Ja, sie hätten sogar das Boot absagen können, bevor ich das WLAN ausschaltete! Immerhin fiel es in ihren Aufgabenbereich, sich um die Versorgung zu kümmern.

»Und was ist mit meinen Mitarbeitern?«, tastete ich mich vorsichtig vor. »Du hast versprochen, sie gehen zu lassen. Vielleicht sollten sie die Insel verlassen, bevor sie etwas herausfinden.«

In dem fensterlosen Bad herrschte eine solche Stille, als säße ich in einem Vakuum, einem dieser Floating-Tanks, die alle äußeren Reize ausschalten.

Ein kaltes Grauen erfasste mich. Ich hatte die beiden mit dreien der Gäste allein im Haus gelassen. Zum ersten Mal kam mir der Gedanke, ob uns bei unserer Rückkehr nicht ein Blutbad erwartete.

Alastor war weder für Kritik noch Argumente empfänglich, aber auf einfache, klare Fragen reagierte er. »Wo sind sie?«, fragte ich also.

Während ich auf seine Antwort wartete, wechselte ich in den Videofeed. Zum Glück schien das Netzwerk auch hier draußen zu funktionieren. Mir fiel ein Stein vom Herzen, als ich die anderen Gäste zusammen im Esszimmer sitzen sah. Zwischen ihnen eine stark verpixelte schwarze Fläche – das Tischtuch. Sie waren zum Frühstück heruntergekommen, aber es stand nichts auf dem Tisch. Gar nichts, kein einziges Gedeck. Seltsam. Ich schaltete um zur Küche.

Aus dem Aufnahmewinkel der in der Küchenuhr versteckten Kamera konnte man erkennen, dass kein Licht brannte und noch nichts herausgestellt war. Die Arbeitsflächen waren ebenso leer wie der Raum.

Ein dumpfes Gefühl breitete sich in mir aus, so als habe sich ein schwarzes Loch in meinem Bauch aufgetan. Curt und Taryn sollten längst mit den Vorbereitungen fürs Frühstück beschäftigt sein.

Und wenn sie nicht in der Küche waren …

Langsam stieß ich mich vom Badezimmertisch ab, klickte alle Kamerafeeds durch und spürte mit jedem leeren Zimmer mehr, wie mir das Blut in den Adern gefror. Ich konnte meinen eigenen

Atem hören, schnell und flach, erschreckend laut in dem von der Außenwelt abgeschlossenen Raum. »Wo sind meine Mitarbeiter?«, fragte ich, meine Stimme rau und brüchig.

Es hätte mir längst auffallen müssen. Ich hätte früher nach ihnen sehen müssen.

Endlich ein leises Summen meiner Uhr.

Um die beiden würde ich mir keine Sorgen machen. Sie sind dort, wo sie hingehören.

35

FLETCHER

»Vielleicht sollte man dem Personal Bescheid geben, dass wir nicht ewig aufs Frühstück warten«, wandte ich mich an Violet und Olivia, die mir gegenübersaßen. »Natürlich nur unter der Voraussetzung, dass sie noch unter den Lebenden weilen.«

»Melden Sie sich freiwillig?«, fragte Violet.

»Ich wüsste gar nicht, wo das Dienstbotenquartier ist.«

»Ich gehe Mila und Ash suchen«, verkündete Olivia und stand vom Tisch auf. Sie trug noch immer diesen unförmigen Pullover, in dem ihre zierliche Gestalt wie in einem Sack versank.

»Olivia …«, begann Violet, aber Olivia war schon den Flur hinab verschwunden. Violet beendete den Satz trotzdem. »Es ergibt nur Sinn, wenn wir entweder alle zusammenbleiben oder uns komplett aus dem Weg gehen.«

»Also keine Zweiergruppe wie wir beide?« Ich hob fragend die Brauen. »Wir beide hier, Mila, Carter und Olivia irgendwo im Haus, die Dienstboten weiß Gott wo …«

»Das war nicht wirklich klug von Ihnen, nein.«

Ich lachte. »Warum? Sitze ich etwa Alastor gegenüber?«

»Sie trauen es mir nicht zu?«

»Ich weiß, dass du es nicht bist.« Es war rührend, wie viel Mühe sie sich gab, uns von ihren antisozialen Tendenzen zu überzeugen. Aber es war ein Abwehrmechanismus, vermutlich aufgrund eines früheren Traumas.

»Sie wissen sicher, dass Alastor ein Kind hat? Cassandra hat es mal erwähnt.« Violet legte den Kopf in den Nacken und starrte an die Decke. »Es stand in irgendeinem Interview. Und alle sind immer davon ausgegangen, dass es sich um einen Sohn handelt, aber so genau hat er das nie gesagt.«

»Ich würde eher auf Mila tippen. Großartig, wie sie uns hier alle zusammengetrieben hat«, ging ich über die Bemerkung hinweg. »Erinnert mich ein bisschen an *Misery*, was meinst du? Anwesende natürlich ausgenommen.«

»Vielleicht habe *ich* sie ja alle getötet.« Sie lächelte. »Es geht jetzt jeder gegen jeder – oder wird es, wenn wir Alastor seinen Willen lassen.«

»Also wirklich, Violet. Man könnte meinen, du – ich darf doch Du sagen? – hättest noch nie einen Krimi gelesen. Andererseits«, ich ließ meinen Blick nach draußen über die aufgewühlte Bucht schweifen, »könnten wir uns auch jeder auf unser Zimmer zurückziehen, die Tür verriegeln und auf Hilfe warten. Irgendwann muss ja mal jemand auf diese Insel kommen …«

Die Worte erstarben mir auf den Lippen, als mein Blick auf etwas schräg hinter Violet fiel.

Die Wandvitrine mit diesen dicken alten Wälzern über Giftpflanzen und Leichenschau und andere appetitliche Themen.

Als Buchstütze diente – war es mir zuvor nur nie aufgefallen? – eine weitere Marmorbüste Julius Cäsars. Und daran lehnte ein schmales Buch, dessen goldgelber Umschlag mir mehr als vertraut war.

Das war es also, worum es hier ging.

J. R., du durchtriebener Bastard.

»Was sollen wir ihren Angehörigen sagen?«, überlegte Violet laut. »Für Rodrigo kann das Olivia übernehmen, aber hatte Cassandra nicht eine Tochter?«

Irgendwo im Haus schlug eine Tür, dann ein Gewirr von Stimmen.

»Aha, die verlorenen Schäfchen sind zurück«, bemerkte ich.

Carter und Mila tauchten an der Tür auf, klatschnass und mit weit aufgerissenen Augen, wie Katzen, die man ihres Fells und ihrer Würde beraubt hatte. »Das Boot ist nicht gekommen«, meldete Olivia hinter ihnen.

»Wo sind Taryn und Curt?« Die Schärfe in Milas Ton ließ mich aufhorchen. Ihre Fassade – Typ unabhängiges Einzelkind – begann zu bröckeln. »Hat jemand die beiden gesehen?«

»Entschuldige, Olivia«, ging ich darüber hinweg, »habe ich mich verhört, oder sagtest du gerade, das Boot sei nicht gekommen?«

»Cool«, meinte Violet. »Dann sitzen wir jetzt wirklich fest.«

»Klingt fast, als hätte uns da jemand wegen des Bootes belogen, damit wir die Nacht über keinen Ärger machen.« Ich schenkte Mila ein maliziöses Lächeln, das sie zurückzucken ließ.

»Nein! Ich versichere Ihnen, dass die Versorgungsfahrt für heute eingeplant war. Ich weiß nicht, wie das passieren konnte.« Sie schüttelte den Kopf. »Ich habe es Sonntag extra noch mal überprüft. Das Boot hätte heute Morgen gegen sechs, halb sieben kommen sollen, genau wie die Woche zuvor. Es gab bislang nie ein Problem.«

»Kann ja jeder behaupten«, murmelte Violet. Ha, dachte ich, wurde auch Zeit, dass noch jemand Alastors Assistentin auf die Schliche kam, deren Verhalten, gelinde gesagt, etwas suspekt war.

Milas zog angespannt die Schultern zurück und ging, stummes Schuldeingeständnis par excellence, sofort in die Defensive. »Soll ich die Unterlagen holen? Es ist alles protokolliert. Wir haben keinen Handyempfang auf der Insel, und das WLAN ist gleich am ersten Abend ausgefallen – wie hätte ich die Fahrt denn bitte absagen sollen?«

»Alastor hatte offensichtlich andere Pläne«, merkte ich trocken an. Mila verdrehte die Augen und machte auf dem Absatz kehrt, um Richtung Küche zu verschwinden.

»Oder das Boot ist wegen des Sturms verspätet«, sagte Carter etwas dümmlich. »Wie wäre es denn jetzt mit Fletchers genialer Leuchtfeuer-von-Gondor-Idee?«

»Danke, Carter, für diese …«

»Dafür sind wir zu weit vom Festland entfernt«, machte Violet den Plan zunichte und schaute zu Olivia, die aus dem Fenster auf die dunklen Nebelschwaden starrte. »Und bei dem Wetter sind auch keine Fischkutter draußen. Alastor hat wirklich an alles gedacht.«

»Der Mann liebt eben seine Privatsphäre«, sagte ich. »Nur schade, dass wir nicht gemerkt haben, dass er auch ein Psychopath ist.«

»Hinterher ist man immer schlauer«, frotzelte Violet.

»Ich könnte schwimmen«, sagte Carter und holte beherzt Luft. »So weit ist es nicht. Ich hole Hilfe und komme dann mit Boot und Verstärkung zurück.«

Ich zeigte mit dem Finger auf ihn. »Große Worte, junger Mann. Das würde ich gerne sehen.«

»Das kannst du nicht schwimmen«, ging Violet dazwischen. »Das sind dreißig Kilometer, und selbst bei gutem Wetter müsste man echt lebensmüde sein.«

»Glaub mir, ich bin auch nicht gerade scharf drauf.« Carter seufzte. »Aber so paradox es klingt, unser Leben könnte davon abhängen. Weshalb ich es auf einen Versuch ankommen ließe.«

»Leute.« Mila kam von ihrem Erkundungsgang zurück, ihr Gesicht hatte Farbe und Ausdruck von mehlbestäubtem Teig. »Hat jemand meine Kollegen gesehen?« Sie verlieh jedem Wort mit tonloser Stimme Nachdruck.

Einen Moment herrschte Totenstille.

»Entschuldigung, was?«, sagte ich und sah sie ungläubig blinzelnd an. »Wir überlegen gerade, wie wir von der Insel wegkommen, bevor wir selbst umkommen, und jetzt macht auch noch das Personal Probleme?«

»Curt und Taryn machen keine Probleme, aber sie hätten Ihnen längst das Frühstück bereiten sollen – *das* ist das Problem.«

»Ich dachte, sie würden warten, bis ihr zurück seid«, kam ein schwaches Lebenszeichen von Olivia.

Mila war schon wieder auf dem Sprung.

»Einen Moment«, rief ich und stand nun auch auf. »Wie soll es denn jetzt weitergehen?«

Einzugestehen, dass ich mir jetzt doch etwas Sorgen machte, und mich damit – ausgerechnet – an sie zu wenden, trieb meinen Blutdruck in die Höhe.

»Es gibt noch eine andere Möglichkeit«, kam nach einer gefühlten Ewigkeit Milas Antwort. »Wenn das Wetter es zulässt, fährt die Küstenwache morgen am späten Nachmittag Patrouille. Wir haben ausreichend Propangas und könnten unten am Strand ein Notsignal abgeben. Falls wir den richtigen Zeitpunkt abpassen, hätten wir durchaus eine Chance.«

»Gut, das ist doch eine Perspektive«, fand Violet. »Morgen Nachmittag dann alle an den Strand.«

»Wenn Sie mich jetzt entschuldigen würden«, sagte Mila mit leicht hysterischem Unterton in der Stimme, bevor ihre harten Schritte den Flur hinab verhallten.

»Wir müssen das Haus nach ihnen durchsuchen«, sagte Carter in die plötzliche Stille hinein. »Von oben bis unten. Und da Alastor mit ziemlicher Sicherheit einer von uns ist, sollten wir alle zusammenbleiben. Sich in Zweiergruppen aufzuteilen, könnte etwas … riskant sein.«

Ich verdrehte die Augen. »Was soll denn daran riskant sein? Du hättest mal besser aufpassen sollen: Die Todesfälle haben sich alle bei Nacht ereignet. Haben wir jetzt Nacht? Nein. Wir haben …«, ich schob den Ärmel zurück und schaute prüfend auf meine Uhr, »… noch circa acht Stunden Tageslicht, oder was hier so als Tageslicht gilt, und damit acht Stunden, in denen wir sicher sind. Aber wenn du unbedingt Scooby-Doo spielen willst, bitte, tu dir keinen Zwang an.«

Violet ließ den Blick aus ihren riesigen Haifischaugen auf mir ruhen, bevor sie sich Mila und Ashton anschloss. Olivia schwebte wie ein Wesen aus einer anderen Welt hinterher.

»Aber sagt mir Bescheid, wenn ihr in Alastors Büro einbrecht, okay?«, rief ich ihnen nach. »Das würde mich nämlich auch interessieren.«

Sowie sie im Treppenhaus verschwunden waren, ging ich zur Wandvitrine und nahm das schmale Buch heraus – *mein* Buch, um genau zu sein, mein erstes Buch, das noch unter meinem richtigen Namen erschienen war – und steckte es ein.

Nach kurzer Überlegung nahm ich auch noch die Cäsar-Büste mit.

TINTE IN DEN ADERN: VOM SCHREIBEN ÜBER FURCHT

VON J. R. ALASTOR

VON DEN VORZÜGEN EINES PSEUDONYMS

Als kleines Dankeschön an meine leidgeprüften Leser (Sie wissen schon, wer gemeint ist) möchte ich Ihnen einen ganz besonderen biografischen Leckerbissen nicht vorenthalten.

J. R. Alastor ist nicht der einzige Name, unter dem ich veröffentliche. (Ich hatte gar in Erwägung gezogen, einen Preis für den Ersten auszuloben, der mir auf die Schliche kommt, aber der Verlag hat sofort Einspruch erhoben.)

Damals erlaubte mir ein Pseudonym, eine andere Version meiner selbst zu erkunden, selbst abgründigere Seiten ohne Hemmungen auszuloten. Aber Anonymität ist ein zweischneidiges Schwert. Je weniger Menschen wissen, wer sich hinter einem Werk verbirgt, desto leichter macht man es anderen, es als ihr eigenes auszugeben. Mittlerweile bin ich zu dem Schluss gelangt, dass Namen ohnehin nur noch auf Kaffeebechern von Bedeutung sind oder auf gnadenlos überbewerteten Memoiren, und das aus einem einzigen Grund: Wir können einen weiten Bogen um sie machen.

Wahr ist auch: Wenn meine Worte Ihnen jemals unter die Haut gegangen sind und sich in ihr Herz gebrannt haben, kennen Sie mich besser, als wenn Sie mir persönlich begegnet wären.

Und dann spielt es auch keine Rolle mehr, ob ich mal Psychiater, Anwalt oder Koch war.

(Nichts davon trifft übrigens zu. Nur falls Sie sich das gefragt haben.)

36

ASHTON

Im Souterrain schloss Mila die von einem kleinen dunklen Flur abgehenden Schlafräume des Personals auf. Auf Curts auffallend ordentlich gemachtem Bett stand eine gepackte Reisetasche, aber nebenan, im Zimmer seiner jungen Kollegin, sah es aus, als hätte eine Bombe eingeschlagen.

Mila stützte sich mit einer Hand an der Tür ab, und ich sah ihr an, dass sie zur selben Erkenntnis gelangte wie ich.

Irgendetwas – oder irgend*jemand* – musste die beiden bei ihren hastigen Vorbereitungen, die Insel zu verlassen, gestört haben.

Mila schluckte, dann übernahm sie erneut das Kommando und wies uns an, das Haus von oben bis unten zu durchsuchen und auch in unseren eigenen Zimmern nachzusehen, unter die Betten zu schauen, in die Schränke, hinter die gottverdammten Duschvorhänge.

Es tat mir in der Seele weh, dass Ruby jetzt nicht bei mir war. Sie wäre einfach der Fährte der Vermissten gefolgt und hätte uns zu ihnen geführt.

Als wir als Letztes Violets Zimmer durchsucht hatten und gerade den Raum verließen, fiel mein Blick auf das schmale schwarze Buch mit dem blutroten Titel auf ihrem Nachttisch. *Tinte in den Adern: Vom Schreiben über Furcht* von J. R. Alastor. Ich hatte es im Laufe dieser Woche lesen wollen und mir Inspiration davon erhofft. Jetzt fragte ich mich, ob ich es nicht aus einem gänzlich anderen Grund lesen sollte.

Violet entschuldigte sich mit Kopfschmerzen und blieb gleich auf ihrem Zimmer, und auch Olivia war, nachdem wir ihr Schlafzimmer überprüft hatten, plötzlich abgetaucht. Ehe wir es uns versahen, war es Mittag, und da wir alle kein Frühstück gehabt hatten, begab Mila sich nach unten, um die Versorgungslage zu klären.

Ich blickte nachdenklich den Gästeflur entlang auf unsere verschlossenen Türen.

Solange wir nicht wussten, wer von uns Alastor war, konnten wir nichts ohne sein Mitwissen planen. Doch so clever er die Storyline dieser Woche auch angelegt hatte – wer sagte denn, dass man die Geschichte nicht umschreiben konnte? Immerhin waren wir alle Autoren.

Und mir schien es höchste Zeit für eine veränderte Figurenkonstellation und einen Plot-Twist.

Ich überlegte nicht lange und steuerte eine der Türen an, klopfte sacht ans schwere Holz, in der verzweifelten Hoffnung, mich nicht zu täuschen und einen Riesenfehler zu begehen.

Im Zimmer regte sich etwas, dann dumpfe Schritte. Die Tür wurde einen Spaltbreit geöffnet. »Was ist?«

»Können wir reden?«, fragte ich leise und zwängte mich in den Türrahmen. »Ich habe eine Idee, wie wir Alastor finden können, aber dazu brauche ich deine Hilfe. Ich weiß, dir ist genauso daran gelegen, ihn zu kriegen, wie mir.«

Ich warf einen nervösen Blick Richtung Treppe. Jederzeit konnte jemand hochkommen und uns erwischen, was höchst unangenehm gewesen wäre.

»Ich bin der Cop«, flüsterte ich eindringlich. »Ehrlich. Ich weiß, das ist genau das, was auch der Killer sagen würde, aber wenn du mir dreißig Sekunden gibst, beweise ich es dir. Ich habe einen Plan, den ich allerdings nicht allein umsetzen kann, aber wenn wir es geschickt anstellen, kriegen wir ihn.«

Sekunden verstrichen, getaktet von meinem fiebrigen Pulsschlag, dann endlich eine Reaktion. »Okay, komm rein.«

37

MILA

Meine ursprüngliche Anweisung war es gewesen, möglichst viel Spannung um Alastors Arbeitszimmer herum aufzubauen – ein Geheimnis daraus zu machen, das den Autoren keine Ruhe ließ, und sie mindestens bis zum vierten Tag hinzuhalten.

Also bis heute.

Warum, hatte Alastor mir nicht gesagt, nur dass es ein Vorlauf zum Spiel des heutigen Abends wäre. Außerdem war das Zimmer der einzige noch nicht durchsuchte Raum im ganzen Haus.

»Mila, seien Sie so gut«, sagte Fletcher nun mit ungewohnter Freundlichkeit und legte die Hände bittend aneinander. »Bislang wollten Sie uns den Zutritt zu Alastors Allerheiligstem nicht gewähren, aber jetzt …«

»Tun Sie sich keinen Zwang an.«

»Wie bitte?«

Von der Tür am anderen Ende des Flurs starrte uns der Wolfsschädel mit gefletschten Zähnen entgegen. »Ich habe keinen Schlüssel und habe nie einen gehabt. Ich war selbst noch nie in dem Zimmer.«

Fletcher hielt beherzten Schrittes darauf zu. »Wenn jetzt jemand Flüssigstickstoff hätte, könnten wir das Schloss ganz leicht knacken. Nein, niemand? Na gut. Carter, wenn ich mich recht entsinne, zählt es zu deinen Stärken, dir unberechtigt Zutritt zu fremden Podien zu verschaffen …«

Ich ließ die anderen vorausgehen und strich mir mit schwitzigen Händen über meine Bluse, die Jeans. Wenn diese Tür erst einmal geöffnet war, gab es kein Zurück mehr. Wir konnten sie nicht wieder schließen. Was auch immer geschah, läge dann festgeschrieben in der Vergangenheit statt im Bereich des Möglichen.

»Sie ist bereits offen«, stellte Olivia fest und legte die Hand an den Knauf. »Seht nur.«

Die Tür glitt auf, und ein beißend metallischer Geruch stieg mir in die Nase, versengte mir die Schleimhäute. Ein Grauen durchströmte mich wie flüssiger Teer bis in die Zehen.

»Was in Herrgotts Namen …?«

»Ähm, Leute …«

Der Raum war so prachtvoll, wie ich ihn mir vorgestellt hatte, mit eingebauten Bücherregalen, deren Holz selbst im grauen Licht des Tages noch einen behaglich warmen Schimmer hatte. Die Wände waren, wie im Großteil des Hauses, von einem dunklen Grün, die Fenster weiß abgesetzt, sodass der Blick auf das orange flammende Laub der Bäume fast wie ein Gemälde anmutete. Die schlichte Schönheit des Raumes wurde noch dadurch betont, dass sich kein weiteres Mobiliar darin fand, kein Dekor und keine sichtbaren Gebrauchsspuren.

Abgesehen von Taryn und Curt.

Meine Finger krampften sich wie ein Käfig um meinen Mund, die Spitzen meiner Stiefel verharrten schwerelos am Rand der sich über den Dielenboden breitenden Lache.

Fletcher stürmte an mir vorbei, sprang dann mit einem Fluch zurück und wurde plötzlich ganz still. »Oh. Ist das …«

»Blut?«, brachte Ash hervor. »Ja. Ziemlich viel sogar.«

38

FLETCHER

Der süßliche Gestank nach altem Münzgeld hing mir wie ein klebriger Film in der Nase.

Und dann, natürlich, oder gerade *nicht* natürlich, die beiden Leichen.

Den Haaren nach zu urteilen, handelte es sich um einen Mann und eine Frau, sie lagen mit dem Gesicht nach unten nebeneinander auf dem Boden. Der Kopf der Frau war leicht zur Seite gewandt, die Augen glasig-trüb, die Lippen erschlafft. Die dunkle Linie, die sich quer über ihren Hals zog, wirkte auf den ersten Blick wie eine dieser Halsbandketten, die bei jungen Leuten so beliebt sind, sie in Wahrheit aber wie Hunde aussehen lassen, vor allem wie diese kleinen kläffenden Köter, deren Haltung man am besten gleich ganz …

Ein widerlicher Würgelaut, ein fast schon animalisches Brüllen schwoll hinter uns an und ließ mich zusammenfahren.

Olivia, die Arme, die sich anscheinend im Flur übergab.

Die junge Frau am Boden trug einen Jogginganzug, in dem ich mich nicht mal tot sehen ließe, aber immerhin nicht eine dieser Polyesterscheußlichkeiten.

»So, alle raus«, hörte ich Carters Stimme und gehorchte ganz automatisch.

Im Flur verschwamm die Struktur des Webteppichs – ich glaube, man nennt es Panamabindung – vor meinen Augen, meine Schuhe schienen sehr nah und unendlich fern zugleich. Mit der Hand strich ich über das warme Holz der Wandtäfelung. Warum fiel mir das Atmen auf einmal so schwer? Verdammt, ich war doch keinen Marathon gelaufen. Ich war Psychiater. Traumata in all ihren unschönen Erscheinungsformen waren mein täglich Brot.

»Abgeschlachtet«, hörte ich mich sagen. »Wie die Tiere.«

Violets Finger schlossen sich um Olivias Arm und führten sie um etwas herum, das ich nicht weiter zur Kenntnis nehmen wollte.

»Wusstet ihr«, begann ich und grub die Finger in meine Knie, als ich mich nach Atem ringend vornüberbeugte, »dass die Entleerung des Magens ein zutiefst menschlicher Reflex ist? Wenn unser Gehirn etwas als Gefahr für Leib und Leben erkennt, löst es Übelkeit aus, versucht also, uns das Übel buchstäblich vom Leib zu schaffen.«

»Und was«, fragte Violet, kalt wie ein Fisch, »soll uns das sagen?«

»Wir sprechen vom *Würgereflex.*« Ich sprach zu viel und zu schnell, das war der Schock. Es konnte nur der Schock sein. Faszinierend, das mal so hautnah zu erleben. »Und das erklärt auch, weshalb das Erbrechen eines anderen sozusagen ansteckend ist. Man sieht jemanden seinen Mageninhalt entleeren und ahmt ihn instinktiv nach für den Fall, selbst etwas Schädliches zu sich genommen zu haben.«

»Dank dieser ausführlichen Erläuterung fühle ich mich gleich viel besser«, sagte Carter, der schließlich mit einer ziemlich blass um die Nase wirkenden Mila aus dem Arbeitszimmer kam. Seine Hand huschte an ihre Taille, ihr Körper neigte sich ihm zu.

Aha, dachte ich. Hatte ich mir das kleine Intermezzo gestern Morgen in der Küche also doch nicht nur eingebildet.

Carter hielt inne, als er Olivias Erbrochenes sah. Sie selbst sah übrigens auch aus wie ein Häuflein Elend. »Wir sollten jetzt vielleicht Fletchers Leuchtfeuer aufstellen. Irgendjemand wird es schon sehen …«

»Das haben wir doch zigmal durchgekaut.« Ich musste dem Impuls widerstehen, ihm an die Gurgel zu gehen. »Es wird niemand sehen – weil hier niemand ist. Weil hier weit und breit keine Menschenseele ist.«

»Ich durchsuche jetzt das Arbeitszimmer«, verkündete Mila, was ich gleichermaßen beeindruckend wie verblendet fand. »Wir wollten etwas über Alastor erfahren. Das ist unsere Chance.«

»Der Raum ist leer«, erinnerte ich sie. »Bis auf die zwei Leichen. Unser junger Freund würde sagen, es ist *ein Tatort.*«

Carter runzelte die Stirn. »Normalerweise wäre ich strikt dagegen, aber solange wir …«

»Mein Gott, es kommt keine Polizei«, sagte Violet so langsam und deutlich, als halte sie Carter für den Idioten, der er war. »Mila hat recht – das ist unsere Chance.«

»Gut, aber niemand fasst etwas an.« Musste immer den Helden spielen, dieser Typ. »Am besten bleiben wir auch alle zusammen …«

»Danke für die Einladung«, unterbrach ich sofort, »aber ich verzichte. Was sollen wir da drinnen, den Mord aufklären, oder was? Schuster bleib bei deinen Leisten, sag ich nur, wir sollten immer daran denken, dass wir letztlich bloß *Schriftsteller* sind.«

»Also wäre es besser, einfach rumzusitzen und zu warten, bis uns jemand die Kehle durchschneidet?«, entgegnete Violet.

»Jede Wette, dass Carter der Cop ist«, murmelte Olivia und wischte sich den Mund ab.

Carter seufzte und hob den Blick zur Decke. »Tja, also …«

Ha, ha, dachte ich, der Kerl hat Schiss, dass es ihn als Nächsten erwischt. Ein Bulle, der all unsere dunkelsten Geheimnisse kannte, würde ein lohnendes Ziel abgeben, oder nicht? Feigling.

Derweil brannte mir Alastors Rezept ein Loch in die Jackentasche. Ich dachte an die Tablettendosis, die ich einer nichts Böses ahnenden Person verabreichen sollte.

Jetzt wäre die perfekte Gelegenheit.

»Wie wär's denn mit einem Tee?«, fragte ich launig in die Runde.

39

ASHTON

Auch wenn mir der Tod nicht fremd war, schnürte mir der Geruch in Alastors Arbeitszimmer so die Kehle zu, dass ich fast zu ersticken meinte. Ich zog mir den Ausschnitt meines Shirts über die Nase und atmete flach durch den Stoff, als ich über die Blutlache hinwegstieg, die sich wie ein rostfarbener Pinselstrich von der Tür durch den Raum zog, teils schon getrocknet, und sich dann dunkel und dick unter den leblosen Körpern sammelte.

Ich beugte mich vor, um es mir genauer anzusehen. Da war ein seltsamer Wirbel, fast wie der Abdruck eines Schuhs. Ich würde mein Handy holen müssen, um ein Foto zu machen. Es lag seit Tagen auf meinem Zimmer, da es hier, bis auf die Kamera, ohnehin nicht zu gebrauchen war.

Ein lautes Keuchen hinter mir ließ mich herumfahren.

Violet stand halb hinter der Tür und sah uns mit Augen groß wie Untertassen an. Einer ihrer schweren Stiefel verharrte eine Handbreit über dem Boden. Es sah aus, als hätte sie einen Beutel Blut fallen lassen und starre nun stumm auf die Bescherung.

Mila schlug sich die Hände vors Gesicht. »*Violet.*«

Meine Stimme versagte fast. »Sag nicht, dass du gerade durch das Blut gelaufen bist.«

»Tut mir leid!« Sie wich langsam zurück und hinterließ eine Spur blutiger Fußabdrücke. »Ich wollte bloß hinter die Tür schauen und …«

Mila und ich schossen beide auf sie zu. »Bleib stehen. Bleib verdammt noch mal stehen!«, rief ich. »Du verwüstest gerade *einen Tatort.*«

»Sorry!«, heulte sie. »Ich hab's nicht gesehen, echt.«

»Du bewegst dich immer noch.«

»Meine Schuhe sind voller Blut!«

»Dann zieh sie halt aus«, meinte Mila verzweifelt.

»Ich kotz gleich«, kündigte Violet an und balancierte auf einem Bein.

»Willkommen im Club«, sagte ich und raufte mir die Haare. Wenn ich später mal eine Glatze bekäme, dann ganz sicher wegen dieser einen Woche. Aber vielleicht überlebte ich diese Woche ohnehin nicht und brauchte mir darum keine Sorgen mehr zu machen.

»Es ist auch an den Schnürsenkeln.«

»Und was lernen wir daraus?«, fragte ich und starrte düster die Schweinerei unter Violets abgelegten Stiefeln an. »Nie mehr mit Touristen einen Tatort begehen.«

»Aber hier, schaut mal …« Violet zeigte auf ein Stück Papier, das halb am Boden festklebte, und beugte sich mutig vor, um zu entziffern, was darauf stand. *»Ich warte um 3:00 Uhr oben im Arbeitszimmer, C.«* Sie sah uns fragend an. »Wer ist C.?«

»Curt.« Das Grün in Milas Augen bot einen scharfen Kontrast zum Rot der Bäume, des Blutes. »Wahrscheinlich hat Alastor ihnen Nachrichten unter der Tür hindurchgeschoben und sie glauben lassen, sie würden einander hier oben treffen.«

Ich machte einen weiten Bogen um die Leichen, wich akribisch jedem noch so kleinen Blutspritzer aus und warf Violet einen warnenden Blick zu, mir aus dem Weg zu bleiben.

Wie Fletcher bereits festgestellt hatte, war den Opfern die Kehle durchtrennt worden. Entweder war die Klinge von hinten angesetzt worden, oder sie hatten ihrem Mörder ins Gesicht gesehen, was einer Hinrichtung gleichkäme.

»Die liegen schon eine Weile hier.« Violet ließ einen bestrumpften Fuß über einem auf dem Holzboden verkrusteten Blutfleck kreisen. »Bei der hohen Luftfeuchtigkeit dauert es, bis das trocknet.«

Ich beugte mich über Curtis und betrachtete das stumpfe Braun in seinem gebleichten Haar, die sirupartige Konsistenz des Blutes, das unter ihm erstarrte. Ich zog den Stift hinter meinem Ohr hervor und stupste seine leichenblasse Hand an. Sie war steif.

Als ich den Blick hob, flossen Tränen über Milas blasse Wangen. »Weiß jemand zufällig, wie lange es bis zum Einsetzen der Leichenstarre dauert?«

Ich machte schon den Mund auf, aber Violet kam mir zuvor. »Sechs bis acht Stunden, und sie hält ungefähr zwölf Stunden an. Also sind sie irgendwann im Laufe der Nacht gestorben.«

Mila und ich wechselten einen Blick.

»Hab ich doch gesagt«, verteidigte sich Violet sofort. »Meine Schwester ist Krankenschwester.« Sie stand auf und wischte sich die Hände an ihrer Jeans ab, bevor sie hinüber zu den Bücherregalen ging und mit dem Finger über die leeren Bretter fuhr. »Etwas Staub, aber nicht viel. Ich denke, dieser Raum wurde nie genutzt. Bis jetzt.«

Im Kamin lag dasselbe künstliche Holz wie in allen anderen Gaskaminen im Haus, aber die Metallplatte dahinter war noch nicht vom Feuer oxidiert, er schien also noch kein einziges Mal in Gebrauch gewesen zu sein.

»Seht mal«, sagte Mila und trat vor, um einen vertrauten schwarzen Briefumschlag vom Kaminsims zu nehmen.

Sie knackte das Siegel (goldfarben, in Form eines Schädels) und zog das dicke Papier hervor. Mit Curt und Taryns kaum erstarrten Körpern vor uns, kam der blutroten Tinte auf einmal eine ganz neue Bedeutung zu.

Wer nicht mitspielt, vertut seine Chance.
Das vierte Spiel beginnt bei Sonnenuntergang.
Die Aufgabe ist simpel: Überlebt die Nacht.
Jeder Gast hat von Sonnenuntergang bis Sonnenaufgang
in seinem Zimmer zu bleiben.
Wer sein Zimmer verlässt, hat verloren.

40

MILA

Ich legte den Messingriegel vor und stützte mich auf den kalten Marmor des Waschtischs. Ein Schluchzen saß mir in der Brust, drängte zwischen meinen Rippen empor. Im Spiegel sah ich Wimperntusche wie Blutspuren auf meinen Wangen.

Alastors Nachricht vom Morgen hallte in mir nach.

Ich bin sehr enttäuscht von dir.

Ich hatte den Gästen gesagt, dass es keine Spiele mehr geben würde. Ich hatte versucht, uns von der Insel zu bringen.

Wer nicht mitspielt, hat verloren.

Mein Körper rang keuchend nach Luft, aber obwohl ich schon hyperventilierte, war es nicht genug. Es war, als sickerte der Atem gleich wieder aus mir heraus. Ein erstickter Schrei stieg in mir auf. Ich saß in der Falle. Mit einem Bein stand ich auf Alastors Seite, wegen allem, was ich wusste und den Autoren nicht sagen konnte, und mit dem anderen auf ihrer, weil ich versuchte, uns alle zu retten. Und egal, in welche Richtung ich mich bewegte, jeder Schritt ließ mich nur tiefer sinken, so als versuchte ich, mich gegen Treibsand zu stemmen.

Taryns leblose Augen, immer noch so stark geschminkt, wie ich es niemals würde tragen können, gingen mir nicht aus dem Kopf. Ich presste die Lider fest zusammen und versuchte, die fast schwarzen noch feucht schimmernden Flecken auf ihrem rosa Sweatshirt auszublenden.

Aber dann sah ich Curts bleiches, vom Blut verfärbtes Haar vor mir, dessen Anblick sich mir eingebrannt hatte.

Sowie wir die fehlenden Exponate im Ausstellungsraum bemerkt hatten, hätte ich das Haus auf den Kopf stellen und nicht eher Ruhe geben sollen, bis wir die beiden gefunden hatten. Oder ich hätte anordnen können, dass alle Gäste zusammen in der Bibliothek blieben, damit sie sich gegenseitig im Blick behielten. Ich hätte alle über Nacht dort einschließen sollen. Oder Curt und Taryn in ihre Zimmer sperren und mich in meins.

Stattdessen hatte ich die zwei selbst in Verdacht gehabt. Ich war misstrauisch geworden und hatte mich gefragt, ob sie nicht Alastor waren – oder mit ihm gemeinsame Sache machten. Und während ich an ihnen zweifelte, hatte Alastor ihnen die Kehlen aufgeschlitzt und sie dort oben verbluten lassen. Junge Leute, die ich kaum kannte, aber gern besser kennengelernt hätte, voller Leben und ungenutzter Möglichkeiten.

Ihr Tod war meine Schuld.

Ich ließ mich auf den Fliesenboden sinken, den Rücken an den Waschtisch gelehnt, die Füße in die plüschige Badematte geschoben, und krallte die Finger in meine Schenkel, um den Schmerz nicht zu spüren. Ich durfte nicht durchdrehen, ich musste einen kühlen Kopf bewahren. Vor allem brauchte ich jetzt einen Plan.

Ich rief den Messenger meiner Uhr auf, starrte auf den blinkenden Cursor, sah, wie er mir vor den Augen verschwamm und mein Finger zitternd über der Diktiertaste schwebte.

Und plötzlich kam mir die Idee.

Ich ging zurück auf Alastors Kontaktinfo und drückte auf Anrufen.

Auf dem Bildschirm tauchte das Telefonsymbol auf, von dem sich drei kleine Punkte fortbewegten, während ein leiser Wählton erklang.

Dann wurde das Display dunkel, bevor die weißen Ziffern eine nach der anderen auftauchten.

Alastor.

»Sie sind tot«, stieß ich hervor. »Du hast gesagt, du würdest …«

»Ich habe mein Versprechen nicht gebrochen«, schnitt mir eine tiefe mechanisch klingende Stimme das Wort ab und ließ mich verstummen. Er benutzte einen Stimmverzerrer, aber er musste es sein. J. R. Alastor, der, soweit ich wusste, unter Pseudonym nie auch nur ein einziges Telefonat geführt hatte.

»Warum?«, fragte ich. »Womit hatten sie das verdient?«

»Curtis Shelton aus Oakland, Kalifornien, arbeitete als Küchenchef in einem Zwei-Sterne-Restaurant in San Francisco. Ein Fehler bei der Zubereitung eines Geflügelgerichts führte bei einem Gast zu einer schweren Lebensmittelvergiftung mit Todesfolge.«

Ich spürte, wie sich die Griffe des Unterschranks in meinen Rücken bohrten.

Dann war Curt vermutlich der Giftmörder aus dem *Cluedo*-Spiel.

»Das wird sicher keine Absicht gewesen sein.«

»Er hat bei den Ermittlungen gelogen und die Schuld auf seinen Souschef geschoben, der dafür sechs Monate in den Knast wanderte. Die Familie des Souschefs landete auf der Straße und ist danach nicht wieder auf die Beine gekommen.«

»Woher weißt du das alles?«, flüsterte ich.

»Taryn Cooper aus Bloomington, Indiana, arbeitete an Bord der *Solace at Sea*, dem jüngsten Kreuzfahrtschiff der Halcyon-Gruppe«, ging er über meine Frage hinweg. »Bezahlung und Arbeitsbedingungen waren nicht nach ihrem Geschmack, und sie begann, Medikamente aus den Kabinen zu stehlen, um sie später weiterzuverkaufen.« Ein tiefer Atemzug. »Sie nahm die Nitroglyzerin-Tabletten eines älteren Herrn, weil sie dachte, es seien Drogen. Er erlitt an Bord einen tödlichen Herzinfarkt, weil seine Frau die Tabletten nirgends finden konnte.«

Die Drogendealerin. Auch Taryn hatte indirekt den Tod eines Menschen verschuldet.

Noch immer meinte ich, das Blut an mir riechen zu können, es klebte an mir. »Trotzdem hat sie es nicht verdient zu sterben.«

»Findest du? Zwei Menschen haben Fahrlässigkeit und Egoismus mit dem Leben bezahlt, weitere wurden in den Ruin getrieben. Kein Grund, die beiden in Schutz zu nehmen«, unterbrach er meinen Protest, »und so zu tun, als trügen sie keine Schuld. Niemand, wirklich niemand auf dieser Insel ist ohne Schuld. Außer dir.«

Heiße Tränen liefen mir über die Wangen. Ich hatte meine Unschuld längst verwirkt.

»Ashton hat gestanden«, versuchte ich es anders. »Er hat an den Vorfall von damals keine Erinnerung, fühlt sich aber dennoch schuldig. Warum genügt dir das nicht?«

Eine lange Pause entstand.

»Jack Malkovichs Tod war kein Unfall«, kam schließlich Alastors Antwort mit dieser seltsamen Automatenstimme.

Ich ließ den Kopf zurücksinken. Mein Atem und seiner, deutlich zu hören durch die winzigen Lautsprecher der Uhr, schienen auf einmal synchron.

»Ich will, dass du das verstehst«, fuhr er fort. »Aber ich möchte uns auch nicht den Spaß verderben.«

»Sag doch einfach, wer du bist und woher du das alles weißt.«

»Das tut im Grunde nichts zur Sache. Ich habe nur viel zu lange geschwiegen, doch damit ist jetzt Schluss.«

»Du hast anscheinend sehr viel Schmerz erfahren müssen«, beeilte ich mich zu sagen, bevor Alastor das Gespräch beenden konnte. »Es mag sein, dass diese Leute dir Leid zugefügt haben – manche haben das sicher getan – und dass du dich im Recht glaubst. Du denkst, du tust das Richtige, dass sie es verdient haben. Aber das hier kann doch keine Lösung sein.«

»Glaub mir, ich habe es versucht, aber wenn alle anderen Möglichkeiten ausgeschöpft sind, bleibt nur das«, erwiderte er. »Das Leben ist eine Geschichte, Mila. Und wir schreiben das Ende, so wie es sich gehört. Wir geben diesen Leuten nur das, worauf es bei jedem von ihnen hinausläuft.«

»Nein!«, rief ich. »Das ist verrückt, das ist anmaßend!«

Ein schweres Ausatmen, vielleicht ein Seufzen. »Ich kann deine Skrupel verstehen, aber vergiss bitte nicht, dass du in alledem genauso tief drinsteckst wie ich. Außerdem muss ich mich auf deine Hilfe verlassen können – wir sind noch nicht fertig.«

Ich starrte auf das Gemälde über der Toilette, das die Insel bei Sonnenuntergang zeigte, der Himmel in Flammen. *»Ni modo«*, entfuhr es mir in der Sprache meiner Kindheit.

»Du solltest jetzt besser wieder an die Arbeit gehen, Mila. Die Gäste fragen sich schon, wo du abgeblieben bist.«

Mein Kopf fuhr hoch, meine Sicht verschwamm. Er musste sie in diesem Moment beobachten. Über die Kameras, die ich installiert hatte, über das Netzwerk, das letztlich nur er kontrollierte. Er beobachtete uns die ganze Zeit.

»Und denk dran«, warnte er mich, »der Erfolg des heutigen Spiels hängt von dir ab. Wenn alle mitmachen, wird niemandem etwas geschehen.«

»Du glaubst nicht, dass sie gewinnen werden.«

»Ich weiß, dass sie es nicht tun.« Pause. »Jeder kann sich reuig zeigen, aber wahre Einsicht und vor allem *Veränderung* findet man selten. Unsere Spiele sind darauf angelegt, diese Unschärfen herauszufiltern.«

Ich verdrehte die Augen und spürte neue Tränen. »Es ging nie darum, dass sie sich ändern, sondern immer nur darum, ihre Leben zu ruinieren.«

Wieder eine Pause. »Vielleicht hast du Glück, und einer der

Autoren hat einen … nun, nennen wir es Sinneswandel im Angesicht des nahenden Todes. Eigentlich ist es doch ganz einfach. Sie müssen nur das Gegenteil dessen tun, was sie sich in der Vergangenheit haben zuschulden kommen lassen, sie müssen die Interessen anderer über ihre eigenen stellen. Kurzum, sie müssen über ihren eigenen Schatten springen.« Bevor ich seine Worte recht begriffen hatte, fuhr er mit gesenkter Stimme fort: »Aber wenn du dich über unsere Vereinbarung hinaus einmischst, kann ich für nichts garantieren.«

»Aber das … das kann doch nicht das Ende sein«, sagte ich und hörte meine Stimme brechen.

Er atmete tief aus. »Dann schreib mir ein besseres. Ach ja und noch was, Mila …«

Ich sah die Sekunden auf meinem Display verstreichen.

»Ich habe das Personal danach ausgesucht, wie gut man später ihr Schweigen erpressen kann. Das heißt, ich hatte noch gar nicht entschieden, was ich mit ihnen machen würde.«

Alastors Atemzüge kamen ruhig und regelmäßig, doch bei seinen nächsten Worten rann es mir eiskalt den Rücken hinab.

»Du kannst dir also meine Überraschung vorstellen, als ich die beiden tot am Boden meines Arbeitszimmers entdeckt habe.«

41

DER SERIENKILLER

Es war nicht so, dass ich Menschen nicht mochte. Ich fand sie endlos faszinierend, seltsam und ein bisschen eigen, und das alles mochte ich sehr. Dahinterzukommen, wie sie tickten, an welchen Schrauben und Rädchen man drehen musste. Und wenn sie um ihr Leben bangten, machte das alles noch interessanter.

Es hatte Jahre gebraucht, bis ich merkte, dass ich anders war als andere Menschen. Irgendetwas stimmte nicht mit meiner genetischen Grundausstattung, so als würde mir eine essenzielle Komponente fehlen. Aber ich war kein Soziopath. Ich hatte ein Schuldbewusstsein, das sich meldete, wenn ich beispielsweise den Abfall nicht ordnungsgemäß sortierte oder die Klimaanlage bei offener Tür laufen ließ. Ich führte tiefe Beziehungen. Im Grunde war ich also ziemlich normal. Außer natürlich, dass ab und an ein Mensch sein Leben lassen musste, aber niemand ist perfekt.

Ich glaube, am Anfang stand die Frage, *ob ich es konnte*. Ob es wirklich möglich war, mit einem Mord davonzukommen. Wie fühlte sich das an? Würde ich diese lähmende Schuld empfinden, über die Dostojewski und andere vor und nach ihm geschrieben hatten? Ich hatte mich schon immer gefragt, ob das fehlende Element in meinem Kopf vielleicht bloß wach gerüttelt werden musste. Aber wenn ich ganz ehrlich war, war ich einfach fasziniert vom Tod – und das erst recht, nachdem mir die Idee für das perfekte Verbrechen gekommen war (nicht ganz ohne Hilfe, versteht sich).

Die Ironie des Ganzen ist, dass ich, die ich bereits etliche Menschen ins Jenseits befördert habe, eigentlich auf dieses Retreat gekommen war, um Ruhe und Inspiration zu finden.

Als ich dann mit den anderen in der Küche stand und sie schimpfen, fluchen, verzweifeln sah, muss ich zugeben: So gern ich Jagd auf Alastor machen wollte, um ihm den Kopf von den Schultern zu trennen, so sehr genoss ich meine Beobachterrolle und sog die Wirkung der Angst auf jeden Einzelnen in mich auf. Es wäre die perfekte Gelegenheit gewesen, einen Gleichgesinnten zu finden, hätte er sich mir nur gezeigt und mir eine Chance gegeben.

Stattdessen verurteilte er mich für das, was er sich nun selbst herausnahm. Logik ist offensichtlich nicht jedermanns Stärke.

Vielleicht glaubte er ja, mich zu verstehen, aber was konnte er schon wissen? Dass ich Menschen getötet hatte? Und wenn schon. Erpressung ist ein stumpfes Schwert, nicht mehr als Worte auf Papier. Meine Währung war seit jeher Blut.

Und nach fremden Regeln habe ich ohnehin noch nie gespielt.

Ich musste die Verdächtigen eliminieren, einen nach dem anderen. Das Personal schien die plausibelste Antwort auf die Frage nach Alastor. Ein halbes Dutzend Mal war ich kurz davor, auch Mila auszuschalten, aber so einfach war es nicht. Denn falls sie nicht *er* war, würden wir sie brauchen, um von der Insel wegzukommen.

Bald würde ich es wissen.

Die Haushälterin und den Koch zu töten, war mir nicht leichtgefallen, aber sollte das Versorgungsboot wirklich kommen, um uns abzuholen, würde ich meine Hauptverdächtigen in Sachen Alastor ganz sicher nicht ungeschoren davonkommen lassen.

Ein Teppichmesser hatte ich nie zuvor benutzt, und es war eine Offenbarung, den Blick des Kochs brechen zu sehen, zu hören, wie das Leben mit einem letzten röchelnden Atemzug aus ihm wich. Nachdem ich ihn von mir geschoben hatte, sah ich keuchend zum ehernen Kronleuchter hinauf, die Hände in Blut getränkt und das Flirren des Adrenalins wie elektrischer Strom in meinen Adern. Unglaublich, wie gut es sich anfühlte. Eine Sekunde ließ es mich die unsägliche Hölle vergessen, die Alastor geschaffen hatte, dass er mich zur Beute hatte machen wollen, obwohl ich schon immer mehr Jägerin war als Gejagte.

Ein Glück, dass niemand auf die Idee gekommen war, sich morgens um halb drei etwas zu trinken zu holen, er wäre sonst geradewegs in eine Szene gestolpert wie aus *Carrie*. Es hatte ewig gedauert, mir später das verkrustete Blut unter den Fingernägeln wegzuwaschen.

Meine Prellungen ließen mich noch immer bei jeder Bewegung zusammenzucken, wahrscheinlich war mein Oberkörper von blauen Flecken übersät. Der spitze Ellbogen der Haushälterin hatte mir wahrscheinlich eine Rippe gebrochen, aber es war nicht das erste Mal, das jemand nicht wehrlos in die ewigen Jagdgründe eingehen wollte.

Außerdem war ich mir ziemlich sicher, dass der schwarze Briefumschlag noch nicht auf dem Sims stand, während ich dort zugange war. Was nur heißen konnte, dass Alastor ihn auf dem Kamin platziert hatte, *nachdem* ich mit den beiden fertig gewesen war.

Selbst jetzt versuchte er, mein Werk zu vereinnahmen und für sein Spiel zu nutzen, rühmte sich der Morde, die er nicht begangen hatte, um uns in Schach zu halten.

Aber gut. Zwei weitere Verdächtige waren aus dem Rennen, blieben noch vier. Und ich kann es leider nicht anders sagen, aber es fühlte sich an, als hätte ich meine Berufung gefunden.

Ich schrieb schon immer nach den Prinzipien des Method Acting – ich kroch in die Köpfe meiner Figuren, begann, mich wie sie zu kleiden, trug die Haare wie sie, probierte Akzente und Redewendungen wie andere Leute Hüte. Mein Schreiben gewann unglaublich, wenn ich mich selbst verlor.

Dabei war es reiner Zufall, dass mein Erstling von einer Serienkillerin handelte.

42

FLETCHER

»Das machen wir nicht«, ereiferte sich Carter und marschierte in der Küche auf und ab wie ein Tier im Käfig. »Das wird uns alle sprichwörtlich das Leben kosten.«

»Buchstäblich, nicht sprichwörtlich«, sagte ich seufzend und hielt den Kessel hoch wie ein Versteigerungsobjekt. »Auch einen Tee, Carter?«

»Uns bleibt keine andere Wahl«, sagte Violet, die mit verschränkten Armen an der Wand lehnte. »Bei dem Wetter bringt ein Lichtsignal nichts, das sieht da draußen niemand.«

»Wir bleiben die Nacht über zusammen«, beharrte Carter.

»Du erinnerst dich, was das letzte Mal passiert ist, als wir uns geweigert haben, sein Spiel zu spielen? Ich hab keine Lust, mir die Kehle durchschneiden zu lassen.« Violets Blick fiel auf mich und die völlig apathisch an der Kücheninsel in sich zusammengesunkene Olivia, deren zierliche Gestalt noch immer in dem sackartigen Pullover ihres verblichenen Gatten steckte. »Das wäre nämlich die Konsequenz, wenn wir uns seinen Anweisungen widersetzen. Weshalb ich sehr dafür bin, die Regeln zu befolgen und bis morgen am Leben zu bleiben.«

Ich seufzte erneut. »Welche Anweisungen hat unser werter Gastgeber denn diesmal ausgegeben?«

»Nachts auf unseren Zimmern zu bleiben, allein. Wenn wir bis Sonnenaufgang durchhalten, überleben wir. Wer sein Zimmer verlässt, stirbt.« Violet hielt inne. »Ich denke, es geht ihm darum, uns zu isolieren, damit wir uns nicht verbünden. Und uns darüber im Ungewissen zu lassen, wer Alastor ist.«

»Vor allem ist es eine prima Gelegenheit, uns alle der Reihe nach umzulegen«, prophezeite Carter. »Weshalb wir uns auf gar keinen Fall darauf einlassen sollten.«

»Ich verstehe nicht, was genau das Problem ist«, sagte ich. »Wir können unsere Zimmer doch abschließen.«

»Hat außer mir eigentlich irgendjemand schon mal einen Krimi gelesen? Eine Handvoll Menschen wird bedroht, sie teilen sich auf, sie sterben. Ältestes Motiv unseres Genres.«

Der alte Kupferkessel erwachte laut pfeifend zum Leben, die spiegelnde Oberfläche beschlug vom Dampf.

»Dürfte ich vorschlagen, dieses Thema auf später zu vertagen«, sagte ich, zog den Kessel vom Herd, um den Tee mit routiniertem Schwung aufzugießen, »und uns erst mal der Frage zu widmen, was wir mit Mila machen sollen.«

Alle Blicke richteten sich auf mich.

Ich könnte das Beruhigungsmittel jetzt gleich in ihre Tasse geben und hoffen, dass niemand es bemerkte. Was aber, sobald die Wirkung einsetzte, zu leidiger Fragerei führen würde, wer ihr das Mittel gegeben hatte und warum.

Besser wäre es, die anderen glauben zu machen, es sei unsere *gemeinsame* Entscheidung gewesen, Mila außer Gefecht zu setzen. Bekanntlich spielte die persönliche Verantwortung nur eine untergeordnete Rolle in Gruppen-Settings, sie löste sich praktisch in Wohlgefallen auf.

»Euch mag sie täuschen, mich nicht«, sagte ich. »Es ist offensichtlich, dass sie in der ganzen Sache mit drinsteckt.«

»Sie hat ständig erwähnt, dass das Arbeitszimmer auf gar keinen Fall betreten werden darf«, biss Violet schon an. »Das stand so aber in keiner der Spielanweisungen, die Alastor uns gegeben hat.«

»Was heißt, dass es noch weitere Anweisungen gab, die sie uns nicht gezeigt hat«, murmelte Carter und hielt sich den Kopf, als spürte er eine Migräne nahen.

»Deshalb würde ich vorschlagen, dass wir das heutige Spiel durchziehen – allerdings mit einer kleinen Änderung.« Ich lächelte gelassen in die Runde. »Wir streichen Mila aus der Gleichung. Zufällig habe ich ein leichtes Schlafmittel dabei, das wir …«

»Wie bitte, was?«, rief Violet und wich zurück. »Wir können ihr doch nicht einfach irgendwas geben. Was, wenn sie unschuldig ist?«

»Zieht man in Betracht, dass sie eine Wiedergängerin Jack the Rippers sein könnte, erscheint es mir das kleinere Übel«, sagte ich liebenswürdig. »Und offen gestanden, überrascht es mich, dass ausgerechnet du, Violet, unter uns die Rolle der Barmherzigen einnimmst.«

»Wenn ich hier die Einzige mit so was wie einem Gewissen bin, haben wir tatsächlich ein Problem.«

»Aber auf diese Weise könnten wir herausfinden, wie tief sie in das Ganze verstrickt ist.« Ah, Olivia. Ich hatte mir schon Sorgen gemacht, dass sie in Schockstarre gefallen war. Ihre Augen waren noch immer glasig, aber sie sah nicht mehr aus wie der Tod auf Beinen. »Wenn sie die ganze Nacht ausgeknockt ist und nichts passiert, können wir davon ausgehen, dass sie mit ziemlicher Wahrscheinlichkeit hinter alledem steckt.«

Violet wandte sich an Carter. »Sag mir, dass du das für eine schlechte Idee hältst.«

Er rieb sich den Nacken. »Wie sollen wir sonst feststellen, ob sie beteiligt ist? Sie in einen Schrank sperren?«

»Immer noch besser, als sie unter Drogen zu setzen, oder? So was ist grobe Körperverletzung – ich sag's nur.«

Es überraschte mich, wie betroffen Carter sich von ihrem Vorwurf zeigte. »Nun übertreibt mal nicht«, hielt ich dagegen.

»Ein bestialischer Mörder läuft frei herum, und ihr regt euch wegen eines kleinen Schlafmittels auf?«

»Wir sollten es einfach durchziehen und nicht ewig diskutieren«, murmelte Olivia.

»Wenn ich das Problem noch einmal zusammenfassen dürfte, Violet«, sagte ich und richtete meine Aufmerksamkeit ganz auf sie. »Wir haben die Option, Mila auf sehr humane und sichere Weise bis Tagesanbruch außer Gefecht zu setzen. Ist sie Alastor, überleben wir alle die Nacht. Geschieht wieder ein Mord, wissen wir immerhin, dass *sie* es nicht war, und können sie in unsere Reihen aufnehmen. Zufrieden?«

»Sie kann auch bei mir im Zimmer bleiben«, ließ Violet nicht locker. »Ich schließe mich mit ihr ein. So halten wir uns an die Regeln und haben sie trotzdem im Blick, also *ich* zumindest. Ich denke, wenn wir es ihr vorschlagen, wird sie sich garantiert darauf einlassen.«

Ich runzelte die Stirn. Damit hatte ich nun nicht gerechnet. Ich sah meine Felle bereits davonschwimmen, aber so weit würde ich es nicht kommen lassen. Denn wenn wir Mila nicht sedierten … Nun, kurz gesagt, Alastor wäre nicht amüsiert.

Aber wenn ich ihnen von Alastors Anweisung erzählte, würde Carter den Helden spielen und Mila davor bewahren wollen, dass wir sie unter Drogen setzten. Wir hatten keine Zeit für dieses Hin und Her, wir mussten handeln und nicht ewig diskutieren. Zumindest ich hatte wenig Lust, mein Leben aufs Spiel zu setzen, nur damit hier alle das gute Gefühl hatten, moralisch korrekt gehandelt zu haben und das ganze Blabla.

»Und wenn sie der Mörder ist?«, fragte Olivia.

»Dann habt ihr eure Antwort.«

»Tut mir leid, Violet, aber nein«, sagte ich entschieden. »Das Problem ist, dass ich dir auch nicht traue. Wer sagt uns, dass nicht *du* die Mörderin bist oder mit Mila gemeinsame Sache machst? Ihr jetzt etwas in den Tee zu geben, wo wir alle Zeugen sind, scheint mir der einzig sichere Weg, sie aus dem Verkehr zu ziehen.«

Carter sah wenig begeistert aus, und ich genoss, bei allem Stress, den die Situation mir bereitete, den kleinen Serotoninrausch angesichts seines Unbehagens.

»Ihr widert mich an«, sagte Violet, ließ ihre spitzen Zähne sehen und verzog sich in den Nebenraum.

Ich fischte das Arzneifläschchen aus meiner Jackentasche und schüttelte ein paar Pillen auf den Tisch.

Wie aufs Stichwort nahten Schritte über den Flur.

»Fletch, das kann jetzt nicht …«, begann Carter.

Ich zerdrückte die Tabletten mit dem Tassenboden und fegte das Pulver just in dem Augenblick mit dem Handrücken in eine Tasse Tee, als Mila – wie immer mit tadellosem Timing – in der Küche erschien. Alle Augen richteten sich auf sie.

Violet kam mit einem Baguette in der Hand aus der Speisekammer zurück. »Ich will mit euch nichts mehr zu tun haben«, zischte sie und marschierte mit dem Brot zur Tür.

Ich wies mit dem Daumen hinter ihr her. »Da fällt mir ein, sollen wir mal die Vorräte durchgehen? Oder wollen wir damit warten, bis Alastor unsere Zahl noch weiter dezimiert hat, um genauer kalkulieren zu können?«

»Halt einfach die Klappe.« Carter ließ die Knöchel knacken und vertiefte sich in die Betrachtung des scheinbar hochinteressanten Geschirrregals. Er sollte sich besser mal zusammenreißen, sonst wäre das hier nämlich alles umsonst.

»Sehr erwachsen«, bemerkte ich. »Auch einen Tee, Mila? Wirkt wahre Wunder bei einem Schock.«

Sie nahm die Tasse dankend an und legte die Hände darum wie ein armes Waisenkind, das Trost und Wärme sucht.

»Violet meinte, wir sollten uns von Alastors Drohung nicht beirren lassen und es mit dem Leuchtfeuer versuchen«, kam Olivia mir unerwartet zu Hilfe, um Violets etwas verstimmten

Abgang zu erklären. »Aber bis Hilfe eintrifft, bliebe Alastor immer noch genug Zeit für Vergeltung, weshalb ich es für das Beste halte, sein Spiel einfach mitzuspielen und die verbleibende Zeit zu nutzen, um unsere Informationen zusammenzutragen.«

»Einverstanden«, sagte Carter und drehte sich wieder um, seine Miene beeindruckend frei von jeder Gefühlsregung. »Alles zusammengenommen, haben wir ein gutes Dutzend Kriminalromane geschrieben und unzählige weitere gelesen. Tun wir also, was wir am besten können.« Da niemand reagierte, buchstabierte er es aus. »Wir legen eine Zeitachse an, in die wir eintragen, wer wen woher und seit wann kennt, und überlegen, wie alles mit allem zusammenhängt.«

»*Das* kannst du am besten?«, höhnte ich. »Zeitachsen sind der Horror. Zeitachsen sind was für Lektoren, deren Job es ist, dass am Ende alles passt.«

»Violet, Fletch und ich waren vor drei Jahren zusammen in einer Chatgruppe für Debütautoren«, begann Ashton, »und die Sandovals kennst du seit wann, Fletch?«

Olivia beantwortete die Frage für mich, ihre Finger umklammerten dabei diese grässliche Lederschnur an ihrem Hals. »Ro hat dich vor sieben – oder acht? – Jahren vertreten.«

Die anderen sahen mich fragend an. »Gut, ja, das stimmt«, räumte ich ein.

»Aber Cassandra kanntest du auch«, hakte Olivia nach. »Violet hat euch beide gehört, bevor Cassandra verschwand.«

»Ja, gut, ich gebe es zu – Cassandra und ich kennen uns tatsächlich von früher. Unsere Wege kreuzten sich mal vor Jahren in London bei irgendeiner Literaturveranstaltung, so genau erinnere ich mich nicht mehr.«

Es reizte mich, ihnen die Wahrheit zu sagen. Und sei es bloß, um klarzustellen, dass *ich* mir nichts hatte zuschulden kommen lassen.

Aber Cassandra – und nicht nur sie – war seinerzeit wenig

begeistert gewesen, als ich vor bald zehn Jahren meine Memoiren veröffentlichte, jenes vergleichsweise schmale Werk mit dem gelben Einband, das heute im Esszimmerregal neben der Cäsar-Büste gestanden hatte. Und in der Bibliothek hatte ich gleich noch ein Exemplar entdeckt, sehr dekorativ an das Grammofon auf dem Schreibtisch gelehnt.

Beide lagen jetzt sicher und außer Sichtweite in meinem Koffer verstaut.

»Ich kannte Cassandra ja vorher auch schon«, sagte Olivia. »Von dem Workshop, den sie vor vier Jahren in San Francisco gegeben hat. Wegen des überraschenden Todes ihres Mannes musste sie vorzeitig abreisen.«

»Olivia kennt Cassandra also auch schon länger. Fletch, wann hast du Olivia …«

»Herrje, kommt es darauf an? Wahrscheinlich noch mal drei Jahre davor, aber ganz ehrlich, das ist doch …«

»Sie müssen ehrlich sein«, sagte Mila so eindringlich, dass ich vor Schreck zusammenzuckte. Den anderen schien es ähnlich zu gehen. Mit Erleichterung stellte ich fest, dass Milas Tasse bereits halb leer war und sie den Kopf in die Hände stützte, so als sei er ihr zu schwer. »Nur wenn Sie gestehen, gewinnen Sie sein Spiel, und er lässt Sie am Leben.«

»Wir sollen also glauben, dass Alastor auf einem Kreuzzug für Wahrheit und Gerechtigkeit ist, oder was soll uns das sagen?« Ich legte leichten Spott in meine Stimme. »Und wenn wir uns brav entschuldigen, lässt er uns einfach gehen? Ihr blindes Vertrauen in einen anonymen Killer zeugt entweder von großer Dummheit oder hat schon pathologische Züge, auch wenn Ihre Loyalität durchaus bewundernswert ist.«

»Ich weiß nicht«, mischte Carter sich ein. »Hat jemand von euch Alastors Buch mit dem Heckenlabyrinth gelesen? Die Figuren konnten die Lösung nur herausfinden, indem sie ein Geheimnis von sich preisgaben.«

»Carter, das war eine *Geschichte*. Du scheinst darüber aber so viel nachgedacht zu haben, dass ich mir Sorgen machen muss. Ist nicht immer derjenige, der das Gespräch in eine bestimmte Richtung lenkt, der Täter?«

»Oh, tut mir leid, ich dachte, wir versuchen zusammen, die Wahrheit herauszufinden, um – ihr wisst schon – lebend von der Insel zu kommen.«

»Ich meine ja nur. Wer den Detektiv spielt, macht sich immer ein bisschen verdächtig.«

»Schön, was schlägst du vor? Dass ich den Fall allein löse und euch eurem Schicksal überlasse?«

»Nicht dass es nicht offensichtlich wäre«, sagte Olivia mit einem Räuspern, »aber im Grunde ist nur einer von uns alt genug, um bereits vor über zwanzig Jahren etwas veröffentlicht zu haben, als Alastors Erstling erschien.«

»Moment«, sagte ich und hob beide Zeigefinger in die Höhe. »Ich bin noch keine fünfzig. Und ihr vergesst eines: seine mehrjährige Schaffenspause.«

»Seine was?«, fragte Mila und hob den Kopf.

»Vor ungefähr fünfzehn Jahren ist Alastor für ein paar Jahre völlig von der Bildfläche verschwunden«, erklärte Carter. »Als er dann, wie Fletcher schon sagte, wieder auftauchte, war sein Stil ein völlig anderer, und seine Bücher wurden deutlich populärer.«

»Aber«, fügte ich hinzu, »das gab auch Anlass zu der Vermutung, dass der ursprüngliche Alastor verstorben ist und sein Sohn jetzt unter seinem Pseudonym schreibt.«

»Alastor hat nie von einem Sohn gesprochen«, stellte Olivia klar. »Er erwähnte lediglich, dass er *ein Kind* hat. Aber irgendwie hat sich in den Köpfen festgesetzt, dass es sich um einen Jungen handeln muss.«

»Wenn das stimmt«, griff Carter den Faden auf, »könnte praktisch auch jeder von uns dieses Kind sein …«

Es war so still im Raum, dass man nur das Tropfen des Wasserhahns hörte.

»Nun ja«, sagte ich schließlich, »dann hätten wir das auch geklärt. Unsere Wege haben sich alle schon mal gekreuzt, und theoretisch könnte jeder von uns Alastor sein oder eben sein Junior. Danke, Carter, für diesen exzellenten Beitrag – möchte noch jemand meine kostbare Lebenszeit verschwenden?«

»Ash?«, murmelte Mila und strich sich die Haare aus dem Nacken. »Mir ist auf einmal so komisch.«

Carter war im Nu an ihrer Seite. »Was hast du?«

»Weiß nicht.« Tatsächlich hatte ich noch nie einen so raschen Zusammenbruch an einem Menschen beobachtet. Sie hing förmlich über dem Küchentresen, das Haar fiel ihr strähnig ins Gesicht. »Ich bin so … erschöpft …«

»Das ist der Schock«, sagte ich lässig. »Das Adrenalin lässt nach. Wird uns gleich allen so ergehen.«

»Fletcher?«

Olivias Stimme hallte ungewohnt scharf durch die Küche. In der Hand hielt sie einen dünnen Fetzen Papier.

Alastors Rezept. Es musste mir aus der Jackentasche gefallen sein.

43
ASHTON

Fletcher stieß einen schweren Seufzer aus und fuhr sich mit der Hand übers Gesicht. »Ah, verdammt.«

»Hat Alastor dir etwa befohlen, ihr etwas zu geben?« Olivias Finger krallten sich um das Papier.

Was?

»Zeig mal«, sagte ich und ging auf sie zu, Mila mir hinterher. Ich hätte Olivia den Zettel fast aus der Hand gerissen.

Patientin: Mila del Angél
Verschreibung: Zolpidem 10 mg, 1x abends

Ich sah zu Fletcher und hatte kurz die Vision, wie ich ihm den Schädel auf den Schieferfliesen zertrümmerte.

»Jetzt beruhigt euch erst mal«, versuchte Fletcher, uns zu besänftigen. »Mila passiert schon nichts. Sie wird gleich ein kleines Nickerchen halten, alles gut.«

»Sie haben mir etwas in den Tee getan?«, fragte Mila und schluckte. Sie sah aus, als wollte sie für *The Walking Dead* vorsprechen (kein netter Gedanke von mir, aber leider wahr). Ihre Wimperntusche war unter den Augen verlaufen, ihr Gesicht aschfahl.

»Ich wurde bedroht, was hätte ich tun sollen.« Fletcher hob die Schultern und wich, die Hände in die Jackentaschen geschoben,

Richtung Küchentheke zurück, um uns alle im Blick zu haben. »Leute, es ist völlig unbedenklich. Ich habe die Dosis genau bemessen und sie gerade selbst verabreicht.«

»Wie viel hast du ihr gegeben?« Olivia hob die Stimme. »*Was* hast du ihr gegeben?«

Fletcher fischte das Tablettenfläschchen hervor. »Ich hatte die Wahl: Entweder ich gebe ihr das Ambien, oder einer von uns ist als Nächstes an der Reihe. Wie soll man das kleine Gemetzel von vorhin denn anders verstehen als eine Warnung an uns alle?«

Ich riss Fletcher die Pillen aus der Hand und prüfte das Etikett. Zolpidem 10 mg, Handelsname Ambien, genau wie er gesagt hatte. Ich hatte keine Ahnung, wie diese Tabletten aussahen, aber es schien so weit alles seine Richtigkeit zu haben. Für eine Überdosis brauchte es vermutlich deutlich mehr als das, was Fletcher ihr gegeben hatte.

Oder?

Die Rillen des Flaschendeckels gruben sich in meine Finger, als Olivia auf Fletch losging. Ich verstand kaum noch, was sie sagte, ihre Worte wie Rauschen in meinen Ohren. Ich kam nicht darüber hinweg, was er getan hatte, wie er Alastors Befehl blind befolgt und uns damit zu Mittätern gemacht hatte. Mir wurde schlecht, wenn ich nur daran dachte.

Alastor hätte auch eine tödliche Dosis für Mila anordnen können – Fletcher hätte es getan, er hätte sie töten können, und wir wären alle mitschuldig gewesen. Ich hätte die Dosierung überprüfen sollen, als Fletch mit seinem irren Vorschlag kam. Und wenn ich Mila mit Salzwasser zum Erbrechen brachte? Aber wahrscheinlich bekäme Alastor auch das mit, würde es gegen uns verwenden.

Eine eisige Kälte erfasste mich.

Verdammt. Wenn Alastor angeordnet hatte, Mila aus dem Verkehr zu ziehen, machte er sich anscheinend Sorgen, dass sie ihm in die Quere kam.

Was wiederum hieß, sie war eine von uns. Sie war ebenso ein Opfer wie wir alle.

Und Fletcher, der Idiot, wusste das spätestens seit Alastors Auftrag oder hätte es sich zumindest denken können, und doch ließ er uns glauben, Mila stelle eine Gefahr für uns dar, die wir gemeinsam ausschalten müssten. Das durfte doch alles nicht wahr sein.

Ich weiß nicht, was überwog – meine Erleichterung darüber, dass sie unschuldig war, oder mein Wunsch, Fletcher den Kiefer zu brechen.

»Ruhe!«, brüllte ich, worauf die anderen schlagartig verstummten. Ich legte Mila die Hand auf die Schulter und spürte sie zurückzucken. »Kannst du laufen?«

Der Blick aus ihren grünbraunen Augen war tödlich, als sie ihn schließlich von Fletcher losriss.

Ich sah sie erneut mit den Tränen kämpfen, doch sie weinte nicht aus Angst, wie ich schnell begriff, sondern vor lauter Wut. »Ja.«

»Es wird bald dunkel«, meinte Olivia mit Blick aus dem Fenster. Die dichte Wolkendecke machte es fast unmöglich zu sagen, welche Tageszeit wir hatten. »Ich bringe sie nach unten auf ihr Zimmer.«

»Nein.« Ich traute keinem mehr. Jeder von ihnen konnte Alastor sein und es auf Mila abgesehen haben. Man wusste nie, wozu Menschen fähig waren.

Was sie tun würden, wenn unser Gastgeber den Druck nur genug erhöhte.

Violet hatte ganz richtig daran getan, sich einfach aus dem Staub zu machen – und doch starrten sie jetzt alle mich an, als sei ich es, dem hier nicht zu trauen war.

»Ich will kein Wort mehr hören, von keinem von euch«, knurrte ich und ging mit Mila aus der Küche, den dunklen Flur hinab.

»Ich bin keine Mörderin«, sagte Mila mit brüchiger Stimme, als sie ihr Zimmer aufschloss, »aber sollten wir diese Nacht überleben, könnte ich *ihn* umbringen.«

»Ich helfe dir, ihn zu vergraben«, bot ich an. »Von mir aus auch lebend, wenn du dich dann besser fühlst.«

Sie verzog den Mund. »Dazu bräuchte es deutlich mehr.«

Über ihre Schulter ging mein Blick durch ein breites Souterrainfenster hinaus auf tote Rosensträucher.

Tatsache war, dass mir das Herz bis zum Hals schlug, so als sei ich es, der lebendig begraben wurde. Fletcher hatte uns benutzt, er hatte *mich* benutzt, und wenn ihr deswegen etwas geschah oder sie gar unschuldig war …

»Ich werde deine Tür bis morgen früh zusperren, nur für den Fall …«

»Damit ich dich nicht retten komme?«

Ich schluckte und strich ihr eine verirrte Haarsträhne hinters Ohr. Es konnte auch alles gelogen sein, das war mir schon klar. So zu tun, als ginge es ihr nicht gut, wäre eine perfekte Methode, sich unser Vertrauen zu erschleichen. Die Frage war: War sie ein weiteres Opfer in diesem kranken Spiel, genau wie wir?

Oder hatte sie alle Fäden in der Hand, eine gefährliche Femme fatale?

Rote Adern zogen sich durchs Weiß ihrer Augen. Sie sah wirklich elend aus. Ich hatte sie oben in der Küche den Tee trinken sehen, bis fast nichts mehr davon übrig war. Und der blanke Hass, mit dem sie Fletch dann angesehen hatte, das konnte niemand vortäuschen.

Oder doch?

»Ash.« Ihre Hand schloss sich um mein Handgelenk, und ich erschauerte. Sie fixierte mich mit ihrem Blick, und es verstrich ein Moment, ehe sie weitersprach. »Hier geht es darum, sich der Vergangenheit zu stellen«, begann sie leise. »Er glaubt, so für Gerechtigkeit zu sorgen.« Sie hob die Brauen, um mir zu bedeuten, was sie davon hielt. »Um zu überleben, musst du das genaue Gegenteil von dem tun, dessen Alastor dich beschuldigt, von dem er denkt, du hättest es getan. Das ist deine einzige Chance.«

Hitze stieg in mir auf. »Ich habe dir die Wahrheit gesagt, Mila. Ich weiß nicht, was Alastor noch von mir will. Diese Spiele …«

»Es geht nicht um die Spiele.« Die Lider wurden ihr schwer, bis sie kaum noch die Augen offen halten konnte. »Es geht um deinen Charakter. Um das, was du … tun musst, um Transformation zu erlangen.«

Ihre Finger entglitten meinen, doch ich griff rasch nach ihrer Hand und hielt sie fest. »Tut mir leid, wahrscheinlich bin ich begriffsstutzig, aber ich kapier's nicht – was genau meinst du? Was muss ich tun, was weißt du?«

In ihr arbeitete es, die Sekunden verstrichen. Das Tageslicht schwand, und ich begann mich zu fragen, ob sie im Stehen eingeschlafen war.

Dann sah sie mich an und etwas war anders. Ihr Blick fiel auf meinen Mund. Und die Glut in ihren Augen konzentrierte sich plötzlich nicht mehr auf Alastor oder Fletcher, sondern auf uns beide.

Ich musste schlucken. »Mila …«

»Manchmal verbergen wir Dinge vor uns selbst«, flüsterte sie und kam näher, »und reden uns ein, wir seien geheilt, und alles sei gut, auch wenn es das nicht ist.«

Ich erstarrte.

Wie kam sie jetzt darauf?

Dann glitten ihre Finger über mein Handgelenk und an der Innenseite meines Unterarms hinauf.

Ihre Pupillen waren riesig, perfektes schwarzes Rund mit goldenen Sprenkeln im Grün der Iris. Die auf den Wangen verlaufene Wimperntusche erinnerte an Kriegsbemalung und ließ ihre

Augen leuchten. Sie war so schön und vollkommen, und das alles hier war so …

So falsch.

Halb um sie zu berühren, halb um sie abzuwehren, legte ich die Hand an ihren Hals, spürte die scharfe Linie ihres Kiefers, das spitze Kinn. Ambien stellte seltsame Dinge mit einem an, aber Fletcher hatte es ihr vor nicht einmal einer halben Stunde verabreicht. So schnell konnte es keine volle Wirkung entfalten, oder?

Sie hob ihr Gesicht, öffnete leicht die Lippen. Kurze, flache Atemzüge, darin eine schwache Note des von Fletcher servierten - Minztees.

Ihr Mund streifte meinen, fast nur ein Hauch.

Der Himmel stehe mir bei.

Mit einem zittrigen Atemzug ließ ich den Kopf zurückfallen und spürte ein bitteres Lachen in mir aufsteigen. Sie war nicht in der Verfassung, mich zu küssen, nicht jetzt, solange das Medikament wirkte. Und ich würde es mir nie verzeihen, die Situation ausgenutzt zu haben, auch wenn ich mich ebenso berauscht fühlte wie sie. Nicht wenn es vielleicht kein nächstes Mal gab.

Andererseits würde ich es mir auch nicht verzeihen, wenn ich jetzt ging, ohne sie geküsst zu haben.

Nicht wenn es womöglich kein nächstes Mal gab.

»Ash.«

Ich schloss die Augen, schluckte. »Was?«

»Du denkst zu viel.«

»Ich denke vor allem, dass dein Urteilsvermögen beeinträchtigt ist.«

»Ich bin einfach bloß müde, nicht unzurechnungsfähig.« Sie schlang die Arme um meinen Hals, und mein Atem stockte.

»Das sagst du.« Wider besseres Wissen legte ich die Hände an ihre Hüften und zog sie an mich, bis sie mir ganz nah war. Ich ließ die Stirn auf ihre Schulter sinken und lehnte mich an sie, sie mit dem Rücken an der Wand. Die Worte brannten mir in der Kehle. »Hör zu, Fletcher hat gesagt …«

»Ich möchte jetzt wirklich nicht an Fletcher denken.«

»Glaub mir, ich auch nicht, aber genau deshalb …«

Ich spürte ihr frustriertes Seufzen warm auf der Haut. »Du denkst wirklich, ich weiß nicht mehr, was ich tue?«

»Ich bin mir sicher.«

»Dann beweise ich dir morgen, dass dem nicht so ist.« Sie schmiegte die Wange an meinen Hals.

Morgen. Das Wort erwischte mich eiskalt. Morgen würde ich ihr sagen müssen, dass Fletcher nicht allein gehandelt hatte. Aber bis dahin … konnte ich ihr weiches, glänzendes Haar einatmen, mir ihren Duft einprägen, ich konnte sie in meinen Armen spüren, den weichen Stoff ihres Shirts unter meinen Händen. Ich wusste kaum etwas über sie, aber, *oh mein Gott*, ich wünschte es mir so sehr.

Ich schloss die Arme fester um sie.

»Zwing mich bitte nicht, dich zu retten.« Ihre Lippen streiften mein Ohr, in ihren Worten lag eine seltsame Dringlichkeit. »Denn vielleicht musst du mich retten.«

»Was …?« Aber sie hatte sich schon von mir gelöst und war in ihr Zimmer verschwunden. Bevor sich die Tür schloss, sah ich das dunkle Funkeln in ihren Augen.

Ich hörte sie abschließen, und ihre Worte hämmerten sich in meinen Schädel, die Ahnung ihrer Lippen brannte noch auf meinen. Schleudertrauma.

Ich schüttelte benommen den Kopf und fischte ein Stück Papier aus der Hosentasche, riss eine Ecke ab und steckte sie, ganz klein zusammengefaltet, in die Türritze.

Nur für den Fall, dass sie doch nicht die Wahrheit sagte.

44

MILA

Sowie Ashtons Schritte die Treppe hinauf verhallten, stürzte ich in das winzige Bad und riss den Waschtisch auf, stieß in meiner Eile den Essigreiniger um und zog schließlich den Karton mit dem Natron heraus. Ich schüttete das weiße Pulver in meinen Zahnputzbecher, denn ich hatte nicht gelogen – das Zolpidem mochte noch nicht so stark wirken, wie ich es vorgetäuscht hatte, aber wenn ich es erst merkte, war es zu spät.

Meine Uhr hatte oben in der Küche vibriert, als ich den Tee schon fast ausgetrunken hatte. Ich hatte einen flüchtigen Blick darauf geworfen und meinen Augen nicht getraut.

Fletcher hat dir etwas in den Tee getan. Übergib dich, so schnell du kannst.

Dass Fletcher auf seine Anweisung hin gehandelt hatte, sagte er mir nicht. Dass er ihn einfach hatte machen lassen.

Nachdem ich wusste, dass Alastor nichts mit dem Tod von Curt und Taryn zu tun hatte, war mein Hass auf Fletcher in diesem Moment größer als auf ihn.

Auf die anderen Gäste hatte ich nicht weiter geachtet. Konnte es sein, dass jemand von ihnen mir unbemerkt eine Nachricht geschickt hatte, während wir in der Küche standen? Oder wusste die Person, dass wir zum Tee hinuntergehen würden, und hatte diese Nachricht zeitversetzt gesendet? Oder war Alastor doch keiner von uns, befand er sich irgendwo anders auf der Insel?

Ich hielt den Becher unter den Wasserhahn, verrührte das Natronpulver und trank es in einem Zug, spürte das Beißen auf der Zunge.

Mein Magen krampfte sich zusammen, und ich erbrach mich in die Toilette.

Als nichts mehr kam, spülte ich mir den Mund mit klarem Wasser aus, presste mir die Handballen auf die Augen und schluckte gegen meine schmerzende Kehle an.

Dann kippte ich drei Becher frisches Wasser in mich hinein und putzte mir die Zähne, um den fiesen Geschmack loszuwerden.

Meine Uhr vibrierte erneut, eine Nachricht erschien auf dem Display.

Noch mal warne ich dich nicht.

Angst und Übelkeit ließen mich in kalten Schweiß ausbrechen. Ich klammerte mich ans Waschbecken, bis meine Knöchel weiß hervortraten und die Adern auf meinem Handrücken aussahen wie ein Nest von Schlangen. Ich hatte mich mit einem Mann angelegt, der sich selbst für Gott zu halten schien, und das hatte ich jetzt davon.

Er wollte mir eine Lektion erteilen. Sicherstellen, dass ich unseren Plan für das Spiel des heutigen Abends einhielt.

Alastor hatte mir gezeigt, wie leicht er die Gäste gegen mich aufbringen konnte. Dass ich letztlich nicht nur ihn zum Gegner hatte, sondern auch sie. Dass er, sollte ich noch mal versuchen, uns von der Insel zu bringen, zu anderen Methoden greifen würde.

Aber Taryn und Curt hatte er nicht getötet. Und er hatte vor, den wahren Täter zu bestrafen.

Eine weitere Nachricht traf ein. *Viel Spaß. Und vergiss nicht, etwas zu essen.*

Dieser Anflug von Fürsorge, von Vertrautheit schmerzte fast noch mehr.

Ich fuhr mit den Fingern unter meinen brennenden Augen entlang und wischte die verschmierte Wimperntusche weg. Ich hatte getan, was ich konnte, um Ash zu warnen. Blieb nur zu hoffen, dass der nächtliche Stubenarrest ihm genug Zeit gab, die Bedeutung meiner Worte zu begreifen. Zu verstehen, worum es bei dem Spiel wirklich ging.

Ich musste es wissen, wer hatte sich den ganzen Kram schließlich ausgedacht?

Aber selbst wenn Ash es nicht kapierte, bestand immer noch die Hoffnung, dass mein Versuch, ihn zu küssen, denselben Zweck erfüllte. Dass wir ein neues Level freigespielt hatten und er tatsächlich etwas für mich empfand.

Denn alles hing davon ab, ob ich ihm wichtig genug war, sich selbst – sein Leben – dafür aufs Spiel zu setzen.

Nur noch ein Tag. Ein weiterer Tag, bis die Küstenwache die Bucht patrouillierte. Wir würden Signale senden und gerettet werden.

Aber bis dahin …

Wenn man Alastor glaubte – und nach allem, was ich von ihm wusste, tat ich das –, hatte einer von euch frisches Blut an den Händen. Und genau in diesem Augenblick wurden Alastor und ich wieder ein Team, mussten uns verbünden gegen denjenigen von euch, der ihm das Spiel vermasseln wollte und meine Mitarbeiter ermordet hatte.

Ich zog mir Leggings an, einen schwarzen Fleecepulli mit Reißverschlusskragen und Turnschuhe mit Gummisohlen, in denen ich nur dann zu hören war, wenn ich es wollte.

Dann schlüpfte ich durch die falsche Rückwand meines Schranks, eilte den dunklen Schacht hinunter und kletterte die Stiege hinauf in den zweiten Stock, wo ihr alle auf euren Zimmern wart.

Es war an der Zeit, dieses Haus heimzusuchen.

TINTE IN DEN ADERN: VOM SCHREIBEN ÜBER FURCHT

VON J. R. ALASTOR

FURCHT ALS KUNST UND WAFFE

Es hat mich immer fasziniert, dieses zutiefst menschliche Bedürfnis, mit einer Tasse Kamillentee oder einem Rotwein am Kamin zu sitzen und sich lesend das Fürchten zu lehren.

Sinn und Zweck der Kunst ist es, Emotionen zu wecken, auch und gerade im Horror- und Thriller-Genre. Furcht ist eine Kunstform, man kann sie gut beherrschen oder schlecht. Sie kann gut oder schlecht eingesetzt und ebenso gut oder schlecht aufgenommen werden.

Aber es geht den Genres der Furcht nicht nur um den Schockeffekt (auch wenn der manchmal unbestritten ist). Der Reiz liegt in der emotionalen Achterbahnfahrt, auf die wir uns auf diese Weise einlassen. Es ist auch eine Art Katharsis, unsere elementarsten Gefühle wachzurufen und ihnen ihren Lauf zu lassen. Eine gut gemachte Schauergeschichte dringt bis in die dunkelsten Ecken von Geist und Seele vor und verleiht unseren tiefsten Ängsten Ausdruck.

Hatte ich erwähnt, dass man die Bestie erst freilassen muss, bevor man sie erlegen kann?

45

FLETCHER

»He, Leute«, rief Violet, die, noch immer das eingewickelte Baguette in der Hand, wie vom Donner gerührt an der Tür zu ihrem Zimmer stand. Im Grunde eine vernünftige Idee, sich einen kleinen Snack mit nach oben zu nehmen, da das Abendessen in Anbetracht dessen, dass der Küchenchef am anderen Ende des Flurs verweste, heute wohl ausfiel. »Da war jemand in meinem Zimmer.«

»Und?«, fragte ich und steuerte unbeirrt mein eigenes Quartier an. Es dauerte ungefähr eine Dreiviertelstunde, bis das Zolpidem wirkte, und ich wollte die Einnahme nicht länger hinauszögern, um morgen nicht völlig erschlagen zu sein.

Ihre Entrüstung – oder wohl eher notdürftig überspielte Angst – ließ Violet, wer hätte das für möglich gehalten, noch schroffer klingen als sonst. »Jemand hat mir was aufs Bett gelegt.«

»Auf meinem liegt auch etwas«, meldete sich Olivia und verschwand in ihrem Zimmer, um kurz darauf mit einem Buch in der Hand zurückzukommen. Ich seufzte bloß und wunderte mich über gar nichts mehr.

Die schwarzen Buchstaben sprangen mich vom Gold des Einbands an.

Bekenntnisse eines desillusionierten Therapeuten

Na super.

Olivias Blick suchte meinen, sie ließ keinerlei Überraschung erkennen. Wäre sie die letzten Tage nicht so mit dem Tod ihres Gatten beschäftigt gewesen, hätte ich ihr diese spezielle Enthüllung ja durchaus zugetraut. Aber so?

»Warum legt uns das jemand aufs Zimmer?«, fragte Violet und verzog angewidert das Gesicht. »Ich meine, ich habe vor Jahren davon gehört und fand es echt krank. Und wenn *ich* das schon sage …«

»… haben wir echt ein Problem«, schloss ich. »Ignoriert es einfach. Hier erlaubt sich jemand einen schlechten Scherz, und es wäre ja nicht der erste.«

»Was ist denn los?«, wollte Carter wissen, der, immer zwei Stufen auf einmal nehmend, die Treppe heraufgerannt kam.

»Dieses grässliche Buch lag auf unseren Zimmern«, sagte Violet.

»Unheimlich, aber das klären wir gleich.« Carter hielt mit bebenden Nasenflügeln auf mich zu. »Fletch, warum hast du uns nicht gesagt, dass Alastor dich gezwungen hat, Mila unter Drogen zu setzen? Du hast uns manipuliert, uns benutzt und zu Mittätern gemacht!«

»Wow, sind wir uns jetzt also einig, dass es nicht okay ist, einer Frau was in den Drink zu tun?«, spottete Violet und nahm Olivia das Buch ab.

»Ich war dagegen«, erwiderte Carter knapp. »Ich dachte erst, sie spielt uns etwas vor. Aber dabei war es Alastor. Und sein williger Helfer Fletch.«

»Wo ist das Problem?« Ich hob den Blick, um Geduld flehend, himmelwärts. »Niemand von uns traut Mila, da war es doch nur logisch, sie aus dem Verkehr zu ziehen. So oder so, am Ende läuft es auf dasselbe hinaus.«

»Tut es nicht, weil wir jetzt wissen, dass Alastor nicht will, dass sie sich einmischt. Was heißt, er hat Angst, sie könnte es tun. Was wiederum bedeutet, dass sie vielleicht, nur vielleicht die Wahrheit sagt und uns helfen will. Und du stellst dich hin und wiegelst uns gegen sie auf, weil du Schiss hast, dich Alastors Weisungen zu widersetzen. Macht dich das eigentlich zum Drogendealer aus dem gestrigen Spiel?«

»Ich denke, wenn uns unser Leben lieb ist und wir nicht gleich Alastor mit einer blutigen Kettensäge in der Hand begegnen wollen, sollten wir uns jetzt auf unsere Zimmer zurückziehen.«

Ein erstickter Laut hinter uns ließ uns herumfahren.

Violets ohnehin schon verstörend große Augen waren noch riesiger als sonst. Sie hielt uns die hintere Umschlagklappe des gelben Büchleins entgegen, von der uns Dr. Timothy Foley anlächelte. »Das hat *er* geschrieben?«

Aller Sauerstoff wich aus meinen Lungen und mit ihm der Rest meiner Geduld. »Ja gut, schön, dann war ich es eben. Na und?«

»Er hat sich über eine Patientin mit Wahnvorstellungen lustig gemacht.« Violets Finger krallten sich um das Buch, und sie ging auf mich los wie eine Furie. »Die Frau hatte gerade ihre Tochter verloren und eine Psychose! Und an anderer Stelle bezeichnen Sie die Aufarbeitung einer Missbrauchserfahrung als unerträgliche Nabelschau!«

»Ich habe mich nicht darüber lustig gemacht, ich wies lediglich darauf hin, wie anstrengend es ist, wenn Menschen nicht mit ihrer Vergangenheit fertigwerden. Ganz ehrlich, wie lange will man diesen Mist denn noch aufwärmen? Das war *Jahre* her, und irgendwann muss man doch darüber hinwegkommen.«

»Manchen Therapeuten sollte man am besten die Zulassung entziehen«, bemerkte Carter. »Aber jetzt weiß ich wenigstens, zu wem ich ganz sicher nicht gehen würde.«

»Genau genommen bin ich *Psychiater*, aber wen interessiert das denn noch? Ich habe mir nichts zuschulden kommen lassen.«

»Aber offensichtlich haben Sie einige Leute sehr wütend gemacht«, fauchte Violet mich an. »Mich zum Beispiel.«

»Dann wäre das ja geklärt, Fletch«, meldete sich Olivia und zog die dünnen Vorhänge am Ende des Flurs zurück, um den Blick auf die sich unerbittlich herabsenkende Nacht freizugeben. »Alastor dürfte vermutlich einer deiner ehemaligen Patienten sein.«

Diese Möglichkeit war mir tatsächlich auch schon in den Sinn gekommen.

»Ich wage doch sehr zu bezweifeln, dass einer meiner Patienten die geistigen, geschweige denn wirtschaftlichen Ressourcen hätte, um so einen Aufwand zu bewerkstelligen«, sagte ich dennoch und deutete um mich. »Und was soll ich denn deiner Ansicht nach tun, liebe Olivia? Auf die Knie gehen und um Vergebung betteln, nur weil ich ausgesprochen habe, was jeder Psychiater im Grunde seines Herzens denkt?«

»Wow, da hat jemand eine noch geringere Meinung von seinen Mitmenschen als ich«, sagte Violet. »Ehrlich, ich hätte nicht gedacht, dass das möglich ist.«

»Dürfte ich euch daran erinnern, dass wir mutmaßlich einen Kindsmörder – und natürlich einen Serienkiller – in unseren Reihen haben?«

»Wer immer das sein soll«, sagte Olivia, »es ist mir egal, solange wir nur Alastor finden.« Sie hielt inne. »In der Hinsicht könnten uns beide sogar nützlich sein.«

Das Papier um Violets Baguette raschelte bei jeder noch so kleinen Bewegung, und ich war kurz davor, sie mitsamt ihrem blöden Stangenbrot aus dem Fenster zu werfen.

»Der Kindsmörder bin ich«, sagte Carter in die Stille hinein. Ich drehte mich ungläubig nach ihm um. Er hatte die Hände in den Hosentaschen vergraben und seinen Blick auf diesen hässlichen Webteppich gesenkt. »Ein Badeunfall, als wir noch Kinder waren. Eine Freundin starb. Genau genommen wir beide, aber mich konnten die Ärzte wiederbeleben.«

Es folgte ein Moment betretenen Schweigens, in dem wir versuchten, diese unschöne, wenn auch für mich wenig überraschende Wahrheit über Carter zu verdauen.

»He, Leute«, sagte Violet, die den düsteren Blick nicht vom Fenster gewandt hatte. »Die Sonne geht unter.«

Schade, dachte ich. Mir kam es vor, als hätten wir gleich noch weitere interessante Enthüllungen zu hören bekommen.

»Wie dem auch sei«, ich ging gemächlich zu meiner Tür und schloss sie auf, »euch mag meine Schandtat – lachhaft, es überhaupt so zu nennen – nicht gefallen, aber ich habe nichts Falsches getan. Im Gegensatz zum Rest von euch.«

Damit ließ ich die Tür hinter mir zufallen, schob den Riegel vor und drückte auf den Lichtschalter – doch nichts geschah. Seltsam. Ich drehte mich langsam um.

Etwas streifte im Halbdunkel meine Schulter und ließ mich vor Schreck zusammenfahren.

Der Kronleuchter – sofern man das minimalistische Ding überhaupt so nennen konnte – war vom Haken in der Mitte der Zimmerdecke verschwunden, stattdessen hing dort jetzt ein langes, zu einer Schlinge geknüpftes Seil. Der Stuhl, den ich letzte Nacht vor die Tür geschoben hatte, stand direkt darunter. Das Zimmer war den ganzen Tag über abgeschlossen gewesen, wie zum Henker war in der Zwischenzeit jemand hereingekommen? Die Person musste einen Schlüssel haben. In meiner Abwesenheit hatte ich ja schlecht den Stuhl unter die Klinke schieben können, weshalb es durchaus möglich war, dass jemand sich unbefugt Zutritt verschafft hatte.

Den Gedanken fand ich weit beunruhigender als die Szene, die sich mir bot.

Die Sohlen meiner Lederschuhe klackerten auf dem Holzstuhl, als ich kurzerhand hinaufstieg, um das Seil vom Haken zu nehmen. Dann hielt ich inne.

Vor mir, auf den Kissen des frisch gemachten Bettes, lag das Buch.

Ich stieg wieder vom Stuhl. Schlich mich ans Bett.

Starrte erneut auf meinen Namen. DR. TIMOTHY FOLEY.

Grausame Ironie des Schicksals, dass Alastor mich ausgerechnet mit einem meiner größten Erfolge heimsuchen musste. Dennoch hätte ich es besser wissen müssen, als mit einer meiner ehemaligen Patientinnen hierherzukommen.

Nie hatte ich mich glücklicher geschätzt als an dem Tag, als die berühmte Autorin Cassandra Hutchinson meine Praxis aufsuchte. Wobei ich da noch gar nicht wusste, wer sie war – das hatte ich erst nach unserer ersten Sitzung herausgefunden. Sie meinte, ihre Wahl sei auf mich gefallen, weil auf meiner Website gestanden habe, dass ich Literaturliebhaber bin. Damals wog sie noch deutlich mehr, aber wie lang mochte das auch her sein? Zehn Jahre? Und kein Schmuck, gar nichts, nicht mal einen Ehering. Sie war sehr mitteilsam gewesen, hatte mir lang und breit ihr Leid geklagt, und ich hatte alles begierig in mich aufgesogen und meine Chance gewittert, endlich in den Literaturbetrieb einzusteigen.

Zu jener Zeit hatte ich mir während der Sitzungen Notizen mit einem Montblanc-Füller gemacht, einem LeGrand 145.8, dasselbe Modell wie der *verfluchte Gegenstand*, der vor zwei Abenden in meiner Holzkiste gelegen hatte.

»Ich habe mir nichts vorzuwerfen«, murmelte ich und warf das Buch auf den Nachttisch. Es stieß gegen die mit dem Seil umwickelte Lampe und flog, die Seiten aufgeblättert, auf den Boden.

Erst da bemerkte ich die Cäsar-Büsten.

Sie waren überall. Auf jeder freien Fläche stand eine. Auf beiden Nachttischen, auf dem kleinen Tisch am Kamin, wo eine ganze Handvoll im Kreis gruppiert war, acht weitere reihten sich auf der Kommode, und die Bücher, die gestern Abend noch im Regal gestanden hatten, hatten einer Heerschar Julius Cäsars Platz gemacht. Das ganze Zimmer wimmelte nur so von kleinen körperlosen Marmorköpfen.

»Ach du meine Güte …«

Wäre ich besserer Stimmung gewesen, hätte ich mich wohl bei Mila darüber beschwert, wie billig und lachhaft Alastors Methoden waren. Denn ganz ehrlich, glaubte er wirklich, einem erwachsenen Mann mit diesem makabren Firlefanz Angst einjagen zu können? Einem gestandenen Thriller-Autor noch dazu, der mit sämtlichen Tricks des Genres vertraut war? Genauso gut hätte er REDRUM an unsere Badezimmertüren schreiben können.

Nach dem Tod ihrer beiden Mitarbeiter dürfte nur noch Mila einen Schlüssel zu unseren Zimmern haben. Tja, da würde ich sie mir morgen wohl gleich mal zur Brust nehmen müssen.

Ich zog mein Sakko aus und sammelte damit jede einzelne der Büsten ein, öffnete das Fenster und sandte sie hinaus in die Nacht. Als sie mit lautem Getöse unten aufschlugen, klang es mir wie Musik in den Ohren.

»Was war das?«, rief Violet von nebenan.

»Keine Panik«, rief ich zurück. »Ich habe nur eben etwas entsorgt.«

Ich schüttelte meine Jacke über dem Fenster aus und betrachtete zufrieden das Meer weißer Marmorsplitter auf den nass glänzenden Steintritten.

Sicherheitshalber warf ich auch noch das Seil hinterher, hielt dann aber inne. Vielleicht hätte ich es besser behalten sollen, statt es meinem Gegner wieder an die Hand zu geben? Aber egal. Erst mal müsste er ja ins Zimmer gelangen, was, wenn ich es von innen versperrte, unmöglich war.

Ich zermalmte eine doppelte Dosis Zolpidem zwischen den Zähnen und zog eine Grimasse, als ich das bittere Pulver auf der Zunge schmeckte. Dank ein wenig Chemie würde ich gleich tief und fest schlafen, und wenn ich morgen aufwachte, wäre der ganze Spuk vorbei.

Doch als ich mein Tweedsakko über die Stuhllehne hängte,

fiel mein Blick auf ein Stück Papier, das aus der Innentasche ragte.

Nein. Das durfte nicht wahr sein.

Vorsichtig zog ich es heraus und spürte ein Frösteln auf der Haut. Wie konnte das sein? Es war ebenjenes Rezept, das Alastor mir heute Morgen unter der Tür durchgeschoben hatte und das dann vorhin den anderen in die Hände gefallen war.

Aber wie kam es jetzt hierher, in meine Jackentasche? Ich konnte mich nicht entsinnen, es nach dem Eklat in der Küche wieder an mich genommen zu haben.

Tatsächlich hatte ich es mir in der allgemeinen Aufregung nicht so genau angesehen. Vorsichtig strich ich über das Papier. Es war fester als die üblichen Vordrucke, und die Ränder waren ein wenig schief. Es sah bei genauerer Betrachtung sehr nach Druckerpapier aus, als habe jemand einfach irgendein Rezeptformular aus dem Internet ausgedruckt.

Was ich indes nicht verstand, war, warum es zwei davon gab – das hier in meiner Jackentasche, das ich heute Morgen unter der Tür gefunden hatte, und jenes andere, das plötzlich in der Küche aufgetaucht war, als sei es mir aus der Tasche gefallen. Was ja offensichtlich nicht der Fall war.

Es schien mir eine Finte. Als habe Alastor es genau so geplant, um den anderen mein doppeltes Spiel vor Augen zu führen.

46
ASHTON

Das Wasser rauschte über mir in den Rohren, und mein Blick wanderte besorgt hinauf zur weißen Holzdecke. Das Geräusch ging hin und her wie eine leere Getränkedose auf einem Bootsdeck, die jeder Bewegung der Wellen folgt.

Nur dass dies kein Boot war, es keine umherrollenden Getränkedosen gab und ich mir ziemlich sicher war, dass so viel Wasser hier oben nicht zu hören sein sollte.

Der Plan, den ich mir heute Morgen zurechtgelegt hatte, würde jetzt nicht mehr funktionieren, aber ich hatte acht Stunden, um mir einen neuen einfallen zu lassen. Vielleicht konnte ich es einfach als Plot-Fehler verbuchen, dann weiter im Text.

Doch die über meinem Kopf plätschernden Wasserleitungen ließen mir keine Ruhe. Mein Magen krampfte sich zusammen wie eine kleine verschrumpelte Kirsche. Wie groß war wohl die Wahrscheinlichkeit, dass Alastor eine Flut blutrot gefärbten Wassers auf uns losließe, wie in einer Szene aus *Carrie*?

Ich zog die Vorhänge zurück, das rasselnde Geräusch der Gardinenringe durchbrach die Stille. Fahles Mondlicht fiel auf das Buch, das an die Leselampe auf meinem Nachttisch gelehnt war.

Bislang hatte alles, was während dieser Woche geschehen war, einen Bezug zu unseren Büchern gehabt. Wie also stand es um Alastors eigenes Werk?

Ich nahm es zur Hand und betrachtete es nachdenklich. Es war erstaunlich schmal für eines seiner Bücher, und nach den Ereignissen der letzten Tage weckte das schwarze Cover mit dem blutklecksenden Stift darauf auch nicht mehr jene Vorfreude, die ich bei der Ankündigung des Titels empfunden hatte. Ich blätterte durch die frischen Seiten, atmete den Geruch von Bindemitteln, Papier und Druckerschwärze ein, diesen unverkennbaren und doch jedes Mal ein wenig anderen Geruch neuer Bücher.

Hatte eigentlich irgendjemand von uns es die letzten Tage gelesen? Oder war allen die Lust vergangen? Vielleicht war ich auch nur wieder der Einzige, der von nichts etwas mitbekam.

In dieser Woche drehte sich alles um Geschichten, und hier hielt ich Alastors Ratgeber zum Verfassen ebensolcher in den Händen. Konnte es offensichtlicher sein? Er hatte uns jedem ein Exemplar auf den Nachttisch legen lassen. Wann, wenn nicht jetzt, wo ich die ganze Nacht hier ausharren und hoffen musste, dass Alastor nicht die Kettensäge zum Einsatz brachte, blieb mir mehr Zeit, um mir seine Ausführungen in aller Ruhe zu Gemüte zu führen?

Ich blätterte vor zum ersten Kapitel.

»Es gibt nichts Neues unter der Sonne – das gilt auch und gerade fürs Schreiben.«

Ein leises Geräusch, wie das dumpfe Ticken einer Uhr, durchbrach die Stille.

Ich lauschte. Da war es wieder. Es dauerte kurz, bis ich es einordnen konnte: Wasser, das langsam aber stetig auf Stoff tropfte. Ich drehte mich nach dem Bad um, aber von dort konnte es nicht kommen, die Tür war zu.

Aus den Augenwinkeln nahm ich eine Bewegung wahr. Ein Wassertropfen, der sich von dem spartanischen Kronleuchter in der Mitte des Zimmers löste und mit einem dumpfen *Plopp!* auf den Teppich traf.

Na prima.

Zögerlich trat ich näher, um mir die Sache genauer anzusehen.

Wasser rann an den Messingarmen des Leuchters hinab, sammelte sich dort, bevor es träge zu Boden fiel und im Teppich versickerte. Auf den hellen Naturfasern hatte sich bereits ein dunkler Fleck gebildet.

»Hat hier noch jemand einen Wasserschaden?«, rief ich laut und begann, den Ort des Geschehens langsam zu umkreisen.

»Nicht dass ich wüsste«, antwortete mir Olivia von der anderen Seite des Flurs.

»Aber ich höre es!«, rief Violet.

»Damit will er uns bestimmt bloß rauslocken«, kam es genervt von Fletcher, der das Zimmer neben meinem hatte. »Ignoriere es, und alles ist gut.«

Ein helles Kichern kitzelte mein Ohr.

Wie der Blitz schoss ich durchs Zimmer, die Schultern hochgezogen, während mein Herz einen Samba trommelte. Vermutlich stand mir jedes einzelne Haar zu Berge wie unter Strom.

Die weiße Decke und die Kissen auf meinem Bett waren unberührt, kein Feuer im Kamin. Auf der Fensterbank noch immer die dünne Salzspur, eigens von mir ausgelegt. Es sah auf den ersten Blick aus wie Kokain, aber gut. Es war niemand hier.

Alles in Ordnung, kein Grund zur Aufregung. Ich hörte Dinge. Der Fluch einer allzu regen Fantasie, die mich schon als Kind schlecht hatte schlafen lassen. Ich hatte, von bösen Träumen geplagt, so oft vor dem Schlafzimmer meiner Eltern campiert, dass meine Mutter, nur halb im Scherz, irgendwann überlegte, dort ein Feldbett aufzustellen.

Dann wieder dieses zittrige Lachen.

Diesmal war es direkt neben mir, auf der anderen Seite der Tür. Oder besser gesagt, direkt *vor* der Tür und ziemlich dicht am Boden – so, als würde ein Kind versuchen, durch den Türspalt zu schauen.

Meine Füße gruben sich in den Teppich, mein Herz klopfte wie wild. Ich hätte jetzt (buchstäblich) meine linke Hand gegeben, um Ruby an meiner Seite zu haben. Siebzig Pfund Muskeln und gefletschte Zähne gaben einem doch ein Gefühl von Sicherheit.

Dann hörte ich kleine trippelnde Schritte sich den Flur hinab entfernen.

»Was zum Teufel war das?«, rief Fletcher von nebenan.

»Geht es in dieser Woche nicht darum, alle Motive des Genres durchzuspielen?«, kam es von Violet, doch sie klang etwas verunsichert. »Unheimliche Kinder sind, zumindest im Horrorbereich, ziemlich verbreitet.«

»Ja, das wissen wir, danke, aber dann muss ich den Teil verpasst haben, wo jemand das unheimliche Kind auf die Insel geschmuggelt hat und es *hier im Haus versteckt hält*. Ich meine, wo soll es denn bitte herkommen, das ergibt doch keinen Sinn.«

»Das findet sich alles in unseren Geschichten«, sagte ich. »Violet, kommt in deiner nicht ...«

»Ja.«

»Noch mal«, fuhr Fletcher fort, »warum wird das so häufig verwendet? Es ist ein billiger Psychotrick, etwas zu nehmen, das frei von Schuld, rein und unverdorben ist, und es zum Gefäß für ein unsichtbares, unaussprechliches Grauen zu machen. Im Grunde ein ganz alter Hut.«

»Es heißt ja, dass kleine Kinder noch wie unbeschriebene Blätter sind«, bemerkte ich. »Das macht es dem Übernatürlichen leicht, an ihnen anzudocken.«

»Im Grunde das, was ich sagte, Carter. Nicht hilfreich.«

Ein monströses Scharren hallte durch die Wand.

Ich sprang fluchend zurück.

Aus Violets Zimmer, wie ein Echo, ein erstickter Fluch, dann Olivias Stimme: »Was war das?«

»Es kommt von hier«, rief ich und drückte die Hand flach an die Wand, spürte sie zittern, während das grelle Kreischen vom Flur immer lauter anschwoll, bis ich es in den Zähnen spürte. Als würde ein Kind dort entlangspringen und einen Ast oder einen Nagel über die Holztäfelung ziehen.

»Das Wasser wird auch lauter«, sagte Violet.

»Ich setze jetzt meine Ohrstöpsel ein«, kam Fletchers Stimme von nebenan. »Viel Spaß noch bei dem Spektakel, aber denkt dran, eure Zimmer nicht zu verlassen.«

Ich warf einen Blick über die Schulter zum Kronleuchter hinauf. Das Wasser lief mittlerweile in einem feinen Rinnsal herunter, und auf dem Teppich hatte sich eine Pfütze gebildet.

»Und du bist sicher, dass das eine gute Idee ist?«, rief Olivia.

Schweigen.

»Fletch?«

»Vielleicht hätten wir vorhin auch ein paar Pillen einwerfen sollen«, bemerkte Violet. »Freiwillig natürlich.«

»Ich denke nicht, dass das eine gute Idee gewesen wäre«, sagte ich.

Die Glühbirnen im Kronleuchter begannen zu flackern, leuchteten noch einmal kurz auf, bevor sie mit einem Knall erloschen und mich in völliger Dunkelheit zurückließen.

Super.

Ich wartete, bis meine Augen sich an das Dunkel gewöhnt hatten und ich die Umrisse der Bilder an den Wänden ausmachen konnte. Aber was war das … *Leuchteten* die etwa?

Es sah aus, als wären sie mit einer fluoreszierenden Substanz übermalt worden. Was immer es war, ich musste es bis jetzt übersehen haben, da ich meine Kontaktlinsen herausnahm, bevor ich zu Bett ging.

Von den Inselszenen war nichts mehr zu erkennen, zumindest nicht im Dunkeln.

Das Bild über der Kommode zeigte dafür überdeutlich ein kleines Kanu auf den leuchtenden, leicht bewegten Wassern eines Sees, Bäume ragten in schnellen Pinselstrichen entlang des Ufers auf.

Das andere Gemälde zeigte den See bei Nacht. Winzige Sterne funkelten am Himmel, und eine kleine Gestalt stand auf dem Bootssteg, neben sich eine dieser alten Rettungsbojen, und blickte auf etwas im Wasser.

Der Mund wurde mir trocken, und ich bewegte mich wie ein Schlafwandler, als ich langsam auf das Bild zuging.

Hier, lies das, hatte Jack zu mir gesagt und mir die zerlesene Taschenbuchausgabe von *Der Ozean am Ende der Straße* in die Hand gedrückt. Hätte ich damals schon gewusst, was ich heute wusste, hätte ich das Buch nicht angerührt und wäre einfach gegangen.

Aber stattdessen hatte ich es in einer einzigen Nacht verschlungen, war völlig abgetaucht in diese Geschichte, in der Kindheitserinnerungen und Fantasie verschwammen. Dieses Buch hatte meine Liebe zu den düsteren Geschichten geweckt, die dich packen und nie mehr loslassen. Sie ließen mich etwas in mir selbst entdecken, von dessen Existenz ich bis dahin nichts gewusst hatte. Dieses Buch lehrte mich das Staunen über die Wunder der Welt und die darin verborgene Magie. Danach sollten Horror und Fantasy mir immer Trost schenken, denn ganz gleich, wie gruselig diese Geschichten waren, ich selbst hatte schon weit Schlimmeres erlebt.

In der Fiktion konnte man die Monster immerhin besiegen.

Ich erschauerte und musste an Milas Worte denken.

Manchmal verbergen wir Dinge vor uns selbst und reden uns ein, wir seien geheilt, und alles sei gut, auch wenn es das nicht ist.

Hatte ich das nicht auch irgendwo schon mal gelesen?

Mein Blick fiel auf meine an den Nachttisch gelehnte Ledertasche, ich sah das Buch darin vor mir, die goldenen Buchstaben des Titels groß auf dem dunklen Cover.

Mila hatte im Grunde den ersten Satz paraphrasiert.

Aber warum?

47

DIE DIEBIN

Fletchers schamloses Werk war nicht das Einzige, was Alastor in meinem Zimmer hinterlassen hatte.

Auf meinem Nachttisch lag, neben seinem eigenen Buch übers Schreiben und der schicken Natursteinlampe, ein Stapel Papier, ordentlich zusammengeheftet wie ein ungebundenes Manuskript.

Mit zitternden Fingern griff ich danach, spürte das schwere, teure Papier in meinen Händen leicht nach hinten fallen.

OHNE TITEL: EINE TRAGÖDIE

VON J. R. ALASTOR

Ich ließ mich an die Wand sinken. Wenigstens war es nicht mein eigenes Buch mit einer mir auf den Leib geschriebenen Todesszene. Ich schlug die erste Seite auf – und erstarrte.

Alles Blut wich mir aus dem Körper, versickerte in den nackten Holzdielen. Das Twitter-Logo und die Nachrichten darunter verschwammen mir vor Augen.

Es war unmöglich, dass irgendjemand an unsere alten Nachrichten gekommen war. Sie waren gelöscht, nachdem sie ihren Account gelöscht hatte, und waren dann endgültig im Nirwana verschwunden (falls es da noch eine Steigerungsform gibt), als ich später meinen eigenen löschte. Hätte man noch irgendwo darauf zugreifen können, wären sie ganz sicher Gegenstand der Gerichtsverhandlung gewesen.

Denn diese Nachrichten waren der Beweis dafür, dass ich gelogen hatte. Dass meine literarische Karriere eine einzige Lüge war.

Ich starrte auf die erste Seite. Wie oft hatte ich mich im Laufe der Jahre daran zu erinnern versucht, wie eigentlich alles angefangen hatte. Was ich ihr damals geschrieben hatte. Diese erste Nachricht schien plötzlich ein solches Gewicht zu haben, und doch wollte sie mir partout nicht mehr einfallen. Und jetzt stand sie hier, in ihrer ganzen Banalität. Einfach nur eine Variante jener Nachricht, wie ich sie damals dutzendfach verschickt hatte. *Hi, ich heiße soundso und schreibe das und das, bin gerade auf dein Profil gestoßen und fand es interessant, vielleicht kann man sich mal austauschen?*

Ich hatte null Erinnerung daran, wann ich ihr das genau geschrieben hatte. Sie war einfach nur eine von vielen gewesen, denen ich eine Nachricht schickte. Von manchen bekam ich eine Antwort, andere reagierten überhaupt nicht. Vor ihr hatte ich schon mit sechs anderen Leuten Kapitel ausgetauscht und dabei gelernt, so früh wie möglich etwas zu schicken, weil man dann schnell merkte, ob es passte oder nicht. Die meisten Kontakte schliefen nach ein paar Wochen wieder ein.

Aber bei ihr war es anders. Diese eine banale Nachricht sollte unser beider Leben für immer verändern.

48

ASHTON

Nachdem ich mich im Halbdunkel ein paar Stunden in Alastors verstörendes Manifest vertieft hatte, spürte ich plötzlich Wasser durch den Hosenboden meiner Jeans sickern und sprang mit einem Satz auf. Der zum Duschkopf gewordene Kronleuchter verwandelte mein Zimmer in ein römisches Bad, wenn auch abzüglich des Dampfes, denn das Wasser war kalt.

Ich holte mir ein Handtuch, stieg auf den Stuhl und begann, an der Lampe herumzufummeln. Wie durch ein Wunder gelang es mir, den Kronleuchter ohne Stromschlug von der Decke zu bekommen, wurde dafür aber mit einer kräftigen Dusche eiskalten Wassers belohnt. Das Handtuch passte auch ganz fest zusammengerollt nicht in das Loch, weshalb ich am Ende die Lampe einfach wieder anbrachte, doch der Sintflut vermochte das wenig Einhalt zu gebieten, überhaupt schien ich alles nur noch schlimmer gemacht zu haben.

Was tun?

Ein süßlicher Gestank stieg mir in die Nase, wie von einem … Barbecue? Vielleicht briet Fletcher ja die Herzen unheimlicher Kinder auf seinem Zimmer, wer konnte es wissen. Mittags hatte ich mir zwar den Bauch mit Unmengen dieser wirklich leckeren, aus der Speisekammer geplünderten Kekse vollgeschlagen, aber das Abendessen hatten wir ausfallen lassen, was sich jetzt rächte.

Ich machte einen großen Bogen um den See, der sich auf dem Teppich gebildet hatte, und schob den Sessel ans Fenster (das hätte ich schon früher machen sollen, meine Wirbelsäule tolerierte es einfach nicht mehr, stundenlang krumm wie ein Fragezeichen auf dem Boden zu sitzen).

Auf dem Nachttisch stand dort, wo auch sein Buch gelegen hatte, Alastors Horrorversion von *Cluedo*. Bevor er es wieder verschwinden lassen konnte, hatte ich es gestern Abend gleich an mich genommen, weil ich mir aus dem Spiel noch immer Aufschluss über seine dunkle, abartige Gedankenwelt erhoffte.

Ich klappte das Spielbrett auf mit dem Grundriss des Hauses, den nachgebildeten Räumen. Olivia hatte recht, es war wirklich Wolf Harbor Estate, allerdings waren alle relevanten Räume aus den verschiedenen Stockwerken auf einer Ebene zusammengepfercht. Eine etwas schwindelerregende Übung, die bloß noch bedingt mit den realen Gegebenheiten zu tun hatte. Durch die Mitte des Spielplans verlief der Flur der zweiten Etage, von dem unsere Schlafzimmer abgingen, doch direkt daneben waren das Foyer und das Esszimmer sowie das im Obergeschoss befindliche Museum platziert. Alles klar?

Nicht so ganz.

Ich merkte, wie ich zu schwitzen begann, und zog mein Flanellhemd aus. Warum war das auf einmal so heiß hier drin?

Kurioserweise gab es, genau wie im Original, auch in dieser Version des Spiels einige Geheimgänge. Einer führte von Milas Büro hinauf ins Museum (echt jetzt?), der andere von Violets Zimmer ins Foyer.

Ein überraschter Laut entfuhr mir, denn – wow, das war echt Wahnsinn – es war ein richtiger Lageplan! Mit Geheimgängen und allem.

Warum wunderte mich das noch?

Ich warf einen Blick auf den kleinen Wasserfall, der stetig von der Decke plätscherte.

Und dann bemerkte ich schwarzen Rauch, der sich wie Geisterhand unter der Tür hindurchschlängelte und an den Wänden hinaufkroch.

Was zum Teufel …?

Alastor würde wohl kaum so weit gehen, sein eigenes Haus abzufackeln, oder?

War in einem unserer Bücher jemand einem Brand zum Opfer gefallen?

Ich sprang auf und eilte durchs Zimmer, schnappte mir mein schwarzes Notizbuch vom Bett und blätterte zu der Seite, wo ich mir sämtliche Todesarten notiert hatte.

Ich hielt die Seiten ins schummrige Mondlicht und fuhr mit dem Finger die hastig hingeworfenen Zeilen entlang, die Tinte des Kugelschreibers wie ein schmieriger Film auf dem Papier. Kein Tod durch Feuer.

Wobei … Stand auf dem Cover von Alastors jüngstem Roman nicht irgendwas in Flammen?

Durch den Spalt unter der Tür war zwischen den schwarzen Rauchfäden ein flackerndes Licht zu erkennen, es wirkte wie ein Dämon mit goldglühenden Augen.

»Hey«, rief ich, das erste Mal seit Stunden, und fragte mich, ob von den anderen noch ein Lebenszeichen käme, »sieht jemand von euch auch Rauch?«

»Rauch?«, fragte Olivia alarmiert. »Wo?«

»Interessant«, fand Violet. »Er kriecht unter meiner Tür durch.«

»Dichtet eure Zimmer ab!«, schrie ich und riss die Laken vom Bett, zog sie durch das Wasser am Boden, das mir auf einmal sehr zupasskam, und stopfte sie vor den Spalt unter der Tür. Der schwarze Qualm begehrte noch einmal auf, bevor er zumindest auf dieser Seite der Tür erlosch.

Ich drehte mich um zum Fenster und wollte es aufreißen, aber hieß es nicht, dass man einem Feuer keinen Sauerstoff zuführen sollte? Dumm nur, dass dann auch ich ersticken würde.

Offensichtlich war das alles Teil von Alastors Spiel. Wenn wir uns an die Regeln hielten, würden wir überleben, so der Plan. Und noch war ich weder den Flammen zum Opfer gefallen, noch hatte mich der Rauch vergiftet. Sollte es wirklich ganz schlimm kommen, würde ich durchs Fenster flüchten. Ich malte mir gerade aus, wie ich mich in bester James-Bond-Manier an der Hauswand abseilte, als ein stechender Schmerz in meine Schulter schoss. In Anbetracht der Umstände wohl psychosomatisch.

Manchmal holt die Realität einen eben doch ein – und sie kann ziemlich ernüchternd sein.

Ich nahm mir noch mal das *Cluedo*-Spiel vor und sah es mir genauer an. Hier war mein Zimmer, aber es war eingekeilt zwischen den anderen – kein rettender Geheimgang, der hinein- oder hinausführte. Wäre wahrscheinlich auch zu viel verlangt.

Ich sah gerade prüfend zur Decke, als das kleine Licht am Rauchmelder rot zu blinken begann. Und nun war der Teufel los.

Der ohrenbetäubende Alarm zerriss mir schier das Trommelfell und zerrte an meinen ohnehin schon strapazierten Nerven.

Schreie aus den anderen Zimmern. Violet: *Ich komm jetzt raus, okay, ich komm jetzt einfach raus*, und Olivia: *Wenn du das tust, bist du tot.*

Ich hielt mir die Ohren zu, aber der Lärm drang dennoch in mich ein, ich spürte ihn im Kopf, in der Brust, ich kniff die Augen zu, als ließe er sich so aussperren.

Eine gefühlte Ewigkeit gellte der Alarm unter meiner Schädeldecke, malträtierte mir Sinn und Verstand.

Und dann – nichts.

Stille. Vielleicht war ich ja taub geworden. Oder schon tot?

Langsam löste ich meine zittrigen Finger von den Ohren, bewegte vorsichtig den Kopf, der sich anfühlte, als hätte er in einer Sturm läutenden Feuerglocke gesteckt.

Ich fragte mich wirklich, wie Fletcher das verschlafen haben konnte.

Von der anderen Seite des Zimmers starrte mich aus dem Kommodenspiegel mein traumatisiertes Ich an. Die Haare standen mir zu Berge, mein Gesicht war aschfahl. Kälte kroch in meinen linken Schuh – Wasser, das durch meine anscheinend doch nicht wetterfesten Schuhe sickerte.

Es war seltsam, sich so verfremdet im Spiegel zu sehen, das Zimmer seitenverkehrt und doch vertraut – als plötzlich der Schatten des Bücherregals zur Seite glitt.

Und dann blitzte etwas in der Dunkelheit auf, das einem Messer verdammt ähnlich sah.

49

MILA

Eine halbe Stunde vor Sonnenaufgang watete ich mit meinen Turnschuhen durch das fingerbreit auf dem Boden stehende Wasser und drehte die beiden Hähne zu. Als ich die Spültücher aus dem Waschbecken nahm, mit denen ich Abfluss und Überlauf verstopft hatte, floss das Wasser gurgelnd ab. Unterdessen rief ich auf meiner Uhr die Aufzeichnungen aus den Gästezimmern auf.

Doch das Display blieb schwarz mit den Worten VIDEO DEAKTIVIERT.

Panische Angst durchzuckte mich. Alastor hatte meinen Zugang gesperrt.

Als ich das letzte Mal den Kamerafeed deines Zimmers aufgerufen hatte, saßt du auf dem Bett, umgeben von allen Kleidungsstücken und Toilettenartikel, die du mitgebracht hattest. Eine Handvoll Bücher lagen bereit, dein Portemonnaie, deine Jacke und noch ein Dutzend anderer kleiner Gegenstände, die ich auf der Aufnahme nicht erkennen konnte. Die Schublade deines Nachttischs stand offen.

Die Pistole lag vor dir auf der Bettdecke.

Du hattest offensichtlich bemerkt, dass ich die Munition entfernt hatte. Jetzt wünschte ich, sie dir an jenem ersten Abend gelassen zu haben, wenn ich nur gewusst hätte, was er vorhat. Aber dir würde nichts geschehen, das hatte er mir versprochen.

Ich denke, mittlerweile ist mir klar, warum du die Waffe mit auf die Insel gebracht hast. Du fürchtetest jemand anderen, habe ich recht?

Und doch bist du gekommen, angelockt wie eine Motte vom Licht von allem, was Ruhm und Reichtum verspricht. Eigentlich sollte mich das nicht überraschen, aber trotzdem. Anscheinend hatte ich doch mehr von dir erwartet.

Die Überschwemmung hatte sich unter der Badezimmertür hindurch bis auf die schönen Hartholzböden des Obergeschosses ausgebreitet und rann hinter mir die Treppe hinab.

Im Flur der zweiten Etage tropfte das Wasser von den Lampenfassungen, und der aus Hanffasern gewebte Teppich war aufgequollen. Die Bodenleisten wölbten sich und lösten sich hier und da von den Wänden. Porzellan und Glas lag in Scherben, sie schimmerten im Wasser wie Diamanten, dazwischen lagen Fetzen von Leinwand der von den Wänden gerissenen Gemälde. Tiefe Furchen zogen sich über die schönen Holzvertäfelungen, es sah aus wie in einem Horrorfilm.

Alastor hatte die Idee gehabt, eine Bowlingkugel den Flur hinabrollen zu lassen, um eine an *Spuk in Hill House* erinnernde Geräuschkulisse zu erzeugen, was mir dann aber doch etwas albern vorgekommen war. Stattdessen hatte ich mich auf den Schaden konzentriert, den ich mit einem Hammer anrichten konnte sowie mit einer Metallwanne, die ich mit brennendem Altpapier gefüllt hinter mir her über den Flur zog.

Geister hatten anscheinend allerhand zu tun, um ihre Gruselshow abzuziehen. Kein Wunder, dass sie nicht zur Ruhe kamen.

Dank des von Alastor installierten Smarthome-Systems war es ganz leicht, Licht und Zimmertemperatur zu steuern und über die im ganzen Haus verteilten Lautsprecher Schritte und unheimliche Kinderstimmen einzuspielen.

Jetzt jedoch war es so still, als halte das Haus den Atem an.

Meine Schuhe hinterließen nasse Abdrücke im verschont

gebliebenen Flur des ersten Stocks, wo ich die Bibliothek ansteuerte.

Eine Tischlampe mit Buntglasschirm tauchte den Raum in warmes bernsteinfarbenes Licht. Im Dunkel der Fensterfront sah ich mein eigenes Spiegelbild lautlos vorbeihuschen, meine Schritte geschluckt vom schweren Teppich, in dem meine Füße schier versanken.

Mit der Schallplatte in der Hand ging ich hinüber zum Plattenspieler am Kamin, und mein Hals schnürte sich zu, als ich daran dachte, wie Ash dort gestanden hatte, die Arme vor der breiten Brust verschränkt, und mich aus seinen dunklen Augen angesehen hatte. Oder gestern Abend vor meinem Zimmer, wie er mich bei den Hüften gefasst und an sich gezogen hatte. Seine Stirn an meiner Schulter, meine Arme um seinen Hals, und wie sein Blick auf mir ruhte, bevor ich mich abwandte und die Tür schloss.

Ich stieß ein gequältes Seufzen aus und wünschte, er möge sich an diese kleinen Momente erinnern, wenn er hörte, was gleich kam.

Behutsam legte ich die Schallplatte auf und spürte sie unter meinen Fingern einrasten. Ich hatte sie letzte Woche aufgenommen, unten in dem kleinen Tonstudio. Es war so still gewesen, dass ich bei jeder noch so kleinen Bewegung den Stuhl unter mir hatte knarren hören, als ich am Pult vor dem großen Mikro saß und in dem Script blätterte, das mir genaue Anweisungen gab.

Ruf dir in Erinnerung, wie es sich angefühlt hat.

Mit geschlossenen Augen hatte ich mich zurückversetzt an jenen Tag vor drei Jahren. Ich dachte an den Farbverlauf des nachtblauen Einbands, wie der Schutzumschlag ein wenig verrutscht war, als ich das Buch aufschlug und ich sachte mit dem Finger über das Titelblatt strich.

Wie ich den ersten Satz las, *meinen* ersten Satz, auf den ich so stolz gewesen war, dass ich ihn gestern Ash gegenüber zwar nicht wortwörtlich, aber sinngemäß wiederholt hatte, was unglaublich dumm gewesen war. Und eitel. Denn dieser Satz war unverändert geblieben, er hatte sämtliche Überarbeitungen von dir, deiner Agentin, deiner Lektorin unbeschadet überstanden.

Wie hat es sich angefühlt, meinen Namen aus dem Manuskript zu löschen und ihn durch deinen zu ersetzen? An meinen guten Tagen stelle ich mir vor, dass es dich unzählige schlaflose Nächte gekostet hat, bis du es über dich gebracht hast. Aber realistischer ist wohl, dass es nicht mehr als ein paar Sekunden gedauert hat.

Ich hatte also letzte Woche dort unten gesessen und mir die Seele aus dem Leib geschrien. Meine Fingernägel schnitten mir dabei blutige Halbmonde in die Handflächen, und die Adern an meinem Hals und meiner Stirn schwollen an, als wollten sie gleich platzen, aber es war unglaublich befreiend gewesen. Fast schon kathartisch.

Und jetzt hatte der Countdown begonnen. Ich konnte auf meiner Uhr mitzählen, Alastor hatte ihn gestartet, wo immer er gerade sein mochte und mich vermutlich beobachtete. Zehn Sekunden.

Ich brachte die Nadel des Plattenspielers in Position und drehte die Lautstärke voll auf, in der Hoffnung, dass die Autoren auf diesen meinen letzten Trick hereinfielen und Alastors Spiel gewinnen würden. Ich hoffte, *du* fielst darauf herein und würdest überleben.

Fünf Sekunden.

Denn nur ich durfte dir schaden, nur ich dich ruinieren. Weshalb ich wie ein Hund darum bettelte, dass dir nichts geschah.

Zwei Sekunden.

Ich setzte die Nadel auf die Tonspur, und meine Schreie erfüllten den Raum, das Haus.

Sie gellten mir in den Ohren, wüteten aus den in allen vier Ecken der Bibliothek verborgenen Lautsprechern. Mein Hals wurde trocken, als ich daran dachte, wie es mir fast die Stimmbänder zerfetzt hatte, als würde ich gurgeln mit gesplittertem Glas.

Durch die Fenster sah ich den Himmel sich von Schwarz zu dunklem Anthrazit färben, der Tag brach langsam an. Bis zum astronomischen Sonnenaufgang waren es allerdings noch zwölf Minuten, Alastor nahm es da sehr genau und legte Wert darauf, es mich wissen zu lassen.

Meine Augen brannten, ich konnte kaum atmen. *Bitte, Ash, bitte denk an das, was ich gesagt habe.*

Oben flog eine Tür auf, knallte gegen die Wand. Schritte knarrten auf den Dielen.

Eine unglaubliche Erleichterung durchströmte mich, ich schnappte erlöst nach Luft. Es war das grausamste Spiel von allen – so zu tun, als sei ich in Not, um zu testen, ob sie die Regeln brechen würden, um einem anderen zu helfen. Denn diese Selbstlosigkeit war das Einzige, was sie retten würde.

Eine weitere Tür öffnete sich, erregte Stimmen, Streit und Diskussionen. Dann hörte ich Schritte die Treppe hinunterpoltern und über den Flur rennen, geradewegs zu mir.

Meine Aufnahme ließ noch einen letzten, erschaudernden Atemzug hören.

Und dann war es vorbei. Für uns alle.

50

MILA

»Was ist … was ist passiert?«, wollte Olivia wissen, die mit Violet im Schlepptau völlig außer Atem in die Bibliothek gerannt kam.

»Glückwunsch«, sagte ich und konnte meine Erleichterung kaum verhehlen. »Ihr habt die Prüfung bestanden.«

Doch sonst kam niemand, im Haus war alles still.

Ein kalter Schauer lief mir über den Rücken. Nein. *Nein, nein, nein.*

»Was soll das heißen?«, fragte Olivia.

»Sind Ashton und Fletcher nicht mit heruntergekommen?« Ich lief durch die Bibliothek auf den Flur.

»Anscheinend nicht«, sagte Violet und sah sich um. »Die waren klüger als wir.«

Draußen legte sich ein rosiger Schein über die dichte Wolkendecke – der Tag brach an.

Ich drängte mich an den beiden vorbei und begann zu rennen.

»Warte, was ist denn los?«, rief Olivia mir hinterher, als ich die Treppe hinauf verschwand.

Ich hörte ihre Schritte hinter mir, das Schmatzen ihrer Schuhe auf dem nassen Teppich.

»Weshalb ist hier eigentlich alles so nass? Wo kommt das ganze Wasser her?«, fragte Violet.

Es spritzte unter meinen Füßen, platschte, als ich den Gästeflur hinabrannte. Vor Ashtons Tür blieb ich stehen und hämmerte mit der Faust dagegen. »Ash?«

Olivia ging weiter zur nächsten Tür. »Fletcher?«

»Wahrscheinlich schläft er noch.« Violet starrte auf das Wasser, das jetzt den ganzen Boden bedeckte. »Er wollte doch eine Tablette nehmen.«

»Aber warum antwortet Ash dann nicht?«, murmelte ich und stemmte mich gegen die Tür.

»Wir haben doch einen Schlüssel, oder?«, fragte Olivia sanft und fasste mich beim Arm.

Ich schlug mir vor die Stirn und tastete meine Taschen nach Taryns Schlüssel ab.

Bitte nicht noch einen Toten.

Mir war schwindlig vom Adrenalin, als ich den Schlüssel schließlich ins Schloss steckte und das leise Klicken in den Tiefen von Türholz und Schließmechanismus hörte.

Lautlos schwang die Tür auf, die Scharniere noch frisch geölt.

Der Kronleuchter hing schief von der Decke, und der Teppich war aufgequollen, die Fasern wie Seegras im Wasser schwebend. Das Bett stand schräg in die Ecke geschoben, darauf Ashs Reisetasche, ein Paar Stiefel und ein Paar Lederschuhe, die Laken waren heruntergerissen.

»Und ich dachte, mein Zimmer wäre …«, Violet hielt inne, »übel.«

Hinter dem Bett lugte ein dunkler Turnschuh hervor, der mit der Spitze zur Decke zeigte.

Ich stürzte mich vor, doch Violet war schneller, sie schoss an mir vorbei und blieb dann wie angewurzelt stehen, ich zwei Schritte hinter ihr.

Und dann blieb die Zeit stehen. Der Raum kippte. Ich bekam keine Luft mehr.

Hände packten mich an den Schultern, rissen mich zurück. Zu spät.

Ash lag längs ausgestreckt auf dem Boden, der Lammfellteppich unter ihm war getränkt von Blut, überall war Blut, es war auf die halb vom Bett hängenden Laken gespritzt, sickerte in verkrustenden Ringen durch den blütenweißen Stoff. Es strömte seinen Hals hinab, über sein Schlüsselbein, verlor sich im Schwarz seines T-Shirts. Das dunkle Haar fiel ihm in die Augen.

Von knapp unterhalb des Ohrs bis zum Adamsapfel war sein Hals ein klaffendes rotes Lächeln.

TAG 5

FINAL GIRLS

Final Girl, das (n.): beim Einsetzen des Abspanns letzte Überlebende; i. d. R. eine weiblich gelesene Figur.

Tinte in den Adern:
Vom Schreiben über Furcht,
Verzeichnis der Motive

51

VIOLET

Tja. Damit hatte ich jetzt nicht gerechnet.

Mir war, als habe mir jemand das blutige Lammfell in den Rachen geschoben, um mich ersticken zu lassen. Ich bekam keine Luft mehr, konnte nicht mal mehr schlucken.

Ein stechender Schmerz am Handgelenk.

Wie von mir selbst entkoppelt, sah ich an mir hinab und stellte fest, dass sich meine Fingernägel mit dem absplitternden blutroten Lack in meine Haut gruben. Eine plötzliche Klarheit schob sich durch die Angst.

Reiß dich zusammen. Nicht dissoziieren.

Dissoziieren führte zu Panik, Panik zum Tod. Also ruhig bleiben, atmen.

Ich holte tief Luft, versuchte, mich zu beruhigen.

Denk nach.

Ashton hatte sein Zimmer nicht verlassen. Warum war er tot, wenn er sich an die Regeln gehalten hatte? Wir mussten etwas übersehen haben.

Aber was?

Die Anweisung lautete, bis zum Morgengrauen in unseren Zimmern zu bleiben. Den nachfolgenden Spuk auszuhalten. Aber Alastor schien wie besessen von der Vorstellung, dass alles *eine Geschichte* sei. Dass es so sein könne oder auch anders. Wen kümmerte es also, ob wir in unseren Zimmern blieben oder nicht? Und warum war mir und Olivia nichts passiert, nachdem wir die Regeln gebrochen hatten?

Sollte ich jemals von dieser Insel runterkommen, würde ich jedenfalls nie mehr auf Max hören, meine Schwester, denn nur wegen ihr …

Ein klagender Laut unterbrach meine Gedanken.

»Ist er … tot?«, fragte Olivia hinter mir. Ihre Stimme schraubte sich dabei immer höher und brach. »Hat Alastor ihn etwa getötet?«

Ich würde mich zusammenreißen, auch wegen Olivia. Mir entging nicht die Ironie, denn wer hätte gedacht, dass wir die Rollen so bald schon tauschen würden?

»Wer soll es sonst gewesen sein?«, fragte ich und achtete diesmal peinlich genau darauf, wo ich hintrat, als ich um den blutgetränkten Teppich herumging, den rostbraunen Flecken auf den Holzdielen auswich, die aussahen wie eingetrockneter Nagellack. Ich streckte die Hand nach dem vertrauten schmalen Buch auf Ashtons Nachttisch aus.

Ich wusste ganz genau, in welchem Kapitel dieser Tod zu finden war, noch bevor die Seiten an exakt dieser Stelle aufklappten.

AUSZUG AUS: VERSCHLUNGEN

VON ~~ASHTON CARTER~~ J. R. Alastor

3. KAPITEL

Jia Zhao musste zurück zum See; es war, als könnte sie nicht atmen ohne sein Wasser in ihren Lungen.

Leichtfüßig huschte sie durch den Flur und die dunkle Küche, sah vom Fenster das Mondlicht auf die sich kräuselnde Wasseroberfläche fallen, und alle Finsternis, die schon immer in ihr war, drängte sehnend hervor.

Die Dunkelheit floss durch ihre Adern, zäh und dick und von einer solchen Kraft, dass sie meinte, ihre Haut müsse bersten und schwarzer Schlick sich aufs blitzblanke Linoleum ergießen. Sie bestimmte jede ihrer Bewegungen, als triebe sie einen Fluss hinab und die dunkle Strömung dränge sie, dränge ihre Hand, sich nach der Schublade zu strecken, und ließe sie das kalte Silber herausnehmen, das in der Dunkelheit blitzte.

Ihre Haut war ein Kostüm, in das die dunkle Macht sich hüllte, wenn sie Gestalt annahm.

Ihr Zuhause war der See, unten am Waldrand, und nur eins trennte sie – *es* – noch davon, überzugehen in die Nacht: der schlafende Mann auf der Couch, der sie auf ihrem Zimmer hatte einschließen wollen. Ein fataler Fehler von ihm.

Jia konnte sich nicht an seinen Namen erinnern. Dabei sollte sie ihn eigentlich wissen. Er war doch ihr Onkel, oder nicht?

Überhaupt sollte sie nicht hier sein, sie sollte am Grund des Sees sein, mit wassergetränkten Lungen und Schlick auf der Haut, der sich wie ein Leichentuch um sie legte, von den kalten Wassern umschlossen sollte sie sein, wie in einem Sarg.

Colton.

Der Name hallte in ihrem Kopf wider, rief sie zurück zu ihm, genau wie das Wasser das Dunkle in ihr zu sich rief. Colton hatte sie zurückgeholt. Aber als sie ertrunken war, hatte Jia den See in sich aufgenommen, war verschlungen worden von ihm, und wenn sie nun seinen smaragdgrünen Tiefen entstieg, folgte er ihr, wohin sie auch ging.

Colton war dafür blind. Er sah nicht, dass Jia längst nicht mehr die war, die er zu kennen glaubte. Er konnte noch immer nicht loslassen, er wollte sie einfach nicht sterben sehen.

Das Buttermesser lag kalt in ihrer Hand. Es war nicht ihre Schuld, was gleich geschehen würde. Es war Coltons.

Jia schlich sich ins Wohnzimmer, die Finsternis in ihr hob ihren Arm …

Ließ ihn als silbrigen Bogen herabsausen.

Und schlitzte ~~dem schlafenden Mann~~ Ashton Carter den Hals auf, dass sein Blut nur so herausströmte als scharlachrote Flut.

52

VIOLET

»Wir sollten mal nach Fletcher schauen«, sagte Olivia leise und fasste Mila, die aussah, als müsste sie sich gleich übergeben, beim Arm.

Das Bild würde sie nicht mehr loswerden, es hatte sich ihrem Gedächtnis eingebrannt.

Fletchers Zimmer war fast identisch mit Ashs. In einer Ecke das Bett, gegenüber das weiße Mauerwerk des Kamins. Auf dem Tisch ein Handbuch über die Geschichte der Imkerei, ein silberner Füller und ein Notizheft.

Fast gegen meinen Willen blieb mein Blick kurz an dem Heft hängen. Auch wenn ich den Mann verachtete, würde ich zu gern mal einen Blick in seine Notizen werfen, um das Geheimnis seines sagenhaften Erfolgs zu ergründen, der nun allem Anschein nach ein jähes Ende gefunden hatte.

Fletcher lag auf dem Rücken im Bett, sein Profil mit den vollen Lippen und den kräftigen Augenbrauen erhob sich vor dem Gegenlicht des Fensters. Die Bettdecke war fast bis zu den Schultern hochgezogen, aber über dem linken Bein etwas zurückgeschlagen, sodass der Fuß herausschaute.

Auf dem weißen Bettzeug lag, genau parallel zu seinem nackten Fuß, eine lange, schmale Spritze mit frei liegender, im Morgenlicht funkelnder Nadel.

Nadeln verursachten mir seit jeher ein mulmiges Gefühl,

auch wenn ich meiner Schwester schon öfter, als mir lieb war, dabei zugesehen hatte, wie sie sich Insulin spritzte.

Max.

Du musst hinfahren, hatte sie gesagt, als ich Alastors Einladung bekommen hatte und vor Schreck fast umgekippt wäre. *Ewig kannst du dich nicht vor der Welt verkriechen. Und so eine Gelegenheit bietet sich vielleicht nie wieder.*

Wir hatten uns ziemlich gestritten deswegen. Kann sein, dass ich Dinge gesagt habe, die ich später bereute. Am Ende bin ich dann gefahren, aber eigentlich nur, weil ich Panik hatte, Alastor könnte über mich Bescheid wissen. Max hatte es nicht verdient, eine Schwester wie mich am Bein zu haben, ein komplett paranoides, neurotisches Wrack. Hatte ich mich je bei ihr bedankt, dass ich bei ihr wohnen durfte, dass sie mich bei sich aufgenommen und sich in all den Monaten um mich gekümmert hatte, als ich kaum für mich selbst hatte sorgen können und schon der Anblick meines eigenen Schattens mich vor Schreck zusammenfahren ließ? Wenn ich Pech hatte, war es jetzt zu spät, ich würde mich nicht mehr bedanken können.

Der Gedanke verfolgte mich wie eine Fliege, die um fauliges Obst – oder Schlimmeres – kreist.

»Aber sie sind beide im Zimmer geblieben«, riss Olivia mich aus meiner Versenkung und ließ sich seitlich auf einen Stuhl sinken. Alle Farbe war ihr aus dem Gesicht gewichen, als sie den alten Freund ihres Mannes leblos dort liegen sah. Vor ein paar Tagen hatte sie mir anvertraut, wie furchtbar sie Fletch finde und dass seine Arroganz sie in den Wahnsinn treibe. Ich fragte mich, was sie jetzt empfand, da von dem unausstehlichen Kerl nicht mehr als die sterbliche Hülle geblieben war.

Etwas brach in mir auf wie eine alte Wunde und erfüllte mich mit all dem Dunkel, das sich darunter gesammelt hatte.

Es fühlte sich befreiend an.

»Sie haben die Regeln nicht gebrochen«, murmelte Olivia wie

zu sich selbst. »Warum mussten sie dann sterben? Was haben wir übersehen?«

Mila ging wie in Trance an uns vorbei und klammerte sich an den Bettpfosten. Ich sah, wie sich ihre Brust unter dem schwarzen Pullover stakkatohaft hob und senkte. Sie hyperventilierte.

Jetzt waren nur noch wir drei übrig.

Noch vor einem Jahr hätte ich mich jetzt auf den Boden geworfen und mir schluchzend die Augen aus dem Kopf geheult. Aber da waren keine Tränen mehr, keine Empfindung, kein gar nichts. Vielleicht hatte ich nicht mal mehr Angst.

Es brachte nichts, sich zum Opfer zu stilisieren, wenn man erst mal mit dem Rücken zur Wand stand.

Auf dem knochenweiß lasierten Holz des Nachttischs lag neben Alastors Buch übers Schreiben ein dicker Wälzer, den ich mir erst letzte Woche in der Bibliothek angesehen, kurz durchgeblättert und wieder ins Regal gestellt hatte. Meine Lesezeit war mir zu kostbar, als dass ich sie an Fletchers Machwerk hatte verschwenden wollen.

Mila nahm das Buch wortlos zur Hand. Ein roter Stift ragte zwischen den Seiten hervor.

Und markierte eine Szene, von der ich nicht sicher war, ob ich sie lesen wollte.

AUSZUG AUS:
DER IKARUS-KOMPLEX

VON ~~THOMAS FLETCHER~~ J. R. Alastor

16. KAPITEL

Silbriger Mondschein fiel durch die Vorhangritze, und ein kalter Hauch streifte ~~Stuarts~~ Fletchers Fuß, der irgendwann im Laufe der Nacht das warme Nest der Bettdecke verlassen hatte. Ein kaltes Kribbeln auf der Haut, das bis in seine Träume drang. Sein restlicher Körper lag geborgen im Kokon trügerischer Sicherheit, sein Mund war leicht geöffnet, die Augen huschten unter den traumschweren Lidern hin und her.

Glattes Leder schloss sich um seine Ferse.

Er schoss hoch, sein Atem bebte.

Eine schemenhafte Gestalt stand vor dem Bett und hielt ~~Stuarts~~ Fletchers Fuß wie einen Kelch. Lederbehandschuhte Finger spreizten mit einer fast zärtlichen Geste den großen Zeh von den kleineren Gefährten.

~~Stuart~~ Fletcher hörte sich einen heiseren Schrei ausstoßen, das Entsetzen lähmte ihn und nahm ihm jeden Gedanken.

Er spürte einen stechenden Schmerz zwischen den Zehen, als die Nadel sich ins weiche Fleisch schob.

Der Spritzenkolben wurde behutsam heruntergedrückt, um den Sauerstoff in ~~Stuarts~~ Fletchers Blutbahn einzubringen.

~~Stuart~~ Fletcher riss sich los und sprang auf. Schwarze Flecken tanzten ihm vor Augen wie Tintentropfen in Wasser. Ein Krampf durchzuckte seine Brust, jagte durch Muskeln und Gefäße und raubte ihm den Atem.

Rote Schleier legten sich vor seine Sicht, ein Husten steckte ihm im Hals.

Seine Finger krallten sich in sein Pyjamaoberteil und rissen es sich vom Leib. Seine Glieder zitterten und bebten.

Die Gestalt am Ende des Bettes sah, ihren Kopf ein wenig zur Seite geneigt, zu, wie das Leben langsam aus ~~Stuarts~~ Fletchers bleichen Augen wich, wie die Adern an seinem Hals pulsierten und sich schlangengleich wanden unter der blaurot anlaufenden Haut. Dann ein letztes Keuchen, fast gespenstisch, das sich seinen Lungen entrang.

Und der Schatten verschwand auf demselben Weg, den er gekommen war.

53
OLIVIA

Ich zog die Knie bis an die Brust, doch auch die beheizten Küchenfliesen kamen nicht an gegen die Kälte, die meine Haut wie Brennnesseln stach. Ro und ich hatten schon länger über eine Fußbodenheizung im Bad nachgedacht, auch wenn einem das in Florida lächerlich erscheinen mochte und wir nach dem letzten Hurrikan sowieso erst mal in ein neues Dach investieren mussten. Aber wir waren beide solche Frostbeulen, dass wir es uns als Projekt fürs nächste Jahr fest vorgenommen hatten.

Jetzt würde es kein nächstes Jahr mehr geben.

Auf der anderen Seite der Kücheninsel mühte sich Violet mit einem mehre Tage alten Sauerteiglaib ab. Das säbelnde Geräusch des Brotmessers durchbrach die Stille. Ich sollte ihr sagen, dass sie ein Schneidebrett unterlegen musste, sie würde sonst das geölte Holz der Arbeitsfläche ruinieren.

Was stimmte nicht mit mir? Eigentlich war es doch egal. Nichts war mehr wichtig – außer Alastor zu finden.

Mila lehnte am Herd, brach das goldene Siegel eines weiteren schwarzen Umschlags und zog das schwarze Briefpapier heraus, das wir alle zu fürchten gelernt hatten. »Glückwunsch zum Erreichen der fünften Challenge«, las sie laut vor, ihre Stimme rau und angeschlagen. »Ihr habt die eigentliche Probe der letzten Nacht bestanden: Die Frage war, wer von euch …«

Der Kaffeeautomat erwachte laut blubbernd zum Leben. Violet hatte ihn gerade angeworfen, auch so eine verzweifelte Simulation von Normalität.

»Wer von uns *was*?«, fragte ich.

»Wer von euch sein Zimmer verlassen würde, um jemand anderem zu helfen, also das Leben eines anderen über sein eigenes stellen würde.«

»Plot-Twist«, kommentierte Violet und schwang sich auf den Tresen, biss in ihr Brot und ließ die Beine baumeln, dass ihre schweren Stiefel an die Fronten der Unterschränke stießen.

»Tatsächlich habe ich nicht damit gerechnet, dass ihr eine solche Selbstlosigkeit an den Tag legt. Gründet die Wurzel all eurer Sünden doch darin, euch selbst zum Nachteil anderer in den Vordergrund zu spielen. Ich bin beeindruckt«, Mila lachte ungläubig, bevor sie weiterlas.

»Ihr könnt stolz auf euch sein. Nehmt euch den Tag, um etwas auszuruhen, vielleicht ein bisschen zu schreiben, wenn ihr mögt. Heute Abend gibt es dann noch mal ein Spiel – die letzte Challenge für meine Final Girls.«

Violet hörte auf zu kauen. »Hat er wirklich Final Girls geschrieben? Wie die Trope?«

Mila hielt den Briefbogen ins erbarmungslose Licht der Küchenbeleuchtung, und ich musste an den schwarzen Umschlag denken, der gestern Nacht unter meiner Tür hindurchgeschoben worden war, kurz nachdem ein Kinderlachen unter unserem Bett mich hatte aufschrecken lassen.

Unter *meinem* Bett.

Ro hätte das geliebt – nicht das mit dem Sterben, aber den Rest. Es war genau die Art von Geschichten, die wir uns bei ein paar Manhattans zusammenspannen. Seit unserem gemeinsamen Debüt war es Tradition, das erste Brainstorming für eine neue Idee in den schwarzen Samtsesseln unserer Lieblingsbar abzuhalten.

Auch das vorbei.

Unser erster Abend auf der Insel ging mir in Dauerschleife durch den Kopf. Ro musste etwas gemerkt haben. Ihm war aufgefallen, dass etwas nicht stimmte. Aber was? Hatte er herausgefunden, wer Alastor war? Könnte er noch leben, wenn er sich mir anvertraut hätte? Hätten wir alles, was danach kam, noch verhindern können?

Ich schlang die Arme fester um mich. Weshalb war mir nichts aufgefallen? Ich hätte ihn vielleicht retten können.

»Mila?«, hörte ich Violet sagen und versuchte, mich auf das Gespräch zu konzentrieren. »Was sind denn unsere Optionen?«

»Optionen?«, wiederholte sie mit einem tonlosen Lachen und warf den Umschlag auf den Küchentresen. Er flog daran vorbei und landete knapp neben mir auf dem Boden, die Seite mit der goldenen Schönschrift und den ausladenden Anfangsbuchstaben zeigte nach oben. »Was können wir schon tun? Habt *ihr* getan, was Alastor euch vorwirft? Müssen wir deshalb alle sterben?«

»Es spielt überhaupt keine Rolle, was wir getan haben«, sagte ich. »Wir stecken jetzt alle zusammen drin. Und wenn wir überleben wollen, müssen wir als Team arbeiten.«

Mila stieß sich von der Küchentheke ab. »Dann viel Spaß beim Lösen des Rätsels.«

»Du kannst jetzt nicht einfach abhauen«, protestierte Violet gereizt. »Wir sollten …«

»Was, Hilfe holen? Wir haben kein Mobilfunknetz, kein funktionierendes WLAN, kein Funkgerät. Das Boot ist weg. Es regnet in Strömen, weshalb wir das Notsignal auch vergessen können, und Ash und Fletcher sind tot. Vielleicht brauche ich einfach mal eine Minute für mich – um nachzudenken, okay?«

»Niemand von uns sollte jetzt allein sein«, sagte Violet.

Mila warf ihr einen vernichtenden Blick zu, drehte sich auf

dem Absatz um und verschwand im Flur, ihre harten Schritte ein mörderisches Stakkato.

»Das hätte besser laufen können«, murmelte ich.

»Die ganze Woche hätte besser laufen können«, erwiderte Violet und riss sich noch ein Stück vom Brot ab. Mein Blick blieb am Brotmesser hängen, das neben ihr auf dem Tresen lag.

Ich hatte keine Ahnung, wie Alastor über mich erfahren hatte, woher er das überhaupt wissen konnte. Ich hatte immer geglaubt, so vorsichtig gewesen zu sein, dass niemand es je bemerken würde. Es war übrigens nicht gelogen, als ich meinte, ich sei die Ausbeuterin, habe mir eine fremde Idee für mein erstes Buch zu eigen gemacht. Das stimmte. Irgendetwas hatte meinen Geschichten immer gefehlt, weshalb ich auch nie einen Buchvertrag bekommen hatte. Bis auf diese eine Ausnahme und bis ich mich dann mit Ro zusammentat. Es war nicht meine Schuld, dass ich das, was mir fehlte, immer bei anderen fand.

Ro hatte es nichts ausgemacht. Er brauchte mich genauso wie ich ihn.

Ich drehte seine Kette um meine Finger, die Lederschnur warm von meiner Haut. Ich hatte sie ihm auf dem Markt in Mijas gekauft, einem kleinen Ort in den andalusischen Bergen, nicht weit von der Küste, wir liebten die Gegend.

Dieses Gefühl der Leere in meiner Brust verstärkte sich. Nie wieder würde ich seine Hand an meinem Rücken spüren, seine dunklen Locken, die leicht meine Wange streiften, wenn er sich in Gesellschaft mir zuneigte, um meine Worte besser zu verstehen. Nie wieder würde ich hören, wie er meinen Namen in vier iberische Silben zerdehnt von der Zunge rollte und dabei ein Lächeln um seine Mundwinkel spielen ließ.

Die Worte – unsere Worte – trafen mich wie ein Stoß vor die Brust, der alle Luft aus meinen Lungen presste. *Bis dass der Tod uns scheidet.*

»Und du, Violet, möchtest du überleben?«, fragte ich schließlich.

Aus den Augenwinkeln nahm ich die schwache Andeutung eines Nickens wahr.

»Gut. Ich möchte herausfinden, wer meinen Mann getötet hat.« Meine Augen fühlten sich an wie splitterndes Glas, und ich versuchte, den Schmerz wegzublinzeln. »Wir müssen jetzt zusammenarbeiten, wenn wir überleben wollen. Wir dürfen uns von Alastor nicht gegeneinander ausspielen lassen, ganz egal, was wir in der Vergangenheit getan haben oder auch nicht.«

»Aber wenn Final Girls das letzte Spiel ist«, überlegte Violet und sah mit schmalen Augen zur Tür, »spielt Mila dann mit oder nicht? Ist sie auch ein Opfer?«

»Nein«, log ich, »das denke ich nicht.«

54

DIE DIEBIN

Oben in meinem Zimmer blätterte ich erneut durch die vielen Seiten an Nachrichten, die Alastor mir hinterlegt hatte. Sosehr ich es auch versuchte, konnte ich es einfach nicht lassen. Als sei ich geradezu süchtig nach den Erinnerungen, die sie weckten.

Das erste Mal, als Ana von ihrem Buch erzählte; das erste Mal, als sie mir ein Kapitel schickte und total nervös war wegen meiner Reaktion. Das erste Mal, dass ich persönlich wurde, nach diesem schrecklichen Thanksgiving-Dinner, als ich ihr noch von unterwegs schrieb und daran zweifelte, ob ich für ein Leben als Schriftstellerin überhaupt gemacht war. Später erzählte sie mir davon, wie sehr es ihr an die Substanz ging, ihre Mutter zu pflegen, das Leben, auch ihr eigenes, förmlich zerrinnen zu spüren.

Aber unter dem, was wir schrieben, fand noch ein anderes Gespräch statt. All das Ungesagte, das zumindest ich zu hören meinte und noch genau erinnerte. Dass das Studium meine ganze Kreativität erstickte zum Beispiel, bis sie mir endlich ihr erstes Kapitel schickte und meine Liebe zur Sprache, zu den Wörtern damit zu neuem Leben erwachte. Dass meine Familie mich nach besagtem Thanksgiving rausgeschmissen hatte, damit ich mir »endlich einen richtigen Job« suchte, davon erzählte ich nichts. Auch nicht, dass ich bislang sehr komfortabel im Sommerhaus meiner Familie hatte leben können. Stattdessen stellte ich ihr unzählige Fragen zu den Figuren oder den Handlungssträngen oder wie man dieses anders sagen oder jenes Klischee aufbrechen könnte.

Ana fand immer die richtigen Worte, ich musste sie nur aus ihr herauskitzeln. Doch dann war eines Tages Funkstille, wie aus dem Nichts.

Ich hielt die letzte Seite unserer Unterhaltung in die Höhe. Sie lief recht einseitig ins Leere. Erst hatte ich nur nachgefragt, ob bei ihr alles in Ordnung sei, später hatte ich mir Sorgen gemacht, weil sie sich nicht mehr meldete.

Zwischen den Zeilen meiner unbeantworteten Nachrichten steckte mehr von mir als in den hundert Seiten davor.

Sie enthielten das Zerwürfnis mit meiner Familie und meinen Umzug in eine ziemlich miese Gegend der Stadt.

Sie enthielten die Trennung von meinem langjährigen Freund nach diesem unschönen Streit darüber, dass aus meinem Schreiben ja doch nichts würde und ich es *einfach lassen sollte*.

Sie enthielten die noch unschönere Erkenntnis, dass ich wegen meines erfolglosen Schreibens alles und jeden verloren hatte, der mir mal etwas bedeutete, und wie ich nicht den anderen, sondern mir selbst würde beweisen müssen, dass es das wert war.

Und letztlich jenen Tag, an dem ich Rodrigo begegnete und alles Weitere seinen Lauf nahm.

Erneut zu lesen, was wir uns geschrieben hatten, fühlte sich an, als würde ich an den Nähten zupfen, mit denen ich mein Leben wieder zusammengeflickt hatte. Und ich spürte, wie sie sich langsam lösten und alles genauso schmerzhaft und ungefiltert über mich hereinzubrechen drohte wie damals in jenen ersten Tagen.

Ana hatte mich im Stich gelassen, gar keine Frage. Aber es rechtfertigte nicht, was ich ihr angetan hatte. Das war weit schlimmer und ließ sich nicht wiedergutmachen.

Das musste ich Alastor lassen – oder seinem Sohn, seiner Tochter, wer immer sich seines Namens bediente. Sie hatten ein beeindruckendes Arsenal an Lügen und Geheimnissen aufgedeckt.

Damit war die Frage wohl beantwortet, ob irgendjemand mich für eine Lügnerin hielt. Michael, mein Anwalt, hatte sich zuversichtlich gegeben, als er den Fall übernommen hatte. Alle Welt sei von meiner Unschuld überzeugt, niemand würde glauben, dass das neue literarische Wunderkind eine gemeine Diebin wäre, eine Betrügerin.

Wobei ich mir ziemlich sicher bin, dass Michael es von Anfang an gewusst, dass er mich durchschaut hatte. Aber wir gewannen trotzdem. Oder gerade deswegen.

Es hieß, die Anklage habe Beweise – wahrscheinlich jene vierhundertsiebenunddreißig Seiten Textnachrichten, die es eigentlich gar nicht geben dürfte –, doch Michael hatte lässig abgewunken. »Mach dir keine Sorgen, darum kümmere ich mich.«

Ich hatte mir den schmalen weißen Rock übers Knie gestrichen und so angestrengt versucht, meine Tränen zurückzuhalten, dass mir fast die Augen herauskullerten. »Es gibt da noch etwas, das ich …«

Er hatte seine große väterliche Hand auf meine gelegt, ganz kurz nur, und das Licht war auf seinen Ehering mit dem dunklen Rubin gefallen. »Ich kümmere mich darum.«

Die mutmaßlichen Beweise der Staatsanwaltschaft tauchten nie auf, das Verfahren wurde eingestellt. Rodrigo sei dank, Rodrigo, dessen Blick sich quer durch den Gerichtssaal in meinen gebrannt hatte. Rodrigo, der womöglich mein schmutzigstes Geheimnis kannte: dass mein Buch nicht von mir war.

Rodrigo, der jetzt tot war.

Anas Namen hatte ich danach nie wieder gehört, sie hatte alle ihre Social-Media-Accounts gelöscht, schien wie vom Erdboden verschwunden. Wäre ich ihr irgendwo begegnet, ich hätte sie wohl nicht mal erkannt. Aber ihre gesichtslose Existenz verfolgte mich.

Als dann diese Sache im Januar passierte, dachte ich zuerst, dass vielleicht sie dahintersteckte, dass sie hinter mir her wäre. Aber dann sagte ich mir, dass es ganz schön paranoid sei, das zu denken. Zumindest versuchte ich, mir das einzureden.

Außer mir wussten es bloß drei Leute – der eine war Michael Rothchild, zu dem ich keinen Kontakt mehr hatte, der andere Rodrigo.

Und natürlich Ana Aracely-Ortega.

Ich kniff stöhnend die Augen zusammen. Es war vermutlich das Schlimmste, was ich jemals getan hatte. Aber hatte ich es wirklich verdient, dafür zu sterben?

Und Rodrigo, musste er deswegen sterben?

Ich griff über den Schreibtisch an dem schwarzen Umschlag vorbei und legte die Hand auf meine Glock 19. Die Munition war verschwunden, aber das konnten die anderen nicht wissen. Außer Alastor natürlich.

Seine Nachricht an mich war in Blutrot geschrieben: *Das Spiel des heutigen Abends mag Final Girls heißen, aber lass dich von dem Plural nicht täuschen. Am Ende bleibt immer nur eine übrig.*

55

MILA

Meine Brust zog sich mit jeder Stufe, die ich die Treppe hinaufstieg, enger zusammen. Als ich meine Kommandozentrale im dritten Stock erreichte, diktierte ich eine letzte Nachricht in meine Uhr.

Du kannst mich nicht länger kontrollieren.

Dann ließ ich mich auf den Stuhl fallen und versuchte, aus dem Chaos in meinem Kopf eine Lösung zusammenzubasteln.

Fletcher war tot. Ein Narzisst ohne Empathie und Reue, der mir hinter meinem Rücken ein Schlafmittel verabreicht hatte. Aber sosehr ich mir auch wünschte, dass er schuldig war – sosehr ich mir wünschte, dass sie *alle* schuldig waren –, nahmen ihre Vergehen sich doch harmlos aus gegen das, was Alastor getan hatte.

Ash.

Heiße Tränen strömten mir über die Wangen. Ashton hatte sich nicht mehr daran erinnern können, was genau damals passiert war. Dafür konnte er nichts. Das Leben hatte ihm eine zweite Chance gegeben, die er dazu genutzt hatte, anderen zu helfen.

Was wollte Alastor denn noch?

Es machte mich so unfassbar wütend, dass ich kaum noch Luft bekam, mein Kopf schmerzte und fühlte sich gleichzeitig ganz leicht an.

Dem getrockneten Blut auf seiner Bettdecke nach zu urteilen musste Ash bereits in den späten Abendstunden gestorben sein. Was hieß, dass Alastor nie vorgehabt hatte, ihn das Spiel gewinnen zu lassen. Er hatte nie eine Chance gehabt.

Was entweder bedeutete, dass Alastor mich belogen hatte und die Ermordung von Beginn an geplant gewesen war, das ganze Theater mit den Krimi-Dinnern nichts als eine Farce – oder aber Ash war etwas auf die Spur gekommen und hatte deswegen sterben müssen.

Ich strich mit dem Daumen über meinen Schlangenring und musste daran denken, wie er Ash sofort aufgefallen war. Es stand mir nicht zu, um ihn zu trauern. Denn ich war es, die ihn hergelockt, die Alastor geholfen hatte. Wenn auch nicht bei den Morden, so doch bei allem anderen.

Es stand mir nicht zu, aber ich kam nicht dagegen an.

Meine Uhr vibrierte.

Möchtest du wissen, wer Ashton Carter ermordet hat?

56

DER SERIENKILLER

Als ich vor fünf Tagen zum ersten Mal den salzigen Wind in meinen Haaren gespürt hatte und die Bäume auf Wolf Harbor Island sich flammend vor uns erhoben hatten, hatte ich noch geglaubt, die Insel müsse der perfekte Ort zum Schreiben sein. Oder für einen Mord.

Wie hätte ich ahnen können, dass ich beides bekommen sollte?

Ich trocknete mir die frisch gewaschenen Haare mit einem Handtuch und betrachtete den Dampf, der durch das Bad zum offenen Fenster zog. Bei mir hatten die Lampenfassungen kein Leck geschlagen wie bei Ashton, das Wasser hatte sich seinen Weg durch die Wände gebahnt. Unter der Badezimmerdecke hatte die weiße Farbe Blasen von der Größe meines Daumens gebildet, schwer vom Gewicht des Wassers und kurz davor zu platzen.

Ich nahm meine hochhackigen Schuhe, die ich am ersten Abend unten am Strand getragen hatte, und durchstach mit dem Absatz eine Blase nach der anderen – zack, zack, zack. Das Wasser spritzte wie Blut über die Kacheln.

Mein Blick fiel auf den Spiegel und mein verschwommenes Gesicht darin, und ich hielt kurz inne. Wischte das Kondenswasser mit dem Handrücken fort.

Ein fremdes Geschöpf sah mir aus meiner eigenen Haut entgegen, mit toten, leeren Augen. Zwei, drei Nächte hatte ich überhaupt keinen Schlaf gefunden. Ich wollte hoffen, heute endlich zur Ruhe zu kommen.

Morgen wäre hier so oder so die Hölle los, ganz gleich, was geschah.

Ich hatte eine ziemlich genaue Vorstellung davon, wer Alastor war. Die jüngsten Ereignisse hatten es mir per Ausschlussverfahren ja recht leicht gemacht. Cassandra und Rodrigo waren tot, daran war nicht zu rütteln, auch wenn ihre Leichen verschollen blieben. Dann die beiden jungen Leute aus dem Haus.

Dass Fletcher Mila vor unser aller Augen sediert hatte, schloss meiner Ansicht nach beide aus: Mila, weil sie in der Nacht buchstäblich ausgeknockt war, und Fletcher, weil er, wäre er Alastor, wohl kaum seine rechte Hand aus dem Verkehr gezogen hätte. Ganz abgesehen davon, dass er jetzt tot war. Seine Gerissenheit hatte mich ehrlich überrascht. Wie er uns hatte glauben machen, es sei unsere gemeinsame Entscheidung, Mila das Schlafmittel zu verabreichen. In weiser Voraussicht hatte ich zwei Rezepte angefertigt. Ich hatte gehofft, Alastor würde die Maske fallen lassen, wenn Fletcher plötzlich Anweisungen von jemandem bekam, der sich als er ausgab, J. R. Alastor. Aber nein, nichts – keine Reaktion von niemandem, soweit ich das hatte überblicken können.

Bei Ashton war ich lange unschlüssig gewesen, vielleicht auch, weil er ein Cop war. Aber am Ende war meine Entscheidung wohl die richtige. Im Prinzip hätte ich ihn schon viel früher umbringen können, aber ich dachte wirklich, zusammen hätten wir bessere Chancen.

Blieben also bloß noch wir Frauen.

Eine von ihnen sah mich nun mit der Andeutung eines Lächelns aus dem Spiegel an. Sosehr mir das alles auch zuwider war – wie er mit uns spielte, Alastor –, hatte diese Woche doch meine Erwartungen weit übertroffen. Als Kind hatte ich mit großer Begeisterung Computerspiele wie *Mafia* gespielt, aber das hier war um Längen besser. Ich meine, was könnte schöner sein, als einem echten Killer das Licht auszupusten? Die Ironie des Ganzen war mir durchaus bewusst.

Im Schlafzimmer stand das Parkett unter Wasser, und ein Frösteln lief mir über die Beine, als ich hinüber zum Bett watete. Ich wollte diesem Abend frisch und erholt entgegensehen, für alle Eventualitäten gewappnet. Letzteres verdankte ich dem wirklich unglaublichen Arsenal an Waffen aus Alastors kleinem Privatmuseum.

Gleich am ersten Tag hatte ich die Kamera an der Decke des Ausstellungsraums bemerkt und an dem nicht kontinuierlich blinkenden Aufnahmelicht erkannt, dass sie durch einen Bewegungsmelder aktiviert wurde. Ich brauchte den Sensor, der leicht zu finden war, also nur mit Hilfe eines Magneten auszutricksen, den ich von einer der Küchenschranktüren abmontierte. Das rote Licht hatte nicht ein einziges Mal geblinkt, während ich mir alle Zeit der Welt nahm, um die Schlösser der Vitrinen zu knacken.

Alastor hing offenbar sehr an seinen Exponaten. Ich hatte gehofft, ihm eine Regung zu entlocken, dass er vielleicht gar zusammenbrechen würde, wenn er entdeckte, dass seine Schätze spurlos verschwunden waren.

Doch auch was das anging, war ich enttäuscht worden.

Immerhin hatte ich jetzt im ganzen Haus strategisch platzierte Waffen zur Hand. Die Axt war unter dem Sofa in der Bibliothek versteckt, das Messer hinter den Büchern im Foyer. Der mit Stacheldraht aufgerüstete Baseballschläger lag in der Anrichte im Esszimmer, die Schere mit den Mörderklingen im unteren Gäste-WC und das hellgrüne Teppichmesser, das mir bereits so gute Dienste geleistet hatte, trug ich stets bei mir.

Es half natürlich, einen Plan zu haben. Ich platzierte meine Schachfiguren so, dass Alastor bei der ersten sich bietenden Gelegenheit schachmatt wäre.

Als ich mich auf die Bettkante setzte, meinte ich noch immer den spitzen Ellenbogen der verzweifelt um ihr Leben kämpfenden Haushälterin in den Rippen zu spüren. Seufzend wischte ich mir das Wasser von den Füßen und wollte mich nur einen Moment hinlegen, als ich es sah.

An meiner Tür lag ein schwarzer völlig durchgeweichter Briefumschlag auf dem unter Wasser stehenden Holzboden.

57
VIOLET

Im Flur brannte kein Licht, als ich lautlos das Esszimmer betrat. Olivia stand als dunkle Silhouette vor der Fensterfront und sah in den Regen hinaus, der in schiefen Bahnen über das beschlagene Glas zog. Schemenhaft ragten die Baumkronen durch den grauen Dunst empor, die Farben gedämpft, die ganze Welt wie ausgeblichen.

Der Friedhof lag in dieser Richtung, der Gedanke ließ mich frösteln. Ich wusste nicht, ob ich erleichtert sein sollte, dass ich nicht dabei gewesen war, als sie Rodrigos Leiche gefunden hatten, oder mich ärgern, das verpasst zu haben.

Hätte ich ihnen einfach geglaubt, wäre uns alles Weitere vielleicht erspart geblieben.

Harte Schritte auf den Holzdielen. Mila. Sie balancierte ein Tablett mit gebratenen Hühnerbrüsten in dicker gelber Soße mit Kräutergarnitur. »Zumindest verhungern werden wir nicht so bald.«

Klar, alle anderen waren ja tot. »Kredenzt du deinen Kunden in Krisenzeiten immer solche Gourmetmahlzeiten?«

Mila hielt inne, bevor sie das Tablett auf dem Tisch absetzte. »Curt hatte ein paar Sachen vorbereitet – ich brauchte sie bloß in den Ofen zu schieben.«

»Es sieht köstlich aus«, murmelte Olivia und ließ sich auf den erstbesten Stuhl sinken. »Was ist das denn Gutes?«

»Huhn in Zitronen-Champagner-Sauce. Mit Basilikum. Oder Salbei? Irgendwelche Kräuter.«

Ich setzte mich mit dem Gesicht zur Tür, zog meinen Stuhl näher an Olivias heran und beäugte argwöhnisch das Essen. War in einem unserer Bücher jemand vergiftet worden? Jetzt rächte sich, dass ich im Vorfeld so wenige davon gelesen hatte. Ich griff nach der Gabel und erschauderte, als ich den abgesplitterten Nagellack auf meinen Fingern sah. Die Farbe hieß Killer's Kiss, und ich hatte mir die letzten Stunden fast die Finger blutig geknibbelt, um sie abzubekommen. Es schien mir, als hätte ich Ashtons Blut an den Händen.

»Ich möchte mich entschuldigen, dass ich vorhin so kurz angebunden war.« Milas Wangen röteten sich. »Wir sollten zusammenhalten, uns gemeinsam einen Plan überlegen.«

Ich musterte sie und fragte mich, wer sie war. Unsere Eventplanerin? Alastors Assistentin? Sein Opfer, genau wie wir? Ihr braunes Haar hatte sich aus dem locker im Nacken zusammengesteckten Knoten gelöst, und bis auf einen schmalen Lidstrich war sie, anders als die Tage zuvor, ungeschminkt. Sie wirkte erstaunlich ruhig und gefasst.

Doch ihre Augen funkelten, während sie uns unter gesenkten Lidern still beobachtete.

Olivia hatte recht. Irgendwas stimmte nicht mit ihr. Und ich war diese Spielchen so leid.

»Weshalb bist du hier?«, fragte ich und würgte einen seifig-bitteren Bissen herunter – das Essen war leider nicht ganz so lecker, wie es aussah, und ich tippte bei den Kräutern auf Estragon und davon reichlich. »Die patente Mila, die ganz offensichtlich mehr weiß, als sie uns sagen will. Du schiebst uns die Schuld zu, aber könnte es nicht sein, dass auch du jemanden verärgert hast?«

Nur eine Kerze brannte auf der Mitte des Tisches. Das Licht betonte Milas scharfe Wangenknochen, den harten Glanz in ihren Augen. »Tun wir das nicht alle im Laufe unseres Lebens?«

»Er kann dich nicht einfach gehen lassen – das ist dir schon klar, oder? Und das bedeutet, dass du entweder in alles involviert bist, und damit meine ich wirklich *alles*, nicht nur die Krimi-Dinner, wie du uns weismachen willst. Oder dass er dich am Ende auch umbringen wird.«

»Violet«, sagte Olivia sanft und drückte mit ihren kalten Fingern meinen Arm. »Wir stecken doch alle mit drin.«

Ich wandte mich zu ihr um, und meine Stimme wurde weicher, als ich ihre vom vielen Weinen blutunterlaufenen Augen sah. »Wenn wir das verbindende Element zwischen uns finden, wissen wir auch, wer es getan hat. Oder wäre es dir lieber«, richtete ich das Wort etwas schärfer wieder an Mila, »wir würden *deine* Leichen im Keller lassen?«

Ihre grün schimmernden Augen wurden kalt wie Eis. Sie schob ihren Stuhl zurück und strich mit den Händen ihren Rock glatt. »Ich hole noch eben das Salz.«

Sie verschwand im Flur und ließ die Tür hinter sich zufallen, ich sprang auf, spürte das heiße Einschießen des Adrenalins. Ich hatte echt ein Problem damit, wenn man mir den Fluchtweg abschnitt.

Und mein Instinkt trog mich nicht, ein leises Klicken ließ mich erstarren.

Sie hatte uns eingeschlossen.

58
MILA

»Mila?«, drang Olivias Stimme durch die Tür.

»Hey«, schrie Violet, und das Holz bebte unter ihren Faustschlägen. »Was soll das? Mila!«

Das Blut rauschte mir in den Ohren, und ich musste mich zwingen, die Finger vom Messingschloss zu lösen. Das konnte ich doch nicht machen, oder? Ich konnte euch nicht dort drin allein lassen. Am Ende würdet ihr euch gegenseitig umbringen.

Aber das war das Spiel, und ich musste einfach an euch glauben. Daran, dass ihr Alastor schlagen konntet. Er hatte sehr klar gesagt, dass er niemanden mehr würde töten müssen, dass niemand mehr zu sterben brauchte.

Eine von euch hatte Ash auf dem Gewissen, und Alastor hatte mir versprochen, dass das Spiel des heutigen Abends enthüllen würde, wer es war.

Alles Weitere lag allein bei uns.

»Es tut mir leid.« Ich drehte mich zu dem schmalen Tisch an der Wand um, auf dem in einer Messingvase die Herbstblumen still vor sich hin welkten. »Er meinte, es sei an euch, was jetzt passiert. Dass er uns freie Hand lässt und uns dann gehen ließe.«

»Du darfst ihm kein Wort glauben«, sagte Olivia.

»Das tue ich auch nicht.« Ich zog die Tischschublade auf und nahm den schwarzen Umschlag heraus, strich über das teure Papier und schob ihn unter der Tür hindurch. »Aber ich glaube, dass niemand mehr sterben muss. Ihr habt eine halbe Stunde, bis die Kerze heruntergebrannt ist. Dann schließe ich die Tür wieder auf.«

»Das soll wohl ein Witz sein«, hörte ich Violets dumpfe Stimme.

»Da steht nichts«, rief Olivia. »Keine Anweisungen. Nur ein Haufen Zahlen.«

Obwohl es sinnlos war, warf ich einen Blick auf meine Uhr. Der Kamerafeed war noch immer schwarz, so wie schon den ganzen Tag. Ich kniff die Augen zusammen und hoffte, ich hatte die richtige Entscheidung getroffen. Eine von euch war eine Serienkillerin, die andere die Diebin, die mir mein Manuskript gestohlen hatte, wofür ich sie auf diesem Retreat hatte büßen lassen wollen.

Aber jede von euch hätte Taryn und Curt oder Ash töten können.

Ich entfernte mich langsam den Flur hinab, hörte eure Stimmen leiser werden. Dann rannte ich die Treppe hinauf und hoffte, ihr würdet euch nicht gegenseitig umbringen, bevor ich gefunden hatte, was ich brauchte.

Vor allem hoffte ich, dass die Nachricht, die ich auf einen von Alastors Briefbögen geschrieben und unter deiner Tür durchgeschoben hatte, dir helfen würde, dich selbst zu retten.

59

VIOLET

Um den Fuß der Kerze hatte sich bleiches Wachs gebildet wie ein Brautschleier. Sie war schon zur Hälfte heruntergebrannt.

Olivia zog die Karte aus dem Umschlag.

581.69

Sichtlich ratlos drehte sie sie um. Die Rückseite war leer, doch ich hatte die Zahlenfolge sofort erkannt. Blieb nur die Frage, ob es zu meinem Vorteil wäre oder zu meinem Nachteil, es Olivia zu verraten.

»Vielleicht gibt es eine geheime Botschaft, und wir müssen die Karte an die Kerzenflamme halten?«, schlug sie vor. »Oder kann es sich um ein Datum handeln, bei dem die Zahlen irgendwie vertauscht wurden?«

»Unwahrscheinlich«, sagte ich und sah mich im Raum um. Der Tisch mit den drei Tellern. Mila und ich hatten alles aufgegessen, Olivia ihre Kartoffeln und die Kräutergarnitur übrig gelassen.

An der Wand einer dieser alten Büfettschränke, vollgepackt mit Büchern. Noch vor ein paar Tagen, bevor uns klar wurde, dass wir hier festsitzen, hatte ich über die Titel lachen können.

Anatomie der Lobotomie. Viktorianische Bestattungsriten. Tieropfer von der Steinzeit bis heute. Die Rache von Mutter Natur.

Die Bücher waren nach dem Dewey-Dezimalsystem klassifiziert, die 500er-Nummern deckten Naturwissenschaft und Mathematik ab.

In die Unterkategorie der 580er fielen Bücher über Pflanzen, aber ich konnte jetzt schlecht dort nachsehen, ohne Olivia einen heißen Tipp zu geben.

Ich schnippte Alastors Karte an. »Dewey-Dezimalsystem. Ich habe auf dem College mal in der Bibliothek ausgeholfen. Die Nummer bezieht sich auf einen ganz bestimmten Titel.«

Erleichterung breitete sich auf Olivias Gesicht aus. Sie lief zur Vitrine und fuhr mit den Fingern die Buchrücken entlang. »Hier stehen aber keine Nummern …«

Ich zog die Ärmel meines Pullovers über die Hände und hoffte, jetzt bloß keinen Fehler zu machen. »Es müsste ein Sachbuch sein …«

»Das hier sind alles Sachbücher.«

»… und zwar aus den Naturwissenschaften, wenn ich mich richtig erinnere.«

»*Die Zersetzung des menschlichen Gehirns* vielleicht?«

»Gibt es auch was über Botanik?«

Olivia tippte auf einen grünen Band mit verblichener Goldschrift. »Sehr gut, Violet.«

Ich griff mir das Buch aus dem Regal, bevor sie mir zuvorkam.

Aber schon schoss ihre schmale Hand vor und legte sich über meine. »Was immer wir hier auch finden«, sagte sie fast schon beschwörend, »wir müssen zusammenhalten, okay?«

»Ja, klar.«

»Nein, ich meine das ernst.« Sie drückte meine Hand, und ihre Augen wurden im Kerzenschein hart und glänzend wie Glas. »Wenn stimmt, was Mila sagt, kommen wir hier beide lebend raus. Ich weiß nicht, wie es dir geht, aber ich würde gern überleben. Du nicht?«

Doch, klar – nichts lieber als das.

Ich nickte, und Olivia nahm ihre Hand weg.

Der Leineneinband war an den Kanten ausgefranst, der Rücken hatte sich vom Buchblock gelöst und ließ die Nähte erkennen.

»Hier, sieh mal.« Olivia zeigte auf ein Stück Papier, das wie ein Lesezeichen zwischen den Seiten hervorschaute.

Wie neigten das Buch zum stetig schwindenden Kerzenlicht und lasen schweigend Alastors Nachricht. Dann sah ich mir stirnrunzelnd die Seite darunter an.

Zu sehen war die sepiafarbene Zeichnung einer Blumenblüte mit vielen schmalen, spitzen Blättern ringsherum.

Ein Absatz war kräftig unterstrichen, sodass die uns so vertraute rote Tinte in das dünne Papier geblutet war.

Anmerkung: Diese harmlose Gartenpflanze wird häufig mit dem giftigen *Nerium* verwechselt, auch als Oleander bekannt – das einzige Unterscheidungsmerkmal bilden die Blüten.

Diese langen schmalen Blätter kamen mir bekannt vor.

Ich hatte mir reichlich davon auf die Gabel geladen und bei dem bitteren Geschmack zwar kurz das Gesicht verzogen, aber dann doch alles tapfer aufgegessen. Weil ich erstens Hunger hatte und zweitens so erzogen worden war, dass man isst, was auf den Tisch kommt.

Olivia und ich drehten uns zum Tisch um. Mein Teller war bis auf einen Saucenrest leer, ebenso der von Mila.

Doch auf dem dritten, feinsäuberlich neben die verschmähten Bratkartoffeln an den Rand gelegt – die ominöse Kräutergarnitur.

Die verblüffende Ähnlichkeit mit der Abbildung im Buch hatte. Dieses Kraut, das aussah wie sein giftiger Verwandter, aber *kein* Oleander und anscheinend harmlos war.

Mein Mund wurde trocken, als ich mir Alastors Nachricht erneut durchlas.

Diejenige von euch, die alles meiden wird, was auch nur entfernte Ähnlichkeit mit Oleander hat, weiß um dessen giftige Eigenschaften, weil sie ihr schon mal sehr nützlich waren.

TINTE IN DEN ADERN: VOM SCHREIBEN ÜBER FURCHT

VON J. R. ALASTOR

DEN FIGUREN LEBEN EINHAUCHEN

Es ist immer wieder faszinierend, wenn Figuren ein Eigenleben entwickeln. Eben noch liest man eine Szene, die sie praktisch alleine geschrieben haben – und ein paar hundert Seiten später säumen Leichen ihren Weg.

Wir lernen: Menschen sind immer für Überraschungen gut.

Ich hatte verschiedentlich das Vergnügen, mit einigen Nachwuchsautoren arbeiten zu dürfen, und es ist immer wieder hochinteressant, was sie aus den Ideen machen, die wir uns gemeinsam überlegt haben. Ein paarmal kam es schon vor, dass ich, wenn ich in den Nachrichten von einem Tötungsdelikt hörte, dachte: »Habe ich mir einen solchen Mord nicht jüngst mit jemandem exakt so ausgedacht?«

Wahrscheinlich ist es bloß Zufall. Wenngleich man nicht umsonst sagt, Nachahmung sei das beste Kompliment. Wie es dann wohl erst mit dem Prinzip der Übertreibung aussieht?

60

OLIVIA

»Nun«, sagte ich und rieb mir die Schläfen. »Das ist mir jetzt wirklich unangenehm.«

Violet war ganz still geworden, ihre dunklen Augen glühten wie die eines Rehs, das einem nachts vor die Kühlerhaube läuft. Einen Stuhl würde ich überwinden müssen, um zu ihr zu gelangen. Ihr bliebe keine Zeit, das Fenster zu öffnen und zu flüchten, bevor ich die Machete holen würde, die ich mit Klebeband unter der Tischplatte befestigt hatte.

»Ich schätze, es bringt nicht viel, wenn ich dir jetzt erzähle, dass ich in den letzten Jahren die Freuden der Gartenarbeit entdeckt habe? Was übrigens stimmt«, setzte ich nach.

»Dann war dein verfluchter Gegenstand also die Phiole mit der Blume darin«, stellte sie tonlos fest. »Dabei hast du versucht, Ash das Buch abspenstig zu machen.«

»Ich dachte wirklich, das Buch sei für mich.« Mein Gott, warum musste das alles so anstrengend sein? Ich war müde bis auf die Knochen, fühlte mich leer und erschöpft. Warum ausgerechnet Violet? Ein Bild schoss mir in den Kopf von der Nacht, in der wir Rodrigo gefunden hatten. In der Nebelhölle danach, als alles verschwamm und ein einziger Albtraum aus Tränen und Trauer und Wut wurde, erinnerte ich mich an Violet, wie sie in dem Sessel in meinem Zimmer eingeschlafen war. Ihr Profil glühend im Schein des Kaminfeuers, der Tee längst erkaltet. Nicht eine Minute war sie in jener Nacht von meiner Seite gewichen.

Wir hätten Freundinnen werden können, irgendwann später vielleicht. Wenn wir das hier überstanden hätten – gemeinsam.

Aber jeder musste Opfer bringen, und wenn das der Preis war, den ich zahlen musste, um dem Mörder meines Mannes gegenüberzutreten, dann sollte es so sein.

In der Nachricht, die er mir am Nachmittag unter der Tür durchgeschoben hatte, stand, dass er mich gehen lassen würde, als letztes Geschenk an seine Fans, wenn ich Violet aus dem Weg schaffte und sämtliche Beweise vernichtete: ein echtes Final Girl, das die größte Sensation des literarischen Jahrhunderts überlebt hatte, eine mörderische Rachetragödie, getarnt als Autoren-Workshop. Er wusste, dass er sich bei mir keine Sorgen zu machen brauchte, ich könne zur Polizei gehen. Nicht mit meinem Sündenregister.

Womit ich nicht gerechnet hatte, war, dass er mich vor Violet auffliegen lassen würde, bevor ich die Sache hinter mich brachte. Andererseits sah genau das ihm ähnlich. Er spielte mit uns, kalt und grausam.

Höchste Zeit, seinen Spielchen ein gewaltsames Ende zu setzen.

»Handelte es sich bei der Pflanze um Oleander, Olivia?«

Ich seufzte und versuchte, eine gleichgültige Miene zu wahren. »Merkst du denn nicht, was Alastor vorhat? Er will uns gegeneinander ausspielen.«

»Wenn Cassandra die Schwarze Witwe war«, fuhr Violet fort, »bist du dann die Kindsmörderin oder der Serienkiller?«

»Ich weiß es nicht. Aber ja, ich habe einen Menschen getötet.« Was genau genommen nicht gelogen war. Es war nur eben nicht bei dem einen geblieben. Wobei ich mich gut im Griff hatte, ich stand unter keinem Zwang oder so. Bislang kam ich auf vier, das war überschaubar. »Aber hör mir zu – es war absolut gerechtfertigt.« Noch ein Schritt. Ich hob die Hände, meine Finger zitterten ein wenig vom Adrenalin, aber mein Verstand arbeitete so klar und schnell wie seit Tagen nicht mehr.

Ein Wild zu erlegen war nichts gegen die Jagd auf einen Menschen. Nichts war mit diesem Kick vergleichbar.

»Ich habe meinen Schwager getötet.« Die Lüge kam mir jetzt leicht von den Lippen, da die Rädchen in meinem Kopf wieder mühelos ineinandergriffen und das Geschöpf, das mir vorhin aus dem Spiegel entgegengeblickt hatte, das Ruder übernommen hatte. Vielleicht war es ja mein wahres Selbst. »Er hat meine Schwester und die Kinder misshandelt, ich habe nur getan, was getan werden musste.«

Der Stuhl, auf dem ich eben saß, stieß an meine Hüfte, aber ich hatte ihn absichtlich etwas schräg zur Tischkante gestellt, damit ich freien Zugriff auf die Machete hatte.

»Hast du überhaupt eine Schwester?« Violet lehnte mit dem Rücken an der Vitrine. Ihr Blick huschte über meine Schulter, zur Tür. Wahrscheinlich könnte man das eleganter lösen – Blut ließ sich unglaublich schwer aus dem Teppich entfernen –, aber darauf kam es nun auch nicht mehr an.

»Doch, sie ist zwei Jahre älter als ich.« Ich ließ die Arme sinken und öffnete die Handflächen, als würde ich mich ergeben. »Ich bin keine Mörderin, Violet. Ich habe es getan, um sie zu retten, und ich würde es jederzeit wieder tun.«

Violet betrachtete mich reglos.

»Du hast Mila gehört«, sagte ich sanft. Meine Finger waren bloß noch eine Handbreit von der Waffe meiner Wahl entfernt, meine Muskeln waren gespannt wie die eines sprungbereiten Tiers. »Wir können das friedlich lösen und Alastor davon überzeugen, uns gehen zu lassen. Er hat viel gegen uns in der Hand, doch das dürfte zu unserem Vorteil sein, weil es ihm garantiert, dass wir den Mund halten. Es bedeutet auch, dass wir alle eine reelle Chance haben zu überleben, Violet, alle vier.«

»Ich denke, so einfach ist das nicht«, erwiderte sie schließlich so leise, dass ich es erst gar nicht verstand.

»Und weshalb nicht?«

Ihr Mund verzog sich zu einem schmalen Lächeln. »Weil Alastor mir etwas anderes gesagt hat.«

61

MILA

Rumms.

Ein gedämpftes Ächzen.

Ich drehte das Schloss herum und stieß die Tür so heftig auf, dass sie fast aus den Angeln flog. Eine dunkelrote Blutlache sprang mir entgegen.

»Lauf!« Violet packte mich bei der Schulter und zog mich hinter sich in den Flur.

»Warte!«, rief ich. Wenn es zwei gegen eins war, hatten wir eine gute Chance, Olivia zu überwältigen. In Ruhe über alles zu reden.

»Sie hat eine Scheißmachete!«, brüllte Violet.

Eine *was*?

Im Esszimmer kauerte Olivia am Boden, sie hielt sich den Kopf, den Rücken zu uns. Der blaue Glasfuß der Lampe, die auf dem Sideboard gestanden hatte, lag in glitzernden Scherben auf dem Teppich. Die Klinge der Machete sah ich am anderen Ende des Raumes aufblitzen, sie war über den Holzboden bis fast ans Fenster geschlittert.

»Olivia …« Die Worte erstarben mir auf den Lippen, als sie sich umdrehte.

Dunkles Blut strömte über die an die Schläfe gepressten Finger. Mit silbrig funkelnden Augen sprang sie auf, riss die Schublade der Vitrine auf und holte einen schweren, länglichen Gegenstand heraus.

Den mit Stacheldraht verstärkten Baseballschläger.

Verdammt, wir hatten es nur schlimmer gemacht.

»Los, lauf!«, schrie nun ich und packte Violet am Arm.

Wir stürmten in die Küche, wo nur die Leuchtstoffröhre über dem Herd brannte. Ich eilte um die Kücheninsel herum, blieb neben der Spüle stehen und hielt verdutzt inne.

Die Magnetleiste mit den Küchenmessern war leer.

Natürlich. Die Killerin in unseren Reihen hatte sie alle abgeräumt.

»Was wollen wir hier?«, flüsterte Violet, ohne den Blick vom Durchgang zum Flur zu wenden – der einzige Weg hinein und hinaus. »War das nicht ziemlich dumm, in einen Raum zu flüchten, den man nicht abschließen kann?«

»Ich weiß«, fauchte ich sie an. »Ich dachte, hier wären Messer.«

»Dachte?«

»Sie muss sie alle mitgenommen haben.«

Das Licht über dem Herd flackerte und erlosch, ließ uns in völliger Dunkelheit zurück. Violet fluchte.

Olivia, die anscheinend mehr auf zack war, als ich es ihr zugetraut hatte, musste den Sicherungskasten im Flur gefunden haben.

»Wir sind uns einig, dass das hier kein Stromausfall ist?«, flüsterte Violet.

»Wann wäre es in Büchern je ein Stromausfall gewesen?«

»Wir sollten abhauen.«

»Sie blockiert unseren einzigen Fluchtweg.«

Die Küchenmesser waren verschwunden, und ich hatte nicht vor, mich mit einer Bratpfanne zu verteidigen, auch wenn das in Filmen ganz toll funktionierte. Aber in einem der Regale stand eine Reihe Kochbücher, diese großformatigen Hochglanztitel, die niemand je in der Küche benutzt aus Angst vor Fett- oder Rotweinflecken.

Zusammengehalten wurden sie von zwei massiven Buchstützen,

den beiden Hälften einer Pyramide aus hellem Marmor mit schwarzen Adern, der sehr schön mit dem Fliesenspiegel an der Wand korrespondierte.

Ich schnappte mir eine der beiden und zuckte kurz zusammen, als die schweren Bücher wie Dominosteine umkippten und damit verrieten, wo wir waren.

»Was soll der Scheiß?«, zischte Violet. »Ich werde ganz sicher nicht wegen ein paar blöder Kochbücher sterben.«

»Ups, sorry«, gab ich zurück.

Die scharfen Kanten des Marmorblocks schnitten in meine Finger.

Glaubte ich wirklich, ich könnte einer blutberauschten Serienkillerin mit einer Buchstütze den Schädel einschlagen? Das war lächerlich.

Meine Augen hatten sich mittlerweile so weit an die Dunkelheit gewöhnt, dass ich erkennen konnte, wie sich Violet seitwärts zum Ausgang schlich, die Arme ausgestreckt Richtung Tür. Als hielte sie eine Waffe in den Händen.

Mir klappte die Kinnlade herunter. Da war sie also! Während Violet unten im Esszimmer eingeschlossen war, hatte ich ihr Zimmer durchsucht und gehofft und gebetet, die zwei würden sich bitte nicht gegenseitig umbringen, bevor ich nicht die Pistole gefunden und das Magazin wieder eingesetzt hatte. Dass Olivia das Esszimmer mit der Machete oder diesem Baseballschläger aus der Hölle aufrüsten würde, damit hatte ich nicht rechnen können.

Violet musste meinen Blick bemerkt haben. »Die ist leer, aber das kann sie nicht wissen. Alastor hat das gesamte Ma… Was ist jetzt so witzig?«

Meine Schultern bebten stumm vor Lachen, als ich ihr das geladene Magazin hinhielt, die oberste Messingpatrone glänzte im Halbdunkel der Küche.

Jetzt blieb ihr der Mund offen stehen. »Du hast mein Ma…«

»Darüber reden wir später.«

Sie riss es mir aus der Hand, schob es in den Griff und lud mit einer routinierten Bewegung durch, begleitet von einem lauten Klicken.

»Olivia!«, rief ich. Violet warf mir einen Blick zu, als hätte ich den Verstand verloren. »Uns sind allen gerade die Nerven durchgegangen. Ich würde vorschlagen, wir legen die Waffen jetzt nieder, tun uns zusammen und sehen zu, dass wir von dieser verdammten Insel wegkommen.«

»Zu gerne«, war Olivia aus dem Flur zu hören, näher als gedacht. »Ich weiß, ich muss euch gerade Angst gemacht haben, aber ich bin keine Killerin – also nicht wirklich.«

Ein schwacher vertrauter Geruch stieg mir in die Nase wie an der Tankstelle vor der *panadería* meiner Eltern.

»Ganz ehrlich, im Moment ist es vollkommen egal, was irgendwer getan hat oder nicht«, sagte ich und wechselte einen Blick mit Violet. »Du bist ein besserer Mensch, als er uns weismachen will. Das sind wir alle.«

Irgendwie war ich zur Vermittlerin, zur Stimme der Vernunft geworden zwischen einer Mörderin und der Frau, die mir mein Manuskript gestohlen und mich meines Lebens beraubt hatte.

»Du hast völlig recht«, rief Olivia und schien jetzt ganz nah. »Wir sollten sehen, dass wir hier wegkommen.«

»Riechst du das?«, fragte Violet leise.

Ich nickte. Der Geruch von Benzin drang aus dem Flur zu uns. »Du kannst nicht schießen. Ein Funke würde genügen.«

Violet schürzte die Lippen und fixierte den Lauf.

»Wir haben immer noch das Propangas.« Olivias Stimme war jetzt gleich um die Ecke, gerade außer Sichtweite. »Es regnet zwar, aber irgendjemand würde es bestimmt sehen, wenn wir …«

Eine krachende Explosion erschütterte die Küche.

Ich hielt mir die Hände über die schmerzenden Ohren und

kniff die Augen zusammen. Riss sie dann schnell wieder auf. Panik schnürte mir die Brust zu. Es war alles so schnell gegangen, das Geräusch markerschütternd, vernichtend.

Meine Nerven flirrten, meine Haut kribbelte. In meinen Ohren brüllende Stille.

Du hattest den Abzug gedrückt.

62

VIOLET

Mila presste sich flach an die Küchenschränke. »Du hast …«

Ich senkte den Lauf und drückte erneut ab. Zweimal. Und dann zur Sicherheit ein weiteres Mal.

»Hör auf!«, schrie Mila und hielt sich die Hände über die Ohren. »Du bringst uns alle um!«

»*Sie* wollte uns umbringen.« Ich zielte mit dem Nachtsichtvisier meiner Glock, drei im Dunkeln leuchtende grüne Punkte. Meine Finger zitterten, ich konnte die Pistole kaum noch halten, aber es war geschafft. Ich atmete tief durch und blies mir den Pony aus den Augen.

»Sie war zu Verhandlungen bereit!«

»War sie nicht – sie hat überall Benzin vergossen.« Ich schlich langsam vorwärts und umrundete die Kücheninsel. In der Wand zum Flur war ein faustgroßes Loch, zwei weitere darunter, etwas dichter beisammen, sollte Olivia in Deckung gegangen sein. Hinter mir hörte ich Mila keuchen, ich spürte, wie ihre Anspannung sich auf mich übertrug.

Hinter der Wand schweres Atmen, ein leises Ächzen, ein erstickter Fluch.

Verdammt.

Dann ein feuchtes, saugendes Geräusch.

Mila und ich erstarrten und sahen einander an. Der Geruch von Blut und Benzol lag in der Luft.

Den Lauf der Waffe nach unten gerichtet, pirschte ich ums Eck und spähte angestrengt ins Dunkel.

Ein schwarzer Strahlenkranz an der gegenüberliegenden Wand glitt langsam die Holzpaneele hinab … und darunter lag Olivia.

Sie hatte sich auf die Seite zusammengerollt. Die Stirn auf den Boden gedrückt, zuckte ihre Brust bei jedem schweren Atemzug. Eine dunkle Blutspur zog sich wie ein Spinnennetz von ihrer Schläfe, wo ich sie mit der Lampe getroffen hatte, über ihre scharfen Wangenknochen und den Bogen ihres Halses. Der weiße Teppich sog das Blut auf wie ein Wattebausch.

Neben ihr lagen der Baseballschläger und ein umgekippter Metallkanister, aus dem noch etwas Flüssigkeit lief. Mila hob ihn schnell auf und stellte ihn aufrecht. Es grenzte an ein Wunder, dass hier nicht alles in Flammen aufgegangen war.

Speichel sammelte sich in meinem Mund, aber ich konnte nicht schlucken, ohne dass mir sofort schlecht wurde.

Eine Blutblase platzte auf Olivias Lippen, der Inhalt schlängelte sich ihr blasses Kinn hinab. »Bringt sie 'ne Knarre«, keuchte sie, »zum Nahkampf. Unschön.« Ihr Gesicht verzog sich, und sie krümmte sich mit einem rauen Schrei zusammen. Dunkles Blut quoll wie Sirup über ihre in den Brustkorb gekrallten Hände.

»Nicht«, sagte ich leise, ging ein paar Meter von ihr entfernt in die Hocke und stützte den Lauf der Pistole auf dem Boden ab. »Du hast keine Chance mehr, Olivia.«

»Ich weiß.« Sie verdrehte die Augen, bis nur noch das Weiße zu sehen war. Ihr Kinn zitterte, ihr Atem ein feuchtes Keuchen. Wahrscheinlich füllten ihre Lungen sich gerade mit Blut oder was immer bei einem Schuss in die Brust im Körper geschah. Ich nahm mir vor, es *nicht* zu recherchieren. »Hatte keine … keine andere Wahl. Einzige Möglichkeit, um Alastor … zu töten.«

»Hmm«, machte ich und versuchte, in ihren letzten Momenten nicht zu sehr auf Konfrontation zu gehen. Ich zitterte noch immer am ganzen Körper, meine Knie waren weich. »Ich denke, dass wir gemeinsam bessere Chancen gehabt hätten.«

Olivias Lippen verzogen sich zu einem furchterregenden Grienen, die Zähne voller Blut. »Konnte ich nicht riskieren.« Sie hustete und spuckte Blut, es spritzte bis auf meinen Stiefel. »Hatte ihm noch geholfen. Ich … wusste nicht …«

»Ihm geholfen?«, entfuhr es Mila und mir wie aus einem Mund.

»Wer ist er?«, wollte ich wissen.

Ein Atemzug ließ Olivias Brust erbeben. »Macht ihm die Hölle heiß«, flüsterte sie.

Und danach kein Laut mehr.

63
MILA

Das Donnern des Pistolenschusses klang mir noch in den Ohren, und bei jedem Atemzug legte sich der Mix aus Blut und Benzindämpfen wie ein klebriger Film auf meine Schleimhäute.

»Ah, shit«, sagte Violet schließlich leise. »Das wäre auch was fürs Thriller-Motiv-Bingo.«

»Thriller-Motiv-*Bingo*?«

»Ja, weil sie genau in dem Moment gestorben ist, als sie uns sagen wollte, wer …«

Mein Magen krampfte sich zusammen, und ich schaffte es gerade noch zwei Schritte weit in die Küche, bevor ich mich auf den Schieferfliesen übergab.

Ich beugte mich über die Spüle, trank direkt aus dem bronzenen Hahn und spürte das Wasser eiskalt meine brennende Kehle hinabrinnen. Dann taumelte ich mit pochendem Schädel zurück in den Flur.

Violet hockte noch immer vor Olivia, die Hand vor den Mund geschlagen und die Pistole mit der anderen ans Bein gedrückt.

»Du hast allen Ernstes die Bestsellerautorin Olivia Sandoval erschossen«, hörte ich mich sagen.

»Bevor sie das Haus samt uns darin in Brand stecken konnte? Ja klar.« Einen Moment schwieg sie, dann sagte sie, wie zu sich selbst: »Ich habe einer Serienkillerin das Haar geflochten.«

Das entlockte mir ein irres Lachen, das gleich wieder verstummte. »Was sollen wir mit ihr machen?«

Violet erhob sich. »Sie mit dem Tischtuch zudecken? Ich schleppe sie jedenfalls nirgendwohin.«

Rote Strähnen klebten in Olivias hellblondem Haar. Ihre Augen standen offen, ihr Blick schien dunkel auf meinen Schuhen zu ruhen.

»Ich weiß nicht, ob ich wütend sein soll, weil sie versucht hat, uns umzubringen«, sagte Violet, »oder traurig, weil sie dachte, sie müsse es tun. Oder ob ich einfach nur sauer auf Alastor sein soll.«

»Sauer auf Alastor«, wiederholte ich tonlos. »Wobei er recht hatte. Niemand hätte mehr sterben müssen. Es war ihre Entscheidung, uns umzubringen.«

Die Benzinpfütze kroch langsam auf die Fußleisten zu.

»Ich glaube, ich weiß, wer Alastor ist«, sagte Violet schließlich. »Auf jeden Fall weiß ich jetzt, weshalb ich hier bin. Du wusstest am Anfang mehr, als du uns hast glauben machen, aber das kann ich dir locker verzeihen, weil du mir gerade das Leben gerettet hast, als du die Tür vor Ablauf der Zeit aufgeschlossen hast, wohingegen …«

»Violet.« Der Boden schwankte unter meinen Füßen, und ich suchte mit einer Hand Halt an der Wand.

»Nein, stimmt doch. Ich mache dir das nicht zum Vorwurf, ich hab ja selbst Mist gebaut. Wir sind allesamt schuldig, deshalb sind wir ja hier. Oder *waren* hier. Alastor hat es auf mich – auf uns alle – abgesehen, weil wir etwas getan haben, das …«

»Violet, hör auf.«

Hinter uns in der Küche sprang die Leuchtstoffröhre über dem Herd flackernd wieder an.

Mein Herz stockte. »Alastor«, flüsterte ich.

Aus den Tiefen des Hauses war ein leises Läuten zu hören.

Einmal, dann noch einmal und noch einmal. Eine Folge sanfter Schläge, wie Tropfen, die von einem Blatt ins Wasser fallen.

Schlug die alte Standuhr im Foyer etwa schon den neuen Tag? Hatten wir jedes Gefühl für Zeit und Raum verloren?

Ich sah auf die Uhr an meinem Handgelenk. Nein. Es war erst Viertel vor acht, aber Alastor schien den Abend abkürzen und nicht bis Mitternacht warten zu wollen.

Damit wäre jetzt der 31. Oktober – Tag 6 von Alastors Rachefeldzug.

Eine lähmende Angst schoss mir den Rücken hinab bis in die Zehenspitzen. Ich schloss die Augen.

»Was ist das?«, flüsterte Violet.

»Er läutet den letzten Tag ein«, sagte ich leise. »So verstehe ich es zumindest. Ich versuche gerade, mich an seine Anweisungen zu erinnern …«

»Was für Anweisungen?«

»Für das letzte Spiel. Es heißt *Bekenntnisse.*«

Der letzte Schlag verhallte.

Dieses Spiel war nicht von mir. Es war Alastors großes Finale, seine Idee – ich wusste nicht mehr als den Namen des Ganzen, und das hatte mir genügt, um ihm die Zügel zu überlassen.

»Wir sollten verschwinden«, sagte ich unruhig und wandte mich in Richtung des Foyers. »Lass uns Olivias Plan vollenden und das Haus in Brand stecken. Dann gehen wir runter an den Strand und warten. Die Patrouille der Küstenwache haben wir verpasst, aber irgendjemand wird uns schon finden, wenn hier alles in Flammen steht.«

Violet sah hinab auf Olivia. Das weinrote Blut, das in das lila Sportshirt sickerte, der blutgetränkte Läufer unter ihr. »Und was ist mit Alastor? Er könnte sich unbemerkt von der Insel stehlen.«

»Oder im Feuer umkommen.«

Sie schüttelte den Kopf, dass ihr die roten Haare ums Gesicht flogen. Um ihren Mund trat ein harter, entschlossener Zug. »Ich will nicht den Rest meines Lebens damit verbringen, ständig über die Schulter zu schauen. Ich habe seit Jahren Angst, und ich bin es so leid. Wenn das Spiel *Bekenntnisse* heißt, kann ich mir schon denken, was er will. Und ich habe kein Problem damit, ehrlich.« Sie hielt die Pistole in die Höhe. »Außerdem stehen wir ihm nicht mehr wehrlos gegenüber.«

»Dieses Ding macht so einen Höllenlärm«, sagte ich und rieb mir die Stirn. »Du hast nicht zufällig auch noch einen Schalldämpfer?«

»Die bekommt man nicht einfach so.«

»Aber du hast eine Knarre! So einen Schalldämpfer kannst du doch bestimmt unter der Hand besorgen.«

»Du hast offensichtlich keine Ahnung, wie schwer es ist, legal an eine Schusswaffe zu kommen. Die Dinger wachsen nicht auf Bäumen, und ich mache auch keine krummen Deals hinter der Tanke oder so. Aber ich habe noch zwölf Schuss Munition, also wollen wir jetzt Jagd auf Alastor machen oder nicht?«

Zwölf Schuss Munition. Ein Ziel.

Das sah eigentlich ganz gut aus.

Ich blickte den Flur hinab zum Foyer und zur Tür. Wenn wir jetzt gingen, hinaus in die dunkle, stürmische Nacht, bestand eine reelle Chance, dass meine Pläne für dich nicht ans Licht kämen. Wenn wir uns hingegen auf das letzte Spiel einließen …

Irgendwie kam es mir so vor, als ob Alastor, ganz gleich, wie wir uns entschieden, sein Netz immer enger um uns zog.

Aber Violet hatte recht – wir waren bewaffnet. Und wenn wir Alastor jetzt nicht aufspürten und außer Gefecht setzten, würde sich die Gelegenheit sicher nie wieder bieten. Er hatte uns alle ausgetrickst, er hatte Ash auf dem Gewissen. Und nicht nur ihn. Niemand hatte, was immer er auf dem Kerbholz haben mochte, ein solches Ende verdient.

Wir durften ihn nicht entkommen lassen.

Ich atmete tief durch und schnappte mir Olivias Schläger, schloss die Finger um das glatte, harte Holz, sah die gezackten Widerhaken des Stacheldrahts aufblitzen. »Dann auf in den Kampf.«

TAG 6

BEKENNTNIS

Bekenntnis, das (n.): Handlungshöhepunkt, bei dem die Figuren sich ihrer Schuld und sich selbst stellen müssen und in der Folge ihrem Urteil entgegensehen.

Tinte in den Adern:
Vom Schreiben über Furcht,
Verzeichnis der Motive

64

MILA

Unsere Schritte hallten auf den schwarz-weißen Fliesen wider, die Lichter im Museumsraum sprangen automatisch an. Regen prasselte aufs nachtdunkle Oberlicht, dessen Glas uns wie ein Spiegel reflektierte.

Am Ende des Raumes lauerte der düster aufragende Schatten des Beichtstuhls.

In seiner Mitte befand sich das geräumige, reich verzierte Abteil des Priesters, flankiert von den beiden kleineren Beichtkammern, in etwa so groß wie Telefonzellen. Die spitzen Türmchen reichten bis zur Decke, das dunkle Holz war mit den Jahren verblichen. Oder es war genauso gedacht, handelte es sich bei dem Möbel doch um das Requisit aus einer Fernsehserie, das vermutlich nie eine Kirche von innen gesehen hatte.

»Allein das Bekenntnis eurer Schuld wird euch retten«, zitierte ich aus einem von Alastors Briefen und öffnete eine der beiden Türen. Dahinter tat sich ein dunkler, karger Raum auf, kleiner als die Kleiderkammer unten in meinem Zimmer. »Ich denke, wir setzen uns einfach rein und …«

»Ich habe es mir anders überlegt«, verkündete Violet und schielte mit einem Auge zum Eingang, dessen Tür wir mit dem Lesesessel aus dem Flur gesichert hatten, um nicht eingeschlossen zu werden. »Enge Räume sind ein Problem für mich, und ich würde das lieber hier draußen erledigen.« Sie warf einen flüchtigen Blick auf das barocke Schnitzwerk und die Eisengitter vor den Buntglasfenstern. »Okay. Soll ich es … einfach laut sagen?«

»Ich denke nicht, dass …«

»Er möchte, dass ich beichte, und wahrscheinlich soll es genau hier geschehen. Oder hat er sonst noch was gesagt?«

»Vielleicht sollte ich anfangen.«

»Du bist aber nicht Teil des Spiels.«

»Doch, ich … ich glaube, hier geht es um uns beide.«

»Gut, aber ich fange an«, erwiderte sie scharf, bevor ihre Stimme sanfter wurde. »Ich muss mir das von der Seele reden. Also … danke dafür, Alastor.«

Genau davon hatte ich die letzten drei Jahre fantasiert.

Jeder wache Moment, jeder Traum gipfelte darin, dass du dich zu deiner Tat bekanntest, dass du das Geständnis deiner Schuld ablegtest.

Und dann, erst dann würde ich dich töten.

Violet atmete schwer aus und starrte zu Boden. »Die Wahrheit – also der Grund, weshalb ich hier bin – ist, dass ich eine Betrügerin bin, eine Hochstaplerin. Ich habe mein Debüt nicht selbst geschrieben, ich habe das Manuskript vor Jahren von einer Schreibpartnerin gestohlen. Darum geht es, sie ist Alastor. Sie muss es sein, anders ergibt es keinen Sinn. Er, oder vielmehr *sie*, und ich haben uns damals sehr intensiv über unser Schreiben ausgetauscht, uns gegenseitig Kapitel unserer Arbeit geschickt.«

Sie schlang die Arme um sich und grub die Finger in die Ärmel ihres Pullovers. »Rodrigo bin ich einmal begegnet, auch durch sie. Er war ihr Anwalt – und anscheinend hat er auch Fletcher mal vertreten, warum auch immer. Und Rodrigo war mit Olivia verheiratet, die offensichtlich ihre ganz eigenen Probleme hatte. Dann Cassandra, die, wie wir wissen, ihren Mann umgebracht hat, aber auch Fletcher und Olivia kannte, und Fletcher wiederum kannte Ash von … Puh, das habe ich schon wieder vergessen. Es ist alles ziemlich wirr. Aber als ich am zweiten Abend diesen toten Vogel in meiner Box gefunden habe, hätte es mir eigentlich klar sein müssen.« Schließlich sah sie doch auf und riskierte einen Blick auf mich. »Wir, also meine Schreibpartnerin und ich, wir hatten uns damals auf Twitter kennengelernt, der blaue Vogel war das Logo der Plattform. Alastor heißt eigentlich Ana Arcely-Ortega.«

Meine Hände schlossen sich fester um den Holzschläger in meiner Hand, der Stacheldraht scharrte leise über die Fliesen.

»Ana *Emilia* Arcely-Ortega«, sagte ich sanft.

Violet blinzelte.

»Oder kurz, Mila.«

65

MILA

Violet wich einen Schritt zurück, ihre Augen wirkten wie schwarze Löcher. »Das glaub ich jetzt nicht.«

»Die Leute dachten immer, mein Vorname sei nur Ana«, sagte ich und schluckte. »Aber er lautet Ana Emilia, also beide Namen. Außerdem haben sie ihn wie *Anna* ausgesprochen, nicht mit dem langen mexikanischen A. Deshalb dachte ich, lasse ich den ersten Teil einfach weg und nenne mich bloß Emilia, aber daraus wurde dann immer Amelia oder Emily, was ich beides furchtbar fand, und so …«, ich betrachtete die geschnitzten Rosetten in den Schmuckbögen des Beichtstuhls, »wurde es am Ende Mila.«

»Dann hast du ein halbes Dutzend Menschen ermordet?« Violets Stimme wurde lauter. »Wegen dem, was ich getan habe?«

Mein Blick richtete sich wieder auf sie. »Was? Nein, ich bin nicht Al…«

»Ich weiß selbst, dass es falsch war, was ich getan habe. Glaub mir, ich bereue es zutiefst. Es ist seither kein Tag vergangen, an dem ich mich nicht schuldig gefühlt hätte.« Sie schob sich mit einer Hand den verschwitzten Pony aus der Stirn, mit der anderen hielt sie die Pistole, halb hinter dem Rücken verborgen. Ihr Blick fiel auf den Baseballschläger in meinen Händen. »Aber du willst mich doch nicht deswegen umbringen, oder?«

»Nein! Ich *bin nicht* Alastor. Er …« Die Scham legte sich bleiern auf meine Schultern. Ich lehnte den Schläger an den Beichtstuhl, trat einen Schritt zur Seite und hob die Hände. »Er muss irgendwie von uns erfahren haben und bat mich um meine Hilfe, euch allen ein Geständnis abzuringen.«

Ihre Miene hellte sich leicht auf. »Und im Gegenzug konntest du dich an mir rächen.«

»Ich wusste nicht, dass jemand sterben würde, geschweige denn … Wirklich, ich hatte keine Ahnung.« Die Luft klebte wie Teer in meinen Lungen. Es war nicht gelogen, aber allenfalls die halbe Wahrheit.

»Deine Absicht spielt keine Rolle mehr, Mila. Wir werden deinetwegen sterben. Deine Bilanz ist verheerend.«

Ihre Anschuldigung hallte von den Wänden wider. Mit Mascara verschmierte Tränen liefen ihre Wangen hinab, ihre mageren Schultern zogen sich unter dem übergroßen Pulli zusammen.

»Du hast recht. Du hast absolut recht. Und …«, die Worte schnürten mir die Kehle zu, »… es tut mir so leid.«

Plötzlich konnte ich wieder atmen.

Es war, als hätte ich eine schwere Last abgeworfen, mich wie ein Tier gehäutet.

Violet atmete langsam aus und ließ die Arme sinken. »Mir auch.«

Man konnte die Sekunden verstreichen hören, während wir einfach nur dastanden und uns ansahen. Jahre der Wut und der Schuld, der Ohnmacht und des Schmerzes lagen in diesen beiden Worten, die nun zwischen uns in der Luft hingen, flimmernd wie ein Trugbild, das sich mit einem Wimpernschlag wieder verflüchtigen konnte.

»Sonst noch was?«, fragte ich schließlich und presste die Handballen an die Augen.

»Ja. Mein Anwalt hat eure Beweise verschwinden lassen.«

Ich musste lachen, ich konnte nicht anders. »Dachte ich mir doch, dass es nicht an Rodrigos Unfähigkeit gelegen hat.«

»Wieso hat er dich nicht erkannt, als ihr euch hier begegnet seid? So lang ist es doch nicht her.«

»Wir hatten nur per Videocall Kontakt, und ich hatte meine Kamera immer ausgeschaltet. Ich war sehr … nun ja, auf meine Privatsphäre bedacht.«

»Stimmt. Vor dem Prozess kannte ich ja nicht mal deinen vollständigen Namen. Du warst nur *Ana M.* für mich. Jetzt ergibt es natürlich Sinn – Ana Emilia. Oh Mann, selbst deine Stimme … Du hast jetzt einen ganz anderen Akzent. Das war ja damals der einzige Beweis für mich, dass du kein fünfzigjähriger Perverser sein konntest – diese Massen von Sprachnachrichten, die wir uns geschickt haben.«

Wieder musste ich lachen. »Dass ich so viele geschickt habe, lag nur daran, dass die blöde App dieses Minuten-Limit hatte.«

»Und Telefonnummern wolltest du nicht austauschen, weil du *auf deine Privatsphäre bedacht* warst.« Sie rollte mit den Augen und wischte sich die Wimperntusche von den Wangen.

Ich spürte, wie plötzlich eine Welle unglaublicher Trauer über mir zusammenschlug. Wo wären wir jetzt, wenn ich damals nicht den Kontakt zu ihr abgebrochen hätte?

Ob wir dann noch befreundet wären?

»Warum bist du plötzlich verschwunden?«, flüsterte Violet. »Ich habe mir solche Sorgen um dich gemacht.«

»Weshalb du dann auch mein Buch gestohlen hast.«

»Ich habe mir erst Sorgen gemacht, dann war ich wütend.« Sie schlang die Arme um sich, und ihre schmale Gestalt rief mir einmal mehr in Erinnerung, wie jung sie war. Wie jung sie damals gewesen war. »Du warst der einzige Mensch, mit dem ich reden konnte, die Einzige, die mich verstanden hat. Und nach all den Monaten, die wir geschrieben haben, bist du einfach …«

»Ich weiß.« Ich riss mir ein Stück Nagelhaut ab, spürte den Schmerz. »Meine Mutter war erkrankt, und ich musste mich um sie kümmern. Ich hatte versucht, alles gleichzeitig zu schaffen, die Arbeit, das Studium, dazwischen das Schreiben, aber es ging einfach nicht mehr. Ich zog wieder zu Hause ein und musste, so paradox es klingt, erwachsen werden. Als ich dann herausfand, wie alt du bist, fühlte sich das auf einmal seltsam an.«

»Was, wieso? Ich war achtzehn.«

»Du warst gerade mit der Schule fertig und ich auf dem College und … keine Ahnung. Es hat mich einfach irritiert.«

»Oh, wow, tut mir leid, dass ich zu spät geboren wurde«, sagte sie, und ich hörte wieder diesen ätzenden Ton in ihrer Stimme.

Und das tat fast noch mehr weh, denn es war einfach nur dumm. Sie war die Einzige gewesen, die von meinem Schreiben gewusst hatte, den geheimen Welten, die nur in meinem Kopf existiert hatten. Indem ich sie verriet, hatte ich auch das, hatte ich mich selbst verraten – und zwar lange, bevor sie es tat.

»Okay, Alastor«, sagte ich laut und wandte mich an die Kamera, die wie eine Fledermaus über uns an der Decke schwebte. »Wir haben dein Spiel gespielt. Wie geht es jetzt weiter?«

Das kleine rote Aufnahmelicht blinkte, aber außer dem aufs Dachfenster prasselnden Regen und unserem gespannten Atem war nichts zu hören.

»Hey.« Violet war plötzlich wie erstarrt und wandte den Kopf. »Riechst du das?«

Ich hob die Nase und schnupperte.

Ein beißender Geruch lag in der Luft. Und jetzt sah ich auch den Rauch, der über die Diele zu uns heraufzog.

TINTE IN DEN ADERN:
VOM SCHREIBEN ÜBER FURCHT

VON J. R. ALASTOR

DEN EINSATZ ERHÖHEN

Ich hatte schon immer eine Schwäche für Rätsel. Steckt mich in einen Escape Room, und ich könnte glücklicher nicht sein.

Und nichts anderes machen wir im Grunde auch mit unseren Figuren. Wie sperren sie ins Gefüge unserer Fiktion und sagen: *So, jetzt macht mal.* Aber wie bringt man sie dazu, ausbrechen zu wollen? Was, wenn sie sich einfach mit verschränkten Armen zurücklehnen oder, schlimmer noch, ewig damit aufhalten, ihre Schuhe zu binden?

(Wenn Sie selbst schreiben, und davon gehe ich aus, wissen Sie genau, was ich meine. Es gibt Figuren, die einfach die Füße auf den Tisch legen und wenig kooperativ sind.)

Sorgen Sie also dafür, dass es nicht zu gemütlich wird. Senken oder erhöhen Sie die Raumtemperatur. Sperren Sie die Figuren mit ihrem größten Widersacher ein, mit dem übermächtigen Vater etwa oder der soziopathischen Schwester, dem nervigen Ex-Freund oder ihrem Literaturlehrer damals in der Elften, der ihnen prophezeit hat, dass sie es mit ihren Texten nie zu etwas bringen würden. (Anmerkung: Das ist rein hypothetisch zu verstehen, es besteht für meine ehemaligen Lehrer keine Veranlassung, sich in ein Zeugenschutzprogramm aufnehmen zu lassen.)

Und wenn alles andere fehlschlägt, stecken Sie den Raum in Brand. Ein bisschen Feuer unterm Hintern wirkt Wunder für die Motivation.

66

VIOLET

»Was … zum Teufel«, sagte ich mit Blick auf den Ausgang.

»Deshalb ist es so warm hier«, meinte Mila. »Ich dachte erst, das Thermostat sei kaputt oder dass Alastor es aus der Ferne hochgedreht hätte.«

Mit polternden Stiefeln stürzte ich zur Tür. Ich stützte das Knie auf dem weißen Ledersessel ab, um über den Flur zu spähen. Hier draußen war es noch heißer, ich spürte ein Kratzen im Hals und musste husten.

Fetter Qualm waberte die Treppe hinauf, die Luft flirrte vor Hitze. »Wie wär's, wenn du mir mal hilfst?«, rief ich und stieß den Sessel von der Tür weg.

Mila zerrte mit beiden Händen am Bücherregal und warf es so heftig hinter mir zu, dass es erst zurückschnellte, bevor es mit einem satten Laut einrastete.

Und uns hier einschloss.

»Das war eine ganz schöne Rauchentwicklung« keuchte ich. »Aber kann es sein, dass es wieder falscher Alarm ist, so wie letzte Nacht, als wir unsere Zimmer nicht verlassen sollten? Vielleicht …«

»Nein«, sagte Mila. »Ich wünschte, es wäre so, aber nach allem, was Olivia da unten vergossen hat …«

Ich stieß den Kopf gegen die Wand. »Shit. Und was jetzt?«

Am anderen Ende des Raumes erhoben sich die dunklen

Giebel des Beichtstuhls wie eine Fledermaus mit weit ausgebreiteten Flügeln, wahrlich der Stoff, aus dem Albträume gemacht sind.

»Wir sollten tun, was er von uns verlangt«, sagte Mila und folgte meinem Blick. Ihre braunen Haare wellten sich um ihre Schultern, ihr Gesicht war blass trotz der Hitze. »Er sagte, das Bekenntnis unserer Schuld sei unsere Erlösung. Das kann eigentlich nur den Beichtstuhl meinen, vielleicht gibt es da einen Ausgang.«

»Durch diesen Kasten? Und wenn du *Erlösung* sagst, da kommen mir ganz andere Gedanken.«

Mila ließ mich einfach stehen und steuerte auf das Möbel zu. »Ich finde, es passt zu Alastor. Und es gibt zwei Abteile – eins für jede von uns.«

»Das ist kein Spiel mehr.« Mein Pony klebte mir feucht an der Stirn. »Wozu das Feuer?«

»Als Ansporn.« Sie ließ die Finger über die geschweiften Türbögen gleiten und warf einen Blick hinter das Gestühl. »Ich denke, wir sollten hineingehen. Das Teil ist an der Wand befestigt wie ein Einbauschrank. Es ist ein weiterer Test, den wir bestehen müssen.«

»Ja klar, ein Test. Und sowie wir drin sind, tut sich eine Falltür unter uns auf, wir fallen in ein Säurebad und lösen uns auf in schleimige Materie.«

»Du nimmst das mit der Erlösung zu wörtlich. Ich meine, was sind unsere Optionen? Wenn wir hierbleiben, sterben wir.«

»Wir werden *dadrinnen* sterben.«

»Sollen wir es nicht wenigstens versuchen?«

Ich hatte das Gefühl, mich jetzt schon aufzulösen – mein schwarzer Pullover war eindeutig zu warm für dieses Inferno.

»So wie ich Alastor kenne, dürfte er es honorieren, wenn wir mitspielen.« Mila sah auf einmal so winzig und verloren aus, wie sie vor diesem düsteren Gebilde stand, das sie zu verschlingen drohte. »Für ihn ist das alles Teil der Geschichte, die er für uns geschrieben hat. Wir müssen ihm einfach die bessere Story liefern. Nur so haben wir eine Chance.«

Die Angst lähmte mich. Meine Doc Martens standen wie festgelötet auf dem schwarz-weißen Fliesenboden. Ich ertrug die Vorstellung nicht, schon wieder in einem engen dunklen Raum eingesperrt zu sein, meinen eigenen Atem im Ohr, den Blick durch die Lamellen der Schranktür gerichtet, die klammen Finger um die an einem Bügel hängende Lederjacke gelegt, damit das Geräusch der Metallschnallen mich nicht verriet.

Und jeden Moment damit zu rechnen, entdeckt zu werden.

Der Einbruch in meine Wohnung Anfang des Jahres hatte mich traumatisiert. Es war ein Schock gewesen, von dem ich mich bis heute nicht erholt hatte. Mir war gerade noch Zeit geblieben, mich in den Schrank zu flüchten, bevor jemand in mein Schlafzimmer gestürmt war. Ich wusste bis heute nicht, wer es war, aber die Person hatte den geschützten Raum meiner eigenen vier Wände verletzt. Und sie hatte meinen Laptop mitgenommen, und die Vorstellung, dass irgendjemand Zugriff darauf hatte, auf meine begonnenen Projekte und unvollendeten Romane, auf alles, was mir irgendwann mal halb gar durch den Kopf gegangen war, was nie für fremde Augen bestimmt war, verstörte mich zutiefst.

Man hatte mich dort getroffen, wo ich am verletzlichsten war. Es fühlte sich an, als hätte ich einen Teil meiner selbst verloren. Weshalb ich damals auch der festen Überzeugung gewesen war, dass Ana M. dahintersteckte. Wer sollte es sonst gewesen sein? Genau das hatte ich doch verdient.

»Violet.« Milas grünbraune Augen waren jetzt auf mich gerichtet, sie legte die Hände auf meine Schultern. »Du hast gesagt, du seist es so leid, in Angst zu leben. Jetzt hast du die Wahl. Was wirst du tun?«

Die Pistole im Holster an meinem Rücken drückte auf meinen Steiß, sperrig und nutzlos. Tränen liefen mir über die Wangen, und normalerweise wäre mir das peinlich gewesen, aber jetzt kam es darauf auch nicht mehr an. Ich hatte Angst, und Mila hatte recht, ich war es so leid, Angst zu haben.

Was wirst du tun?

Vielleicht war es falsch, gegen die Angst anzukämpfen, vor ihr davonzulaufen. Vielleicht sollte ich sie zu meiner Verbündeten machen, sie nutzen als meine Geheimwaffe.

Ich nickte.

Wir traten zusammen vor den Beichtstuhl. Ich streckte die Hand aus, spürte den Messingknauf kalt und glatt an meiner Haut, als ich ihn vorsichtig drehte und die Tür mit einem lauten Knarren aufschwang.

Der Raum dahinter war winzig.

Und finster.

Die Luft war muffig und abgestanden, eine Mischung aus Tabakrauch und Staub.

Und es war noch beengter als erwartet, mit einer niedrigen, kaum handbreiten Bank, die als Sitz dienen mochte.

Wie ein Schrank in einer dunklen, vermeintlich verlassenen Wohnung. Das dümmste Versteck überhaupt.

Ich nahm all meinen Mut zusammen, beugte mich vor und klopfte gegen die Rückwand. Ein Fünkchen Hoffnung regte sich in mir. »Hörst du das?«, fragte ich Mila, noch immer ohne einen Fuß ins Innere gesetzt zu haben. »Dahinter ist ein Hohlraum.«

»Aber wie bekommen wir den auf?« Milas Stimme drang dumpf durch das Gitter aus dem anderen Abteil.

»Es gibt vielleicht einen Mechanismus. Wenn wir beide in den Beichtstuhl steigen und die Türen schließen, könnte ihn das auslösen«, schlug ich vor und sah mir die Innenwände genauer an. Es war ewig her, dass ich mich mit Architektur beschäftigt hatte.

Unter meiner Hand spürte ich ein Klicken und sah, wie sich der Messingbolzen seitlich aus meiner Tür schob. »Was machst du?«

»Meine Tür schließen.« Ich sah Milas Gesicht hinterm Gitter auftauchen. Sie hatte die Brauen zusammengezogen, Schweiß stand ihr auf der Stirn. »Warum?«

»Weil du damit den Schließmechanismus von meiner ausgelöst hast.« Die Verriegelung befand sich an der Innenseite der Tür, was ja auch Sinn ergab, es sei denn, man wollte jemanden in die Falle locken und in einem solchen Monstrum gefangen halten. Ich drehte meinen Türknauf und hörte das Klicken jetzt von nebenan. »Bewegt es sich bei dir auch, wenn ich bei mir abschließe?«

»Ja.«

Beichtstühle waren nicht unbedingt meine Welt, aber mit Puzzleboxen kannte ich mich umso besser aus.

Mein Onkel hatte meiner Schwester und mir mal eine aus Rosenholz von einem Markt in Marrakesch mitgebracht. Max hatte drei Stunden herumgeknobelt, um sie aufzubekommen, ich hatte dafür keine zwölf Minuten gebraucht.

Plötzlich war ich voller Zuversicht.

Wir konnten es schaffen. Wir würden überleben.

Aber erst mal musste ich in diesen Kasten steigen. Das Blut rauschte mir schon jetzt in den Ohren. Ich starrte auf die dunkle Holzmaserung und versuchte, mir Mut zu machen. »Es ist einfach nur ein Rätsel, oder? Wie ein Escape Room. Wenn wir es lösen, kommen wir hier raus.«

»Wahrscheinlich müssen wir den Schließmechanismus der jeweils anderen Tür von innen auslösen, und dann geht die Wand dahinten auf oder … Violet?«

Ich taumelte einen Schritt zurück und ließ die Tür wieder los. Die Vorstellung, mich in diesem Kasten einzusperren, war mir einfach unerträglich. Ich versuchte, Luft in meine Lungen zu saugen, spürte aber nur diese staubige Hitze in der Kehle, die mich zu ersticken drohte.

»Aber«, sagte ich mit bebender Stimme, »wenn wir die Türen abschließen, kommen wir vielleicht nie wieder raus. Was ist mit dem Baseballschläger – wir könnten versuchen, die Rückwand einzuschlagen.«

»Dazu bräuchten wir schon eine Axt, außerdem rennt uns die Zeit davon.« Mila tauchte wieder aus ihrem Abteil auf und schüttelte den Kopf. »Wenn du eine bessere Idee hast, ich bin für jeden Vorschlag offen.«

Irgendwo im Haus zersprang klirrend ein Fenster. Wir zuckten zusammen und starrten auf die Tür unter dem riesigen Hirschgeweih. Feine Rauchfäden krochen durch den Spalt am Boden, ließen meine Augen tränen, meine Nase brennen. Das Feuer kam unaufhaltsam näher, und im Grunde blieb uns keine andere Wahl.

»Okay«, sagte ich schließlich und rieb mir hektisch die Wangen. Ich war kurz davor, mich in heller Panik ins Feuer zu stürzen. Vielleicht wäre das besser, als in diesem sargartigen Verschlag zu sterben. »Es geht ums Vertrauen, richtig?«

67

MILA

Wir traten gleichzeitig in die Beichtkammern, und der Boden gab unter meinem Gewicht ein paar Zentimeter nach. Violet schrie panisch auf.

Ich presste mich an die Wand und krallte die Finger in eine schmale Kante etwas unterhalb der niedrigen Decke.

»Alles okay bei dir?«, rief ich. Mein Herz war kurz davor zu bersten, und ich wagte mir kaum vorzustellen, wie es Violet gehen musste. Wahrscheinlich war der Boden auf ihrer Seite auch abgesackt.

»Alles okay«, kam Violets gedämpfte Antwort, der ein schwaches Lachen folgte. »Das ist komplett irre. Ich glaube, es funktioniert wie eine Waage. Tariert unser Gewicht aus, damit er weiß, dass wir beide drin sind.«

Ich stieg versuchsweise hinaus und wieder hinein, hörte den hohlen Klang des Holzes unter meinen Füßen. Dann ein Geräusch von unten und ein Klicken nahe der Rückwand des Beichtstuhls. »Hast du das gehört?«, fragte ich und drehte mich um. »Ich glaube, wir haben da etwas in Gang gesetzt. Bist du bereit?«

»Nicht wirklich – aber muss ja, oder?«

Wir zogen beide unsere Türen zu, meine brauchte einen kleinen Ruck, bis ich sie ganz schließen konnte.

Es war, als wären wir in einer winzigen Flugzeugtoilette, in der das Licht ausgefallen war. Nur ein schmaler Lichtstreifen fiel durch das runde Buntglasfenster der Tür.

Wobei, nein, weniger eine Flugzeugtoilette, eher ein Sarg.

Mein Hemd klebte mir am Rücken, die Haare feucht im Nacken.

Schweres Atmen war zu hören. Jemand hyperventilierte, und ich war es nicht.

»Versuch mal, ganz ruhig zu atmen«, rief ich Violet zu. »Tief einatmen, ein paar Sekunden halten, langsam ausatmen. Alles wird gut. Wir kommen hier raus.«

Ein leichtes Schnauben durch die Wand, was ich als gutes Zeichen wertete. Violet war zäh, und ich hörte, wie das Gekeuche nachließ.

Meine Schultern streiften die Paneele vor und hinter mir, als ich mich auf engstem Raum zur Seite drehte, dann legte ich beide Hände flach an die hintere Wand und drückte, stemmte mich mit meinem ganzen Gewicht dagegen. Das Holz ächzte unter meinen Händen, doch es gab kaum nach, und bald schmerzten meine Handgelenke von der Anstrengung. »Und jetzt?«, fragte ich etwas außer Atem.

»Es ist ein Escape Room«, sagte Violet, ihre Stimme eine Oktave höher als sonst. Ich hörte sie die Wände abklopfen und auf ihrer Seite herumpoltern. »Es funktioniert wie so eine Puzzlebox. Es muss irgendwelche beweglichen Teile geben, einen Mechanismus, der sich von hier drinnen bedienen lässt. Die Türschlösser wären eine Möglichkeit.«

Das hieß, wir mussten uns tatsächlich einschließen, uns auf Gedeih und Verderb einander ausliefern.

Von fern hörte man erneut Glas klirren, das mussten die Fenster sein, die unter der Hitze zersprangen. Das Feuer kroch unaufhaltsam näher und würde vor uns nicht haltmachen.

»Ich schließe jetzt deine Tür ab«, rief Violet über den Lärm hinweg. »Und dann drehst du dein Schloss, was meine Tür versperren müsste.«

Ich tastete nach dem Riegel, dessen Metall schon jetzt unter meinen Händen zu glühen schien.

Dann plötzlich ein Klicken, oben rechts in der Wand. Ich schnappte nach Luft. »Da hat sich was bewegt. Irgendwo hier drin.« Ich stieß meine Schulter gegen das Holz, stöhnte und warf mich dagegen. Einmal, noch einmal. »*Verdammt, es rührt sich nichts.*«

Poltern und Krachen auf der anderen Seite, Violet schien wie ein eingesperrtes Tier zu wüten, der Beichtstuhl wackelte und knarrte, dann ein ernüchtertes Fluchen. »Shit. Hier auch nicht.«

Ich kniff die Augen zusammen und verschränkte die Hände im Nacken. Adrenalin schoss durch sämtliche Hirnwindungen, in meinen Ohren schwoll das Rauschen der Panik an. Würden wir hier bei lebendigem Leib verbrennen? Spüren, wie die Hitze uns die Haut versengte, den Geruch unseres eigenen Fleisches in der Nase? Oder würde das Feuer Gnade walten und uns vorher an einer Rauchvergiftung ersticken lassen?

Es mochte sicher noch schlimmere Todesarten geben, aber einfallen wollte mir gerade keine.

Dann wieder Violets etwas zu schrille Stimme: »Schau mal an der Rückwand – hast du oben links in der Ecke so Rillen?«

Ich tastete das Holz ab, bis ich mit den Fingern an eine scharfe Kante stieß. »Ja!«

»Fass da mal rein und zieh die ganze Wand kräftig zu dir, und dann schiebst du sie nach rechts.«

»Was hast du …?«

»*Zu dir und dann nach rechts.*«

Okay, zu mir und dann nach rechts. Kein Problem.

Ich keuchte vor Anstrengung, und die Wand bewegte sich tatsächlich einen Zentimeter in meine Richtung. Ich grub die

Fingernägel in das weiche Holz und stieß dann mit aller Kraft nach rechts.

Die Rückwand des Beichtstuhls schwang zur Seite. Kühle, frische Luft schlug mir entgegen und ließ mich erschaudern. Ich hätte heulen können vor Erleichterung.

Vor mir tat sich ein schmaler, dunkler Gang auf.

Ich lachte ungläubig. »Es funktioniert, du bist genial. Ich hab's aufbekommen.«

»Was hast du aufbekommen?«

Ich setzte einen Fuß in den grob behauenen Tunnel und versuchte, etwas in der Dunkelheit zu erkennen. Ich fand mich auf einem Treppenabsatz, von dem eine schmale Wendeltreppe nach unten führte.

Hinaus in die Freiheit, vorausgesetzt, der untere Teil der Treppe stand nicht auch schon in Flammen. Aber die Luft hier oben roch klar und frisch.

Ich drehte mich wieder um und sah, dass meine Rückwand sich vor Violets geschoben hatte, also rückte ich sie etwas zur Seite – und erstarrte.

Während meine Wand als Geheimtür fungierte, schien ihre festmontiert.

Da war keine Tür, kein Durchgang. Sie saß in der Falle.

Jetzt kamen mir die Tränen, ich spürte sie heiß über meine Wangen laufen.

Es war nicht meine Schuld. Ich konnte nichts dafür. Es war *nicht meine verdammte Schuld*!

Aber ohne mich wäre das alles nicht passiert.

Ohne *dich* aber auch nicht, hielt eine Stimme in meinem Kopf dagegen. Hättest du nicht mein Manuskript gestohlen, wäre ich niemals auf Alastors Angebot eingegangen. Keine von uns wäre je auf diese Insel gekommen. Du säßest nicht in diesem brennenden Haus fest, und ich müsste nicht mitansehen, wie dieses Haus niederbrannte mit dir darin.

Irgendjemand würde das Feuer sicher sehen, vom Festland, von einem Boot, und Hilfe schicken. Ich könnte sagen, ich sei mit knapper Not entkommen, was ja auch stimmte – was mit den anderen sei, wisse ich nicht. Ich würde die Insel lebend verlassen, als Einzige von uns, ich wäre das Final Girl dieses tragischen Retreats. Niemand bräuchte zu erfahren, was wirklich geschehen war.

»Mila?« Deine Stimme drang zu mir. »Was ist? Was hast du aufbekommen?«

Übelkeit kroch meine Kehle hinauf, und ich stand einfach da und starrte auf die Wand, die uns trennte, dich und mich.

Du würdest nur dann entkommen, wenn ich zurück in die Kabine ging, deine Tür aufschloss und dich hinausließ. Aber sowie du deine Seite des Beichtstuhls verlassen würdest, würden die Sensoren im Boden dein fehlendes Gewicht bemerken und die Tür zum Durchgang wieder schließen.

Was wiederum hieß, dass wir beide in unseren Abteilen bleiben und die Türen geschlossen halten mussten, wollten wir diesen einen Weg in die Freiheit offen halten.

Wir konnten es drehen und wenden, wie wir wollten, nur eine von uns würde entkommen, das war Alastors perfider Plan. Uns die Entscheidung zu überlassen, war sein letztes Spiel.

68
VIOLET

Ich schlug mit den Händen gegen das Holz, spürte den Schmerz in meine Handgelenke fahren. »Mila? Meins bewegt sich nicht.«

Das Knacken, Knistern, Fauchen des Feuers wurde lauter, irgendwo im Haus war eine Explosion zu hören und jagte eine Erschütterung durch das Gestühl. Ich schrie auf und kauerte mich zusammen. Mit jedem Atemzug sog ich mehr Hitze und Rauch in mich auf, mehr von meinem eigenen Schweiß. Ich trat mir die schweren Stiefel von den Füßen und ließ sie auf den Boden fallen.

»Mila!«, schrie ich und hämmerte erneut an die Rückwand.

Ich drehte mich um, tastete mit fiebrigen Fingern nach dem Türschloss, drehte es und warf mich gegen die Tür.

Nichts geschah. Mein Schloss öffnete Milas Tür und ihres meine.

»Bitte lass mich raus«, heulte ich. »Mach das Schloss auf, ich komme sonst nicht raus!«

Wo war sie?

Ich schlug auf die Tür ein. »*Lass mich raus!*«

Die Tür schwang auf, und ich fiel mit einem erschrockenen Laut nach vorn.

Starke Hände fingen mich auf und rissen mich hoch. »Los, verschwinde.« Ich spürte Milas Atem heiß an meiner Wange, als sie mich in die andere Kabine schob. Die Tür schlug zu, dann die gegenüber, ich hörte es klicken – sie hatte mich eingeschlossen.

Meine Hände tasteten zitternd nach dem Türschloss. Panisch umklammerte ich den Griff. »Ich … ich kann dich hier nicht einschließen.«

»Violet. Schließ einfach die verdammte Tür ab.«

»Nein.«

»Jetzt mach schon, sonst sterben wir beide.«

»Ich will dich aber nicht sterben lassen! Das ist nicht fair.«

Ich spürte einen dumpfen Schlag neben meinem Kopf. Mila, die mit der Faust gegen die Wand hieb. »Was ist schon fair?«

Ich beugte mich vor und presste mein Ohr an die Wand, um sie besser zu verstehen.

»Es ist nicht fair, dass du mein Buch gestohlen hast. Es ist nicht fair, dass ich dich hierhergelockt habe. Aber in dem Versuch, Gerechtigkeit zu erfahren, drehen wir uns im Kreis, wir stecken in einer Spirale, aus der es kein Entkommen mehr gibt.« Ihre Stimme brach. »Ich wollte nicht, dass es so weit kommt. Nichts von alledem hätte geschehen dürfen.«

Das Haus erbebte unter uns. Das Feuer hatte sich über die Treppe hinauf in den dritten Stock gefressen. Als Nächstes würde es uns verschlingen.

»Jetzt mach schon!«

Ich spähte durch das kleine Gitter, in die schmale Kammer des Priesters und hinüber auf Milas Seite. Durch das Fenster fiel flackerndes Licht herein. Ihr Gesicht war in Schweiß gebadet, ihre dunklen Augen glühten, ihr Mund war nach Atem ringend aufgerissen. »Es tut mir leid. Es tut mir unendlich leid!«

»Mir auch«, flüsterte ich.

Und dann drehte ich das Schloss.

69
MILA

Ich hatte nicht vor, mich meinem Schicksal tatenlos zu ergeben.

Den Rücken an die Wand gestützt, stemmte ich erst einen Fuß gegen die Tür, dann den anderen, sodass ich einen halben Meter über dem Boden in der Luft hing. Vorsichtig streckte ich die Beine durch und drückte gegen die Tür, bis meine Schenkel von der Kraftanstrengung zu zittern begannen. Von hinten gruben sich die Holzpaneele in meine Schulter und die Beuge meines Nackens.

Nur die verdammte Tür gab nicht nach.

Beim nächsten Anlauf spürte in einen Schmerz durch meine Wirbelsäule schießen und klappte jaulend zusammen, ließ mich an der Wand herunterrutschen und hockte einen Moment auf dem glutheißen Boden, bevor ich keuchend versuchte, mich wieder aufzurichten. Mein Rücken brachte mich fast um, in den Beinen hatte ich keine Kraft mehr.

Das Türfenster.

Ich senkte den Kopf und rammte den Ellbogen ins Buntglas des kleinen Rosettenfensters.

Es zersprang klirrend.

Das Glas schnitt in die weiche Unterseite meines Arms, mir entfuhr ein erstickter Schrei. Scharfe Splitter verfingen sich in meinem Haar, glitzerten zu meinen Füßen. Ich schob meine Hand zwischen den Stäben des Fenstergitters hindurch.

Doch weiter als bis zum Handballen kam ich nicht, es war zu eng.

»Verdammt«, fluchte ich.

Derweil ein Fauchen und Zischen aus dem vorderen Teil des Raums, als hätte sich eine gigantische Popcornmaschine unter die Exponate gereiht. Durch die zerbrochenen Scherben des Buntglases fiel ein flackernder Lichtschein. Das Feuer hatte den Ausstellungsraum erreicht.

Ich würde bei lebendigem Leib in diesem Sarg verbrennen, war sehenden Auges in mein Unglück gelaufen.

Aber hätte ich es nicht getan, wärest du jetzt an meiner Stelle.

Ich legte die Arme vor mein Gesicht und drängte mich in die hinterste Ecke des Beichtstuhls. Mein Plan wäre doch noch aufgegangen, ich hätte dich einfach bloß in der Falle sitzen lassen müssen.

Doch wie hätte ich damit leben sollen?

Jetzt konnte ich in dem Wissen sterben, dich gerettet zu haben.

Dumpfe Erschütterungen rissen mich aus meinen Gedanken, fast klang es wie … *Schritte*?

Ich riss den Kopf hoch.

Hinter dem zersprungenen Glas des Türfensters tauchte ein Paar grüner Augen auf, ein flammender Haarkranz wie ein Heiligenschein.

Der Todesengel war mir erschienen.

»Alastor«, krächzte ich.

»Du dummes Ding«, murmelte Cassandra Hutchinson. »Warum hast du dich nicht einfach aus dem Staub gemacht?«

70
VIOLET

Es war stockfinster, und ich stützte mich mit beiden Händen an den holzverkleideten Wänden ab, als ich die schmale Treppe hinab nach unten eilte. Es roch nur noch schwach nach Rauch, dafür stieg mir ein anderer Geruch in die Nase, ranzig und süß, wie damals, als ich ein paar Tage nicht zu Hause gewesen war und mein Kühlschrank ausgerechnet während der größten Hitzewelle des Jahres den Geist aufgeben musste.

Alles war verdorben, und der Fleischvorrat eines ganzen Monats gammelte aufgetaut im Gefrierfach vor sich hin.

Genauso roch es, und je weiter ich nach unten kam, desto schlimmer wurde es.

Ich blieb stehen und würgte.

Dann zog ich mir meinen Pullover über Mund und Nase und versuchte, etwas im Dunkeln zu erkennen.

Zurückzugehen war keine Option, der einzige Ausweg führte dort hinunter.

Flach durch den Mund atmend, setzte ich meinen Abstieg fort. Der Fäulnisgeruch legte sich wie Belag auf meine Zunge und ließ mich erneut würgen, aber ich konnte, ich *durfte* nicht stehen bleiben.

Mechanisch nahm ich eine schmale Stufe nach der anderen, bis ich, früher als erwartet, das Ende der Treppe erreicht hatte.

Ich prüfte den Boden unter meinen Füßen und stolperte über etwas Längliches, Weiches, das mir den Weg versperrte.

Strauchelnd lehnte ich mich an die Wand, tastete mit den Händen über die Holzverkleidung, bis ich eine Art Hebel fand. Ich drückte ihn herunter, warf mich gleichzeitig dagegen.

Die Wand gab unter dem Gewicht nach, und mir schlug kühle, nach feuchter Erde riechende Luft entgegen. Feuriges Licht fiel auf das, worüber ich gestolpert war.

Ich wich schaudernd zurück.

Rodrigo saß an die Wand gelehnt, sein Kopf hing schlaff zur Seite. Er trug noch immer diese blutbefleckte Augenbinde, und unter seinem aufklaffenden Morgenmantel sah man, wie die linke Seite seines Hemds starrte von Blut.

Spitzer Kies grub sich in die Sohlen meiner bestrumpften Füße, doch ich wich noch einen Schritt zurück, mein Blick wie gebannt auf den fast schwarzen Flecken dort, wo einmal seine Augen gewesen waren, wo sie noch immer hätten sein sollen.

Erst als ich etwas kalt und nass durch meine Strümpfe sickern spürte, konnte ich mich von dem Bild des Grauens losreißen.

Gras.

Ich war draußen.

Frei.

Obwohl der Himmel über mir in Flammen stand, prasselte ein eisiger Regen auf mich nieder. Es war apokalyptisch.

Von einem rauen Husten geschüttelt, schleppte ich mich über den Rasen. Es war Nacht, aber dichter Nebel hatte sich über die Bucht gelegt und schimmerte im Feuerschein wie ein goldenes Inferno.

Wieder wäre ich fast in etwas hineingestolpert, ein mitten auf dem Weg abgestelltes Fahrzeug – es sah aus wie ein Golfcart, sicher ganz hilfreich, aber ich hielt mich nicht damit auf und sah zu, mich so weit wie möglich vom Haus zu entfernen. Bei jedem Schritt sog ich die köstliche, frische Luft in mich auf. Wind und

Regen hielten die sengende Hitze hinter mir in Schach, das nasse Gras unter meinen Füßen machte jeden Schritt zu einer Rutschpartie. Am liebsten hätte ich mich hineinfallen lassen, mein Gesicht in die feuchte Erde vergraben und alles in mich aufgesogen, das meiner ausgedörrten Kehle Balsam wäre.

Ich hatte überlebt. Als eine von neun, ich war das Final Girl.

Rodrigo, mit einem Stich ins Herz gemeuchelt. Cassandra, aus dem Fenster hinaus auf die Klippen gestoßen. Fletcher, tödliche Luftembolie. Ash, Taryn und Curt, die Kehle durchgeschnitten. Olivia, oh Gott, die ich mit drei Schüssen selbst erledigt hatte.

Und Mila, die jetzt, in dieser Sekunde, den Flammen zum Opfer fiel. Die sich für mich geopfert hatte.

Ein Schluchzen drängte aus mir heraus, mit einem stummen Schrei krümmte ich mich zusammen. Mila war sich so sicher gewesen, dass wir es schaffen könnten, wir drei, dass wir alle überleben würden. Olivia war es, die uns belogen und hintergangen und uns keine andere Wahl gelassen hatte. Hatte überhaupt irgendetwas von dem gestimmt, was sie uns im Laufe der Woche erzählt hatte? Rodrigos Tod schien sie wirklich mitgenommen zu haben. Danach war sie nur noch auf Rache aus gewesen und bereit, über Leichen zu gehen, um an seinen Mörder zu kommen.

Hätte Alastor mich nicht gewarnt, dass es nur *ein* Final Girl geben würde, hätte ich Olivia vermutlich geglaubt, als sie unten im Esszimmer meinte, wir hätten, alle vier, eine reelle Chance zu überleben, wenn …

Moment. Ich wurde ganz still.

Schon als sie es gesagt hatte, hatte irgendetwas bei mir geklingelt, aber ich war zu sehr damit beschäftigt gewesen, unauffällig nach der Tischlampe zu angeln, um sie ihr über den Schädel zu ziehen.

Dass sie ihm geholfen hätte, hatte sie kurz vor ihrem Tod noch gesagt.

Dass wir ihm die Hölle heißmachen sollten.
Dass wir eine reelle Chance hätten zu überleben, alle vier.
Mila, Olivia und ich, das waren drei.
Wer zum Teufel war die vierte Person?

71

MILA

Cassandra Hutchinson, die Grande Dame der gepflegten Spannungsliteratur, war J. R. Alastor.

Das Holz knisterte und knackte, als die Flammen ihre gierigen Zungen danach ausstreckten.

»Jetzt guck nicht so überrascht, Mila, Liebes«, sagte sie mit einem feinen Lächeln. »Was wäre ich denn für eine armselige Geschichtenerzählerin, wenn ich nicht die Toten wieder auferstehen lassen könnte?« Sie beugte sich so weit vor, dass ich ein kleines Muttermal unter ihrem linken Auge erkennen konnte. »Wobei das, ganz unter uns, doch ein recht billiger Trick ist, den ich in meinem Werk nach Möglichkeit ausgespart habe. Erst jetzt, da mir keine andere Wahl bleibt, merke ich, wie unglaublich praktisch er doch ist. Vielleicht habe ich den Kollegen ja unrecht getan, die sich seiner so freizügig bedienen.«

»Bitte lass mich gehen«, flehte ich sie an. »Bitte. Ich schwöre auch, dass ich …«

»Ach, Liebes«, seufzte Cassandra. »Ich habe diese Kiste bauen lassen. Es gibt keinen anderen Ausweg.«

Ich kniff die Augen zusammen, roch den Rauch und meinen Schweiß und bekam mit jedem Atemzug weniger Luft.

Es gibt keinen anderen Ausweg.

Das war es dann wohl.

»Aber warum?«, krächzte ich. »Warum ich?«

»Weil du ganz allein warst auf der Welt«, erwiderte sie schlicht. »Und nach dem, was dir angetan wurde … Ich habe nur das für dich getan, von dem ich hoffte, jemand würde es für Jacqueline tun. Meine Tochter«, setzte sie erklärend nach.

»Ihre Widersacher töten?«

»Ihr das Leben ermöglichen, das sie verdient hätte. Junge Mädchen haben es nicht leicht in dieser Welt. Sie werden herumgestoßen, verschlungen.« Cassandra fuhr sich mit der Hand an den Hals, in dessen Falten sich Schweiß gesammelt hatte. »J. R. Alastor war nur die logische Konsequenz. Lieber das Monster sein als das Mädchen. Und war es nicht besser, dass *ich* diese Bürde auf mich genommen habe, als sie dir zu überlassen?«

Sie ließ den Blick mit einem milden Lächeln auf mir ruhen, doch plötzlich hatte ich das Gefühl, dass sie gar nicht mich sah. Dass sie jemand anderen vor Augen hatte. Und ich fragte mich, ob sie während unserer endlosen Gespräche über Literatur, bei den Nachrichten, die wir uns geschickt hatten, und der Planung unserer kleinen Horrorspiele gar nicht *mich*, sondern jemand ganz anderen gemeint hatte.

Dann blinzelte sie und sah mich an, nur mich, und sie zögerte. »Ich habe dir die Chance deines Lebens gegeben. Und auch wenn du sie nicht genutzt und die Regeln gebrochen hast, sollst du dem Ende doch nicht allein entgegensehen.«

»Deine Regeln sind nichts als Lügen«, sagte ich mit rauer Stimme. »Du hältst dich für Gott. Du denkst, du könntest über Leben und Tod bestimmen, darüber, wer was verdient hat und wie seine gerechte Strafe aussehen soll.«

»Aber ist es denn nicht so? Die Gesetze des Erzählens sind die Gesetze des Lebens. Ich habe sie nie gebrochen und dich kein einziges Mal belogen. Ich habe mich stets an mein Wort gehalten.«

»Außer, als du Ash ermordet hast.«

Die Luft flirrte vor Hitze, und der Schweiß auf meiner Haut trocknete schneller, als neuer sich bilden konnte. Ohne ihre langen Röcke und die schweren Strickjacken blieb nicht viel von Cassandra Hutchinson übrig. Das T-Shirt hing ihr locker am ausgezehrten Leib. Wie viel ihres Lebens war überhaupt real gewesen?

»Ashton«, sagte sie schließlich, »hat gegen die Regeln verstoßen, als er seinen eigenen Tod vorgetäuscht hat.«

Seinen eigenen Tod vorgetäuscht hat?

Nein. Unmöglich. Als er damals ertrunken war, hatte sein Herz aufgehört zu schlagen. Man hatte ihn wiederbelebt.

Oder stimmte das gar nicht? Hatte er das bloß erfunden?

»Oh, das meinte ich nicht«, fuhr sie fort, als hätte sie meine Gedanken gelesen. »Aber ganz falsch liegst du nicht. Sein Todesurteil war schon vor Jahren gesprochen.«

»Er konnte sich nicht daran erinnern, was passiert ist«, rief ich und schlug mit den Fäusten gegen das Holz, das sich jetzt glutheiß anfühlte. »Was hätte er denn machen sollen, sich irgendetwas ausdenken?«

»Er soll am eigenen Leib erfahren, wie es sich anfühlt zu ertrinken.« Die Bögen ihrer nachgezeichneten Augenbrauen wanderten langsam nach oben.

Derweil ließ ich ihre Worte sacken.

Seinen eigenen Tod vorgetäuscht.

Am eigenen Leib erfahren.

Wie es sich anfühlt.

Zu ertrinken.

Verdammt.

72

ASHTON

Ich hatte nicht vor, an einen verdammten Rollstuhl gefesselt unter dem Bootssteg abzusaufen.

Der Regen knatterte wie ein Maschinengewehr auf die Planken über mir. Ich hing hier fest, vollkommen bewegungsunfähig, und hörte das Wasser in immer größerer Nähe gegen die Pfähle schwappen. Bei jedem Blinzeln explodierte ein heller Schmerz in meinem Kopf, und sowie ich die Augen öffnete, schwand mir die Sicht. Entweder hatte Alastor mich geblendet, oder es war Nacht.

Der haarfeine Schnitt an meinem Hals pochte. Jede Wette, dass er wieder blutete.

Der nach meiner Buchvorlage inszenierte Tod durchs Tafelmesser passte nicht so recht zum Muster der übrigen Morde, aber die anderen schienen es mir abgekauft zu haben. Und Olivia hatte mich gerade tief genug geritzt, um ein wenig Blut fließen zu lassen, und mein Hemd dann großzügig mit Violets (übrigens erfreulich geruchlosem) blutrotem Nagellack vollgeschmiert. Der Plan war, mich »sterben« und auf diese Weise von der Bildfläche verschwinden zu lassen, während Olivia die anderen sozusagen im Nahkampf in die Mangel nahm und ich in Ruhe hinter den Kulissen operieren konnte. Sowie wir einen Beweis für Alastors Identität hätten, wollten wir zuschlagen.

Leider war es nicht ganz nach Plan gelaufen, und auch wenn ich jedes Zeitgefühl verloren hatte, schätzte ich, dass ich hier schon einige Stunden ausharrte.

Der faulige Fischgestank, oder was immer hier unten verrottete, würde mir ewig in der Nase bleiben (so ich denn überlebte, was zunehmend fraglich wurde). Und wieso war ich an einen Rollstuhl gefesselt? Wo war das verdammte Teil überhaupt hergekommen?

Wenigstens war Alastor so gütig gewesen, ihn am Anleger festzumachen. Sonst wäre ich vermutlich längst als Fischfutter auf die Bucht hinausgetrieben, und das Gesicht des Seemanns wollte ich nicht sehen, der mich aus diesen eisigen Wassern fischte, aufgedunsen und schon etwas angeknabbert, aber noch immer an meinen fahrbaren Untersatz gekettet. Gäbe eine spitzenmäßige Schlagzeile.

Blieb nur zu hoffen, dass Alastors jüngstes Manöver den anderen einen weiteren Tag schenkte. Dass Olivia über die Geheimgänge Bescheid wusste, konnte dabei nur von Vorteil sein.

In dem Chaos gestern Abend hatte sie mich fast zu Tode erschreckt, als sie hinter dem Bücherregal in meinem Zimmer aufgetaucht war (sie schien auf eigene Faust einige solcher Verstecke gefunden zu haben, während ich mein Wissen vor allem aus dem *Cluedo* bezog). Es war verrückt, wenn man es mal genauer betrachtete. Ganze Zimmerfluchten waren hinter neu eingezogenen Wänden verschwunden, um Platz für dieses System aus Tunneln und Treppen zu schaffen. Sollte wider Erwarten alles ein gutes Ende finden und Alastor und ich Freunde fürs Leben werden, würde ich ihn mal nach den Bauplänen fragen.

Auch wenn es derzeit nicht danach aussah.

Ich blinzelte angestrengt in die Dunkelheit und konnte endlich doch etwas erkennen – wogende, schimmernde Materie, die mich auf allen Seiten umgab.

Wasser.

Sanft umspielte es meine Knöchel.

Adrenalin durchfuhr mich wie ein elektrischer Schlag, aber ich spürte nichts, nicht mal die Kälte. War es der Schock? Auf jeden Fall hatte die Flut eingesetzt, und mir blieb noch weniger Zeit als gedacht – und wer wusste, was sich gerade im Haus abspielte, ob die anderen überhaupt noch am Leben waren. Gesetzt den Fall, dass dem so war und sie fliehen konnten, waren da noch immer die Kameras, Alastors Blick, der jeden unserer Schritte verfolgte.

Die Kameras.

Ein weiterer Adrenalinschub fuhr mir heiß in die Brust. Verdammt, das hatte ich vergessen.

Meine Finger zuckten auf den gepolsterten Armlehnen. Ich schloss die Augen und versuchte, mich der verschwommenen Bilder zu erinnern.

Bildschirme. Eine ganze Wand voller Bildschirme. Vor dem Schreibtisch ein sehr komfortabler Ledersessel.

Und plötzlich war alles wieder da, gestochen scharf.

Im Untergeschoss, wo das Personal untergebracht war, hatte sich hinter dem Bücherregal am Ende des Flurs ein Raum aufgetan, von dem der zwölfjährige *Mission Impossible*-Fan in mir immer geträumt hatte. Ich war ins Innerste von Wolf Harbor Estate vorgedrungen – ich hatte Alastors Batcave gefunden.

Es war ein kleiner, dunkler Raum, mehr eine Kammer, nur von einer einzigen nackten Glühbirne beleuchtet, die etwas verloren an der niedrigen Decke hing. Das blaue Licht der Monitore genügte völlig. Unter dem Schreibtisch stapelten sich die Holzkästen mit unseren verfluchten Gegenständen, in der Ecke stand ein schmales Bett. Das Bettzeug war edel, das Bett gemacht, und man konnte fast meinen, in einem ganz normalen Hotelzimmer gelandet zu sein und nicht in Bates' Motel, was alles nur noch gruseliger machte.

Auf dem Bett hatten zwei Bücher gelegen: das von Violet und

das von Olivia. Und auf dem Bildschirm vor mir sah ich Mila ein Tablett ins Esszimmer tragen und die beiden Frauen kurz darauf dort einsperren. In dem Moment hatte ich keinen Zweifel mehr, dass nur sie Alastor sein konnte. Aber warum dann in dieser Kammer schlafen statt in ihrem Zimmer zwei Türen weiter?

Und während ich darüber nachgrübelte, hatte mich etwas in den Hals gestochen.

Ich musste das Bewusstsein verloren haben wie so ein Blödmann in einem drittklassigen Thriller. Mir war es nicht mal gelungen, einen Blick auf die Person zu erhaschen, die mir Gott weiß was gespritzt hatte.

Es war seltsam, das Wasser durch meine Jeans sickern zu sehen, ohne irgendetwas dabei zu spüren. Wenn ich mich ganz fest darauf konzentrierte, konnte ich mir die dazu passenden Empfindungen vorstellen. Die Kälte, die langsam immer höher kroch.

Aber vielleicht war das auch nur meine Angst.

Es gab schönere Arten zu sterben, so viel war sicher.

Ich biss die Zähne zusammen und versuchte, meine Hand zu bewegen, vorsichtig das Handgelenk zu drehen. Immerhin spürte ich jetzt, wie mir langsam die Finger abstarben, weil die Kabelbinder (Kabelbinder, ganz ehrlich, auch so ein blödes Klischee) so tief in meine Haut schnitten, dass sie mir das Blut abschnürten.

In meinem Buch mussten in der Tat sehr viele Menschen ertrinken, aber bei mir hatte Alastor sich noch mal selbst übertroffen.

Hier, lies das.

Das Herz flatterte in meiner Brust, meine Halswirbel knackten, als ich den Kopf langsam zur Seite drehte und angestrengt ins Dunkel schaute. Ein kaltes Kribbeln drang durch die Gefühllosigkeit meiner Beine, als das Wasser meine Knie erreichte, doch es war nichts gegen das eiskalte Grauen der Erkenntnis, wie clever Alastor das alles geplant hatte.

Ich saß hier fest, gefesselt und unfähig, mich zu bewegen. Die Flut kam herein, das Wasser stieg mit jeder Sekunde. Und ich wusste nicht mal, ob die anderen noch lebten, und wenn ja, ob ihnen klar war, dass auch ich am Leben war.

Ich würde ertrinken. Und das nicht wie irgendeine meiner Figuren.

Ich würde ertrinken, wie Jack damals ertrunken war.

73

MILA

»Ash lebt?«, fragte ich ungläubig. »Dann ist er … gar nicht gestorben?«

»Ihn von einer Serienkillerin ermorden zu lassen schien mir etwas zu simpel«, sagte Cassandra. »So leicht wollte ich ihn nicht davonkommen lassen.«

Híjole. »Wo ist er?« Meine Kehle brannte, und ich krümmte mich hustend zusammen. »Was willst du von ihm?«, fragte ich, als ich wieder sprechen konnte. »Er kann sich nicht an das erinnern, was damals am See passiert ist. Du verstößt gegen deine eigenen Regeln, indem du uns keine faire Chance gibst, deine Prüfungen zu bestehen.«

Cassandra sah sich nach dem Feuer um, das sich an der Holztäfelung hinauffraß und sie wie wuchernder Schimmel im Zeitraffer versengte. In der hitzeflirrenden Luft strahlte ihr Haar wie eine Gloriole – weichgezeichnet, als würde es schmelzen. »Du hattest nie eine Prüfung zu bestehen, meine Liebe. Es ging immer nur um …«

»Du glaubst, dass du darüber zu entscheiden hast, wer geprüft werden muss und wer besteht und wer nicht?« Heiße Tränen liefen mir über die Wangen, und ich hob den Blick zur Decke des Beichtstuhls, stellte mir die spitzen Giebel über mir vor, als könnten sie mich behüten. Am anderen Ende des Raums war ein fauchendes Zischeln zu hören, das in einer Folge kleiner

Knallgeräusche gipfelte, wie Miniexplosionen. Panik stieg in mir auf, doch ich versuchte, ihr nicht nachzugeben. »Du hast nicht über Leben und Tod zu entscheiden, Cassandra. Beim Schreiben geht es nicht darum, Gott zu spielen – und im echten Leben erst recht nicht.«

»Sie haben sich schuldig gemacht«, hielt sie dagegen. »Es lässt sich nicht wiedergutmachen, was sie getan haben. Und selbst wenn sie es könnten, würden sie es doch nicht tun, weil sie so einfach nicht sind. Es gibt solche Menschen. Und sie werden sich nie ändern.«

»Vielleicht ja doch, wenn man ihnen nur die Chance gibt. Ich würde es tun, Cassandra.« Mein Mund war so trocken, dass meine Stimme mir kurz den Dienst versagte. »Ich würde alles dafür geben wiedergutzumachen, was ich mir habe zuschulden kommen lassen. Und *du* hast nicht darüber zu entscheiden, ob ich diese Chance erhalte oder nicht.«

Hinter ihrer Schulter wälzte sich schwarzer Rauch über die Decke, sammelte sich dicht und wogend wie Wassermassen, die dem Meer zustreben, unter dem Oberlicht. Aber Cassandra schien es nicht wahrzunehmen. Ihr Blick ruhte unvermindert auf mir. Und vielleicht lag es nur am flackernden Licht des Feuers, aber schien da nicht ein Hauch von Zweifel in ihrem Gesicht?

Dann legte sie den Kopf zurück und zog die Augenbrauen zusammen, während sie den Blick von mir löste und den Beichtstuhl hinaufsah. Ich spürte Hoffnung wie klares, kaltes Wasser meine Kehle hinabrinnen und packte die glühenden Eisengitter mit beiden Händen, gierte nach frischer Luft und Leben.

Cassandra tat einen tiefen Seufzer, und ich hätte jubeln können vor Erleichterung. Sie würde ein Einsehen haben, wie durch ein Wunder, dessen war ich mir gewiss.

»Damit könntest du sogar recht haben«, sagte sie schließlich. »Aber du wirst ihn trotzdem nicht retten können.«

Nein.

Nein, nein, nein. Ich starrte sie an, hinter ihr das lodernde Flammenmeer, sie vollkommen ruhig, und rang keuchend nach Worten.

Zitternd ließ ich das Gitter los und wich zurück. »Aber warum?« Ein Hustenanfall ließ mich Sterne sehen. »*Warum?*«

Durch die Gitterstäbe und das zersplitterte Glas sah ich Cassandras Augen leuchten, grün wie die einer Katze, die Pupillen groß und dunkel. »Weil keine Mutter je ihr Kind zu Grabe tragen sollte.«

74

ASHTON

In meiner Vorstellung sah ich sie, wie sie mir das Buch hinhielt, ihre grünen Augen groß und mit einem goldenen Schimmer (und dazu dieses kleine Muttermal, links unter ihrem Auge). Während ich mit jedem Jahr älter wurde, würde sie mir immer so in Erinnerung bleiben, wie in einer Zeitkapsel gefangen.

Ich kniff die Augen zusammen, als könnte ich so die Geister der Vergangenheit ausblenden, und riss erneut an den Kabelbindern. *Stopp. Aufhören.*

Mittlerweile spürte ich die Kälte, ich fröstelte. Die Wellen schwappten jetzt auch über meine Unterarme, brachen sich an meiner Brust und wichen wieder zurück, vor und zurück, wie ein Echo meines keuchenden Atems.

Ich bin Jack, hatte sie gesagt. *Und du?*

Komischer Name für ein Mädchen.

Kann dir doch egal sein. Wie heißt du?

Ash.

Dass es schön blöd wäre, im Sommercamp zu lesen, hatte ich außerdem gesagt. Dass wir lieber herausfinden sollten, wie wir die Betreuer austricksen und dann unser eigenes Ding machen konnten. Darin war ich damals richtig gut, leider nicht gut genug, um nicht erwischt zu werden.

Ohne den Blick von mir zu wenden, hatte sie ihr Buch zugeklappt und es mir hingehalten.

Und aus irgendeinem Grund, vielleicht weil mich diese leicht hingetuschte Zeichnung auf dem Cover so fasziniert hatte, nahm ich es. *Der Ozean am Ende der Straße* von Neil Gaiman.

Gelesen hatte ich es erst später, nachdem sie schon lange fort war. Die einzige Erinnerung an jenen Abend war dieser Schnappschuss – wie wir im Haupthaus in den alten Ledersesseln abhingen, über uns das Banner von Camp Red Lake, das ein spezielles Sommercamp für verhaltensauffällige Jugendliche gewesen war.

Camp Dead Lake wurde es später in den Nachrichten genannt.

Meine Hände verkrampften sich, meine Finger gruben sich in die Auflage der Armlehnen. Es war wieder so weit.

Wasser, das gegen den Steg schlug.

Das Ächzen des Kanus, das unter ihrem Gewicht schaukelte.

Nein, bitte nicht.

Ich konzentrierte mich auf meine Beine, versuchte, mir jeden einzelnen Muskel vorzustellen, den ich anspannen musste. Ich spürte Widerstand, ein Band, das sich um meine Schienbeine schnürte. Na super – noch mehr Kabelbinder.

Nasser Sand und Schlick, die schmatzend meine nackten Füße verschlangen. Das Wasser so kalt, wie es meine hochgekrempelten Jeans hinaufkroch, dass es die Wadenmuskeln lähmte. Holzsplitter, die sich in meine Handflächen gruben, als ich das Boot hinaus auf den spiegelglatten See schob.

Hör auf. Konzentrier dich.

Auch die Sohlen meiner Turnschuhe stießen auf Widerstand – die Fußplatte des Rollstuhls. Selbst wenn ich nicht am Steg festgebunden gewesen wäre, könnte ich mich nicht einfach vom Boden abstoßen, um mich zurück an Land zu rollen.

Ich erinnerte mich nicht an jene Nacht. Ich erinnerte mich wirklich nicht.

Fahles Mondlicht, das Jacks lange Haare schimmern ließ. Wie ihre Gestalt immer kleiner wurde, als das Kanu langsam vom Ufer abtrieb.

Allein.

Ash, hatte sie gerufen und sich am Rand des Kanus festgeklammert, eine Hand nach mir ausgestreckt. Komm, schnell!

Panik schnürte mir die Luft ab. Die schmalen Plastikriemen schnitten in meine Handgelenke, als ich mich erneut loszureißen versuchte. Meine Schulter knackte, ich atmete scharf aus. Verdammt, *das* hatte ich definitiv gespürt.

Meine Augen brannten. Wie konnte ich mich erinnern, nachdem ich so sehr versucht hatte zu vergessen?

Ich stand da, die Hände in den Hosentaschen, das Gesicht zu einem fiesen Grinsen verzogen.

Auf ihrem dämmerte erst die Erkenntnis, dann blanke Angst.

Ich kann nicht schwimmen.

Ich weiß.

Das Wasser streifte jetzt meine Schultern, eisige Kälte kroch mir die Wirbelsäule hoch, ließ meine Kopfhaut kribbeln. Die Gefühllosigkeit war aus meinen Gliedern gewichen, aber das konnte mir auch nicht mehr helfen.

Ihr Schrei, der über das Wasser hallte.

Ich sinke.

Mein Lächeln, das erlosch. Nein, tust du nicht.

Doch!

Der Bug sank unter die Oberfläche, das Kanu kenterte.

Meine Beine pflügten durchs Wasser, als ich losrannte, abtauchte, schwamm. Halt dich fest!

Eine Welle klatschte mir ins Gesicht, füllte meinen Mund mit brackigem Salzwasser. Ich rang nach Atem, hustete und keuchte. Ein höllisches Brennen in der Nase.

Ich war vierzehn, hatte mein halbes Leben schon am Rande der Kriminalität verbracht, und dann, in jenem Sommer, der alles verändern sollte, ist ein Mädchen ertrunken.

Ihre Eltern wussten natürlich, dass sie nicht schwimmen konnte, dass sie niemals auf die Idee gekommen wäre, *einfach so* ins Wasser zu gehen. Für sie war klar, dass ich log. Dass ich sie gezwungen oder zumindest überredet hatte.

Und ganz falsch lagen sie damit nicht.

Eigentlich hatte es bloß ein Scherz sein sollen – ich meine, wie witzig wäre es gewesen, wenn die Betreuer sie am nächsten Morgen gefunden hätten, allein dort draußen im Kanu auf dem See treibend?

Ich war so ein mieses kleines Arschloch.

Die nur vage erinnerten Jahre danach – das Trinken, die Drogen, wie ich mich täglich ins Wasser gezwungen und Bahn um Bahn gezogen hatte – sollten nicht reichen, diese Nacht aus meinen Knochen zu tilgen. Schließlich der Versuch, mein Leben auf die Reihe zu kriegen, die Ausbildung bei der Polizei. Ein zweckloses Unterfangen, denn im Grunde war mir immer klar gewesen, dass nichts genügen würde, dass das, was ich getan hatte, durch nichts wiedergutzumachen war.

Ich hatte es verdient zu ertrinken.

Eine Explosion schien meinen Schädel zu spalten, hallte wider in meiner Brust.

Fluchend wollte ich aufspringen, doch die Kabelbinder hielten mich fest.

Draußen hinter dem Anleger, auf der anderen Seite der Bucht, glühten die Wolken golden.

Als würden … Feuer und Schwefel vom Nachthimmel regnen.

75

VIOLET

Es war also noch jemand auf der Insel. Olivia hatte von *ihm* gesprochen, es musste demnach ein Mann sein, und sie schien überzeugt davon, dass er Alastor war. »Macht ihm die Hölle heiß«, hatte sie gesagt. Das konnte doch nur bedeuten, dass einer der anderen gar nicht wirklich tot war, oder?

Der Wind fegte über mich hinweg und ließ mich frösteln. Die Lichter entlang der Strandtreppe funktionierten noch, unbeeindruckt von dem Inferno, das hinter mir alles in Schutt und Asche legte.

Und Mila bei lebendigem Leib verbrannte.

Ich schnappte nach Luft wie ein Fisch auf dem Trockenen, doch es half nicht. Es brachte aber nichts, jetzt darüber nachzudenken, ich konnte ihr sowieso nicht mehr helfen. Ich sollte mir lieber überlegen, was Olivia gemeint haben konnte, und herausfinden, was hier los war.

Olivia glaubte also zu wissen, wer Alastor war. Wer immer er auch sein mochte, er musste Schutz vor dem Sturm gesucht haben, war also entweder oben im Haus, das gerade abbrannte, oder er verfolgte das Spektakel vom Bootshaus aus.

Wäre ich ein soziopathischer Killer, der hier alles abfackeln wollte, ich würde mich ganz klar fürs Bootshaus entscheiden – maximaler Ausblick bei minimalem Risiko.

Ich stolperte also die Steinstufen hinunter und zuckte jedes

Mal zusammen, wenn die harten Kanten in meine Fußsohlen schnitten.

Außerdem hatte sie gesagt, dass sie Alastor irgendwie geholfen hätte, was natürlich die Frage aufwarf: Wem würde die Serienkillerin Olivia Sandoval, ob nun wissentlich oder nicht, in einer solchen Situation helfen?

Fletcher schied schon mal aus – ich war mir ziemlich sicher, dass ihre Abneigung gegen ihn ebenso groß war wie meine. Aber natürlich konnten beide uns auch etwas vorgemacht haben. Rodrigo wäre eine Möglichkeit, aber Olivias Schock über seinen Tod schien mir nicht gespielt, womit es wenig wahrscheinlich war.

Blieb also noch …

»Ash«, flüsterte ich in den eisigen Regen, der mir wie tausend Nadelstiche ins Gesicht peitschte. Wir hatten ihn alle gesehen, wie er, augenscheinlich tot, auf diesem blöden Lammfell gelegen hatte. Wir hatten das Blut gesehen und den Schnitt an seinem Hals.

Aber anders als bei dem Massaker an den Hausangestellten, an dessen Echtheit ich nicht zweifelte, war mir hier sofort die Farbe des Blutes aufgefallen. Irgendetwas daran …

Fluchend blieb ich stehen. *Fuck.* Sein getrocknetes Blut hatte exakt denselben Farbton gehabt wie die abgesplitterten Reste von Killer's Kiss auf meinen Nägeln! Jede Wette, dass das Fläschchen Nagellack aus meinem Zimmer verschwunden war. Oh Mann, warum war mir das nicht früher aufgefallen?

Demnach war Ashton entweder Alastor und lachte sich ins sinistre Fäustchen, während Mila oben im Haus verbrannte. Oder er war wie wir ein Opfer.

Und sollte Letzteres der Fall sein, musste Alastor ihn in seiner Gewalt haben. Hätte er sonst nicht eingegriffen, als Olivia in ihrer irren Mordlust auf uns losgegangen war?

Falls er noch lebte, dürfte er spätestens jetzt in tödlicher

Gefahr schweben. Oder aber ich tat es, weil ich ihm geradewegs in die Falle tappte.

Jetzt bereute ich es, mir vorhin nicht den aufgemotzten Baseballschläger geschnappt zu haben. Immerhin hatte ich noch meine Glock, die sich hart und beruhigend an meinen Rücken schmiegte.

Nein, ich konnte unmöglich die letzte Überlebende sein, die Einzige, die noch auf dieser verdammten Insel war.

Vor mir fielen die Stufen steil zum Strand hin ab. Zwischen den Bäumen sah ich das Bootshaus hell erleuchtet, wie ein fluoreszierender Stern in der Nacht. Regen und Nebel ließen den Horizont verschwimmen und wurden vom lichterloh brennenden Haus oben auf der Anhöhe in ein surreales Orange getaucht.

Ich zitterte vor Kälte und Erschöpfung und schlang die Arme um mich, grub die Hände in meinen völlig durchnässten Pullover. Wahrscheinlich hätte ich vor der Reise doch mal die Bücher der anderen lesen sollen. Ging es in Ashtons Thriller nicht um irgendeinen See, in dem jemand ertrunken war? Wenn auch er auf der Liste stand und Alastor vorhatte, ihn wie eine seiner Figuren sterben zu lassen, war ich am Wasser auf jeden Fall richtig.

Ich rannte zum Anleger und schrie seinen Namen.

76

MILA

Gleißendes Licht schlug mir entgegen, die Hitze versengte meine Haut. In einer verzweifelten Geste hielt ich den Arm vors Gesicht, um meine tränenden Augen zu schützen.

Halluzinierte ich?

Hände packten mich bei den Schultern und zerrten mich aus dem Beichtstuhl. Dunkler Rauch schlängelte sich durch den Raum, waberte in giftigen Wolken über uns.

Cassandra stieß mich zu Boden und drückte mir ein dickes Stück Stoff ins Gesicht, durch das ich zu atmen versuchte. Ich wehrte mich nicht und spürte eine plötzliche Klarheit den Nebel in meinem Kopf lichten.

Ihr Gesicht war rußverschmiert. Und obwohl so viel Blut an ihren Händen klebte, empfand ich nichts als Erleichterung und grub die Finger ins weiche Gewebe ihres Pullovers, presste ihn vor Mund und Nase.

»Geh«, sagte sie mit zitternder Stimme. Ihre Arme waren so unglaublich dünn, die Haut hing altersfleckig und schlaff herab, ihr T-Shirt war von Schweiß durchtränkt. »Geh in die andere Kabine.«

Der Geruch verbrannten Gummis stieg mir in die Nase. Das Feuer hatte ihre Schuhe versengt, löste sie auf in der Hitze. Der Streifen Haut zwischen ihren Socken und dem Saum ihrer schwarzen Jeans war feucht und klebrig, wie geschmolzen.

Verbrannt.

Diese so berühmte Bestsellerautorin, diese Rachegöttin und Mörderin, die mit meiner Hilfe eine Woche des Grauens inszeniert hatte, war nun buchstäblich mit mir durchs Feuer gegangen, damit ich nicht allein zu sterben brauchte.

Und jetzt ließ sie mich gehen?

»Was?«, stieß ich ungläubig hervor. »Aber warum?«

»Weil die Geschichte hier eine Wendung nimmt, mit der ich selbst nicht gerechnet habe.« Sie trat in die Kabine, die ich gerade verlassen hatte, und zog die Tür hinter sich zu. Drehte das Schloss und sah mich durch das Gitter des zersprungenen Fensters an. »Vielleicht galt diese letzte Prüfung gar nicht dir, Mila. Vielleicht war sie für mich.«

Der Himmel spann eine feurige Dunstglocke über mir, als ich in die Nacht hinausstolperte, die sengende Hitze des Hauses im Rücken. Auf der Anhöhe ging ich keuchend in die Knie.

Kühlender Regen lief über mein Gesicht. Ich schloss die Augen und wusste nicht, wann etwas sich je schöner angefühlt hätte. Meine Finger strichen durch das kalte, nasse Gras.

Ich lebte. Ich hätte Violet sterben und mich selbst retten, all meine Rachefantasien wahr machen können. Aber ich hatte es nicht getan.

Und hatte trotzdem überlebt.

Der Wind peitschte das Feuer an, vertrieb den Nebel unten in der Bucht.

Tanzende Lichtpunkte waren am Horizont zu erkennen, die Positionslichter von Booten in der dunklen, aufgewühlten See.

Sie steuerten die Insel an.

Ich hätte heulen können vor Erleichterung.

»Da, sieh nur!«, rief eine heisere Stimme, und mich durchfuhr eine Hoffnung, die mich erschauern ließ. *Violet.* »Sie lebt!«

»Mila?«

Ash.

Mein trockener Husten ging in ein Schluchzen über. Eine dunkle Gestalt kam die Anhöhe heraufgerannt und fiel vor mir auf die Knie, legte mir eine kühle Hand an die Wange. Im hellen Feuerschein traten Ashs Züge scharf hervor, die dunklen Haare hingen ihm feucht in die Stirn, als er mich eilig auf Verletzungen absuchte. »Alles ist gut«, murmelte er wie im Fieber, »alles ist gut.«

Ich hielt seine Hand fest. »Aber wie …?«

»Violet hat mich befreit. Aber davor hat Olivia mir geholfen, meinen Tod vorzutäuschen, damit ich …«

Ich ließ ihn nicht ausreden und schlang die Arme um seinen Hals. Er zog mich an sich, seine Hand in meinem Haar, sein schneller Herzschlag an meinem, unser Atem im gleichen schweren Takt.

Ich sog den Geruch von Rauch und Regen und Brackwasser in mich auf. »Du bist ja ganz nass.«

Er lachte rau. »Alastor.«

Rasche Schritte kamen auf uns zu.

»Ist sie okay?« Violet. »Mila, geht es dir gut?«

Die Antwort saß mir brennend in der Kehle, ich brach erneut in Husten aus. »Vermutlich leichte Rauchvergiftung«, sagte Ashton über meinen Kopf hinweg.

Mit einem Nicken schluckte ich meine Tränen hinunter. Wir hielten einander noch immer mit zitternden Armen fest, und ich hatte Angst, er könnte mir wie Sand durch die Finger gleiten, wenn ich losließe. Nichts konnte wiedergutmachen, was ich getan hatte – was mit meiner Hilfe geschehen war. Aber Ash und Violet lebten. Wenigstens das. *Wir* waren die letzten Überlebenden.

»Wie bist du rausgekommen?«, wollte Violet wissen.

Ich schüttelte den Kopf. Dafür hatte ich weder Kraft noch Worte.

Und vielleicht würde ich es auch nie in Worte fassen können.

»Mila«, hörte ich Violet sagen. »Ana Emilia.«

Nun löste ich mich doch von Ash und sah sie an. Es dauerte einen Moment, bis die schemenhaften Umrisse Gestalt annahmen.

Du saßest vor mir im Gras, deine Augen gerötet, vermutlich wie meine. Asche lag wie frisch gefallener Schnee auf deinem blutroten Haar, und dein Gesicht war dunkel verschmiert von Ruß. Über deine Wangen liefen Tränen. »Du hast mir das Leben gerettet«, sagtest du mit rauer Stimme. »Danke.«

Danke. Dieses eine Wort nur. Ein Urteil von unermesslichem Gewicht, von der einzigen Person, die mir vergeben und mich freisprechen konnte.

Wenn doch nur dieser erste Rausch des Überlebens, die Erleichterung darüber, entkommen zu sein, genügen könnte, um unsere Wunden zu heilen oder sie wenigstens so weit zusammenzuflicken, dass wir nun unserer Wege gehen konnten. Aber da draußen wartete schon der lange Arm des Gesetzes auf mich.

Und ja, das war völlig okay. Es war nur gerecht und das, was ich verdiente. Wie sollte Vergebung auch möglich sein zwischen Menschen, die sich auf solche Weise schuldig gemacht hatten? Die einander mit Absicht oder ohne so verletzt hatten, sich ihrer Haut beraubt und das Dunkel der Herzen darunter zum Vorschein gebracht hatten.

Aber wie du mich nun ansahst, mit diesem Glanz in deinen Augen und dem entschlossenen Zug um deinen Mund, als du mir die Hand reichtest und meine ganz fest drücktest, da hatte ich eine Ahnung von etwas, das ich schon sehr, sehr lange nicht mehr gespürt hatte.

Ich empfand Hoffnung.

Schweigend sahen wir die Lichter näher kommen, Ashtons Arm um meine Schulter, deine Hand in der meinen, während hinter uns das Haus mitsamt meiner Wut und deinen Lügen zu Asche niederbrannte.

The Casco Herald

SIEBEN TOTE BEI INFERNO AUF WOLF HARBOR ISLAND, ANWESEN VON BESTSELLERAUTOR KOMPLETT ZERSTÖRT

Ein Gasleck hat am frühen Freitagmorgen auf Wolf Harbor Island zu einem schweren Hausbrand geführt, bei dem sieben Menschen starben und drei weitere verletzt wurden.

Das Feuer brach gegen 3 Uhr auf Wolf Harbor Estate in Casco Bay aus, dem Anwesen des nur unter seinem Pseudonym bekannten Bestsellerautors J. R. Alastor. Immobilienentwickler Riley Pessl bemerkte die Flammen von seinem zwei Meilen entfernten Haus auf Winstead Island und alarmierte über Funk die Küstenwache.

Die eintreffenden Rettungskräfte fanden das erst kürzlich umgebaute Haus komplett zerstört vor, die Umgebung glich einem Trümmerfeld.

Der Einsatzleiter der Feuerwehr sagte dem *Herald*, dass sich zur Zeit des Brands zehn Personen auf dem weitläufigen Gelände aufgehalten hätten, darunter die bekannten Thriller-Autoren J. R. Alastor, Cassandra Hutchinson, Thomas Fletcher, Rodrigo und Olivia Sandoval und andere. Alle Autoren befanden sich Berichten zufolge auf Einladung J. R. Alastors auf einem Krimi-Workshop auf der Insel, als sich das Unglück ereignete.

Vier Leichen konnten geborgen werden, drei weitere gelten

als vermisst; die drei Überlebenden wurden mit nicht lebensbedrohlichen Verletzungen in ein nahe gelegenes Krankenhaus gebracht, der Sachschaden des komplett zerstörten Hauses beläuft sich auf Millionenhöhe.

Weil die Ursache der Explosion zunächst unklar war, wurde eine brandtechnische Untersuchung eingeleitet, um auszuschließen, dass beim Ausbruch des Feuers eine Bombe oder andere Sprengkörper im Spiel waren. Die Ermittler gehen davon aus, dass Propangas in den Kriechkeller des Hauses ausgetreten ist, sich dort, vermutlich durch die Heizanlage, entzündet und so den Brand ausgelöst hat.

Hinweise auf Brandstiftung liegen den Ermittlern nicht vor.

77
ASHTON

Eine Woche später.

»Kaffee, Tee?«, fragte ich, als ich Mila in meiner Airbnb-Bleibe empfing. »Violet müsste auch gleich kommen.«

»Kaffee. Nett hast du's hier.« Sie legte ihren Mantel ab. Trotz der dunklen Schatten unter ihren Augen sah sie (wie vermutlich wir alle) deutlich besser aus als vor drei Tagen auf dem Polizeirevier. Regen glitzerte in ihrem Haar, das weich und schimmernd auf ihre Schultern fiel, und sie sah wie immer umwerfend aus in Hemdbluse, kurzem Rock und schwarzen Lederstiefeln. Ich wollte die Arme nach ihr ausstrecken, aber sie mied meinen Blick, als ob wir einander nach allem, was wir gemeinsam durchgemacht hatten, fremder wären als zuvor.

Dass ich sie gehalten und sie ihr Gesicht an meinem Hals verborgen hatte, als die Küstenwache uns von der brennenden Insel zurück ans Festland brachte, erschient mir jetzt wie ein Fiebertraum.

»Es war das Einzige, was so kurzfristig frei war«, sagte ich und machte einen halben Schritt in die winzige Küche. Die Wohnung fühlte sich jetzt, wo sie hier war, noch kleiner und beengter an, und doch schien sich ein ganzer Ozean zwischen uns aufzutun.

Wir waren bei der Polizei getrennt voneinander vernommen

worden, waren aber alle drei bei jener Geschichte geblieben, auf die wir uns geeinigt hatten, noch bevor die ersten Boote die Insel erreicht hatten – dass die Woche ganz normal verlaufen sei bis zum Ausbruch des Feuers (das ein schrecklicher Unfall gewesen sein musste). Aber obwohl die brandtechnische Untersuchung zum selben Urteil kam, der Fall abgeschlossen und wir erst mal aus dem Schneider waren, war zwischen uns noch einiges zu klären. Allerdings hatte ich erst mal nichts mehr von Mila gehört. Ich wusste nicht einmal, ob sie überhaupt noch in der Stadt war, bis sie dann gestern endlich auf eine meiner Nachrichten reagiert hatte.

Für die Medien war Alastors Tod (plus der von Cassandra, Fletch und den Sandovals) ein gefundenes Fressen. In meinem Posteingang sammelten sich Anfragen von Journalisten, die mir, von Beileidsbekundungen verbrämt, absurd hohe Summen boten, wenn ich Alastors Identität preisgäbe. Irgendwo da draußen musste es Menschen geben – einen Anwalt, Lektoren, Agenten –, die über ihn Bescheid wussten, aber außer einer Pressemitteilung seitens der Nachlassverwalter war es seltsam still geblieben.

Gleich würden allerdings noch zwei weitere Personen die Wahrheit erfahren. Und danach galt es für uns – Violet, Mila und mich –, eine schwierige Entscheidung zu treffen.

Die Nespresso-Maschine fauchte wie ein Dutzend feuerspeiender Drachen und erfüllte den Raum mit süßem Kaffeeduft.

Mila spielte an ihrem Schlangenring herum, während sie die Wohnung in Augenschein nahm (mit den türkisfarbenen Vorhängen und der farblich abgestimmten Couch alles etwas zu heiter für meinen Geschmack, aber na ja). »Ich nehme an, ihr seid schon zu einer Entscheidung gelangt«, sagte sie, noch immer, ohne mich anzusehen. »Darüber, was ihr jetzt machen wollt.«

Ich gab einen unverbindlichen Laut von mir. »Wir sollten auf Violet warten.«

Sie nickte und lehnte sich an den grauen Marmortresen, atmete tief aus, als hätte sie die ganze Zeit die Luft angehalten. »Hör zu, Ash. Es tut mir leid wegen … allem. Mir war nicht klar, was er vorhatte. Ich wusste es wirklich nicht – das musst du mir glauben. Allerdings wusste er, dass Violet und ich eine Vorgeschichte haben. Er wollte ihr ein Geständnis entlocken, ich sollte ihm dabei helfen. Das war der Deal, mehr nicht. Und …«

»… und ich habe zugelassen, dass der größte Blender aller Zeiten – in Frieden möge er ruhen – dir ein Schlafmittel in den Tee gegeben hat.« Ich zog eine zerknirschte Grimasse. »Aber darüber wollte ich gar nicht reden. Mir ist klar, dass du weder in alles eingeweiht warst, noch in allem die Wahrheit gesagt hast. Und es hat mich wirklich gefuchst, nicht zu wissen, wie Alastor dich überhaupt dazu gebracht hat. Aber ich denke, jetzt weiß ich es.«

Sie wurde ganz still. Dann hob sie endlich den Blick.

»Kurz bevor ich meinen eigenen Tod vorgetäuscht habe, hast du etwas zu mir gesagt, das sehr an den ersten Satz aus einem meiner Lieblingsbücher erinnert.«

Sie starrte mich regungslos an.

»Und einer oder vielmehr *eine* von uns war der Dieb. Ich hatte mich die ganze Zeit gefragt, was jemand stehlen müsste, um Alastor so gegen sich aufzubringen. Es müsste schon etwas sehr Bedeutendes sein, etwas sehr … Persönliches.« Ich hielt inne. »Ein Manuskript zum Beispiel.«

Ihre Wimpern flatterten, und sie fuhr sich mit der Hand über die Stirn. »Ash, bitte …«

»Wer hat *Das Geflecht unserer Sünden* geschrieben, Mila?«

»Das tut doch überhaupt nichts zur Sache.«

»Ich verstehe, was du meinst, aber ich denke, es tut sehr wohl etwas zur Sache. Das war eine richtig miese Nummer, die Violet sich da geleistet hat, und ich weiß nicht, was du gegen sie unternehmen willst, aber …«

»Nichts. Es ist mir echt egal. Und was ihr beiden gegen mich unternehmen werdet …«

»Nichts«, erwiderte nun ich. »Violet hat mir erzählt, was oben im Museumsraum passiert ist.« Mila wandte den Blick ab und sah aus dem Fenster auf die granitgrauen Wolken über dem Hafen. Eine leichte Röte stieg ihr in die Wangen. »Du hättest sie einfach dort zurücklassen können und wärst damit durchgekommen. Aber du hast es nicht getan.«

Ich blickte hinab auf meine Hände, auf das halbe Dutzend Stichworte, die ich mir in die Handflächen notiert hatte. »Wobei du wissen solltest, dass Violet sich während dieser Woche sehr für dich eingesetzt hat. Sie hat in ihrer Verzweiflung nicht allen Anstand verloren.«

Im Gegensatz zu manch anderen.

Ich trat einen Schritt vor, strich mit den Fingern über ihren Arm. »Mila, ich …«

Ein schrilles Klingeln ließ uns auseinanderfahren. Ich fluchte, Mila entfuhr ein unsicheres Lachen.

Violet stand in einem grün karierten Rock und einer vom Regen nassen Lederjacke vor der Tür, sie sah unglaublich jung aus und unglaublich cool. Als sie ins Wohnzimmer kam, versuchte sie ein Lächeln, und Mila versuchte, das Lächeln zu erwidern. Immerhin, dachte ich, sie machen Fortschritte.

Als wir alle mit Kaffee versorgt waren, holte ich tief Luft. Zeit, die eigentlichen Themen anzusprechen. »Wir stehen vor einer großen Entscheidung«, begann ich. »Wir müssen uns überlegen, was wir wegen Alastor unternehmen wollen. Das betrifft einerseits seine Taten, aber auch die Frage, wer er ist – oder war.«

Mila wirkte sichtlich angespannt, als sie sich auf die Couch sinken ließ.

»Du hast es rausgefunden, oder?« Um Violets Mundwinkel zuckte es, während sie sich in den obligatorischen grauen Samtsessel fallen ließ, womit mir, nun ja, nur der Platz neben Mila blieb.

Ich versuchte, genügend Abstand zwischen uns zu lassen. »Ich werde mich jedenfalls nie wieder in digital unterversorgte Landstriche wagen«, sagte ich. »Es ist wirklich erstaunlich, wie viel man online über Menschen herausfinden kann. Ich bin sämtliche Orte und Ereignisse durchgegangen, bei denen unsere Lebenswege sich hätten kreuzen können. Der erste Hinweis …«

»Anhaltspunkt«, warf Violet ungerührt ein.

»Gut, der erste *Anhaltspunkt* ist, dass man Rodrigo als Erstes ermordet hat. Mir war relativ schnell klar, dass er etwas gewusst haben muss, das uns hätte helfen können, Alastors Identität aufzudecken. Und nach einigen Nachforschungen kam ich, dank Violets Hilfe, auch drauf.« Ich sah fragend zu ihr hinüber, sie nickte nur, und ich fuhr fort. »Von den *Cluedo*-Karten wissen wir, dass ein korrupter Anwalt eine Rolle gespielt hat.« Ich wartete einen Moment und hob bedeutungsvoll die Brauen. »Wir hatten nicht damit gerechnet, dass es *zwei* waren.«

»Zwei Anwälte?«, wiederholte Mila.

»Ganz genau. Einmal Rodrigo, der Mila vertreten hat und dabei einen Meineid leistete. Doch es gab auch noch den Verteidiger der Gegenseite – Violets Anwalt.«

»Michael Rothchild?«, fragte Mila verwundert. »Aber er hat Rodrigo damals davon überzeugt, meine Klage fallen zu lassen. Weshalb sollte er ihn dafür bestrafen? Oder seine eigene Mandantin?«

»Was? Nein, er ist nicht Alastor.« Ich lächelte schmal. »Aber hast du dich nie gefragt, warum er nicht mit uns auf der Insel war und mit uns bestraft wurde?«

»Weil er kein Autor ist«, vermutete Mila und sah kurz hinüber zu Violet.

»Einmal das – und weil er tot ist«, ergänzte Violet und verschränkte die Arme. »Seit vier Jahren. Seine alte Kanzlei hat eine Stiftung in seinem Namen eingerichtet. Auf der Website ist ein Link.« Sie kaute auf ihrer Unterlippe. »Er war der Einzige, der wusste, dass er und Rodrigo dich damals über den Tisch gezogen haben. Aber er war niemand, der sich mit so was brüstete, weshalb Alastor es eigentlich bloß über Rodrigo erfahren haben kann. Und ich habe keiner Menschenseele davon erzählt, könnt ihr euch ja sicher denken.«

»Hast du den Link angeklickt?«, fragte ich.

»Du meinst, den von der Stiftung?« Sie blinzelte und war auf einmal interessiert. »Nein, hätte ich?«

»Da steht auch der Nachruf. Michael Rothchild hat eine Ehefrau hinterlassen.« Ich machte eine Pause, um den Worten mehr Nachdruck zu verleihen. »Eine gewisse Cassandra Rothchild.«

Für einen Moment herrschte Totenstille.

Schließlich hellte sich Milas Miene in jäher Erkenntnis auf.

»Oh, wow«, sagte dann auch Violet und trommelte mit den Fingern an ihre Lippe. Aus ihrem Ärmel schaute noch der Verband einer ihrer Brandverletzungen hervor. »Auf die Verbindung wäre ich echt niemals gekommen. Okay. Cassandra. Du willst also sagen, dass Cassandra Hutchinson Alastor ist?«

»Sie war mit deinem Anwalt verheiratet«, sagte ich. »Was erklärt, woher sie von euch wusste. Sie kannte euren Fall und wusste, dass ihr Mann Rodrigo bestochen hat, damit er Milas Klage in den Sand setzt.«

»Cassandra hat ihren Mann getötet, weil er das für mich getan hat?«, fragte Violet mit kalter Stimme.

Mila beugte sich vor, um ihren Kaffee auf dem Tablett abzustellen, und ihre dunklen Haare verbargen ihr Gesicht.

»Im Nachruf stand, er sei während einer Geschäftsreise nach New York an einem anaphylaktischen Schock gestorben«, erklärte ich und zuckte mit den Schultern. »Weil Cassandra zu der Zeit einen Workshop in San Francisco gegeben hat – bei dem sie übrigens Olivia kennenlernte –, wurde sie als Verdächtige nie in Betracht gezogen. Man ging von einem tragischen Unfall aus.«

»Das mit dem Workshop hatten sie mir erzählt«, sagte Violet. »Schon komisch, dass die beiden sich genau zu dem Zeitpunkt kennenlernten, als Cassandras Mann gestorben ist – oder wohl eher ermordet wurde. Vielleicht hat das auch Olivia auf den Geschmack gebracht, die Morde in ihren Büchern an echten Menschen auszuprobieren.«

Olivia.

Es war verstörend – und kratzte auch ein bisschen an meiner Eitelkeit. Ich hatte mich immer meiner an sich ganz passablen Menschenkenntnis gerühmt. Dass die junge Witwe, die ich zu meiner Komplizin gemacht hatte (und die nicht nur aufrichtig um ihren Mann zu trauern schien, sondern auch ganz charmant, nett und *normal* gewirkt hatte), in Wahrheit eine Serienmörderin war, damit hatte ich nicht gerechnet. Mich konnte, das brachte der Job so mit sich, so schnell nichts erschüttern. Aber es war erschreckend, welche Abgründe sich selbst bei scheinbar ganz normalen Menschen auftaten. Wozu Menschen fähig waren und wie sehr man sich in ihnen täuschen konnte.

Olivia hatte gewusst, dass ich ein Cop war; es wäre für sie ein Leichtes gewesen, mir die Kehle durchzuschneiden und den Mord Alastor in die Schuhe zu schieben. Keiner hätte Verdacht geschöpft. Aber sie hatte es nicht getan.

Immer wieder spannend zu beobachten, wie in solchen Ausnahmesituationen unwahrscheinliche Allianzen entstehen können.

»Außerdem«, fuhr ich fort, »hat Rodrigo ein paar Jahre zuvor Fletcher verteidigt. Und Cassandra kannte Fletcher ebenfalls.«

»Sie hat eine Zeit lang in England gelebt«, ergänzte Mila. »Das hatte Alastor vor ein paar Wochen erwähnt, ich hatte es nur vergessen. Und weil Fletcher schon so lange in den Staaten lebte, habe ich die Verbindung nicht hergestellt.«

»Das ergibt Sinn«, meinte ich und versuchte, die Teile zusammenzusetzen. »Cassandra hat, während sie in England lebte, einen Psychiater aufgesucht und sich aus irgendeinem Grund für Fletcher entschieden. Und der hat ihren Fall später in seinen Memoiren ausgeschlachtet.«

»Moment mal.« Violet setzte sich auf. »Soll das heißen, Alastor war wirklich bei ihm in Behandlung? Aber Cassandras Name taucht doch nicht auf der Liste der Kläger auf, die eine Sammelklage gegen das Buch eingereicht haben. Woher willst du wissen, dass Fletcher sie gemeint hat?«

»Weil Fletch von einer Frau schrieb, die Jahre nach dem Tod ihrer Tochter eine Trauerpsychose entwickelt hat.« Mein Mund wurde trocken, und ich zögerte. Ich hatte ewig überlegt, wie viel – und was – ich ihnen erzählen sollte. »Für mich war es einfach naheliegend, weil hier nämlich die Verbindung zu mir ins Spiel kommt. Ich … ich bin schuld am Tod ihrer Tochter.«

Ich hob den Blick zur Decke und schluckte, machte mich bereit für das, was ich jetzt sagen musste.

»Es war ein Unfall«, sagte ich schließlich. »Ich wollte nicht, dass sie stirbt, es … es war ein Streich, ein gemeiner Streich, okay, aber es war so nicht geplant. Bei dem Versuch, sie zu retten, sind wir beide ertrunken – nur dass man mich wiederbeleben konnte, sie nicht. Nicht dass das etwas ändern würde, aber …« Ich rieb mir den Nacken. »Ich glaube, dass ich seitdem versucht habe, es zu verdrängen und gleichzeitig wiedergutzumachen.«

Lähmende Stille senkte sich über uns.

»Willkommen im Club«, sagte Violet nach einer Weile und schwang ihre Beine über die Armlehne des Sessels. Sie sah dabei nicht mich an, sondern blickte aus dem Fenster hinaus in den Regen. »Wusstest du, dass sie es war? Ich meine, Cassandra. Hast du sie als die Mutter deiner Freundin erkannt?«

Ich betrachtete den Schorf an meinen Handgelenken – kleines Souvenir von Alastors Kabelbindern. »Ich habe Jacks Eltern nur von Weitem gesehen. Und meine Eltern haben danach versucht, mich aus allem herauszuhalten. Was mir ganz recht war, ich wollte es am liebsten vergessen.«

»Verständlich«, fand Violet. »Was ich mich frage, ist, ob die anderen überhaupt eine Chance hatten. Oder ob es nicht alles genau so geplant war.«

»Wahrscheinlich haben wir drei einfach verdammtes Glück gehabt«, sagte ich. »Es ist mir egal. Für die Polizei ist der Fall abgeschlossen, man geht von einem tragischen Unglück aus. Bleibt nur die Frage, was wir jetzt tun sollen. Sollen wir es der Polizei melden, Alastors Identität preisgeben und auch erklären, inwieweit wir alle in die ganze Sache verwickelt sind?«

Von der Küchenzeile war das mechanische Surren der Kaffeemaschine zu hören, gefolgt von dem ploppenden Geräusch, mit dem die Kapsel ausgeworfen wurde.

»Am Anfang wart ihr noch dafür, zur Polizei zu gehen«, stellte Mila ruhig fest und richtete sich neben mir auf. »Was hat sich seither geändert?«

»Ja, genau. Du hast nicht zufällig vor, uns in ein paar Jahren mit alldem zu erpressen, oder?«, fragte Violet und sah mich dabei aus schmalen Augen an.

»Was? Nein, warum sollte ich das tun? Geändert hat sich, dass alle Schuldigen tot sind.« Ich zuckte mit den Schultern. »Alle außer uns. Die Einzigen, die von einem Geständnis betroffen wären, sind wir.« Ich sah hinüber zu Mila, die vor sich auf den Teppich starrte. »Mila könnte in den Knast wandern.

Du eventuell auch, Violet. Mit deiner Karriere wäre es auf jeden Fall vorbei. Und ich … Mord verjährt nicht – ich weiß nicht, wie es mit fahrlässiger Tötung aussieht. Vorausgesetzt, man könnte es nachweisen.«

Ich hielt in meinen etwas wirren Ausführungen inne und trommelte mit den Fingern auf mein Knie. »Entweder einigen wir uns darauf, den Mund zu halten, kein Wort zu niemandem, oder wir legen ein vollständiges Geständnis ab – und damit meine ich, dass wir der Polizei wirklich *alles* erzählen – und warten den Lauf der Ermittlungen ab. Ich weiß natürlich, was mir lieber wäre, aber ich möchte euch nicht beeinflussen. Ihr entscheidet, ich bin mit allem einverstanden.«

»Ich auch«, flüsterte Mila.

Wir sahen Violet an.

Sie ließ den Kopf über die Armlehne hängen, bis ihr dunkelrotes Haar fast den Teppich streifte, und starrte hoch zur Decke. »Ich war noch nie besonders gut darin, etwas auf sich beruhen zu lassen.«

Mein Magen krampfte sich zusammen.

Doch dann wandte sie den Kopf und sah uns an. Ihre noch immer leicht geröteten Augen funkelten. »Aber ich könnte es versuchen.«

Milas Schultern entspannten sich, und sie atmete hörbar auf.

Violet strich sich nachdenklich über die Nase. »Aber wenn Olivia eine Serienkillerin war, muss es noch weitere Opfer geben. Und deren Familien haben die Wahrheit verdient.«

»Alastor wusste, wer ihre Opfer sind«, warf Mila ein. »Wir könnten es vermutlich auch herausfinden. Ich habe schon angefangen, die Val-Lamont-Bücher mit ähnlichen Mord- und Vermisstenfällen abzugleichen. Wenn wir genug Informationen haben, könnten wir der Polizei einen anonymen Hinweis geben.«

»Du hättest auch einen guten Cop abgegeben«, sagte ich und stieß sie sacht mit der Schulter an.

»Ich bin Eventplanerin«, entgegnete sie etwas genervt, aber mir entging nicht die leichte Röte auf ihren Wangen und dass sie ihren Arm, der an meinem ruhte, nicht fortzog. »Lösungen zu finden, ist mein Job.«

»Eigentlich«, sagte Violet und zog eine Augenbraue hoch, »bist du Schriftstellerin.«

TINTE IN DEN ADERN:
VOM SCHREIBEN ÜBER FURCHT

VON J. R. ALASTOR

ACH JA UND ÜBRIGENS: EIN KURZES NACHWORT

Zu guter Letzt möchte ich Ihnen noch den Rat mitgeben, weder vor dem Schmerz davonzulaufen noch vor den Menschen, die ihn verursacht haben. Ich würde Ihnen gar empfehlen, eine kleine »Antidanksagungs«-Liste zu erstellen mit all jenen Menschen, die Ihnen das Leben schwer gemacht haben. Sei es durch bösen Willen, Nachlässigkeit, Verleumdung oder Indiskretion – durch diese Menschen wurden Sie erst, was Sie heute sind. Und wie ließe sich Ihren Worten besser Leben einhauchen, als aus dem Fundus Ihrer persönlichen Erfahrung zu schöpfen?

(Und wer weiß – vielleicht bekommen Sie ja eines Tages Gelegenheit, die Dinge klarzustellen.)

Damit wäre, glaube ich, auch schon alles gesagt. Ich hoffe, ich konnte Sie das Fürchten lehren. Und sollte die Reise Sie nicht zu neuen Erkenntnissen geführt haben, so habe ich Ihnen doch wenigstens im Dunkel die Hand gehalten. Selbst wenn mich bisweilen das Gefühl beschleicht, vielleicht am Ende gescheitert zu sein, bleibt immer die Hoffnung, dass ich mit meinem Schreiben und meinem Leben anderen Inspiration sein konnte. Dass sie Trost und Hilfe darin fanden, genau wie ich.

Verzeihen Sie die makabren Schlussworte, aber so will es die mir lieb gewordene Tradition.

Mit tödlichen Grüßen
J. R. Alastor

78

MILA

Die Liste dessen, was Ashton und Violet nicht wussten, war lang.

Sie wussten nicht, dass ich vorgehabt hatte, Violet zu töten.

Sie wussten nichts von den Kameras, die ich auf Wolf Harbor Estate installiert hatte.

Und ich hatte sie in dem Glauben gelassen, durch den Brand sei einer der Deckenbalken auf den Beichtstuhl gekracht und habe die Tür so stark beschädigt, dass ich entkommen konnte.

Der Wind wehte mir die Haare um die Schultern, als ich aus Ashtons Wohnung trat und die kalte, klare Novemberluft in mich aufsog. Der Herbst war meine liebste Jahreszeit, diese Zeit des Übergangs, in der ein Kapitel endet und ein neues beginnt. Über dem Hafen brach der rosige Schimmer der untergehenden Sonne durch die dunklen Wolken, goldene und korallenrote Schlieren, die sich durch das Grau zogen.

Ich hatte kaum über die vergangene Woche hinausgedacht, da ich immer davon ausgegangen war, dass meine Geschichte, zumindest der Part, auf den es ankam, auf der Insel enden würde. Das perfekte Ende sah vor, dass alle das bekamen, was sie verdienten.

Und dann diese Erleichterung, als es anders gekommen war.

Es würden weitere Kapitel folgen. Mehr Worte würden sich finden, mehr Chancen sich bieten. Und vielleicht würde Ash darin eine Rolle spielen. Vielleicht sogar Violet.

Auch von meiner ersten und letzten Begegnung mit J. R. Alastor, diesen wahnsinnigen fünf Minuten, hatte ich ihnen nichts erzählt. Vielleicht sollte ich das tun. Und eines Tages würde ich es vielleicht. Aber wenn ich ihnen erzählte, dass Cassandra sich für mich geopfert hatte, müsste ich ihnen auch erklären, weshalb. Ich müsste ihnen sagen, dass ich mehr war als die unwissende Komplizin, die als Sündenbock gedachte Assistentin. Ich müsste ihnen erzählen, was Cassandra und mich verband, diese komplexen, dunklen Gefühle, die uns beide beherrschten. Wie unsere Rachsucht mich fast dazu gebracht hatte, dich zu töten.

Wie sollte ich das erklären?

Die Absätze meiner Stiefel schlugen hart auf den nassen Asphalt, und in mir keimte Hoffnung. Die Hoffnung, dass Ash und Violet recht haben mochten, wenn sie sagten, dass jetzt, wo es nur noch wir drei waren, wo nur noch wir selbst einander beschuldigen konnten, dass jetzt nichts von dem, was geschehen war – oder hätte geschehen können –, mehr von Bedeutung war, solange wir ihm keine Bedeutung gaben.

Cassandras Hände waren in Blut getränkt. Sie hatte uns manipuliert und missbraucht, hatte uns mit ihrem Psychoterror selbst zu schrecklichen Taten getrieben. Aber ihr verdankte ich es, dass ich noch am Leben war. Dass ich eine zweite Chance bekommen und gelernt hatte loszulassen. Zu verzeihen. Ihr verdankte ich die Einsicht, dass es weder ihr noch mir zustand, sich zur Rachegöttin aufzuschwingen. Dass ich kein besserer Mensch war als die anderen, mich nicht über andere erheben durfte.

Wir könnten unser ganzes Leben damit verbringen, unser Sündenregister durchzugehen und unsere Wunden zu lecken. Aber dieser Weg würde nur zu immer neuen Verletzungen führen, ein Teufelskreis, den man nur durchbrach, indem man losließ.

Die Vergangenheit auf sich beruhen ließ.

Alastor hatte mir genau das gegeben, was sie mir versprochen hatte: Ich würde das Ende meiner Geschichte neu schreiben können. Nur dass es anders gekommen war, als sie – oder ich – gedacht hatten.

Ich atmete die nasskalte Witterung ein, spürte Wind und Regen durch meinen Mantel dringen, genoss das leise Frösteln auf meiner Haut. Es erinnerte mich daran, dass ich lebte, dass wir überlebt hatten. Ich fühlte mich lebendig und so frei wie seit Jahren nicht mehr.

Wenn der Staub sich gelegt hatte und das Grauen nicht mehr in unser Mark sickerte, wenn wir die Scherben aufgelesen und sie neu zusammengesetzt hatten, würde ich diese Geschichte vielleicht erzählen, auf die einzige Weise, die mir möglich war.

Indem ich zu Stift und Papier griff.

EPILOG

ABSOLUTION

Rache ist ein Gift,
das man zusammen mit seinem Opfer nimmt;
das einzige Gegengift ist Versöhnung.

Tödliche Einladung

ZWEI JAHRE SPÄTER

GESPRÄCH MIT VIOLET BLAKE UND MILA ARACELY-ORTEGA, AUTORINNEN VON *TÖDLICHE EINLADUNG*

Moderatorin: Wir freuen uns, heute das Autorinnenduo Violet Blake und Mila Aracely-Ortega für ein Exklusivinterview bei uns begrüßen zu dürfen und über ihr gerade erst erschienenes Buch *Tödliche Einladung* zu sprechen, das sofort auf Platz eins der *New York Times*-Bestsellerliste geschossen ist. Violet und Mila, schön, dass ihr heute hier seid und euch trotz eurer Lesereise die Zeit nehmt. Wie lange seid ihr jetzt schon unterwegs – zwei Monate?

Blake: Sieben Wochen ungefähr.

Aracely-Ortega: Wir zählen schon gar nicht mehr mit.

Moderatorin: Das ist jetzt eure erste Veröffentlichung, seit bekannt wurde, dass sich hinter dem Pseudonym *Violet Blake* ein Autorinnenduo verbirgt. Vielleicht können wir noch kurz über *Das Geflecht unserer Sünden* reden, euer erstes gemeinsames Buch, und warum du, Mila, damals lieber anonym bleiben wolltest …

Blake: Im Nachhinein war das nicht unsere beste Entscheidung. Wahrscheinlich hätten wir es anders gemacht, wenn wir damals schon gewusst hätten, was wir heute wissen.

Aracely-Ortega: Hinterher ist man immer schlauer. Aber ich muss ganz ehrlich sagen, dass es sich ja trotzdem sehr gut gefügt hat. Womöglich hätte es anders gar nicht funktioniert.

Moderatorin: Wenn das jetzt euer zweites Buch ist, verbindet euch ja eine längere Arbeitsbeziehung, sicher auch eine Art Freundschaft. Wie habt ihr euch kennengelernt? Wann habt ihr beschlossen, zusammen schreiben zu wollen?

Blake: Oh, das war kein gemeinsamer Entschluss. Ich habe ihr gar keine andere Wahl gelassen.

(Beide lachen.)

Aracely-Ortega: Als ich das erste Mal etwas von Violet las, wusste ich sofort, dass niemand mich und mein Schreiben besser versteht als sie. Und umgekehrt genauso, ich glaube, das kann ich sagen …

Blake: Ja klar, absolut. Wir schreiben sehr ähnlich, unsere Stimmen ergänzen sich perfekt. Dieser erste Satz in *Das Geflecht unserer Sünden*? Der ist noch original von Mila. Sämtliche Änderungen von mir oder unserer Lektorin wurden wieder verworfen, weil er einfach schon perfekt saß. Mein Name steht zwar auf dem Cover, aber im Grunde steckt mehr von Mila in dem Buch als von mir. Sie hat richtig Herzblut da reingesteckt.

Aracely-Ortega: Blut, Schweiß und Tränen, das wolltest du sagen, oder?

Blake: Absolut. Genau das.

Aracely-Ortega: Sie meint es natürlich nur im übertragenden Sinne.

Moderatorin: Wie muss man sich das denn vorstellen, im Team zu schreiben? Zunächst habt ihr ja nur unter Violets Namen veröffentlicht. Wie hat sich euer Arbeitsprozess seit diesem ersten Buch verändert?

Aracely-Ortega: Ach …

Blake: Na ja …

(Beide lachen.)

Aracely-Ortega: Wie in jeder Beziehung holpert es schon mal. Es gab auch Phasen, da haben wir uns fast gegenseitig umgebracht.

Blake: Was natürlich schade gewesen wäre, nicht nur für die Literaturwelt. Mit wem hätten wir dann die Leichen beseitigen sollen?

(Erneutes Lachen.)

Aracely-Ortega: Wir sind uns sehr ähnlich, sind beide sehr ehrgeizig und perfektionistisch, was Vor- und Nachteile hat. Der Schlüssel zum Erfolg ist vermutlich, loslassen zu können. Das mussten wir beide lernen.

Blake: Oh ja. Es gibt Dinge, die wichtig und unverzichtbar sind, und solche, die im Großen und Ganzen keine Bedeutung haben. Wenn man das verstanden hat, läuft es wie von selbst. Also meistens.

Aracely-Ortega: So ist es.

Moderatorin: Ihr habt das Buch euren Kolleg_innen gewidmet, die bei diesem tragischen Autorenworkshop ums Leben gekommen sind. Auch das Vorwort von Ashton Carter ist unglaublich berührend. Stimmt es denn, Mila, dass sich da etwas zwischen euch beiden anbahnt?

Blake: Oh Gott, ja! Die beiden sind *unerträglich* – natürlich superlieb gemeint.

(Aracely-Ortega lacht und schaut verlegen zur Seite.)

Moderatorin (lacht): Ich merke schon, ein eingespieltes Team!

Blake: Ja klar, es sind halt unsere Erfahrungen, die uns verbinden. Ich meine, wenn man zusammen so viele Leichen im Keller hat, ist das wie …

Aracely-Ortega: Sie macht Witze. Wie war noch mal die Frage?

Moderatorin: Vielleicht können wir noch etwas ausführlicher über die Entstehung des neuen Buches sprechen – kam euch die Idee gleich nach dem Retreat?

Aracely-Ortega: Eigentlich schon währenddessen. Diese … Übungen, die Alastor uns machen ließ, waren für uns beide sehr aufschlussreich. Wir mussten uns unseren eigenen Abgründen stellen. Aber ich glaube, am Ende haben wir auch ihm die ein oder andere Lektion erteilt.

Blake: Er hat uns ermutigt. Ohne ihn hätten wir das Buch gar nicht schreiben können. Er hat von Anfang an hinter der Idee gestanden.

Aracely-Ortega: Definitiv.

Blake: Kann man ruhig mal so sagen.

Moderatorin: Wir brennen natürlich darauf, mehr über die Autorenresidenz zu erfahren! Es war ja nicht nur in der Literaturbranche eine ziemliche Überraschung, dass J. R. Alastor seinen Nachlass, einschließlich des zerstörten Anwesens auf Wolf Harbor Island, dir vermacht hat, Mila. Für unsere Zuschauer sollten wir vielleicht noch erklären …

Aracely-Ortega: Oh, niemand war davon überraschter als ich.

Moderatorin: So sah es auch aus! Für unsere Zuschauer hier der Hinweis, dass Mila und Violet die Insel in ein exklusives Retreat verwandeln, für das Autorinnen sich unabhängig von Alter und Erfahrung einmal jährlich um einen sechswöchigen Aufenthalt bewerben können. Vielleicht könnt ihr ein wenig vom Stand dieses Projekts berichten?

Blake: Das Haus ist so gut wie fertig, und wir freuen uns, im Oktober unsere ersten Schreibtalente begrüßen zu dürfen. Die Einladungen gehen nächsten Monat raus.

Moderatorin: Dann wünschen wir allen natürlich nur das Beste.

(Lachen der Moderatorin, tödlicher Blick von Blake.)

Moderatorin: Eine letzte Frage noch – gibt es vielleicht doch etwas, das ihr uns verheimlicht?

Aracely-Ortega: Nein … wieso sollten wir denn etwas verheimlichen?

Blake: Ja, klar tun wir das.

Aracely-Ortega: Also ich zumindest habe genug von Geheimnissen.

Blake: Man sollte ihr nicht alles glauben. Bekanntlich ist ja keine Geschichte je ganz auserzählt.

DANK

Meine Agentin Hannah Schofield hat mich aus dem Stapel unverlangter Einsendungen gefischt, als wir beide ganz am Anfang unserer Karriere standen; nach einigen gemeinsamen Buchprojekten sind ihre unerschütterliche Begeisterung und ihr Glaube an meine Geschichten heute mein zuverlässiger Wegweiser. Ich kann mir keine bessere Kombination aus loyaler Geschäftspartnerin, kluger Beraterin und inzwischen auch geschätzter Freundin vorstellen. Meine Lektorinnen Jenny Chen (US) und Thorne Ryan (UK) bilden die andere Hälfte unseres Dream-Teams: Ich bewundere sie für ihr Einfühlungsvermögen und ihren Enthusiasmus, mit dem sie meine absurd komplizierten Plots zerlegen und wieder zusammensetzen, und dafür, wie sie eine simple Word-Datei in ein richtiges Buch verwandeln können. *Mit tödlichen Grüßen* existiert überhaupt nur wegen Hannah; dass es so brillant und klug komponiert ist, verdankt es Jenny und Thorne.

(Mein Beitrag beschränkt sich auf die Morde.)

Es war ein absoluter Traum, mit dem Transworld Team UK zu arbeiten, insbesondere Tenelle Ottley-Matthew, Anna Carvanova, Marianne Issa El-Khoury, Becky Short und Melissa Kelly. Auf der anderen Seite des Atlantiks danke ich der unermüdlichen Arbeit von Mae Martinez, Cara DuBois, Sheryl Rapée-Adams, Elizabeth Rendfleisch, Meghan O'Leary, Saige Francis, Corina Diez, Elena Giavaldi sowie dem gesamten Team bei Bantam.

Ich habe eure Expertise schon bewundert, als ich euch nur durch eure Bücher kannte.

Ich könnte mir keine fachkundigere, hilfreichere Truppe als das Team bei LBA wünschen: Luigi Bonomi, Amanda Preston, Alison Bonomi, Louise Lamont und Amy Strong (sowie sämtliche meiner fabelhaften Agenturgeschwister). Immerwährender Dank an das furchtlose Vertrags-Duo Kevin Stewart und Jackie Wilson sowie das patente Foreign-Rights-Team bei ILA, insbesondere Jacky Viney, Alix Shaw, Shemaiah Rose, Jenny Robson, Nicki Kennedy und Katherine West. Besonders freut mich, dass dieses Buch dank Alexandra Dram bei Litera, Piroska Szabo bei General Press, Grazia Rusticali bei Editrice Nord und Bettina Steinhage bei Blanvalet auch ein fremdsprachiges Publikum finden wird. Die Filmrechte von *Mit tödlichen Grüßen* liegen in den legendären Händen meiner Filmagentin Emily Hayward-Whitlock bei The Artist's Partnership, wofür ich dankbarer nicht sein könnte.

Shar Mease stellt als meine ewige erste Beta-Leserin sicher, dass meine Geschichten Hand und Fuß haben und außerdem Schuhe tragen (bisweilen auch Jacke und Hose), bevor sie das Haus verlassen. Ich wäre komplett aufgeschmissen ohne ihr Feedback und das all meiner weiteren Erstleserinnen: Jessica Payne, Madison Koviak, C. G. Honer, Melissa Ren, Chrystal Schleyer, Kayla Olson, Emily Bain Murphy, Autumn Krause, Elise Warner, Alice Courtney, Christine Cohen, Erin Connor, Mikayla Brdige, M. K. Pagano und Isabel Strychacz.

Weite Teile dieses Buches schrieb ich, während Maddie Koviak oder Christine Cohen mir gegenübersaßen, und keine der beiden hat auch nur mit der Wimper gezuckt, wenn ich ihnen den gordischen Knoten meiner Handlungsstränge über den Tisch schob und leise um Hilfe flehte. Danke euch beiden für die tatkräftige Unterstützung und die stete Ermutigung. Außerdem hat sich mein lang gehegter Plan, in einen Geheimclub aufgenommen zu werden, endlich erfüllt; danke an die

Mitglieder des Bog Clubs dafür, dass ihr das Makabre ebenso sehr liebt wie ich und mich auf die geniale Idee gebracht habt, die Mördershirt-Szene einfach mit noch mehr Mördershirts zu bereichern.

Ich möchte auch allen Autorinnen danken, die mich am reichen Schatz ihrer Erfahrung haben teilhaben lassen, allen voran meinen Freundinnen Kayla Olson, Mara Rutherford und Jessica Payne. Als mein Schreiben noch in den Kinderschuhen steckte und ich mir am Schaufenster der Literaturbranche die Nase platt drückte und hoffte, irgendwie einen Fuß in die Tür zu bekommen, haben die Beiträge von Adrienne Young und Stephanie Garber mir einen ersten Einblick in die Verlagswelt gegeben. Ich hatte endlich einen Plan an der Hand und die Hoffnung, dass auch ich es eines Tages bis zur Veröffentlichung schaffen würde. Außerdem hat es mir unglaublich geholfen, mich mit anderen Schreibenden zu vernetzen (hierfür Chrystal Schleyers ermutigenden Worten und Adriennes Writing-With-the-Soul-Workshop ewiger Dank). Ich möchte der Online-Community danken, die mich mit offenen Armen empfangen hat und sofort wusste, wie sich das anfühlt, wenn einem eine Geschichte in den Knochen steckt.

Meine Schwester Cheryl war schon stolz auf meine Geschichten, als ich noch nicht mal bei einer Agentin unter Vertrag war, und das bedeutet mir selbst jetzt noch unglaublich viel. Und natürlich bin ich allen dankbar, die meinen kleinen Hobbit vor Unheil bewahrt haben, während ich mich zum Schreiben zurückgezogen habe. Und da wir gerade davon sprechen – mein größter Dank gilt besagtem Hobbit Julian und meinem Mann Nikko, die all die Welten mit mir teilen, die mir so durch den Kopf geistern. Ich hoffe, euch ein wenig stolz zu machen.

Und schließlich möchte ich meinem himmlischen Vater, dem größten Verfasser aller Geschichten von heiter bis finster, dafür danken, dass er mir diese Liebe zum Erzählen mit auf dem Weg gegeben hat. Soli Deo Gloria.

Ein zehnseitiges Haus, sieben Studenten und ein Mörder! Japans Antwort auf Agatha Christie.